U0530010

香奁琳琅·上

尤四姐／著

长江出版社

图书在版编目（CIP）数据

香奁琳琅 / 尤四姐著. — 武汉：长江出版社，2024.4
ISBN 978-7-5492-9409-1

Ⅰ.①香… Ⅱ.①尤… Ⅲ.①长篇小说—中国—当代
Ⅳ.①I247.5

中国国家版本馆CIP数据核字(2024)第068811号

香奁琳琅 / 尤四姐 著
XIANGLIAN LINLANG

出　　版	长江出版社
	（武汉市解放大道1863号 邮政编码：430010）
市场发行	长江出版社发行部
网　　址	http://www.cjpress.cn
责任编辑	陈　辉
封面设计	Ash　张　强
封面插图	Ash
题　　字	东　竹
印　　刷	北京盛通印刷股份有限公司
版　　次	2024年4月第1版
印　　次	2024年4月第1次印刷
开　　本	880mm×1230mm　1/32
印　　张	21
字　　数	670千字
书　　号	ISBN 978-7-5492-9409-1
定　　价	69.00元（全两册）

版权所有，侵权必究。如有质量问题，请与本社联系退换。
电话：027-82926557（总编室）027-82926806（市场营销部）

目录

第一章	001
第二章	007
第三章	013
第四章	019
第五章	025
第六章	031
第七章	037
第八章	043
第九章	049
第十章	055
第十一章	061
第十二章	067
第十三章	073
第十四章	079
第十五章	085
第十六章	091
第十七章	097
第十八章	103
第十九章	109
第二十章	115

目录

第二十一章	第二十二章	第二十三章	第二十四章	第二十五章	第二十六章	第二十七章	第二十八章	第二十九章	第三十章
131	139	147	155	163	171	179	187	195	203

第三十一章	第三十二章	第三十三章	第三十四章	第三十五章	第三十六章	第三十七章	第三十八章	第三十九章	第四十章
211	219	227	235	243	253	261	269	277	285

第四十一章	第四十二章	第四十三章	第四十四章	第四十五章	第四十六章
293	301	309	317	325	333

第一章

今冬的头一场大雪，下得静谧而浩大。

潘楼临河的窗户半开着，几丈高的乌桕树，枝头堆积了薄薄的一层白，零星镶嵌的还没来得及掉落的红叶衬托着寒酥，碰撞出含蓄灵动的美。

沿河的堤岸上，公子王孙们驾马缓行，身上是素色的油绢衣，头上戴着绲了赤边的毡笠，谈笑间汇入繁华的瓦市……这上京城的雪天，像文人笔下优雅的画，不论多凌厉的锋芒，透过雪幕都变得柔美起来。

明妆站在窗前眺望，酒阁子里燃着炭火，背后暖烘烘的，寒流扑面也不觉得冷，只是偶尔有细雪撞进眼里，激得她往后一仰。一旁的女使轻声道："小娘子别在窗口站着了，当心着凉。"

这时，过卖送诸色饮食进来，大表姐静姝也招呼道："今年的冬酿酒很适口，表妹快来尝尝。"

明妆应了，退回席上坐下。

今日初雪，外家的姊妹们在潘楼办"喜雪宴"，一则过冬至，二则也是大表姐出阁前的最后一场聚会。冬至吃宜盘，而这冬酿酒是用十月的新米佐以秋后鲜桂花酿成的，藏到冬至日开封，是潘楼的特酿。

清酒注进酒盏，明妆端起喝了一口，顿时辣得咧嘴，脸也红起来。

大家发笑，二表姐静言揶揄道："祖母总说般般日后不一般，谁知道酒量这么不济。往后还是要练一练，将来郎君封侯拜相，宴请宾客，你滴酒不沾，难道是拿大，不肯赏贵人娘子们脸？"

女孩子闺阁中调侃，没那么多忌讳，只是明妆面嫩，被表姐这么一说，干脆连耳根也一并红了。

般般，大家总爱叫她的乳名，听上去没什么稀奇，但连上姓氏就很有趣了。她姓易，易般般，一般般。阿娘说人活于世，不能太圆满，家世一般般、才情一般般、际遇一般般，容貌也一般般，就很好了。可惜，这些愿望都没能实现，无论家世才情，际遇容貌，明妆都不一般，更应了小字掩盖下的峥嵘——般般，其实是麒麟的别称。

女孩子被喻作麒麟的不多，因为爹爹没有儿子，因此对她寄予厚望。她十二岁回到上京时，还懵懂着，到如今及笄，仿佛从孩子步入少女的行列只需一瞬，趁众人不备，忽然就光华万千起来。

大家自然也发现了她的耀眼，她穿一件棠梨色的对襟窄袖上襦，领袖上镶缉狐毛，柔软的狐毛衬托着明艳的脸庞，不是那种世故的美，眉眼间带着几分天真，笨拙地硬要扮作大人模样，譬如梅子渐熟的阶段，青嫩里泛出一点红，闻得见爽朗的香，咬一口，又酸得刻骨。

见众人还在怂恿明妆喝酒，静姝只好替她解围："她才多大的人，不喝就不喝了……"

话还没说完，三表姐静好就接过女使手里的温壶，一面往静姝的酒盏里斟酒，一面笑着说："我险些忘了，大姐姐才应该多喝才是。"

静姝许了光禄卿家的公子，也是一众姐妹里头一个出阁的，众人劝她饮酒的兴致当然更高昂。

她们那边吵闹，明妆挑了个春茧吃，忽然听见外面有脚步声传来，往门那边一看，是她房里的女使午盏，进来纳了福说："有小娘子的信，信使问明小娘子在潘楼，特意送来的。"

明妆点点头，伸手接过来，信封上的字迹很熟悉，回到上京后，每年这个时节都会准时送来。

静言坐得离她最近，好奇地探身一看，问："是谁写来的？"

明妆笑了笑，说："爹爹的旧部……"

展开信，依旧是差不多的内容，字字恭敬谨慎，开头请易娘子芳安，然后说今年的祭扫已经完毕，郡公的坟头略有损坏，趁着天还未凉，已请人修缮。最后说自己的职务有些变动，驻扎之地要西迁，但不会耽误明年的祭扫，请小娘子放心。

信不长，三言两语，但让明妆觉得安心。当初家里生变故，爹爹因遗愿未了，临终时吩咐灵柩不必运回故土，就地安葬。明妆跟着阿娘回到上京，不多久阿娘也病故了，她最牵挂的就是不能为爹爹祭扫。好在爹爹有个忠心耿耿的副将，每年清明和生死祭都会上供祭奠，也算替她尽了孝道。副将每年冬至前后都会差人送来一封信，例行公事般简洁明了，长话短说，是武将的办事风格。

说起这位旧部，静姝倒有耳闻，偏头问明妆："是李宣凛吗？"

明妆颔首道："大姐姐知道李判？"

她一向是这样称呼人家的，因为李宣凛投入爹爹麾下就做了侍从官，后来爹爹提拔他，任节度判官，李判是他的官称。

静姝却一笑："你是两耳不闻窗外事啊，今年春，北疆叛乱，是他带兵平定的。朝廷嘉奖他，升安西大都护，摄御史中丞，官可做得不小。"说完又感慨道，"如今这年月，位高权重却不忘初心的人实在难得，姑丈过世四年了，他每年还记得上坟洒扫，不枉姑丈栽培一场。"

明妆听了不免唏嘘，爹爹看人的眼光很准，收入麾下的，都是有情有义的热血汉子。

当年爹爹身边有四位侍从，时常进出府邸，她印象最深的就是这位李判。当朝国姓李，他也是李家后人，祖上曾封过王侯，但因本朝爵位及身而止，不能传承，一辈一辈削减下来，到他这里，就只是个环卫官了。他话不多，刚到陕州时大概十六七岁，生得斯文白净，高而单薄，明妆还和阿娘说过，这位侍从官不像武将，更像文臣。他也确实是个守礼的人，不似其他武将莽撞，偶尔和她说话时语气温和，永远垂着眼，从不逾越冒犯。

后来爹爹被朝廷派来的监军三番四次构陷，惊愤之下一病不起，军中事务就委派他代管。爹爹病故后，阿娘决定带她回上京，一切出行事宜，也都是他安排的。对这位侍从官，明妆最大的评价无外乎可信、靠得住。

但静好想得并不那么简单。她是一众姐妹中最奔放的，外祖母曾看着她叹气，说将来静好要是出了阁，最大的嗜好和事业，一定是做媒。

静好也应了外祖母的说法，探身问明妆：“这位李都护多大年纪？”

明妆想了想，道：“今年该有二十出头了。”

“二十出头就当上都护，从二品的官呢，算是年轻有为了。”静好啧啧地说，眼波一转，龇牙笑着又问，"他常给你写信吗？”

明妆歪着脑袋琢磨道：“每年三祭过后会写一封，这算常给我写信吗？”

认真说，算不上，但静好并没有气馁，开始具体分析：“这个年纪建功立业的人，都顾不上谈情说爱，我敢打赌，他一定没有成亲。没成亲，一年给你写一封信，对你八成有好感，加上他是旧相识，知根知底……般般，你要是嫁给他，我觉得很不错。”

这番话，听得明妆愣住了，手里的信也像烫手山芋似的，慌忙塞进午盏怀里。

"三……三姐姐，别瞎说。"她一边结巴，一边摆手，"人家感念爹爹知遇之恩，没说要娶我。再说我还小，怎么去想那么远的事！"

静好却说：“不小了，可以谈婚论嫁了。你不知道，现在上京城中的达官贵人一到放榜日，就去榜下捉婿，新中的贡士都成了香饽饽，何况这种已有官职在身的！”言罢一声长叹，愈发老气横秋，"姑丈和姑母都不在了，你要替自己打算，找一个可靠的，将来才不会受苦。”

明妆听了讪笑道：“我有外祖母替我做主。”

静好摇头，露出怜惜的神情：“祖母虽然疼你，可你毕竟不是袁家的人，易家要是想做主,恐怕祖母也没有办法。"

这样言之凿凿的一番话,瞬间说得明妆低落起来。静姝察觉了,蹙眉责怪静好:"难得出来赏雪,别扫大家的兴!"然后又宽慰明妆,"别听她的,自己还没着落呢,忙着问起别人的婚事来了。让她自己先找一个可心的郎子,再替你操心吧!"

静好被训了,有点气馁:"我是提醒表妹,好机会别错过。"

明妆忙换上笑脸:"我明白三姐姐的意思,她也是为我好。"这个话题她可不想再继续了,便起身打岔道,"冬至的炙鹿肉最好吃,让过卖上两盘,今日我做东。"

她兴冲冲地出去传话,年轻的姑娘好似没心没肺,没什么城府。

不多会儿,新鲜片好的鹿肉就送进来,过卖安排了炙烤的小火炉,上面摆着铁板,有专门的女使上前伺候。大家吃得很欢喜,能喝酒的,小酒就鹿肉,明妆不擅饮酒,便拿香饮子替代,心尤不足,还说里面最好加上冰块,特别能解腻。

午盏操碎了心,喋喋不休道:"大冬天里吃冰饮,被商妈妈知道了又要责怪。"

商妈妈是明妆的乳媪,年轻时丈夫战死,孩子又没养住,阿娘看她可怜,便收留在府里。后来她们回上京,把她也一同带来了,好在有商妈妈在阿娘走后的日子里尽心照顾,在明妆心里,商妈妈也算半个母亲。

明妆怏怏地不敢作乱,只好打消这个念头,让午盏去要了一盏滴酥解馋。

姐妹相聚的时光很短暂,将到未时,席散了,大家从潘楼退出来,酒阁内外温差大,乍一走进冰天雪地,"呵"地倒吸一口凉气。

明妆提裙,痛快地跺跺脚,溅起的细碎雪末落在脚尖,像云头堆叠的鞋翘。她回身和几位表姐招手道:"今日真高兴,代我回禀外祖母一声,我过两日回去请安。"

三位表姐说好,见小厮赶着马车过来,先送她离开,然后才登上自家马车。

雪下得大,清理过的路面很快又覆盖上一层薄雪,车轮碾过,发出咯吱的声响。明妆打帘朝外看,车子正经过观音院桥,这是官家戚里,住的尽是皇亲国戚,穿过风雪看那些宅院的门禁,愈发显得肃穆森冷。

再往前一程就到家了,以前是密云郡公宅,爹爹过世之后把牌匾撤下来,换成了易园。

宅子很大，但住的人不多，除了女使、婆子、小厮，还有爹爹的两位妾室。那两位妾母原是阿娘的陪嫁女使，本想给爹爹开枝散叶的，最后都落空了。回到上京后，阿娘打算放她们回家，她们不愿意，现在住在园子里，大家做伴，也还算热闹。

马车停稳，小厮摆上凳子，午盏搀扶明妆下车，候在门前的烹霜忙迎上来，换下明妆手里渐凉的手炉。

明妆进门见了商妈妈就撒娇："妈妈，我脚冷。"

要是换了平常，商妈妈必定尽快替她焐上，可这回却犹豫了，朝厅房递了个眼色，压声道："小娘子，易家来人了，说太夫人甚是想你，要接你去宜男桥巷住几日。"

第二章

明妆听了，嘴角微微撇了一下，宜男桥巷，光听这个巷名，就知道不是什么好去处。

易家太夫人看重男孩，曾因阿娘生的是女孩，对阿娘诸多刁难，后来爹爹干脆将妻女带到陕州，阿娘才过上自在的日子。如今爹爹过世，这位祖母嘴上常说明妆是三郎唯一的血脉，但对这个孙女，并不见得有多亲厚，现在忽然惦记起她来，反倒让人惶恐，大有黄鼠狼给鸡拜年的感觉。

明妆顺着商妈妈的视线朝前厅望了一眼，见门前站着一个穿紫磨金对襟褙子的妇人，正冲她堆出笑脸。明妆认得她，是长房的罗大娘子，按辈分，自己应当管她叫大伯母。

虽说无事不登三宝殿，但既然来了，总要应付应付。明妆硬着头皮走过去，还没到跟前，罗氏那条单寒的喉咙就憋出温和语调，和善地牵起她的手摩挲着，笑问："这么冷的天，小娘子上外头赏雪去了？"

明妆腼腆地笑了笑，说："大伯母进去坐吧。"

罗氏说好，牵着她的手并未放开，相携在榻上坐下来，待要张口，忽然听见明妆惊天动地地咳嗽起来，这么一来，到了嘴边的话，又被堵了回去。

"这是怎么了？受寒了吗？"罗氏关切地问，忙接过女使送来的茶水放到她面前，"快润润嗓子。"

明妆呷了一口，颧骨上还残存着淡淡的血潮，压着胸口说："在大伯母面前失礼了，大伯母千万别怪罪。"

罗氏满脸的怅惘之情，说："你呀，就是和我们太见外了，按说你是我们易家的孩子，一家子骨肉，还计较这个？"又看明妆终于缓过来，方道明来意，郑重地偏过身子说，"今日冬至，又逢大雪，老太太在家挂念小娘子，说怕你冷着，怕你想爹娘，因此吩咐我亲自过来，接小娘子回去住两日。"

当家的主母，就算跨了府，也很有掌家的习惯，罗氏转头吩咐商妈妈："快去给小娘子收拾收拾，趁着天还早出内城，到家正赶上暮食。"

商妈妈没应声，看了明妆一眼，这一看，明妆的咳嗽又上来了，直着嗓子，咳得几乎打噎。

"哎哟！"罗氏见状，起身来给她拍背，忧心忡忡地说，"咳成这样，别把嗓子咳坏了……可是身边的人照顾不周？我就说了，年轻姑娘怎么好自己当家呢，还是要在长辈身边才好。"

这是易家上下长久以来的想法，一个无父无母的女孩，把持着这么大的家业，于情于理都说不过去。

商妈妈不动声色地上来替了手，笑着说："大娘子坐吧，回头一定请个郎中来给我们小娘子瞧瞧。"

罗氏只好坐回锦垫上，抚了抚膝上的褶皱，道："般般，咱们是至亲骨肉，大伯母也是为你着想。我看你孤零零的，实在心疼得紧，加之老太太又时常念叨你，莫如搬回老宅来吧，一家人也好有个照应。"

这个提议实在不止提过一回，好话歹话说尽，可惜这小丫头就是不松口。明妆呢，自然知道他们的想法，如今爹爹这一房成了绝户，这么大的家业，无论如何都该落进易家人手里。好在她耳根子不软，从来没有答应搬到宜男桥巷去，否则出去容易回来难，前脚走，后脚这园子就成了人家的产业。

她也不得罪人，还是一副纯良的模样，笑得眉眼弯弯，说："多谢大伯母关爱，我在这宅子里住惯了，换个地方，夜里睡不着觉。原本这么大的雪，大伯母特地来接我，我该随大伯母过去给祖母请安的，可是我……我今天吹了冷风，像是要发热了……"说着又咳了两声，"要是到了祖母身边，把病气过给祖母，那可怎么办？所以还是不去了，等天晴了，我的毛病好了，再过府看望祖母，今日就请大伯母替我给祖母带个好吧。"

罗氏听了，微微扯动了下嘴角，其实早就料到了，这回无非是白跑一趟，这丫头的脾气随了她那个油盐不进的爹，她爹爹死了可以不入祖坟，教出来的孩子也一样，想让她离开这个园子，比登天还难。

牛不喝水强按头，传出去名声不好听，罗氏只得长叹口气，说："那真是不巧，小娘子身体既然不好，还是养病要紧，今日不去就不去了，等我和老太太回一声，老太太能体谅的。"

明妆掩嘴又清了清嗓子："多谢大伯母，到时候我再向祖母赔罪。"

罗氏点点头，站起身朝外走了两步，忽然想起什么，回身道："有个趣事忘了同你说了，你二婶婶娘家的嫂子，前日来家里给你说媒，说她家二郎还未娶亲，想和咱们亲上加亲，老太太当即就回绝了。那个曹二郎，不学无术得很，整日流连勾栏瓦肆，咱们好好的姑娘，岂能跳那个火坑？"说罢见她呆怔，又一笑，扬了扬帕子说，"好了，我回去了，你留步吧，不必相送。"说完带着两个贴身婆子，打着伞往大门走去。

明妆看着罗氏走远，有点泄气，及笄后就这一点不好，那些长辈可以在她的婚事上动脑筋了，实在麻烦。

她身边的人对易家那些族亲的算盘心知肚明，午盏悄声嘀咕："自小没尽什么心，现在又来做主小娘子的婚事！"

商妈妈摇头道："将来难免要坏事。"不平归不平，眼下要紧的是小娘子，忙又来问，"怎么忽然咳嗽起来了？早上出门还好好的，果真着凉了吗？"

明妆咧嘴笑了笑，说："没有，我装的。"

烹霜对她刚才的表现五体投地，说："小娘子装咳嗽的本事，真是愈发炉火纯青了。"

那是自然，人总要有一技傍身，才能应付突发的变故。现在能敷衍一时是一时，太夫人那么惜命的人，罗氏要是硬把她带回去，反倒会招太夫人责怪。

明妆小小的年纪，看似荒唐胡闹，其实什么都知道。

商妈妈松了口气，浮起一点笑意，伸手招了招："不是说脚冷吗？快回房换鞋吧。"

穿过前后相连的木栅长廊，直入明妆的小院，这院子玲珑雅致，有个好听的名字，叫彤霞晓露。雪天的彤霞晓露尤为幽静，檐下成排的竹帘错落卷起，只余佛头青的回龙须穗子悬挂着，随风摇曳。

屋里的温炉正暖，煎雪也预备好了热水，商妈妈扶她坐下，替她脱了脚上的绣鞋，一摸之下果真脚尖都湿了。

"又去踩雪了？"商妈妈无可奈何道，"说了好几回了，寒气入脚心，要闹肚子疼的，小娘子总是不听！"

明妆忙说："没有，酒楼外面有雪，登车前走了两丈远，鞋就湿了……不信你问午盏。"

午盏"啊"了一声，接到小娘子的眼风，不好不替她打掩护，只得含含糊糊地说："是，雪下得好大，潘楼的过卖来不及铲，全堆起来了……"

她们一唱一和，商妈妈也不去认真计较，褪下潮湿的足衣，见那细嫩的脚趾都泛了青，忙搓一搓，活络一下筋骨，再泡进温水里。

脚上一暖和，浑身的血又重新流动起来，明妆舒坦地闭上眼睛，十根脚趾在水里快活地扭动。

商妈妈掬了水，一面替她擦洗脚踝，一面说："罗大娘子顶风冒雪过来，恐怕不单接小娘子过府那么简单，她临走的那番话是什么意思？无外乎表明太夫人很爱重你这个孙女，不会胡乱将你许给别人，让你将来放心听他们的安排。"商妈妈边说边抬眼四下望了望，惆怅道，"郎主和大娘子留下的这份产业，不知招来多少人眼红，要是小娘子有个兄弟，也不至于这样艰难。今日是搪塞过去了，倘若过两天又来，那该怎么办？"

明妆倒并不担心，慢吞吞地说："兵来将挡，水来土掩，总会有办法的。"

可是年轻的姑娘，又能有多大的勇气面对权威的易家长辈呢？商妈妈看看眼前这涉世未深的孩子，从小是捧在爹娘手心里长大的，多说两句话就要脸红，哪里知道人心险恶。纵使看清了，明白了，可失去恃怙就没了撑腰的，将来又如何应付那些老奸巨猾的。

想来想去，就是易家人办事不地道。

"早前大娘子病故，小娘子无依无靠时他们不来照应，是怕朝廷还要追郎主的责，怕这郡公府早晚留不住，拿小娘子当烫手的山芋。现如今，三年太平无事，眼看风头过去，他们就来打主意想接小娘子回去，顺理成章分了这园子。"商妈妈接过煎雪递来的巾帕，把明妆的双脚抱进怀里，一面擦拭一面叮嘱，"小娘子一定要多长个心眼，千万别听信他们的花言巧语。"

明妆说："妈妈放心吧，我不会离开易园的。头几回去宜男桥巷，连喝一盏茶都让我浑身不自在，祖母也不爱拿正眼看我，难道我长得不如她的意吗？"

商妈妈含笑打量她，说："我们小娘子的样貌，比易家另几位姑娘可强多了，易老夫人看不上，除非她的眼睛长在头顶上。"

明妆还是小孩子心性，喜欢听人夸她漂亮，一旦高兴起来，那眉眼便愈发美妙温软了。

反正自家的小娘子啊，从头到脚无一处不齐全，不是说自己养大的孩子自己觉得好，实在是明妆放在女孩堆里，也明亮扎眼。可惜骨肉缘浅，有几分遗憾，但这里不足，那里补上，年岁尚小的孩子已经能够经营产业，也算老天爷厚待她，让她能够自保，能够安稳地存于世间吧。

一切收拾停当，喝上一盏熟水，换了轻盈干爽的衣裳，明妆照旧挪到书案前看账。

府里有管事的账房，那是用来出面办事的，毕竟没出阁的姑娘过问市井交易，不受人信任，因此家中铺子和田庄收成，对外全由管事代为经营。明妆做买卖，也确实很有想法，办过车轿行，近来打算再办个香水行。

所谓香水行，就是香汤沐浴的澡堂，区别于一般只提供热水和胰子的民家浴室，用上好的香料和器具，再准备几个手法独到的揩背人，专门服务城中的达官贵人。

当然，要开一间买卖行，万事不能一蹴而就，方方面面都得有设想。为了这个，明妆已经筹谋好久，单经费概算，就写了十几张纸。

小娘子在里间忙，午盏让厨娘做了一份她爱吃的笋蕨馄饨，待端进来时，发现她已经伏在案上睡着了。桌前的温炉烧得热烈，书案下，小娘子的十二破裙撩到膝头，脚上的软鞋也蹬掉了，莹洁可爱的脚趾覆上浅红的春冰，像桃花瓣上凝结的露水般盈盈。

午盏抿唇笑了笑，又退出来，让小女使把馄饨撤下去，自己在门前立着，看天顶飞雪从屋檐纷扬坠下，很快假山被层层堆叠，装饰了棱角，只余一个模糊的轮廓……

第三章

明妆做了个悠长的梦，梦见爹爹和阿娘还像在陕州时一样，用过暮食之后，坐在院子里看落霞。梦里的爹爹和阿娘脸上没有病容，仍是意气风发的模样，慢慢地，有一搭没一搭地，说着军中的趣事。

没有分离，也没有惶恐，明妆心里是平静的，甚至醒后仍不愿意从那种温情中脱离出来，只是仍有些伤心，如果爹爹和阿娘还在，那该多好……阿娘过世之后，因路远迢迢，不能和爹爹合葬，只好命人将阿娘的衣裳送回潼关，埋在爹爹的墓旁。他们在那边应当已经团聚了，这样很好，就不怕他们孤单了。自己一个人尚好，有商妈妈和午盏她们陪着，将来也有自己的路要走，有自己的执念和心愿要完成。

雪还在下，商妈妈来唤她，轻声说："小娘子略打会儿盹就行了，要是想睡，还是要回床上去。"

明妆从账册间抬起头，揉揉眼睛说不睡了，看天色将要暗下来，便把手上的东西整理好，趿鞋起身到门前看雪。

雪好大，一点没有要停下的意思，明妆喃喃说："明日芝圆还要邀我品香呢，要是下上一整夜，恐怕是去不成了。"

她口中的芝圆，是枢密使汤淳的独女，因阿娘早年在闺中时与汤淳的夫人周大娘子交好，因此回到上京之后，她就认了周大娘子做干娘。有了这一层关系，明妆和芝圆的感情相较旁人，愈发好一些。阿娘故去的三年里，周大娘子对她也是多番照应，甚至比起易家人更亲厚得多。

商妈妈跟着瞧了瞧天色，对插着袖子说："且等明日再看吧，要是去不成，就打发个小厮过去传话，免得汤娘子等你。"

夜里明妆躺在床上，听窗外风过檐角，发出呜呜的声响，凄厉之声直到四更天才消停。早上起床，忙不迭推窗一看，虽是房顶院落处处白茫茫，天色却晴朗起来。院子里，粗使婆子已经在铲雪，把半埋进雪堆里的海棠树解救出来。廊下有女使在忙碌，送热水的、卷帘的、洒扫的、运送晨食的……一派热闹气象。

明妆喜欢人多，她其实还是害怕寂寞，阿娘过世后，府里雇请的女使和婆子没有减少，反倒又添了些，她不愿意易园变得冷冷清清，就要每一处都有人走动，每一处都干干净净，兴兴隆隆。

不过雪停了，该准备去往汤宅了，否则芝圆等不了，早晚会打发人过来催促。

女使把随行的点心和香料搬上马车，车辇停在边门外的小巷里，待明妆打扮好，便登车往安州巷去。

安州巷距离易园所在的界身南巷有段距离，出了阊合门顺梁门里大街往南，再走上半盏茶工夫就到了。

这些年明妆经常往来，门前的小厮也认得她，看见七香车停下，立刻讨好地搬了脚凳放在车前，一见着人，笑得眼都眯成了一条缝，叉手说："给易娘子见礼。我家小娘子早早就吩咐了，说易娘子来了不必通传，让嬷嬷请进去就是。"

明妆点点头："你上回托我的事，已经办妥了。我问过府里管事，岳台庄子上缺个押送粮食的人手，要是你表弟不嫌弃，明日就让他过去吧。"

小厮一听，忙不迭又行礼，叨念着："多谢易娘子！我就说，托易娘子，比托我们公子靠谱多了。"

门内的婆子出来相迎，哈着腰把人领进门。

穿过抄手游廊进后院，芝圆的院子在莲花池以东，刚进月洞门就听见她在吆喝："捞出来……火再烧得旺些……"

明妆朝内一看，窗开着，帘子疏疏卷起半幅，窗后的身影拿银索攀膊，正忙得热火朝天。

明妆叫了声芝圆，问："你不冷吗？"

芝圆见她来了很高兴，笑嘻嘻地说："哪里冷，我为了做这香，费了九牛二虎之力呢！"边说边把人引进去。

打眼一看，满桌铺着湿漉漉的柏子，青涩之气混合着黄酒的味道，乍一闻，有点冲人。

明妆茫然问："你在做柏子香？"

芝圆说："是啊，用柏子香迎接好友，是时下最风雅的事。"

风雅事的卖点，无外乎清净质朴，芝圆说："你细闻闻，像不像置身于山林之中？"

她满脸希冀，圆而可爱的脸庞真如她的名字一样，像个白胖的芝麻汤圆。

明妆依言深深嗅了嗅，为难地说："不像置身山林，像进了酒缸。"

好友不赏脸，芝圆也不在意，豪迈地一指桌上的瓶罐："香谱上说了，柏子用黄酒浸泡七日，捞出来风干即可。这些都是泡好的柏子，可近来天气不好，不知要晾到什么时候，所以我想了个办法，烘干它，干了就能放进石杵舂碎，到时候再点上，就有山林的味道了。"

养在深闺的姑娘终日闲暇，很有亲自动手的兴趣，于是也不用女使帮忙，把笤箩里的柏子倒进铁锅里翻炒起来，一个看火，一个举铲。

明妆说："我带了一盒花蕊夫人衙香来，比这个可好闻多了。"

芝圆照旧对柏子香兴致盎然，说："那些媚俗的香，点起来有什么意思？还是这个好，闲坐烧印香，满户松柏气……"

结果刚说完，铁锅里的柏子受热太猛，轰地烧了起来，满屋的女孩顿时尖叫逃窜，还是老到的婆子进来泼了水，才把火压下去。可是热锅遇冷水，加上炭也被浇灭了，屋里浓烟四起，从门窗倾泻而出，这动静很快招来了周大娘子，神天菩萨一通喊："这是要放火烧屋子吗？"

两人被女使从屋里拉出来，熏得脸上白一道黑一道，面面相觑，不知所措。

周大娘子起先还气恼，见她们这样，又忍不住笑起来，给明妆擦擦脸，又戳了戳芝圆的脑门，说："真是冤家，整天就知道胡闹，传到你爹爹耳朵里，看他捶不捶你！"

芝圆挨了骂，无可奈何地看了看明妆，说："般般，我们还是点你带来的花蕊夫人香吧。"

至于这屋子，是没法待了，只好移去花厅。刚坐定，周大娘子就责怪芝圆："你整日不知在忙些什么，让你学女红又不听，还带坏了妹妹。"

芝圆鼓起腮帮子，那小圆脸更圆了："我只比般般大了半个月……"

"半个月也是大，就该有个姐姐的样子。"周大娘子瞪了她两眼，转而又和颜悦色地问明妆，"昨日好大的雪，可出去赏雪了？"

明妆说："是，几位表姐办喜雪宴，请我到潘楼吃席，回来的时候祖母派人来了，说要接我去宜男桥巷。"

周大娘子听了，不由得皱起眉："总是无利不起早，不知又在打什么主意。"

一旁的商妈妈适时插嘴道："隐约听说，有人同易老夫人提起我们小娘子，要给我们小娘子说亲事。"

这回不等周大娘子开口，芝圆就先炸了毛，高声道："那易家老太太看顾过般般吗？有什么资格来决定般般的婚事？"

可这世间礼法就是如此，无父无母的女孩，婚事不由自己做主，只要还有族亲长辈，长辈就有说话的分。

明妆倒不自苦，说："反正我可以推托，就说年纪尚小，不急着说亲事。"

周大娘子叹了口气："人家哪里是着急为你说亲事，不过是想早些打发你，寥寥准备几样嫁妆就把你嫁出去，他们好名正言顺地接手易园和外面的产业。看来须得早他们一步，与其让他们随意说亲，不如咱们这头找个知根知底的。"

芝圆说："对，找个好人家，咱们般般这样人才，不能被易家那些黑心肝的埋没了。"想了想,计上心来,抚掌道,"等我过两日进宫给贵妃请安,求她给般般做媒,物色一门好亲事,这样就能堵住易家人的嘴了。"

当朝最得宠的贵妃孙氏,认了芝圆做养女,芝圆在禁中一直养到与四皇子高安郡王定亲后才回到本家待嫁,因此在禁中也算颇有门道。

可是这样的提议,多少有些欠考虑,周大娘子不好说得太透彻,只好委婉道:"孙贵妃是个冷清的性子,你是她的养女,她才有这份热心肠替你做媒,你却不能恃宠,随意麻烦她。这样吧,般般的婚事我来替她留意,若有好的,我先上袁府和袁老夫人提一提,让袁老夫人再和易家推举。袁家毕竟是般般的外家,婚事上也说得上话,反正易家最终不过要将般般嫁出去,真要是能尽快摆脱,我看他们也求之不得。"

明妆听她们谈论自己的婚事,谈得风生水起,自己倒像局外人一样,说:"干娘,我还没想得那么长远呢。上月不是刚及笄?用不着这么着急说亲事。"

周大娘子却很上心:"你阿娘临终前托付我看顾你,我一直把这件事放在心上。原本也是想着你刚及笄,打算等开春再好好说说,谁知道易家比咱们着急,若是把你的一辈子放手给易家操持,只怕他们会坑了你,还是咱们自己尽心的好。"

明妆听她这样说,便没有再反对:"那我全听干娘的。"

周大娘子颔首,这事说定了,她心里就有底了,看看时辰,将要到午饭了,起身笑道:"你们姐妹坐着说话,我去看看中晌吃什么,另加两个般般爱吃的菜,般般用过午饭再回去。"

明妆点头说好,目送周大娘子领着身边的女使往院门走去。

花厅里只剩下各自近身伺候的人,芝圆往明妆身边挪了挪,凑在她耳边小声说:"其实我心里有个合适的人选,你可要听一听?"

明妆嗤笑道:"你也打算给我做媒?"

芝圆"啧"了一声,说:"你不是说过吗,要是咱们能一辈子不分开就好了。我想来想去,女孩子嫁了人就各奔东西了,要想长久亲近,不如嫁进一家做妯娌,你说如何?"

明妆愕然,那双鹿一样的眼睛怔怔地盯住她:"你是说……"

芝圆是个单纯的姑娘，虽说长在禁中，但对权力并没有太大的欲望，她郑重其事地吐露了自己的想法："官家养活了八个儿子，至今没有立太子，也不知心里属意谁。咱们要是各嫁一个，胜算就高一些，万一一个当上皇后，那另一个不也跟着沾光吗？你看……"她掰着手指算道，"皇子之中，除去大皇子和三皇子已经娶亲，四皇子与我定了亲，剩下的都还没说亲事呢。再除去七岁的八皇子、十二岁的七皇子，六皇子和五皇子都与你年纪相当，二者还能选其一。我觉得五皇子是个好人选，学问好，私德也好，比你大一岁，可谓天作之合。"

她说得煞有其事，明妆却蹙眉发笑："你当帝王家的男子是菜，由得我去挑吗？况且我爹爹和阿娘都不在了，娶我，对人家没有助益。"

芝圆说："那未必，你瞧当今圣人，不也无父无母吗？有时候为了提防外戚干政，宁愿找这样家世的女子。再说凭你的人才样貌，不靠家世也能让男子神魂颠倒。"她越说越高兴，当即做了决定，"下月十六是南岳大帝和后土诞辰，届时人人都去重阳观参拜，李家人拜完了爱在山下梅园歇息，到时候我想办法引荐你。"

明妆有些迟疑："这样……不大好吧？"

芝圆摆了摆手："有什么不好？李家的皇子皇孙是香饽饽，那些名门出身的小娘子，哪个不是各显神通？毕竟有爵在身，比榜下捉婿强，榜下捉一个贡士，万一这辈子不得高中，不也是白搭吗？"

明妆听罢，想起昨日静好的话，说："你和我三表姐的意思不谋而合。"

"所以就这么定了。"芝圆拍了拍胸口，"看我的，我同他们自小认识，届时也好说话。到了那日，你只管好好打扮，让他们领略一下你的风采。不拘是五皇子还是六皇子，只要有了眉目，易家人就不敢再轻易摆布你，对你也是一桩好事。退一万步，就算过去认得几个人，也没什么不好，多个朋友多条路嘛。"

明妆沉默下来，半晌抬起眼，眼中波光微漾，旋即笑了笑："那我就跟阿姐过去长长见识吧。"

第四章

芝圆因这一句阿姐高兴了半天,午间吃过饭,又留明妆去欣赏她那些稀奇古怪的小玩意儿,什么香盒、镶了螺钿的碗,还有她新做的乌桕蜡烛,临走送了明妆好几支,说回去之后让她试试。

用芝圆亲手做的东西,需要一点勇气,据说她上回做了一把折扇送给高安郡王,人家展开后扇了两下,扇骨飞出来差点打瞎了眼睛,到现在眉角还留着一道疤。

午盏坐在车里,翻来覆去打量那些桕烛,不用说,手工必定是不怎么样,好在还能看出蜡烛的形状,中间的烛芯也算周正,要点燃应该不难。

商妈妈惦记的是另一件事,看了明妆两眼,欲言又止,最后还是没忍住,小心翼翼地问:"小娘子果真要随汤娘子去吗?"

明妆应得淡然:"反正闲着,去重阳观上炷香也好。"

她明知道商妈妈指的不是敬香叩拜的事,午盏也抬起眼,茫然地瞧了瞧商妈妈。

商妈妈怕她想得不周全，趋了趋身子说："汤娘子是一片好意，愿意为小娘子牵线搭桥，可小娘子与她不同，以前从未见过那些皇子。上京的皇亲贵胄们，大多自负乖张，何况当今官家的儿子，万一闹得不好，引出什么祸端……"

"能有什么祸端？"明妆咧嘴笑道，"妈妈别担心，又不是市井泼皮，总要自矜身份。再说了，多认识几位贵人不是坏事，万一将来有事相求，有过一面之缘也好办事。"

商妈妈见劝不动她，也没有办法，转头想想，郎主虽然不在了，但到底封过郡公，小娘子也不是等闲出身的姑娘，且当朝皇子对品行大多有很高的要求，把人想成色中饿鬼，大可不必。

"要我说啊，还是周大娘子做媒，最靠得住。"商妈妈自言自语，"寻一户差不多的门第，郎子对你好就够了。"

明妆闻言转过头望了望商妈妈，打趣道："我要是能配个皇子，不是更好吗？都说人往高处走，到了那时候，就没有人敢来欺负我了。"

这话说出了商妈妈深藏的心酸，其实小娘子一直有些不安，郎主功高，最后还是被禁中派出的黄门监军构陷，所以在她看来，要想不被人欺负，就得爬得够高够稳。如今易家的人要算计小娘子，袁家想插手又隔着一层，小娘子愿意跟着汤娘子露面，也是给自己寻找机会。

罢了，都是人上人，不至于像她想得那么不堪。商妈妈又舒展眉目，撩起窗帘朝外张望，马车正经过州北瓦子，她指了指前面的杨楼，说："那家栗糕做得有名，咱们买上一笼带回去，能吃两日。"

于是马车停下，采买栗糕之余，明妆和午盏一人另得了一份鲍螺滴酥。女孩子有了甜食，心情就大好，从杨楼街慢慢吃回界身南巷，中途经过饮子店，还点了两杯小龙团。

雪后初晴，相较下雪时更冷，这样的天气适合熏香烤火。闺中岁月悠长，通常制一味香，调和窨藏一番忙碌，转眼天就暗下来了，晚上点了芝圆送的柏烛，乌柏的香气随着灯芯的燃烧扩散，都说"乌柏烛明蜡不如"，十支白蜡，才抵一支柏烛。也不知是不是错觉，反正室内确实亮堂了不少，只是芝圆做的时候好像没把乌桕种子的外壳剔除干净,有时候噼啪爆响,灯火跳跃,满屋子的影子都跟着攒动起来。

终于,火光抖了抖,彻底熄灭,屋里顿时一片漆黑,廊上的烹霜察觉了,忙点了油灯进来,仔细观察那桕烛,原来越往下烧,灯芯越偏移,烧到中段的时候,灯芯已经完全找不见了。

果然逃不开这宿命,大家讪笑两声,明妆打了个哈欠,懒洋洋爬上床睡下了。

第二天起身,洗漱打扮妥当,午盏进来回话:"今天府里做过年的新衣,罗锦匹帛铺的胡裁缝已经请进来了。"

明妆应了一声,正打算往花厅去,偏头看见前院传话的婆子到了月洞门前,站在那里和内院的女使说话。女使听罢转身往廊上来,隔窗回禀道:"小娘子,老宅的太夫人来了。"

明妆一听,乌云罩顶,前天应付了罗大娘子,没想到今日老太太亲自出马了。她心里虽不情愿,却也不好推辞,只得整了整仪容往前厅去,进门就见易老夫人在上首坐着,看见她,脸上堆起慈爱的笑,伸手招了招:"般般,过来!前日你大伯母说你病了,害我惦记着两夜没有睡好觉,今天趁着天晴,无论如何要来看看你。"她一边说一边打量明妆的脸,"眼下怎么样?好些了吗?"

明妆配合地咳嗽了两声,说:"好多了,身上已经不发热了,多谢祖母关心。"

"那就好,那就好……"易老夫人庆幸过后又感慨道,"你这孩子啊,自小身子就弱,周岁那年,有一回连着发了三天三夜的烧,把我和你阿娘都吓坏了。那时候是请郎中也不管用,请巫医也不管用,我只好在三清祖师像前叩拜,连跪了两个时辰,总算求得你退了烧。"

上了年纪的人,说起以前的事来一本正经,那张富态的脸上满是堆叠的回忆,仿佛果真触动过心弦似的。

明妆含笑听着,不知根底的人大概会感动于这位祖母的一片慈爱之心,在她听来却觉得有点好笑。等老太太追忆完,她哪壶不开提哪壶地问:"祖母不是不信神佛的吗?"

易老夫人直接被问蒙了,陪同前来的罗大娘子和二伯母齐大娘子怔愣了一下,也不知是替老太太窘迫,还是想笑,忙拿手绢擦了擦鼻子。

老太太那句名言,振聋发聩,"心虚者才拜佛求心安",为了表明坦荡,还说她从来不信那个邪。

明妆的质疑让易老夫人有点下不来台,心里不高兴,又不能发作,只好极力补救:"那时候心都乱了,自然是见神拜神,见佛拜佛。你还小,不知道祖母的苦心,等你将来有了儿孙,就能明白长辈的爱之深了。"

明妆"哦"了一声,含糊应了。这时煎雪捧着托盘进门,一一给太夫人和两位大娘子奉茶。

气氛有些尴尬,明妆该装傻充愣时从不自作聪明,长辈不说话,她就不说话,小口地嘬着茶汤,觉得今日的乳点打得真不错。

最后还是易老夫人把话又续上了,放下建盏道:"眼看年关将至,各家在外游学或是做官的,都赶回家中预备过年,你爹爹和阿娘不在了,只剩你一个,守着这偌大的宅院,终究冷清。我想着今年接你回去过年,一家子在一起也热闹热闹。一会儿让你跟前的人收拾起来,把要带的东西装上马车,你就随祖母一道走吧。"

话说得很家常,也很有至亲的味道,可惜明妆并不领情,这种时候年轻还是有好处的,就是不必前思后想字斟句酌,有三分莽撞的权利,便直言道:"阿娘走了三年,这三年我一直在这园子里过年,已经习惯了,也不觉得冷清。我有乳娘,有亲近的女使,还有两位妾母,过年的时候凑在一起也很热闹,祖母不必为我担心。"

易老夫人明白过去三年自己趋吉避凶没有立时尽到照顾的责任,多少让她心里不满,孩子的情绪不知道掩饰,找些情非得已的理由糊弄过去,解开这个结就行了。

"头两年,我身子不好,确实对你疏于照顾。"易老夫人叹了口气,说得真切,"后来你大伯父迁任,加上你三哥哥在外闯了祸,家里乱糟糟的,也没顾得上你。今年好了,家中太平无事,把你接过去过年,没有那些琐事惊扰,你就在老宅安稳住下吧!你没有同胞手足,老宅有你堂兄堂姐,你也不是孤孤单单的了,有什么好吃好玩的,他们都会想着你,你也过得滋润一些。"

可是这话，老太太自己信吗？

那些堂兄，明妆没和他们打过交道，但鲜少回宜男桥巷的那几次，她接触过两位堂姐，大伯父家的凝妆尖酸，二伯父家的琴妆刻薄，都不是省油的灯，自己和她们玩不到一处去。

太极来回打，让人很不耐烦，明妆也懒得虚与委蛇，便道："这宅子是当初爹爹获封郡公的时候筹建的，处处都有爹娘的心血，我连离开一日都舍不得。除夕家里要供奉爹娘的灵位，我要是不在家，香火岂不是要断了吗？"

结果齐大娘子就是这么机灵，一头钻进这个空子，自作聪明地插嘴道："香火原本就断了，照着老例，灵位该由长子长孙供奉，你是姑娘，日后出了阁，就是别人家的人，总不好除夕之夜舍了婆家，回来给你爹娘上供吧！"

此言一出，大家都松了口气，打开这个话匣，掩藏在体面之下的真实目的，就能堂而皇之地摆到台面上来说了。

罗大娘子也附和道："这话说出来虽叫人伤心，但也是事实，你爹爹征战一生，最可惜就是没有男丁来承继家业。怪也怪你阿娘走得急，要是从宗亲中过继一个儿子掌家，也不至于让你这样为难。"

这时易老夫人就该发挥定海神针的作用了，她沉吟片刻，抚着圈椅的扶手道："我这几日和你两位伯父商议了这件事，这偌大的家业压在你一个女孩身上，实在苦了你。家中上下这么多的女使婆子，一人一个心眼，有办事踏实的固然好，若是出了个把心怀叵测的，败坏了家中名声，你一个姑娘家，可怎么应付得了？说到底，外人都是瞧热闹的，只有至亲骨肉才为你着想，纵使担些责任，操劳费心，一家人也不说两家话，左不过让你伯父他们受累些，除了自己人，还有谁尽心为你呢？你好好的贵女，原该娇花一样养着，大可不必烦心一家上下的吃喝拉撒，往后养在祖母身边，到了年纪觅一门好亲事，出了阁再当家，方不招人笑话。"

第五章

原来女孩子当家,是会被笑话的。原来把别人的家产据为己有,是件费力且为难的事。

明妆一向知道祖母不喜欢自己,但如此脸不红气不喘地把黑的说成白的,实在让她对这位长辈有了全新的认识。

是不是年纪大了,就可以仗着辈分胡说八道诓骗小孩?明妆身边的人听得气不打一处来,但碍于这是易家的事,她们这些外人委实不好插嘴,如今只有寄希望于小娘子了,希望她不要面嫩,不要耳根子软,被人哄得团团转。别人家的骨肉亲情,是同气连枝一荣俱荣,易家的手足之情,是趋吉避凶趁火打劫。倘若小娘子听了易老夫人的话,将来必会被搜刮一空,到时候后悔都来不及。

所有人都在等着明妆表态,十来双眼睛望向她,她低垂的睫毛慢条斯理地扇动了一下,启唇道:"爹爹和阿娘说过,他们一生的积攒将来都是我的,自己当自己的家,我并不觉得苦。"

商妈妈等人松了口气,易家的人却纷纷皱起眉,切齿于明妆小小年纪,冥顽不灵。

齐大娘子看了易老夫人一眼，瘦长的脸上堆起笑："般般还小，不知道祖母为了两全，操了多少心。她满以为自己长大的地方就是自己的家，却没想到将来出了阁，娘家的东西不能带到夫家去。"

明妆听了，抬眼冲着齐大娘子明知故问："二伯母，我自己的东西，怎么不能带到夫家去？"

齐大娘子道："这是易家的产业，怎么好便宜外姓人！姑娘成婚，娘家准备嫁妆就成了，从没听说把娘家囫囵个儿送给婆家的。如今这世道，人心不古，保不定有那些为了钱财结亲的，一旦产业到手，就原形毕露。你要想得长远一些，有娘家在，背后就有靠山，倘若没了娘家人撑腰，譬如无根的浮萍，到时候任人揉搓，受了委屈，连哭都没地方哭。"

罗氏也来凑嘴，连连应承："正是这话。"

明妆失笑："那还不容易，我将来不嫁人就是。"

这回老太太表示反对了："别说傻话，大好的年华，做什么不嫁人？你爹娘不在了，我这个祖母还在，若是把你耽误了，岂不是叫人戳我的脊梁骨，说我不把嫡亲的孙女放在心上？"

也是没想到明妆这么不好糊弄，按说这个年纪，只要吃饱穿暖，有闲心闲情插花点茶就够了，要这么大的家业做什么？结果这丫头，话里话外就是不肯撒手，想是受了身边人的调唆，防贼一样防着易家人。如今有些相持不下，明妆不松口，这份产业就不好安排，想来想去只有一个办法，易老夫人说："这样吧，我从你那几位堂兄之中挑出一个命继子来，让他替你分担分担。"

明妆立时就拒绝了，慢悠悠地说："祖母，我读过《户令》，上头明明白白写着，'诸户绝财产，尽给在室女'，就算您指定了命继子，我仍得四分之三，又何必委屈堂兄，过继到我们这边来呢。"

可是在易家人看来，四分之一也是一笔不小的进账，况且男子的手段总比女子高，只要接手庄地买卖，日久年深，慢慢就全揽下了。

易老夫人也同明妆掰扯《户令》中的细节，笑道："在室女，指的是未出嫁的女子，你将来出了阁，这家业又当如何？家中堂兄也如你至亲手足一样，既是一根藤上下来的，自然拿你当亲妹妹看待……"

谁知明妆还是摇头："我自小一个人孤单，大了却要什么兄弟手足？《丧葬令》中也写得清楚，若亡人在日，自有遗嘱处分，证验分明者，不适指派命继子。祖母不知道，我阿娘还能走动的时候，将所有房产报了检校库，待我出阁再归还于我。既然阿娘的意思是让我自己掌家，那我为了完成阿娘的遗愿，也绝不喊辛苦。自家的事，当然自己操劳，要是麻烦伯父和堂兄，我也过意不去。"

这话一说完，易家的人都变了脸色，两位伯母面面相觑，最后将视线调转到老太太身上。

罗大娘子说："母亲，看来般般是误会咱们要争夺易园的房产，把咱们的好心当作驴肝肺了。"

易老夫人的面皮抽动两下，虽有怒容，却还是把一肚子火强压下来。原本她不是不顾念三郎这一房，但因他官做得最大，最有出息，自己也免于为他操心。男人大丈夫，建功立业，老母亲在后头帮不上什么忙，加上他常年在陕州，加封郡公后分了府，她则专心扶持另两个儿子去了。若是三郎还活着，谁也不会来计较这些，可三郎如今不是不在吗，留下一个女儿将来总要嫁人的，本着肥水不流外人田的宗旨，也应当把产业分一分。

"你这孩子……"易老夫人很想狠狠责骂明妆两句，可暂时还不能撕破脸，只从牙缝中挤出几个字来，"锱铢必较，也不知随了谁！"

明妆一听，脸色大变，简直像朗日晴空乌云骤起，弹指之间大雨倾盆而下，仰着脖子哭起来："般般做错了什么，祖母要骂我？我不要嗣兄，祖母就生气了吗？要是祖母觉得我阿娘不该托赖检校库，那就去府衙找大尹理论就是。"

然而谁会去寻那个晦气，亡人的遗嘱，又有哪个活人能推翻？易老夫人因儿子封郡公，自己也母凭子贵得了个诰命，既然是有品级在身的，和市井妇人不一样，总要顾全脸面。再者明妆这一哭，哭得易家人都有些慌，仿佛她们欺凌孤女似的。

易老夫人忙打圆场："哎呀，你这孩子哭什么？祖母本是好心，怕你小小年纪劳累为难,这是心疼你!"见她没有停下的打算,越哭嗓门越响,脑子简直嗡鸣起来,一迭声地说,"好了好了,不答应就不答应,这是做什么……"

再想理论也理论不下去,面对一个大哭大闹的孩子,还有什么道理可讲。

商妈妈见状上前来,一把将明妆抱进怀里,温声劝慰道:"可怜见的,夫人走后,我们小娘子还没有这样哭过。快别哭了,要是被郎主和夫人知道,不知该多伤心呢。"

齐氏和罗氏面面相觑,易老夫人灰头土脸,耷拉着腮帮子说:"罢了,今日的话只当我没说。"又不耐烦地朝两个儿媳妇摆了摆手,"家里头还有一堆事呢,回去吧。"

这时明妆的哭声才渐低,埋在商妈妈怀里抽泣。罗大娘子皮笑肉不笑地招呼了一声:"般般,你且消消气,过两日咱们再来瞧你。"

婆媳三个狼狈地从易园退出来,待登上车,齐大娘子满心愤懑:"原以为这孩子纯良,没想到也同她的母亲一样精明,小小的年纪胃口倒挺大,也不怕积食噎着!"

罗氏背靠车围子,长长地叹了口气:"她又不傻,都要分她的家业了,她能不护着吗?谁还嫌钱多?不是我说,要不是四哥儿不长进,咱们也不必替他想这个辙。"

四哥儿是二房的元丰,向来叫人头疼的主,不肯读书也不肯考功名,和损友狼一群狗一伙地到处游荡,做买卖亏本,看见姑娘两眼发直,除了皮囊不错,基本没有可取之处。

眼看这个祖宗要废了,二房也没有多余的钱让他造,易老夫人就替他想了个主意,主张要挑的命继子,说的也是他。

罗氏这话,齐氏却并不买账,哼笑一声道:"果真全归我们丰哥儿,我叫他立个长生牌位,日日供奉大伯母。"

说到底大家心知肚明,郡公府的田产房契铺面,真要是归入公账,可以说是肉肥汤也肥,大家都能获利。可现如今明妆那丫头又哭又笑,闹起来不好看,这回铩羽而归,往后怕是再也没有机会旧事重提了。

第五章

一切全凭老太太做主,两个媳妇巴巴地望向易老夫人,在老太太看来,女儿早晚都是外人,自己作为家主,首先要保证的就是易家男丁的利益。

"不急一时。"易老夫人回头望了望渐远的宅邸,"那园子不是叫易园吗?合该是易家的产业,难道因为三郎走在前头,就让袁氏一个人分派了不成?"

齐氏觉得棘手,蹙眉道:"先前那丫头不是说了吗?袁雪昼将房产都托付了检校库,既是立有字据,恐怕没有更改的可能了。"

然而易老夫人却一哂:"就算立了字据,至亲就是至亲,除非她有能耐剔骨还父,否则总是我易家的子孙。"

齐氏和罗氏闻言交换了下眼色,只要有老太太这句话,她们就放心了。毕竟伯父伯母硬来做主,于理不合,叫人说起来是贪图侄女家产,传到官场上也不好听。但有老太太在,这事就好说了,祖母过问家业也好,做主婚事也好,都是理所当然的,即使明妆再不情愿,也只有乖乖听话的分。

易家的马车顺着赵十万街往南,马车中的人自有算计,易园中那场轰轰烈烈的哭戏,终于也顺利收场。煎雪打来热水给小娘子净面,商妈妈绞了手巾覆在明妆的脸上,还像小时候照顾她一样,仔细替她擦脸。

她哭得眼睛红红,鼻尖也红红,无瑕的皮肤经水擦拭愈发剔透,看上去既可怜又滑稽。

商妈妈笑得无奈:"干号两嗓子就罢了,做什么真哭,动气伤身,小娘子不知道吗?"

明妆一扯唇角,还是有些委屈:"妈妈,我真的伤心了,我爹爹不是祖母亲生的吧?"

"若不是她生的倒好办了,她也没那脸来算计家产。"商妈妈捋了捋明妆鬓角的发,温声说,"今日这番较量,恐怕不能让她们知难而退,你要有准备,下回恐怕更加麻烦。"

明妆吁了一口气,说:"我不见她们总成了吧?干晾着她们,看她们能等到几时。"

反正兵来将挡,总会有办法的,现在静下心来,才想起匹帛铺子的裁缝还在等着，明妆忙赶到花厅量了尺寸，挑了翠池狮子和团羊纹的两匹缎子，做除夕和元朔日的新衣。

这边刚拟定款式，那边婆子又进来传话，说汤府的大公子来送野味，让小娘子出去瞧瞧。

汤府大公子汤鹤卿，是芝圆的胞兄，比她们大三岁，已经在三班谋了差事，任承节郎。这几年周大娘子照应明妆，他偶尔也会奉命来送些东西，一来二去就熟悉了，如自己的哥哥一样。

出门一看，鹤卿站在台阶前，正从马鞍上卸兔子。冬日上京的贵公子们爱上金明池南的下松园打猎，那里别的不多，就是兔子和野鸡多，鹤卿的鞍上满满挂了一圈，他从中挑了几只肥的，抛给一旁待命的小厮，对明妆说："刚打来不多久，让他们放了血，做麻辣兔吃。"说着又翻出一只红狐狸，倒拎着尾巴抖一抖，蓬松的狐毛在日光下绽出跳跃的金芒，往前递了递，"这个剥了皮做个暖袖，大雪天出门也不怕冷。"

明妆"哎"了一声，示意小厮接下，转头说："谢谢鹤卿哥哥，进门喝杯茶再回去吧！"

鹤卿说："不了，午时我还要上值。这几日忙着换班，左右殿值要做调整，迎邨国使节入京。"

关于邨国，明妆从小听到大，当初爹爹任安西大都护时与他们屡屡交锋，算是冤家老对头。

"我记得邨国不肯臣服，前后打了七八年仗，这次怎么愿意派使节来了？"

鹤卿"哈哈"笑了两声，说："还不是打服了？现任大都护都打到婆勒城去了，逼得邨王不得不降，才派了丞相出面上降表。这次入京是大都护亲自押送，官家要扬我国威，阵仗安排得很大，连着我们三班也忙起来了。"

明妆"哦"了一声，前几日刚接到李宣凛的信，正想着是不是应当回信道谢，没想到他领了公务，这就要入京了。

第六章

鹤卿说:"回去吧,外面怪冷的。"然后翻身上马,抖了抖马缰,往巷口去了。

小厮提着狐狸说:"才打下来的,小的这就剥了皮,送到皮货铺子叫人缝制。"

商妈妈派人把兔子和野鸡等搬到后厨,搀着明妆退回槛内,边走边道:"小娘子,李判要进京了,时候正好。倘若老太太那头还不死心,咱们就求一求李判,让他帮着处置这件事。"

明妆放眼望向潇潇的蓝天,叹息道:"这是家事,就算李判来了也帮不上忙。"

商妈妈却说:"未必,早前在潼关,李判一向鞍前马后为郎主效劳,家里不管有什么难事,只要托付他,没有办不妥的。"

明妆却苦笑:"爹爹在时,他任爹爹的副将,替爹爹分忧是他的分内事。如今爹爹不在了,人家高升大都护,咱们还能把他当副将看待吗?其实他能替我每年祭奠爹爹,我已经很感激他了,如今我和祖母不睦,祖母还是爹爹的母亲呢,让人家怎么插手这种家务事?"

这话自然有道理,商妈妈哪能不知道里头的为难,主要是易家那些族亲难缠得很,看准小娘子是女孩,就算家业早有安排,他们也未必会善罢甘休。这种事夹缠不清,就需有个雷霆手段的人来主持,商妈妈想得要比明妆多,生怕易家不把明妆放在眼里,甚至怕他们为了这万贯家财,对明妆不利。思前想后,她心里总不踏实,听说李判要入京,于她来说,像是抓着了救命稻草,倘若人家愿意施援手,那么小娘子往后就稳妥了。

可惜明妆不愿意为了这事去叨扰人家,自己的家事,自己有办法解决,实在不成,还有外家,外祖母和舅舅们护着她,总不会看着她吃亏的,她琢磨的还是人情往来。"不知道李判入京逗留多久,到时候替我预备些赠礼,送到他府上去。"

李家本是皇亲,宅子离戚里不远,阿娘在时,曾派人拜访过李宅两回,阿娘走后,两家就没有什么往来了。这回李宣凛回来,自己的礼数应当周全,在陕州时,他常出入郡公府,虽然搭话不多,但至少混了个脸熟。爹爹不在了,往后交集也不过于托他看顾爹爹坟茔,其他的,再不好意思麻烦人家。所以他回来的消息,明妆听过则罢,没有放在心上,还记挂着静姝出阁的事,还有三表嫂即将临盆,自己好久没有过府瞧瞧了。趁着今日大好晴天,往袁宅跑一趟,看看三表嫂,再给外祖母请个安。

明妆命仆妇知会小厮套车,换了一身衣裳出门,路上采买了些时兴的小食带去,可以消磨下午的时光。

袁宅在保康门外麦秸巷,马车须走上两炷香,回到外家的感觉,和回易家老宅不一样,这里的人和事都透着亲切,才进园子,外祖母身边的吴嬷嬷就迎出来,笑着说:"小娘子来了?老太太正念叨你,说天放晴了怎么还不来。老太太这两日腿疼,出不了门,要不然打算过易园瞧瞧你呢。"

袁老夫人有老寒腿的毛病,一到冬日就常犯病。明妆听了忙跑进院子,进门就咋咋呼呼地叫人:"外祖母!"

前厅里竹帘半卷,窗外日光斜照进来,在地衣上铺出一排菱形的光影。她跑得急,带来一阵风,惊得细碎的粉尘也急剧翻滚起来。

袁老夫人正坐在榻上,让女使伺候着热敷小腿,见了她便百病全消,笑着问:"可用过午饭了?我让她们给你准备一碗桂花粉团子,好不好?"

明妆说:"不用,我吃过了来的。外祖母的腿怎么样,好些了吗?"

袁老夫人年轻时眉眼生得好,到老也是一位端庄的老太太,笑起来,眼梢总带着慈爱的味道,明妆有时候想,阿娘若是还在,老了一定也是这个模样。

"前几日变天,症候厉害些,天转晴就好多了。"老太太招她坐下,又牵过她的手,"骤然下雪,没冻着吧?"

明妆跟着阿娘回上京时,正是刚入冬的时节,一路车马劳顿,天气又冷,小指上冻出一个红豆大的冻疮,后来连着两年都长,像生了根一样。今年倒好,格外留意些,没有再复发,老太太总是惦记着这些细微的地方,每每天冷,都要仔细查看一遍。

没娘的孩子可怜,袁老夫人看见她,就想起自己的幼女,因此格外怜惜她。见那青葱小指上还留着上年淡红色的痕迹,老太太搓了搓,温声道:"今年在这里过年吧,我让她们准备一间屋子,你跟着外祖母住。"

明妆说:"不了,园子里不能没人,我得看家。"

袁老夫人不知内情,笑着说:"家里不是还有女使婆子吗,怎么就没人了……"再细看明妆脸色,忽然明白过来,"易家那头,可是有什么说法?"

提起这个,明妆就灰心,午盏见她不答话,自己叫了声老太太,把今天易老夫人登门的经过说了一遍:"那头老太太的意思是,易家挑个命继子,来给我们小娘子'分忧'。"

袁老夫人一听便恼火:"这算盘倒打得精,儿子不在了,还图谋剩下的家业。你爹爹这么好的人,谁知竟有个这样混账的母亲!"言罢又安慰明妆,"你不必怕,那老婆子要是不依不饶,你就打发人过来传话,让我和她理论理论,做祖母的领头吃绝户,问她要不要那张老脸。"

明妆虽然为这事不快,却也并不担心,反而来劝慰外祖母:"我今日已经把话说明白了,料想祖母不会再来纠缠。"

待要再细说,忽然听见院子里传来静好的声音,隔了老远就在问:"般般来了吗?"

门口的仆妇应了话,静好的声音愈发响亮:"三嫂娘家派人来'分痛'啦,般般快出来，咱们去看看！"

明妆一听，哪里还坐得住，扭头看袁老夫人："外祖母……"

袁老夫人笑着说："去吧，只在边上看看，别乱说话。"

她"哎"了一声，提着裙子飞跑出去，姐妹几个勾着胳膊进了西园。

三表哥的小院子叫腻玉轩，因三表嫂怀着身孕，院门上常挂吉祥的五色绸。刚进小院就看见里面热闹得很，正屋的地心摆着个银盆，用锦巾盖粟秆，上面撒绢花。另有几个盆里装着馒头、生枣和彩画的鸭蛋，这些精心准备的东西，表示娘家对分娩之痛的共同承担，就叫"分痛"。

看见做成眠羊和卧鹿的点心堆了满桌，羊头和鹿头眉心还描了花钿，静好笑嘻嘻地说："味道八成不错。"

静言扯了扯静好的袖子，让她别出声。三嫂娘家派来的婆子又展开孩子的彩衣，笑着说："郎主和大娘子都盼着抱外孙呢，小公子落地的衣裳都准备好了，只等小娘子的好消息。"

一行人又说了几句吉祥话，拿了赏钱，才退出院子。坐在那里半日的三嫂这时终于得空，起身和明妆打招呼："表妹来了？快，点心还热着呢，秦妈妈，分给妹妹们吃。"

秦妈妈得令，将热腾腾的面食捧到姊妹们手上，明妆低头打量，愈发觉得这眠羊胖大可爱，喜滋滋地说："我属羊，真巧。"

秦妈妈笑起来，掖着手道："吉祥果子，给小娘子沾喜气。日后小娘子一定能嫁个可心的郎子，金儿银女，事事如意。"

府里的姐妹都是落落大方的姑娘，没人因这个害羞，转而来揶揄静姝："大姐姐要多吃两个，明年出了阁，后年给我们添个小外甥。"

因点心很多，明妆回去还带了好大一包。这些面食里包着不一样的馅料，有什锦、有枣泥，还有荠菜和肉馅的。晚间煮一锅粥，就着蘸花茄儿，吃出了平实的家常味道。

还好，接下来几日，易家那些长辈没有来易园寻麻烦，及到南岳大帝圣诞那一日，明妆如约和芝圆碰了面。

芝圆见了她，好一阵呆怔："不是说好了让你仔细打扮的吗？怎么连脂粉都未施呀？"

明妆笑了笑："上山进香打扮得花枝招展，也太刻意了。"她边说边低头打量自己，一件落花流水纹的襦裙，挽一条檀色的画帛，干净利落的一身，没有哪里不好。

芝圆无可奈何，好在自己随身带着小妆盒，拉她登车之后趋身给她上妆，薄薄敷上一层粉，再点上淡淡的口脂。待要画眉，明妆慌忙躲开，她担心芝圆一时兴起给她画分梢眉，那宽厚的两道青黛，是生命不可承受之重。

马车在御街上缓行，这是除夕之前的最后一场法事，路上尽是赶往南山的香客，空气中隐约带了烟火气，推窗看，山林间云雾弥漫，因天气不佳，远看像漫漶的经书。

明妆饶有兴趣，大概忘了此行的目的，十分专注地享受这份热闹。芝圆不由得唏嘘，明妆的城府，远不像脸蛋看着那样精明，她是个简单的姑娘，高兴了大笑，不喜欢了大哭，无论悲喜，都不往心里去。如此甚好，不必如临大敌，缩手缩脚。

到了山门前，两人相携下车，顺着人潮踏入观内。拾级而上，正殿在高处，宣和六年之前的重阳观还是禁中御用的道观，因此三清尊神的金身铸造得十分宏伟精美。

入殿叩拜，明妆合十向上望，人在道法无边前，渺小如蝼蚁。

进香的人参拜完总要打上一卦，或问家宅，或问前程，或问姻缘。女孩子总是对最后一项充满好奇，芝圆拽着明妆在后土神像前占卜，芝圆求得花开富贵，福寿圆满，明妆求得月移花影，玉人自来。

"玉人自来……八成已经在路上了。"明妆捏着签文，笑得没心没肺。

芝圆说："当然，何止在路上，分明早就到了。皇子们半个时辰前进完香，已经在梅园暂歇了，上京那些想攀高枝的贵女都亮过相了，咱们现在过去刚好。"

事到临头，明妆倒有些犹豫："巴巴地凑到人家跟前，会不会讨人嫌啊？"

芝圆嗤笑："丑而不自知的才讨人嫌，你是香饽饽，不信等着瞧吧！"

这时两个黄门上前来行礼,堆笑道:"汤娘子,郡王派小人来接娘子入园。"

这回不等明妆踟蹰,芝圆一把牵上她的手就走:"梅园的擂茶最好吃,我带你去尝尝。"

第七章

今日天色不佳，清早就阴云密布，天地间笼罩着一团雾气。待她们走出山门时，终于飘起了雨星，纷纷扬扬地，细如牛毛，有些分不清是雨还是霰。

高安郡王的车辇停在台阶尽头，座驾彰显身份，比之一旁的马车，要豪奢许多。明妆原本觉得随意坐别人的车，多有不便，但芝圆并没有什么忌讳，自己登上去，顺便也把她拽了上来。

"没关系。"芝圆说，"我和那些皇子自小就认识，要不是定了亲，合该认个哥哥才对。你也别担心，他们不是什么三头六臂的怪物，虽说龙生九子，各有不同，但待人还是很和蔼的，没有高高在上的做派。"

芝圆四岁那年被贵妃相中，收在身边做了养女，贵妃得宠，官家爱屋及乌也很喜欢芝圆，特准她和公主们一起读书学习。公主们念书的地方，与资善堂一墙之隔，贪玩的孩子没有男女大防一说，两边来往很多，数年下来，基本与每个人都混熟了。

当然，芝圆有自己的一套衡量标准："五哥斯文，六哥跳脱，你见了他们就知道了。那两个人,不拘哪个都挺好,可以放心打交道,只有二哥……"她边说边瓢着嘴,摇了摇头,"这人不怎么样,怪里怪气的,清高傲慢,我没同他深交过。"

明妆"哦"了一声,问:"二皇子年纪不小了吧,还没娶亲?"

"对啊。"芝圆压着嗓门说,"他是明德皇后所生,是诸皇子中唯一的嫡子。可惜明德皇后走得早,官家又宠幸孙贵妃,对他并未另眼相看,要是明德皇后还活着,他应当立为太子才对。可惜,时也运也,官家不松口,谁也没有办法,我料二哥心里八成很不服,所以不合群,有些阴阳怪气的。反正你要是遇见他,离他远一些就是,他同你不合适,咱们冲着五哥和六哥就好。"

一番分析,说得头头是道,明妆怔怔地点了点头。芝圆见她神色肃穆,怕吓着她,忙笑着打岔问她的柏烛怎么样。

"烧了半截,灯芯找不着了。"明妆据实说。

芝圆听后抚了抚额头,讪笑道:"是有这么一支,做着做着灯芯不够了,中途叫人出去采买,我得空喝了一盏熟水,回来忘了是哪一支,没想到这么巧,竟送给了你,你看你运气多好,一下子就中了。"

这是运气好吗?明妆哑口无言,最后只得默认。

芝圆说:"不碍事,我还有好几支,明日派人给你送去。等下年乌柏结了种子,我带你一块儿做,再让木匠刻几个模子,做出不一样的款式拿到外面去卖,一支少说卖他三贯钱。"

两人说说笑笑间,马车顺着小径往山下走。梅园建在山坳,约莫有十来亩光景,种满了各色的梅树。每年到了这个时节,梅园就成了上京贵胄们出游必来之地,在园子里办个曲水宴,若逢雪天就来一场踏雪寻梅,实在是一桩足以写进诗词的风雅事。

马蹄声声,叩击着整齐铺排的青石,终于渐渐停下来。女使打开雕花的车门,凉意忽然扑面而来,让人不由得打了个寒噤。

"嘶,真冷!"芝圆搓了搓手,回身接明妆,仰头看了看天色,"怕不是又要下雪吧?"

细雨淋得青石锃亮,像上了油,两人挽着胳膊,明妆一步步走得小心,怕

第七章

天太冷，雨水结冰，大庭广众之下摔一跤，那可要挖个地洞钻进去了。

黄门在前引路，直到将人引进大门，打眼一看，梅园里的人比明妆想象得多，锦衣华服的贵女们姗姗而行，衣角袖底被风吹拂，隐约荡漾出丝丝缕缕的暗香。

其实帝王家的子孙，并不像书里说的那样，住在深宫内院，不食人间烟火。皇子们到了十二三岁赐爵建府，自立门户后结识各种各样的人，慢慢便融入世俗。说是帝裔贵胄，除却出身，也如寻常贵公子一样穿梭于市井。年轻男子要娶亲，年轻的贵女也期待锦绣良缘，于是这梅园就成了邂逅公子王孙的好去处，反正入园的门槛很高，但凡能看对眼的，基本不必担心家世悬殊，齐大非偶。

黄门撑着伞，弯着腰，到了台阶前请道："小娘子们请进吧，小心地滑。"

还没进门，就听见里面传出银铃般的笑声，芝圆朝明妆递了个眼色，偏过头来咬耳朵道："这是应宝玥，嘉国公府的。"

关于这位嘉国公家的小娘子，明妆虽然从未结识，但听说过她的大名，是贵女圈中炙手可热的人物，因嘉国公溺爱，养成了男孩一样的性子。

原本性格像男子，直爽痛快，也很招人喜欢，可芝圆脸上却显出十足的嫌弃。芝圆的脾气一向很好，基本不会对谁有成见，能招得她厌恶，想必这应宝玥有什么过人之处吧！

果然，明妆看见芝圆挺了挺胸，提足精气神——因为几个就近站着笑谈的人里有高安郡王。她大步流星地拉着明妆进去，大概因为声势很足，引得高安郡王看过来。一瞬间，高安郡王脸上的笑容凝住，立刻换上另一种踏实的温情，体恤地问："外头很冷吧？"

高安郡王之前是见过明妆的，乍见的惊艳，到了第二回复见，好像也没有减轻多少。明眸皓齿的姑娘，势必会吸引众人的目光，只是已经有了婚约的人，大抵是带着谨慎守礼的心态欣赏，他笑着向明妆颔首："易娘子也来了？"

明妆欠了欠身，就算回礼。

上京贵女们及笄前，一般不会出席人多的场合，因此鲜少有人见过她。如今从天而降，新鲜的美貌照耀全场，那些轻佻张狂的公子不自觉收敛起来，连笑容都变得自矜，生怕一个闪失，冒犯了她。

可是过于出挑也引人妒恨，众星拱月的对象一旦发生偏移，就会令人不快。一旁的应宝玥浮起一个浅淡的笑，对芝圆道："汤娘子今日来晚了。"然后又转头望向明妆，"这位是哪家千金？以前好像没见过。"

芝圆牵着明妆的手，皮笑肉不笑道："这是密云郡公家的小娘子，平日深居简出，今日是我硬缠着她来重阳观进香，她才勉强跟我出来的。"

应宝玥恍然大悟："原来是易园的小娘子，难怪以前不曾见过。"为了表示亲近，她温言道，"常闷在家里不好，也要出来多走动走动。今日咱们算认识了，来日可以一块儿结伴出游。哎，你会打马球吗？"

明妆摇了摇头。

"不会没关系，到时候我教你。"应宝玥爽朗地拍着胸口，"全上京的贵女之中，马球能赛过我的不多，只要学会窍门，保你在马球场上难逢敌手。"

说起马球，公子们都喜欢，其中一人凑趣道："明年春日宴，咱们组个队，如何？"

应宝玥自然说好，适时看了芝圆一眼，调侃地冲高安郡王一笑："不过咱们并肩出战，不会惹得汤娘子不高兴吧？"

芝圆心里的白眼都快翻上天了，只是碍于人多，不能发作。女人之间的难题踢来踢去，男人却作壁上观，世上哪有这等好事！于是她故作大方地笑了笑："消遣而已，还值得当真？"又把视线调转到高安郡王身上，"四哥，你喜欢打马球吗？"

高安郡王很识时务，答得斩钉截铁："不喜欢。马球场上尘土飞扬，太脏了。"主要是担心说喜欢，打球的那条胳膊说不定什么时候就折了。

应宝玥碰了一鼻子灰，有点讪讪。芝圆笑得像花一样灿烂，甜声道："我也这么觉得，汗臭夹着灰尘，有什么好玩的？我进来半日，还没见过五哥他们呢，四哥带我去找他们，好不好？"

"好好好……"高安郡王点头不迭，也顾不得和身边的人打招呼，就领她们往后园去了。

应宝玥看着他们走远了，扯出一个切齿的笑："看来汤娘子今日很有做媒的兴致。"

李家的皇子们，哪个不是香饽饽，就连定了亲的高安郡王，照旧有人惦记。应宝玥出身很好，父亲做到国公，已经是臣僚封赏中最高的等级，照理来说，她应当能配皇子，可是有时候现实不如设想的那样简单，总是穿插着各种各样的机缘巧合。反正最后她错过了几位年长的皇子，相准高安郡王，上年又被枢密使家截和，剩下的选择已经不多了，这是众所周知的事。

相谈甚欢的公子哥敲起边鼓："八成是冲着翼国公去的。"

皇子们封爵，并没有准确的定例，官家看重的、立有功勋的封郡王，年轻无实职的封国公。五皇子出阁不久，暂且封了翼国公，无论如何已经是寻常人无法企及的高度了，嘉国公出生入死多年，也不过挣来个国公的头衔。

其实照着应宝玥的喜好，年纪相仿的她并不中意，还是大上几岁的更老练沉稳，日后登顶的可能也更大。现如今出现一张新面孔，隐约要把她的后路截断，人就是这样，没有劲敌的时候三心二意，一旦感觉到威胁，原本可有可无的东西，立刻就变成了宝贝。

"可惜，那么漂亮的小娘子，命不好。"她带着无限惋惜，轻轻一叹，"密云郡公不在了，郡夫人也病故了，如今这位易小娘子没了怙恃，孤零零的，多可怜！"

同情里夹带着鄙薄，一个孤女，纵使有几分姿色，身后无人做主，难怪要靠汤芝圆来撮合。

当然，女人之间贬低的依据，在男人看来都不是大事，如果有人还在权衡利弊，斟酌对方的家世出身，那只能证明一点，小娘子长得不够美貌。

果然这个道理放诸四海而皆准，廊亭中与友人饮茶的翼国公初见明妆，也微微怔愣片刻。如果将这贵女云集的梅园比作妆匣，那么眼前这姑娘，就是匣中令人一眼惊艳的珍宝。不似园里其他盛装的女孩，她穿着一件镶狐毛的上襦，浅淡的桑蕾色衬着一张素面，是天然的未经雕琢的秀美。她很年轻，眼中有天真，有娇憨，不带矫揉的羞涩，甚至看向陌生男子时，眼神都是坦坦荡荡的。

翼国公站起来，许多老到的处世手段在这刻都丧失了，怕失礼，忙从她身上移开视线，故作镇定地同芝圆打招呼："妹妹来了？"

正是因为一起长大，即便芝圆已经许了高安郡王，他们见面仍是平常的称呼。

芝圆笑着说："五哥好雅兴，我到处找你，不想你在这里。上回你给我的茉莉小凤团，我已经喝完了，这茶爽口得很，还有吗？"

翼国公说："有，上次从密云带回来两斤，正好还有剩下的，明日我再差人给你送一包。"

虚头巴脑的开场白说完，就该办正事了，话题也顺理成章地引到明妆身上。

"说起密云……巧得很！五哥，我给你引荐引荐，这位是密云郡公的独女，也是我的干妹妹。"芝圆含笑看着眼前这男子，对明妆道："这是我常和你提起的五哥，皇子之中行五，今春刚赐封翼国公。相见即是有缘，大家认识认识，下回见了面不生疏，就算交个朋友吧。"说完哈哈干笑两声，以掩饰头回做媒的尴尬和不足。

第八章

明妆望向这位翼国公,一派文质样貌,穿着一件扁青的圆领袍,清淡的装束,清淡的五官,眉目流转间,隐约有一腔少年的简单和赤诚。

他听了芝圆的介绍,很郑重地向明妆拱手长揖:"以前易公留京时,我曾向易公讨教过用兵之道,今日见了小娘子,诚如见了易公一样。"

明妆向他欠了欠身,毕竟是和陌生人搭话,还是有些不知从何说起,因此口齿笨了些,但在人家看来,却是姑娘矜持的表现。

女孩子不言语,自然要男人更主动些。

翼国公道:"茉莉小凤团香而清淡,很适合拿来当饮子配茶点。等明日我也给易娘子送去一些尝尝,望小娘子不要嫌弃。"

明妆倒有些不好意思,抿唇笑了笑,道:"无功不受禄,怎么敢当呢。"

芝圆在一旁和稀泥:"哎呀,这有什么不敢当的?礼尚往来就是了嘛。般般,你不是会做墨吗?正好五哥爱写诗作画,到时候回上几锭让五哥品鉴,爱墨多是用墨人,下回见了面,也好互相切磋。"

这一闲谈，泄露了姑娘的闺名，翼国公记在心里，觉得这小名可爱之余，也有异于等闲的大格局。

高安郡王早就知道芝圆的图谋，未婚妻的愿望，即是他的愿望，于是也在一旁敲边鼓，给翼国公使了个眼色："今年庐山运了好些上佳的松木进京，烧制出来的松烟很不错。上回我和卫观打马球，他说他那里有十年的代郡鹿胶，硬如磐石，要是用得上，咱们就去他府上拜访一回。"

结果这话刚说完，就引来芝圆的白眼："还说你不爱打马球？"

高安郡王噎了一下："说实话，不是不爱，是看和谁打。"

这下正说进芝圆的心坎里，她对应宝玥早就不满了，嘀嘀咕咕地说："可不是，大家闺秀不爱和女孩子玩，整日混迹在男人丛里，家里大人也不管一管！"

好在刚才和翼国公一同饮茶的人已经识趣离开，姑娘的小小拈酸，没有落进外人耳中。

高安郡王眨了眨眼，讪笑道："也不必这样说人家，她是嘉国公的嫡女，家里不束缚她的性子，拿她当男孩子养，难免大大咧咧些……"

芝圆听了，哂笑道："也只有你们这些男人吃她那一套！嘉国公是没有儿子吗，要拿她当男孩子养？我生平最不喜欢这种人，拿骄纵当直爽，表面看似大大咧咧，暗里的算盘打得比谁都精。"她想了想又觉得不对，调转视线看向高安郡王，"我没来之前，你们在说什么？"

高安郡王直呼天地良心："我什么都没说，只是闲话家常，聊一聊今日进香的事。"

芝圆看了明妆一眼："你信吗？"

明妆无端被牵扯进来，有点尴尬，支吾道："边上还有好几个人在呢。"

这话很在理，高安郡王对明妆投去感激的目光，摊手对芝圆道："对啊，若是不坦荡，也不会当着那么多人的面了。"

反正未婚妻酸气冲天，那是在乎他的表现，高安郡王对此乐在其中，芝圆就算不相信他，他也并不着急。

"好了好了，消消气。"他笑着说，"我前几日去幽州，得了几张好皮子，放在车上的箱子里呢，走吧，我带你去看看。"

芝圆十分不领情："皮子有什么了不起？我哥哥前几天还打了两只狐狸呢……"面对高安郡王猛使的眼色，她忽然明白过来，立刻变了话风，"哦，幽州的皮子好啊，花钱都买不来，那我跟你瞧瞧去。"然后又对明妆说："外面冷得很，你在这里等我，我过会儿就回来。"

说完又以皮子太重，身边的女使团荷一个人搬不动为由，顺便把午盏也带走了。

这下只剩两个人，撮合的手法生疏又明显，明妆站在那里有些茫然，呆怔的表情却换来翼国公一个浅笑，他回身吩咐小厮把桌上的茶具撤下去，和声道："一早起来上山进香，小娘子饿了吧？梅园的七宝擂茶和环饼很有名，我让人送些过来，小娘子边吃边等吧。"

听着似乎是个不错的提议，明妆也不推搪，颔首道："好，公爷要是有其他事忙，不必照应我，我一个人也可以。"

她有清甜的声音，笑的时候唇边隐隐有两个小梨涡，像一双装蜜的小盏。翼国公有些脸红，垂眼道："今日就是出来游玩的，没有什么要紧事……"虽然彼此还陌生，但他心里很乐意交谈，自然要想方设法找些话题，便道，"我先前听芝圆唤小娘子闺名，想着自己也应当自报家门才公平。小娘子只知道我的官爵和排行，还不知道我的名字吧？我叫李霁虹，小字云桥，小娘子要是不嫌弃，就和芝圆一样唤我五哥吧！"

明妆闻言，眼睛里绽出惊喜的光："长桥卧波，未云何龙，复道行空，不霁何虹……我很喜欢《阿房宫赋》，没想到公爷名讳的出处是这里。"

所以说有缘啊，从这点细微之处都能发现，也是一件令人愉快的事。

这时女使端着托盘过来，他起身接过盖碗，放在明妆面前，揭开盖子，清香四溢，温煦道："瓦市上卖的擂茶，是将各色用料放在一起磨碎，到最后不过一碗浓汤罢了。这里的擂茶不一样，炒米是整粒放进去的，加上卫大娘子特制的环饼，味道更醇厚，也更有嚼劲，小娘子试试。"

说起吃喝，年轻的女孩子总是很有尝试的精神。他递了银匙过来，明妆道谢接了，小心翼翼地尝了一口。炒米正是欲酥不酥的时候，还带着七分脆，加上环饼的焦香，冲淡了擂茶里的姜味，难怪芝圆先前就说这里的擂茶好喝。

翼国公含笑问她："如何？要不要再来一碟花折鹅糕？"

明妆说："不必了，这么一碗擂茶下去，已经吃得十分饱了。"

翼国公点点头，闲谈起家常来："令尊当初兼任鸿胪卿，曾在上京逗留过半年，那时我常去讨教，易公如我的恩师一样。后来他回陕州升任四镇节度使，一去六年没有回来，再听闻他的消息，已经是噩耗……"说着他斟酌了一下，又问，"小娘子如今投靠至亲了吗？日子过得不艰难吧？"

若是换了其他女孩，可能会流露出委屈的神情，趁机诉苦求助，希望翼国公能看在故去的爹爹的分上，对她眼下的处境略施援手。然而明妆没有这么做，她抬起眼，眼底似有阴影，但转瞬即逝，仍旧一派明快的模样，笑着说："家父和家母留下的园子，我得继续打理，并未投靠至亲。不过祖母和外家对我很照应，事事都想着我，我如今挺好的，多谢公爷关心。"

一个无所依傍的姑娘不自苦，没有因自怨自艾变得整日哭哭啼啼，实在很令人钦佩。翼国公又对她刮目相看几分，很实心地说："小娘子往后要是有什么难处，只管派人来找我，一则我受过令尊指点之恩，二则你和汤府有干亲，芝圆不日就是我阿嫂了，就算看着她的面子，也应当对小娘子多加照拂。"

当然最重要的还是她，漂亮的女孩子总能得到更多眷顾，尤其这样命途多舛又向阳而生的。

说到底，看一个人能否入心，不过是一瞬间的事，有时候甚至不需要对方做什么，自己就已经暗许。翼国公是聪明人，芝圆既然能特意引荐彼此，就说明眼前这位小娘子还待字闺中，不必纠结她是不是已经许了人家。

多好！他舒了口气，转头望向半开的支摘窗，窗底有一簇红梅歧伸，不知什么时候又下起了雪。雪片静静地降落，落在热烈盛开的花瓣上，仔细听，有沙沙声传来，不知是雪落的声音，还是红泥小火炉中炭火的崩裂。

"小娘子……"他张了张口，本想邀她出去看雪，谁知话还没说完，就被人截住了话头。

一个小厮上前来回话,说:"公爷,我们郡王请公爷过去说话,有要紧事商议。"

翼国公有些无奈,抱歉地冲明妆笑了笑:"我大哥找我说事,小娘子且稍等片刻,我去去就回。"

明妆说:"好,公爷只管忙自己的去吧。"

翼国公站起身,再三致歉,方匆匆跟着小厮走了。

这回可好,回避的回避,有事的有事,自己反倒落了单。明妆坐在那里半晌,百无聊赖,透窗看见大雪纷飞,外面传来女孩子的笑声,呼朋引伴地要往梅林里去赏雪。

其实一个人走走,也挺有意境,门前的小厮正在分发油纸伞,明妆过去要了一把,顺着蜿蜒的小径,走进梅林深处。

香糕砖铺地,像御街一样,只是这梅林太大,明妆不敢走得太偏,怕万一迷了路,回不来。不过这梅林里的花着实开得好,各色的梅花齐齐绽放,雪片仿佛也沾染了清幽的香气,世上果然没有一种熏香,能还原孤山浓梅的韵致。

再往前一些,隐约看见一棵玉碟龙游,长在小径外的旷地上。那是梅中珍品,寻常做盆栽用,不像这梅园,参天大的一株,看上去和别的梅花大不同。明妆站在一树繁花下仰面细看,这梅树的枝干虬曲,真如游龙一样,花朵洁白,花蕊沁着一点肉红,香气幽幽,像女孩子妆盒中甜腻的脂粉。这样奇特的一棵梅树,居然没人来欣赏,真是可惜。明妆站了片刻,伞面上积攒了薄薄的一层雪,待抖落了,重新回到小径上,往前走,来往的人更少了些,那里有绿萼,还有五宝垂枝,平日不常见的品种,这里可以说是应有尽有。

明妆只顾赏梅,没有刻意留心,梅园里不只一条路,小径纵横交错,走啊走的,就忘了归路。这下糟了,她呆呆地站在路上,左右看不见人,一时连东南西北都分不清,只好凭着记忆往回走。可是这片梅林处处都一样,连刚才那棵玉碟龙游都不见了,她心里慌起来,不会像话本里那样,走着走着,走进另一个世界吧!

好在奔走半天,终于看见前面有个身影,伞柄挑在肩头,伞面遮住上半身,从下方紫鼠的袍裾看来,应当是个男子。

冒冒失失上去问路,明妆还是不太敢,只好远远跟着人家的脚步。可这人走走停停,不紧不慢,大概是察觉有人尾随,终于停下步子,回头一顾——颜面冷若冰霜,那双眼梢微扬的眼睛却十分多情,启唇道:"小娘子跟了我半日,这荒郊野外的,是想劫财,还是想劫色?"

第九章

明妆目瞪口呆，慌忙摆手："不是的，公子误会了，我只是找不到回去的路，想同公子问个路。"

"问路？"他嗤笑一声，"这种伎俩我见得多了，多少故事都是从问路而起，小娘子未免落于俗套。"

明妆忽然有种秀才遇到兵的感觉，对方似乎把问路当成了搭讪的手段，以为她是存着目的接近他，这是何等的傲慢和自信啊！要是换了平时，明妆可能懒得搭理他，不过错身而过罢了，但这回情况不一样，四周不见人烟，不去问他，恐怕还得在这林子里转上半个时辰。

下着雪，天很冷，她身上的斗篷也挡不住严寒，转得太久，恐怕一双脚都要冻僵了，只好耐着性子和他周旋，好言好语道："公子，我现在只想回去，没有兴致模仿什么故事。你就给我指个方向吧，只要给我指个方向，我一定速速离开，绝不叨扰公子。"

结果人家却挑起眉："我为什么一定要给你指路？"

这下明妆真的答不上来了。

不知是不是因为她看上去很老实，对方没有再难为她，叹了口气道："算了，反正我也正要回去，你就跟着我吧。"

如此甚好，明妆忙不迭点头，看他在前面伴伴走着，自己亦步亦趋跟随其后。雪下得更大了，所幸没有风，走上一程，偏过伞面倾倒积雪，前面的人回头看了看她："小娘子是界身南巷易园的人？"

明妆迟疑地望过去："公子怎么知道？"

前面的人没有应她，迈着步子不紧不慢地前行，走了好一会儿才道："当初弥光监军，告发密云郡公调兵不当，侵吞军粮，密云郡公惊惧病故，既然死无对证，官家又念其著有功劳，因此没有再追究这件事。如今易园能够安然无恙地保存着，是官家的厚待，小娘子可要心存感激才好啊。"

尘封的往事忽然被揭开，露出血淋淋的创口，明妆既悲又愤，站住脚道："你是什么人？随意议论别人的家事，可是太失礼了？"

然而他根本没有将这愤懑当回事，依旧一副从容做派，淡声道："眼下弥光正是炙手可热的时候，官家宠信他，连每日穿什么颜色的衣服都要问他的意思……翼国公太年轻，没什么根基，既无权又无势，帮不了你。"

明妆吃了一惊，奇怪这人像会读心术，把她心里的计划都摆到了台面上。

是啊，她暗里确实有盘算，原本他们一家过得很好，都是因为那个弥光，才害得自己成了没爹没娘的孩子。所有人都觉得她小小年纪，不会有那么深的仇恨，只有她自己知道，表面的不知疾苦，只是为了掩饰更大的痛苦。不能让那个构陷爹爹的人逍遥法外，不能让他害得郡公府家破人亡后，还像没事人一样，可弥光不是一般官员，他是内侍殿头，是官家身边的红人，普通人连见他一面都难，明妆思来想去，唯有攀上皇子是唯一的捷径，而翼国公是个不错的人选。

可这个藏在心底的秘密被人看透，难免让她失措，她不能承认，只好装糊涂，勉强笑道："我不明白公子在说什么，我和翼国公今日是头一回相见，连朋友都算不上，何谈让他帮我？再说公子怎么如此关注场内人的一举一动，究竟是在监视我，还是在监视翼国公？"

这话一出，前面的人倒笑了，又回头看了她一眼，微扬的眼角流光一现，像只狡黠的狐狸。

"我以为易娘子胆小又腼腆，没想到也有这样伶俐的口齿。反正刚才的话是为你好，别在无用的人身上费心思，我要是你，情愿找个更有权势的来替自己达成目的，至于翼国公……同你花前月下还可以，若是出了什么事，他可保不住你。"

明妆彻底被他说愣了，唯有追问道："阁下究竟是谁？"

可惜问了也是白问，前面的人并没有打算回答她。

再走一程，终于穿过层叠的梅花，窥见了屋舍。待走进阔大的前厅，芝圆等人已经在等着了，午盏一见她便上来搀扶，小声道："小娘子一个人赏雪去了吗？我等了好半晌，再不见小娘子回来，就要出去寻你了。"

"林子大，没人指引恐怕走不回来，还好遇见了二哥。"翼国公笑着招呼道，"卫大娘子的曲水宴就要开席了，二哥一同过去吧！"

翼国公是个温暖的人，面面俱到，谁也不落下，一面来给明妆引路，一面满带歉意地说："是我的不周到，临时走开了，没能好好照应小娘子……"

明妆含糊敷衍了两句，再去看那人，见他负手昂头，慢悠悠走开了。

芝圆上来挽起明妆的胳膊，细声问："他没有冒犯你吧？"

明妆摇了摇头，心头仍兀自震惊着："他就是二皇子？"

李家兄弟结伴在前走着，芝圆瞥了一眼那颀长的背影，说："正是，他叫李霁深，早年封南康郡王，上回道州兵谏是他压下来的，官家进封他为仪王，已经是兄弟之中爵位最高的了。我先前不是同你说过吗？那人阴阳怪气的，你要离他远一些，没想到逛个林子竟然遇见了他，简直鬼打墙一般！不过还好，他没唐突你，我就放心了。"说着她拿肩顶了顶明妆，又问，"和五哥聊得如何？看谈吐，人还不错吧？"

明妆含糊笑了笑，因听过李霁深的话，不得不考虑自己是不是使劲使错了方向。

芝圆以为她是害臊，大包大揽地说："放心，后面的事情交给我。回头我托四哥打探打探，要是他也有那个意思，就让我阿娘入禁中拜会张淑仪，再让孙贵妃帮着说合说合。"说完也不等明妆表态，欢欢喜喜地拽上她，往后园的宴席去了。

曲水席，原本是上巳祓禊之后的宴饮，水杯顺流而下，停在谁面前，就由谁饮尽。梅园里也有曲水席，但那是人工开凿的，两段三丈长的小渠，夏日的水里掺冰，能保证碗盏中鱼生等菜品的新鲜，到了冬日，渠水加热，水面上的热菜就算漂浮几个时辰，也依旧能保持温度。

宽绰的室内架起长长的屏风，一边招待男客，一边款待女眷。芝圆拉着明妆入席，席面上都是年轻的女孩子，芝圆趁着这个机会，将明妆介绍给自己认得的贵女们。

原本一切都还好，左右也都客气礼让，却有人刻意把话题引到了明妆身上。

"今日这场大雪下得好，既为梅园增色，也成全了有心之人。"拉长的调门，分明就是话里有话。

一众贵女有的了然一笑，有的还懵懂着，偏过头问："成全了什么有心之人？"

那个戴着花冠的女孩意味深长地眨了眨眼："我们这些愚笨的，看见下雪都赶忙回来了，生怕雪淋伤了人似的，却不知道雪里有奇遇，闹得不好，姻缘就在其中呢。"

这样明晃晃的调侃，分明就是暗喻明妆和仪王一同回来，话里话外透着明妆对婚姻的算计。

芝圆一听，有些上火，当即便回敬过去："花四娘子也不必这么说，什么都能扯上姻缘，可见是平时想得太多。雪越下越大，有人跑得快些，有人跑得慢些，这有什么好计较的？我看今日菜色不错，还是多吃菜，少说话吧！"

这位花四娘子，是尚书右丞家的小女儿，名叫花争容，姓很标致，名也很标致，唯独那张脸，长得十分一般。花四娘子是个糙皮肤，生得比常人黑一些，就算大夏天把脸捂得严严实实出门，也不能改变她的肤色，于是用铅粉混上珍珠粉，一层层地往上敷，脸倒是白了，脖子却被衣领磨蹭，很快露出本来的颜色，因此她的衣领只有白的，两下一对比，愈发显得脖子黑，所以大家背地里笑话她，说她是猫盖屎。

花四娘子很渴嫁，但凡有露脸的机会，从来不错过。她长得不好看，人还蠢，常被人当枪使，今天这一番出头，未必不是听了别人的调唆。

应宝玥这时候拱火道："对对对，吃菜吧，梅园的锦鸡鼋鱼是一绝，大家快尝尝……"

花争容自然不服气，哼笑一声道："跑得慢果真有好处，譬如雪天垂钓，自然有大鱼上钩。"

明妆听着，知道这是冲自己，慢吞吞回敬了一句："赏梅就赏梅，和钓鱼有什么相干？我以为大家都是爱梅之人，理当志同道合，难道还有人来这梅园，不是为了赏梅，是另有所图？"

这下把所有人的嘴都堵住了，因为彼此心知肚明，单纯来梅园赏梅的其实没几个，大家多少都怀揣着小心思，年前的梅园之游，本就是榜下捉婿的另一种形式。当然，看破不说破，要是把什么都说明白，那就没意思了。

有人打圆场，试图扯开话题："这奶酪樱桃不错……"

花争容很不服气，隐忍再三还是道："话又说回来，我先前见易家妹妹和翼国公相谈甚欢，怎的后来又和仪王走到一处去了？这大雪天里，数你回来得最晚……"说罢一笑，"大家打打趣，你可别往心里去。"

"哎哟，这话可不对。"芝圆想起来，视线朝上首的颖国公嫡女一递，"温如姐姐回来得也晚，照你这么说，岂不是连她也一块儿调侃了？"

众人立刻有些讪讪的，毕竟颖国公和嘉国公不一样，嘉国公不过是臣僚获封，而颖国公是实打实的皇亲国戚，母亲是魏国大长公主，女儿封了信阳县君，在场的小娘子们，没有一个够资格拿她打趣。

花争容踢了铁板，不自在起来，心虚地朝上首望了望，还好信阳县君宽宏大量，没有就此发作，不过垂着眼端起建盏喝了一口，道："这淡竹饮子做得好！"然后缓缓抬起眼，见大家都怔着，奇道，"怎么了？今日的菜色不合胃口吗？都瞧着我做什么？"

这下众人终于回过神，觥筹交错，推杯换盏，谁也不提赏梅钓鱼的事了，只是席间发生了一个小意外，斟酒的女使经过花四娘子身后，不知何故绊了一下，注子里的酒水飞流直下浇了花四娘子一脑门。她本来就靠傅粉见人，头顶淌下的道道细流顿时把粉都冲散了,露出底下的本来面目。大家一看,花四娘子的脸简直如同银环蛇一样,虽没有笑出声,但也个个掩住了嘴。花四娘子当然也察觉了,这下是没脸继续留在这里了,又羞又愤,捂住脸哭着跑了出去。

信阳县君这时才嗤笑一声,冲不远处的应宝玥举了举杯:"应娘子,喝呀。"

应宝玥知道花争容是个下马威,不敢再自讨没趣,忙赔笑饮酒。这酒格外辣,从喉头淌入胃里,简直像吞了开水一般。

后来宴席在风平浪静中结束,饭后就该各自回去了。芝圆因有话交代高安郡王,略走开了一会儿,明妆和午盏站在廊下等她,不经意间,等来了仪王。

那张脸看上去依旧优雅而高傲、因身形挺拔,连看人都是睨着的。他经过明妆面前时,停了停步子,偏头道:"我先前的话,望小娘子考虑考虑。宁撞金钟一下,不打破鼓三千,倘若小娘子愿意,从源很愿意当那座金钟,仪王府,随时欢迎小娘子驾临。"

第十章

他说完这话,便负手走开,留下满脸震惊的明妆,心跳得擂鼓一样。这是什么意思?翼国公不能替她达成心愿,这位素未谋面的仪王却可以?他将一切都看得那么透彻,若说只是见色起意,未免太轻视他了。

午盏一脸茫然,盯着那位仪王的背影,喃喃道:"难怪汤娘子说他阴阳怪气,我看他也不像好人。"

明妆轻叹了口气:"谁知道他在说什么,听过就罢了,不必放在心上。回头见了汤娘子,别把这事告诉她,免得她又要啰唆。"

午盏应了声是,踮脚朝廊庑尽头看,不多会儿终于等来了汤娘子。

外面雪下得大,完全没有要停下的意思,芝圆裹了裹自己的斗篷,说:"走吧,快上车暖和暖和。"

一起登上车,车辇慢慢跑动起来,芝圆抱着手炉说:"我和四哥交代了,让他替我打探着。刚才我出门时看见五哥了,他被应宝玥缠着不能脱身,让我带话给你,说得空了过府拜访,我看他是很有那个意思的。"

055

抱膝而坐的团荷撇了下嘴:"那个应小娘子，真叫人说不上来。你道她矜持吧，她看着也挺大方。可要说她豪爽，她又爱钻营，专和高门显贵的公子玩，究竟打的什么主意，真是天晓得。"

芝圆凉笑了一声:"就是手里抓着，眼睛还盯着呗。早前和庐陵郡王家的公子打得火热，今日又缠着翼国公，左右逢源，也不怕累得慌!"说完顿了顿，偏头对明妆道，"我告诉你，四哥和我定亲之后，她还打过四哥的主意呢，在我面前老是'汤娘子不会介意吧'、'汤娘子不会生气吧'，我恨不得扇她两巴掌。既然怕我介意生气，做什么还要招惹四哥?往后你要是和五哥成了，千万小心她，别让她靠近五哥，免得被她撬了墙脚。"

明妆尴尬地咧了咧嘴:"八字还没一撇呢，说什么成不成的。"

芝圆已经非常有把握了，笑道:"你没看见五哥瞧你的眼神，都快拧出蜜来啦!我就说了，这样可人的小娘子，有哪个不喜欢?今日是六哥没来，错过了，要是来了，没准兄弟俩还要打上一架定胜负呢。"

明妆看她说得眉飞色舞，自己的心思却悬在另一件事上——她来参加梅园的大宴，确实不是冲着女大当嫁。什么五皇子、六皇子，对她来说并不重要，只要能替她把弥光拉下马，报了爹爹的仇，即便人家不娶，她也认了。原本以为翼国公是官家疼爱的皇子，通过他，也许能够得偿所愿，可是从天而降的仪王却告诉她不可能，她的心思就开始动摇了。需要一个有绝对权力的人，仪王会是那个人选吗?如果不拿婚嫁说事，想让人家替你办事，就得等价交换，那么仪王想从她这里得到什么呢?

唉，想多了脑瓜子疼。明妆揉了揉太阳穴，意兴阑珊道:"今日的洗手蟹很好吃。"

芝圆呆了呆:"我同你说五哥呢，你说什么洗手蟹?"

见芝圆的圆脸上浮起不满，明妆忙奉承地搂住她的肩，靠在她的肩头说:"自己寻郎子，怪不好意思的，让人知道了要笑话。反正这事就托付阿姐替我留心吧，成与不成，日后再说。"

芝圆是个经不得拍马屁的人，只要明妆一声"阿姐"，她就愿意大包大揽。

第十章

"那你就等着我的消息吧，倘若五哥可靠，咱们将来做妯娌。倘若不成，咱们就再看看别的，上京那么多公子王孙呢，总有一个能来替你撑腰。"

明妆点点头，知道芝圆所谓的撑腰，是压制易家族亲，可自己心里的撑腰是为父报仇，拿下弥光的项上人头。只是这话不好说，不过是自己心里的筹谋，她连商妈妈都没有告诉过。

马车顶风冒雪地回到汤宅，芝圆邀她在家过夜，她说："不了，快过年了，我留宿在外，商妈妈要着急的。"

明妆坐上自家的马车，回到界身南巷，烹霜、煎雪她们已经在门厅候着了，见车来了，忙打伞上来迎接。

来不及询问，簇拥着回到内院，商妈妈备好热水伺候她换下衣裳，把人塞进木桶里。

一碗姜汁熟水送进来，商妈妈端来递到她手上，问："小娘子去梅园玩得好吗？中晌吃了什么？"

明妆说："很好，看了平常见不到的玉碟龙游，还吃了卫大娘子拿手的七宝擂茶和各色小吃。"

"那么人呢？午盏说汤娘子有意撮合小娘子和翼国公，你见了翼国公，觉得怎么样？"

明妆不大愿意谈论这个，转而和商妈妈撒起娇来，拧着身子说："这熟水太难喝了，妈妈让人拿走吧，我不喝。"

商妈妈说："不成，今日出去受了寒，热水澡要泡，姜汁熟水也要喝。小娘子还年轻，想得不长远，有好脑子不如有好身子，像我一位族姐，家里很有些田产，为丈夫为儿子筹谋，操劳了一辈子。好不容易等到要享福的时候，今日这里痛，明日那里痛，余生只剩下受罪，有一回同我说，还不如死了干净。所以啊，小娘子不要嫌麻烦，好身子要自小保养，纵使有受用不尽的珍馐美食、绫罗绸缎，没有个好身体，一切都是枉然。"

总是顺利地把话题扯开了，后来明妆喝了熟水，换了衣裳，说了些今日的见闻，商妈妈便将翼国公抛到脑后，专注谈论那些上京贵女去了。

第二日，雪未停，只是不像前一日下得那么大了，纷纷扬扬，撒盐一样。明妆早上起身后，坐在廊亭里烤火燃香，眼看年关将至，忙过一阵子后，日子好像变得比往日更悠闲了。没有鸟鸣，也没有犬吠，世界安静得只剩炭火毕剥作响和自己的呼吸声。

冬日闲暇，无事可做，就看看书、赏赏画，正想着要不要抄写经书，有婆子过来，问院内侍奉的女使，小娘子在哪里。

明妆趿着鞋，起身从廊亭里走出来，婆子远远纳福回禀，说翼国公府派人给小娘子送茶叶来了。

明妆"哦"了一声，问："送茶的人呢？"

婆子说："还在前厅，小娘子可有话带给翼国公？"

明妆忙示意午盏把之前做的几锭香墨拿盒子装起来，自己送到前院，打算托来人带话给翼国公，多谢他的小凤团。

到了前厅，见那人背身站着，正欣赏墙上挂的画，听见脚步声回过头来，一看竟是翼国公本人，明妆讶然道："公爷莅临，怎么不让人知会我？"

翼国公还是一副温和的模样，笑着说："我只是来碰碰运气，要是小娘子不见客，我就回去了。毕竟这么冷的天，实在不好意思叨扰，我也是散朝回来经过热闹街，才想着亲自过来一趟。"

这话属实又不属实，他身上还穿着公服，这倒是真的，不过顺便来送茶叶，却不是那么回事，除非他时刻把茶叶带在车上。

不是听不出漏洞，或者是翼国公本就有心露马脚，算另一种暗示。明妆只作不明白，招呼午盏把锦盒拿过来，交到翼国公手上后，赧然一笑："我确实没什么好馈赠公爷的，就如芝圆所说的，拿墨当回礼吧！公爷回去试试，看用着顺不顺手，若是喜欢，我这里还有几锭，到时候再让人送到贵府。"

翼国公捧着盒子，有些受宠若惊，年轻的脸颊上泛起一点红晕，低头道："我送茶叶，倒变成了换墨。"

明妆笑得明媚，爽朗道："爹爹和阿娘走后，很少有人登门，今日公爷能来，让我易园蓬荜生辉，公爷请坐吧。"说着接过女使送来的茶，轻轻放在他手边，"请公爷尝一尝我家的茶，虽只是寻常的袁州金片，加了点红枣蜜饯，口味应当尚可。"

那是女孩子的吃法，男人吃茶很少会加甜口的东西，偶尔尝一尝，倒是很新鲜的一种经历。

果然隔灶的饭就是香，同理茶水也是一样。翼国公对这茶大加赞赏，客套地你来我往了一番，最后迟迟道："年三十，御街上有灯会，届时官家也要临宣德门观灯，不知那日小娘子有没有空？我想着，小娘子一人过节难免冷清，若是不嫌弃，我邀小娘子一同赏灯吧！"

这种邀约倒是正合心意，明妆也不扭捏，欣然应好道："只是要给公爷添麻烦了。"

分明求之不得，哪里能算麻烦。翼国公眼底的笑意再也掩不住，颔首道："待吃过团圆饭，我就来接你。"

可是话刚说完，又恨不得自己打嘴，她的父母都不在了，何来的团圆饭？

见翼国公愧怍地看了自己一眼，明妆仍旧挂着浅淡的笑，说："家中还有两位妾母，加上贴身的女使和乳媪，我们府里也有团圆饭的。"

翼国公舒了口气，心下却有些怜惜小姑娘，好在她豁达大度，要是换了一般的贵女，恐怕就要上脸了。

来了半日，心里的念想也达成了，久留不合礼数，他便从府里辞别。明妆一直将人送到门廊，目送他登上车辇，方从廊上退回槛内。官家要临楼赏灯，那么随侍左右的弥光也一定会现身吧！她知道陷害爹爹的黄门叫弥光，却从来没见过，趁着机会认一认人，也好把仇家的嘴脸刻在骨头上。

商妈妈见过翼国公，显然颇觉满意，念叨着："这位公爷一表人才，要是配小娘子，竟十分合适。他今日特意来，就是为了送小娘子茶叶吗？看看，真是有心了。我如今想着，且不说定不定亲，就是翼公爷能多往来也是好的，至少易家老宅那些人有了忌讳，不敢继续算计小娘子。"

明妆失笑道："妈妈先前可不是这样说的，不是还怕招来祸端吗？"

商妈妈闻言笑道："今日之前不是没见过翼国公吗？总觉得皇亲国戚不好相与。如今见过，才知道凤子龙孙的气度非一般人可比，就是贵气！"

反正夸得天上有地下无，仿佛翼国公已经是易园的上门女婿了。

明妆倒是没将这个放在心上，又问商妈妈："给李判府上的赠礼，可预备好了？李判什么时候入京，打听过没有？"

商妈妈道："东西已经预备好了，我让马阿兔上洪桥子大街打探，说不日邶国使节就要进京，必定是在年前，所以今年除夕的花灯才特别热闹。"

明妆点头，正要转身往内院去，忽然听见身后有人高喊"般般"，回身一望，是许久不曾来往的姑母，到了跟前亲亲热热地牵起明妆的手，笑着说："你猜我今日找你做什么？"

明妆笑了笑："难道是姑母想我了？"

易大娘子有些尴尬，绕开这个问题，一面携她入内，一面道："我呀，给你觅了一门好亲事，千载难逢的好姻缘，今日是来向你道喜的。"

第十一章

伸手不打笑脸人,这个明妆知道,所以即便十分反感易家人提及她的婚事,也还是客气地将人引进花厅。

"还下着雪呢,难为姑母赶来。"明妆请她坐下,吩咐煎雪道,"泡上好的茶来,款待姑母。"

煎雪会意,领命退下,商妈妈殷勤地将温炉往前挪了挪,笑道:"大娘子为着咱们小娘子的事,顶风冒雪赶到这里,快暖和暖和。"说着接过女使手里的斗篷,挂在一旁的架子上。

易大娘子惯会虚与委蛇,笑着和商妈妈打招呼道:"长远不见商妈妈,近来好啊?"

商妈妈说:"一应都好,只要我们小娘子平平安安,我还求什么呢!"

大家客套一番,待煎雪奉上茶,易大娘子润了润喉,方说起今日的开场白。

"我前日回宜男桥巷,听了老太太的话,说实在的,也觉得老太太做得大为不妥。手心手背都是肉,孙子是骨肉,孙女就不是骨肉吗?要我说,你爹娘不在了，更应当万般爱惜你才对，反倒提什么命继子的事，难怪要惹得你哭。"说着怜爱地打量明妆一眼，"好孩子，姑母知道你不容易，祖母上了年纪，倘若有什么不足的地方，你千万要担待才好，不与她计较，是你做孙女的道理。我呢，原该时时关心你才对，可家里事忙，你二表兄今年方入仕，虽是个七品小吏，但好歹成器了，比起老宅那两三个，总还强些。"

明妆很惊讶，"哎呀"一声道："二表兄做官了吗？我一向不大出门，到现在才听说，还没向姑母道喜呢。"

易大娘子笑着应承了，又道："你大表嫂今冬刚生了个儿子，我又要张罗庶出那两个丫头的婚事，忙得脚不沾地，因此没常来看你，你可不要怨怪姑母。"

明妆说："哪能呢，姑母掌家，家大业大，人口又多，我知道姑母忙。"

易大娘子点点头，终于言归正传，往前挪了挪身子，道："般般，我上回赴都转运使家的宴，遇上都漕夫人闲话家常，说她家的侄子正打算说亲，问我有没有合适的人选，我一下就想到你了。后来我问了都漕夫人那公子家什么境况，都漕夫人说她胞兄如今在幽州任知州，上州知州正六品的官，家中四郎在京畿任主簿，虽是个九品，但胜在年轻，往后前途不可限量。我想着，这样的门第比上不足，比下有余，尚不至于慢待你。照着都漕家的家风，可想而知，知州府上也错不到哪里去。"她说了半日，见明妆没什么表示，不由得顿下来，迟疑地问，"般般，你觉得如何？"

明妆讪笑一下，道："我还未想过定亲的事呢。"

易大娘子道："男大当婚，女大当嫁，你爹娘虽不在了，总还有家中长辈操心你的婚事。想当初，我与你爹爹兄妹感情最好，你于姑母来说，如自己的孩子一般，我怎么能不事事想着你？"

她巧舌如簧，不像至亲，简直像个媒婆。商妈妈先前还盼望易家能有个上道的，不存着算计小娘子的心，可是如今看来，天下乌鸦一般黑，挨踢的老窑烧不出好砖头。

小娘子不好意思一口回绝，自己作为乳母就得过问。商妈妈堆着笑道："大娘子，我瞧这门婚事……像是不大合适。"

易大娘子纳罕地"嗯"了一声，微扬的声调，仿佛她们有些不知斤两："怎么不合适了？哪里不合适？"

商妈妈道："大娘子瞧，我们娘子出身不低，父亲封了郡公，母亲也是诰命夫人。郡公几品？知州又是几品？这上下差了那么多，我们小娘子嫁入那样的门第，岂不是委屈了小娘子？"

易大娘子听罢，显然早就准备好了说辞："这话是没错，可此一时彼一时，郡公和夫人都不在了，若想找个门第般配的，人家贪图你什么？连个帮衬都没有，势必要多加权衡。照我的意思，宁肯低嫁，也不要高攀，免得将来妯娌姑嫂之间比较，反倒落了下乘。俗话说宁为鸡口，无为牛后，等日后般般自己过日子，慢慢就明白了。"

商妈妈还是摇头："当初我们主母离世之前，托付我好生照看小娘子，婚姻大事不是儿戏，还是要多加斟酌的好。两家门第过于悬殊，我们小娘子到了人家里，怕是过不惯。"

易大娘子有些不耐烦了，一个乳媪总是插嘴，闹得她很没趣，转头又对明妆道："小家子有小家子的足意，大家子有大家子的艰难。退一万步，就算知州府门第不高，有都漕这样的亲戚，还怕将来都漕不提拔侄儿？"

这话就很有意思了，明妆其实是不怕得罪这些易家人的，笑着说："靠亲戚都是虚的，靠自己才是实打实。这世上可没有几个像姑母这样热心的好亲戚，大多人家的至亲都靠不上呢，还能指望姻亲？"

易大娘子被她说得有些讪讪，知道这是明里暗里地讥讽大宅里那些人。也难怪，她就说老太太此举操之过急，这孩子是个属狗的，你要硬夺她的家财，她势必紧咬不肯松口，只有好生哄骗着，好吃好喝地养着，将来给她风光地准备一套嫁妆，再让她将易园和产业留下，家里人帮着照看，哪怕每年给她几分进项，经手的人从里头捞点油水，也够吃上好几年了。可是老太太糊涂，把关系弄僵了，这下闹得不好收场，她如今带着防备，愈发不好说话了。

易大娘子想了想，道："这个不必担心，都漕夫人是出了名的顾娘家，都漕又都听她的，提携一个侄子不在话下。况且她家四郎自己又有出息，中了进士，暂时官职低微，日后大有升官的机会。"

"那照这么说，我们小娘子堂堂的郡公独女，应当陪着一个九品小吏一步一叩头地往上爬吗？"商妈妈干笑道，"大娘子家的二公子还是个七品呢，那位竟连七品都巴结不上，想是殿试排名到了末梢，别不是靠着都漕才当上主簿的吧？"

易大娘子被商妈妈回得没话说，半晌蹙眉道："大可不必这样贬低人家，我给自己的侄女说媒，难道会找那些上不得台面的人吗？"说着愤然调开视线，好言好语地劝明妆，"觅一门合适的亲事不容易，自己可要好生把握，过了这个村，就没这个店了。"

明妆果真仔细思忖了一下，愁肠百结都挂在了脸上，最后说："要是答应这门亲事，是不是要嫁到幽州去呀？"

易大娘子说："当然，过了门在公婆膝下伺候，是做儿媳的本分。"

"这就是说，我得离开上京，去人家家里做牛做马伺奉公婆？姑母，我一向娇生惯养，您不是不知道，万一到人家家里冲撞了公婆，那岂不是丢易家的脸吗？"

这点倒是不用担心，易大娘子笑着说："谁也不是天生会做媳妇的，过了门慢慢学就是了。"

明妆那双大眼睛又四下望了望，问："那我这园子怎么办？总不好变卖了，带到婆家去吧！"

这就触及根本利益了，易大娘子做出苦恼的表情，追忆故人一般打量着一砖一柱，叹息道："这是你爹娘当年筹建的，都是你爹娘的心血，哪里舍得变卖？有它在，你就是有根的姑娘，没了它，将来回娘家都没个落脚的地方，于你也无益。我想着，还是商量出个折中的办法来，一则不耽误你的姻缘，二则也留下这园子，或者找族长来做个见证，将这产业托付给家中信得过的人，每年田庄的营利仍旧归你，总之保留这个园子，不让它荒废才是正经。"

所以兜兜转转，最终的目的还是将园子收归易家人手里。明妆笑了笑："姑母，你也说这宅子是我爹娘的心血，既是心血，我怎么舍得交给旁人打理呢？"

易大娘子道："我也明白你舍不得，可你是个姑娘，将来终究要出阁的呀，总不会打算找个郎子入赘吧！"

第十一章

明妆就等着她这句话,眼睛骤然一亮,拊掌道:"姑母真是提醒我了,那就找个愿意入赘的郎子,同我一起经营家业吧。"

易大娘子这下被打了个措手不及,讶然道:"你可想明白了,世上哪里来有出息的郎子愿意入赘女家的?你可知道那些赘婿都是什么人?或是家里穷得叮当响,或是考取功名不成,远走他乡,或是家中父母双亡、兄嫂难容……这么算来,还不及我先前说的知州家呢。"

可明妆觉得不要紧,笑嘻嘻道:"两个苦人儿正好做伴,赘婿不敢生事端,也不敢纳妾,不是挺好的吗?"

"好什么!"易大娘子有些生气,她费了半天口舌,现在终于看明白,自己是被这丫头耍了,她压根没有好好考虑自己说的那些话。

明妆见易大娘子恼火,瘪了瘪嘴,委屈道:"姑母怎么了?生气了吗?"

易大娘子看她那模样,有火发不出,气哼哼道:"姑母和你说正经的,你尽和姑母打马虎眼,难道不知道姑母都是为你好吗?你十二岁没了爹娘,这些年不孤苦吗?早些寻个好人家,把公婆当爹娘一样孝敬,人家自然也实心待你,拿你当亲骨肉疼爱。可如今你说的是什么?还要再找个苦人儿,是嫌自己不够苦,要苦上加苦?不是我说,一个女孩,掉进钱眼里可不成,钱财乃身外物,生不带来,死不带去,女孩子最要紧是找个好归宿,将来夫妇和谐,生儿育女,那才是你的根本,风吹不跑,雷打不掉,你可明白姑母的意思?"

这样长篇大论一番训斥,明妆彻底不表态,脸上浮起淡漠的神色,只道:"姑母吃茶吧,茶要凉了。"

易大娘子心里也不舒坦,和个不明事理的小孩掰扯半日,确实口干舌燥。她低头喝了口茶,这茶口感倒是很好,翻涌的雾气里,隐约还品得出茉莉的清香。

商妈妈适时插嘴道:"大娘子消消气,再给大娘子添一盏吧!这是翼国公今日亲自送来的小凤团,我们娘子还没舍得喝呢。这不,看姑母来了,才叫端来上好的茶,先让姑母尝尝。"

易大娘子愣了一下:"翼国公?五皇子?"

"是啊。"商妈妈笑着说,"我们小娘子昨日不是随汤家小娘子去了梅园吗?

可巧遇见了翼国公,今日翼国公就送了茶叶来,还邀我们小娘子除夕一同赏灯呢。"

如此一来,易大娘子算是碰了一鼻子灰。"竟有这种事?"她愣过之后方回过神,拍膝尴尬地笑道,"般般这孩子,这样要紧的事怎么不同姑母说!倘若真是翼国公,那区区知州府果真是不值一提,如此甚好!"

明妆放下茶盏,继续装模作样,扭捏道:"我同翼国公又不熟,不知道他为什么要送茶叶来,也不知道他为什么要邀我去赏灯,姑母知道吗?"

易大娘子心道这不是揣着明白装糊涂嘛,如今的孩子心思真深,自己居然赶不上趟了。

"想是……想是对你有些意思吧,否则一位国公,做什么巴巴地登你的门?"此行做媒,算是做了个满盘皆输,易大娘子有些待不下去,又寒暄了几句,便从易园辞别。

热闹街上,一辆马车还在候着,齐大娘子的脖子伸得老长,看见人出来了,忙腾出地方。

"快快,上来。"齐大娘子一边打帘,一边去拽小姑,"怎么样?谈得如何?"

易大娘子看了她一眼:"别提了,没意思得紧。走吧,路上再说。"

第十二章

"怎么了?"齐氏拽了拽她,"快说呀,急死我了。"

易大娘子叹了口气:"我在那里啰唆半日,人家是油盐不进,起先嫌男方家里门第低,后来索性牵扯出翼国公,你说晦气不晦气?"

齐氏有点恍神:"翼国公?五皇子翼国公?般般那小丫头,怎么同他搅和到一处去了?"

易大娘子瞥了她一眼:"窈窕淑女,君子好逑,般般这丫头脾气虽不好,长得倒是不错,男人瞧见她的脸,有几个挪得动步子的?"

"啊……"齐氏靠在车围子上,泄气地长叹,"那咱们这算是白操一回心,人家自己已经找好郎子了……"叹完仔细一思忖,又发现了另一宗好处,"倘若果真和翼国公攀上亲戚,倒也不赖,将来亲戚之间好歹有帮衬,人家可是皇子!"

易大娘子嗤笑一声:"你们这样算计她的家财,将来她还帮衬你们?想什么呢!叫我说,让她和翼国公成了,才是大大的不好,亲戚这条路断了不说,易园的产业也是彻底休想。有了那么大的靠山,还准你们动那心思?"

齐氏听罢，呆怔地看了她半晌，最后说："天要下雨，娘要嫁人，有什么办法！"

易大娘子因未做成媒，脸上正无光呢，自然不希望这门婚事能成。她拍着膝头，沉吟了好半晌，说："倒也不着急，翼国公毕竟是皇子，皇子娶亲，哪里那么简单，先不说官家点不点头，就是他生母张淑仪也不会答应。这等皇子联姻，自然是希望岳家有权有势，将来前程上能有助益。般般的爹娘没了，咱们这头和外家都是寻常官员，既然没有半点好处，又做什么要娶她？再者，婚姻是父母之命媒妁之言，父母不在了，理当听族中长辈的才对，到时候老太太咬死齐大非偶，这桩婚事就成不了。"

齐氏回过神，缓缓点头道："这话说得是，不是他们李家要人，咱们易家就得答应的。反正且耗着，那头要是来人商议，就让母亲处处回避，人家自然明白咱们的意思。"

易大娘子抿唇笑了笑："反正我瞧知州家挺好，等过阵子时机成熟，让老太太松口应准这门婚事，她不答应也得答应。"

这么一说，又成竹在胸了，齐氏笑道："还是妹妹的脑子好使，我一听翼国公，人先慌起来了，咱们几时和这样的大佛打过交道！"

易大娘子失笑道："怕什么？世上的事，总挣不脱一个礼法，他们还能绕过长辈，私订终身不成？"说罢又斜了齐氏一眼，"不过你那丰哥儿，着实要好生管教管教才好，长此以往，别说一个易园，就是有金山，也不够他造的。"

齐氏被她说得灰头土脸，耷拉着眼皮说："我何尝不知道，可这冤家不听人劝，我有什么办法。现如今老太太说要抬他做命继子，真成了，他也只是顶个名头罢了，你是姑母，你知道的，我们元丰不是做生意的料，最后产业还不是落进大房手里？"

总之各有各的难处，易大娘子掖着两手，长叹一口气。

"倒是可惜了，早知如此，你家二哥儿晚些娶亲，来个亲上加亲多好。你姑作婆，还愁这丫头逃出你的手掌心？"

结果换来易大娘子更大的冷嘲："快别说这话了，我当初也动过这心思，你们哪个开口应承了？横竖个个都打着主意呢，怕易园的产业便宜了我们王家，将来短了你们的好处，打量我不知道。"

齐氏忙"哎"了一声，说："我可从未这么想过，你晓得的，我的儿子不成器，家里哪有我说话的余地，所以你们商议，我只是听着罢了。照我的意思，在你手里和在易家手里，诚如左手倒右手，都是一样的。"

易大娘子哼笑一声，这话说得好听，真要是让王家钻了空子，老宅那帮人不红眼和她挣命才怪！所以啊，还是做个局外人吧，不去惦记那些不归她的东西，只要娘家根基壮，自己在夫家也说得上话。如今就是要找个正大光明的办法，不叫人说闲话，否则就算接过易园，外人议论起来也够受的。不是她心狠，这么个不听话的丫头，当初要是跟着她爹娘一道去了，少了多少麻烦！

只是这话等闲说不出口，不过心里想想罢了，毕竟三哥就这一道血脉，留存于世，也是个念想。罢了罢了，暂且不去管它。

"兴许是那乳媪虚张声势也未可知，说是除夕夜会邀般般赏灯，到时候派个人盯着，是真是假，到了那日就知道了。"

姑嫂两人坐在马车里，摇摇晃晃地往外城去，走到宜秋门内大街时，看见处处张灯结彩，街边吹糖人的小贩吹出个跨马扬鞭的大将军，笑呵呵地递到孩子手上。易大娘子有些感慨，现任的安西大都护打服了邶国，要是三哥还在，如今凯旋的应当是他才对。

朔风起，吹得檐下灯笼嘎吱作响，雪虽不下了，但云翳未开，年前这段时间几乎不见太阳，偶尔下一阵雨，天气愈发阴冷。

过年的新衣已经做好，今日匹帛铺子派人送过来，果真是上京最有名的裁缝，穿在身上很合适。两位妾母换好衣裳，扭身在镜子前看，她们原本是阿娘的陪嫁女使，与爹爹算不得多深情厚谊，更在乎的，一向是阿娘。阿娘过世前问过她们的意思，打算每人赠些银钱，让她们回家改嫁，但她们拒绝了，一则改嫁未必有好人家，二则也放心不下明妆。照着惠小娘的话说，就是"我们小娘子老实，万一将来有人欺负她，有我们在，虽不能撑腰，但可以拼命"。

就是因着这份"拼命"的情义，明妆拿她们当亲人一样看待，只可惜好好的年华，都浪费在郡公府了，有时候也觉得怪对不起她们的，因此平常尽可能地待她们好。

到了年尾，外面的账都收进来，每位妾母分得三十贯钱，作为过年采买的用度。惠小娘还好，家中父母兄弟日子都过得不错，不必操心。兰小娘则费心些，她家境不怎么样，家里还有个不事生产的兄弟，每月的月例总要匀出一半来贴补娘家。

明妆原想多给兰小娘一些，但阿娘的陪房赵嬷嬷说，给多少都填不满那个亏空，反倒助长了她娘家兄弟的胃口，这事就作罢了。不过逢年过节指缝松些，反正妾母们面上的礼数到了，她们怎么支配，是她们自己的事。

"你这腰怎么愈发圆起来了？"惠小娘瞥了兰小娘一眼，"想是心境开阔，近来吃得多了。"

兰小娘立刻不满，气呼呼道："你怎么尽说我？看看你自己，腮帮子晃荡，脸都大了一圈！"

说起胖，可不是前朝以胖为美的年代了，如今讲究单薄纤细的美，谁也不愿意落了下乘，三句话不对，就要吵起来。

"你这人，真是一点亏都吃不得。"惠小娘扯着她到明妆跟前，"你让小娘子说，你的腰可是粗了？"

兰小娘气得红了脸："何惠甜，你别让小娘子为难，她小孩家，哪里知道你话里有话！"

"啊，我什么时候话里有话了？大过节的，你别寻晦气！"

兰小娘一蹦三尺高："郎主都不在了，你说我腰粗，腰粗是什么意思？你要往我头上扣屎盆子？"

惠小娘大吃一惊，白眼乱翻："你莫不是疯了吧？我哪里是这个意思！都是孀居的人，这么说你，我有什么好处？"

"没什么好处，就是心里高兴罢了！"

她们吵得不可开交，明妆尴尬地站在她们中间，已经对她们相处的方式习以为常了。人都很好，但在一块儿就不对付，鸡毛蒜皮的事能争执半天。这也算尽好做妾的本分了吧,可以对主母毕恭毕敬,但是妾与妾之间,须得分出个高下。当然,这些都无伤大雅,吵吵更热闹,如今这样冷清的家,没了她们拌嘴,就愈发没有烟火气了。

最后还是得明妆来打圆场:"兰小娘的六破裙打裥不精细,让他们重做一条就好。惠小娘的脸也不大,等年后买个玉滚轮回来,据说滚啊滚的,脸就瘦了。"

她们斗嘴,最后一般都是小娘子破费。两人都有些不好意思,兰小娘抚了抚鬓角,说:"算了,我们一把年纪,还要小娘子来哄,也枉做长辈了。"

所以不吵架的时候,还是一团和气的。

第二日就是年三十,家里过节的东西一应都准备好了,到了天将暗的时候,就该往爹爹和阿娘的灵前上贡品了。果子、点心、酒,还有团圆饭,一一经明妆的手送上去,最后大家叩拜,近身的人都在,一个没少,是最值得欣慰的事。

头几年每到这个时候明妆总是哭,今年好像逐渐适应了这种酸楚。大过年的,应当高高兴兴的,明妆眨去眼角的湿意,笑着让大家入席,虽说爹娘不在了,也没有骨肉至亲,但在座的都是贴心的人,反倒比各怀鬼胎的易家人更令她轻松。

外面的烟火已经燃起来,坐在西花厅用饭,漫天的花火投下各色的光影,将这除夕夜点缀得火热喧哗。年幼的小女使们推出一个胆大的来请示,莽撞地说:"小娘子,咱们也点烟火吧!"

明妆说好,那些孩子就哄然喝彩,在院子里辟出一块空地,把预先准备好的烟火搬来。负责点火的迈着鹤步,一脚在前,一脚在后,一手拈香,一手捂耳,既兴奋又恐惧。

捻子终于被点燃,一簇火星燃烧后没了动静,大家屏息凝神静待,砰的一声,火光冲天而起,易园的上空也有了属于自己的辉煌。

正在叫好声一片的时候,有女使进来传话,说翼国公来接小娘子了。明妆怔愣片刻,本以为那天是随便一说,没想到人家当真了。

兰小娘和惠小娘面面相觑:"怎么来了位公爷?好大的官啊!"两人来不及想别的,赶紧替明妆整理衣裳和花冠,匆匆又叫人取来妆盒,铅粉口脂一样不能少,再画上弯弯两道远山眉,最后贴上朱红的花钿。细看,娟秀佳人芳华无两,兰小娘轻轻将她往前一推:"快去吧!"

明妆抿唇笑了笑,带上午盏出了门。

站在阶前的翼国公甫一见她,心头的惊艳更胜之前。梅园那回,她是浅淡的妆容,看着天真,让人生怜。这回她是盛装,戴着芙蓉冠子,穿着金花红裙,容貌殊胜,竟有种壁画上神像的错觉。

见翼国公发呆,她脸上的笑容隐现,爽朗地唤了一声:"怎么了?公爷走错门了?"

"没有、没有……"翼国公倒闹得不好意思起来,忙道,"小娘子请吧!"

第十三章

　　界身南巷离御街不远，往南拐过潘楼，就是上京最繁华的去处。

　　因着是除夕的好日子，几乎每条街巷都花灯高挂，盛大节日才得以看见的鱼龙灯已经稀松平常，十字大街的路口有一座缩小版的白矾楼，虽不能和真楼比，但高度也可谓壮观，甚至能够容纳二三十人进出观赏。

　　五彩的灯火在明妆的脸颊上投下温柔的光，她笑着同翼国公说起小时候过年的情景："陕州也有灯，不比上京豪奢。除夕夜，我爹爹和阿娘带着我赏灯，什么坐车灯啊、沙戏灯啊，还有诸般琉珊子灯，实在是令人眼花缭乱。那时候我觉得陕州过年一定是最热闹的，如今回到上京，才知道不可相提并论。今日要多谢公爷，要不是你来相邀，我大概也不会出门，不过在家守岁，困了就回房睡觉去了。"

　　她说得很轻松，但翼国公听出了她对往昔岁月的追忆。官场上风云诡谲，今日风光无限，转天可能就一文不名，她的父亲就是如此，一生征战沙场的悍将，最后竟死在病榻上，不由得令人唏嘘英雄末路。只是这样辞旧迎新的日子，还是

073

不要勾起那些不好的回忆了，于是翼国公道："我莽撞地邀约小娘子，实则也是为了让小娘子散散心。等开了春，常有贵妇贵女们举办筵宴，小娘子也要走动走动，多结交些朋友才好。今天的花灯虽热闹，还热闹不过上元，上元有鳌山，冬至日就开始搭建，一直搭到年后，高十六丈，阔三百六十五步，那才是真正的壮观。"言罢，他小心翼翼地观察她的神色，"自回到上京，小娘子还没出来赏过灯吧？"

明妆摇了摇头："前几年一直在孝期里，不便去那些热闹的场合。"

翼国公听罢，沉吟道："那到上元，我再来邀你……"年轻人脸皮薄，心里设想的事，说出口就脸红起来，忙又补充一句，"到那日再邀上芝圆和四哥，大家去杨楼定个酒阁子，站在楼上就能看百戏。"

明妆笑着说好，转而又问他："今日官家不是要登宣德门观灯吗，公爷不用作陪？"

翼国公说："不用，官家那么多儿子，挑几个要紧的随侍左右就是了。我行五，不上不下的排序，多我一个不多，少我一个不少，我也不爱那样肃穆的气氛，还是现在这样来得松散。"

龙生九子，各有不同，比起翼国公的散淡，仪王显然要精明得多。

明妆心里装着事，观灯赏百戏只是表面随众，她的心思全不在这上头。站在御街上向北望，宣德门张灯结彩，眼下官家还没现身，城楼底下倒是聚集了好多为睹龙颜而来的人，显然官家比花灯更吸引人。

铜锣铛铛敲起来，数十丈高的桅杆上绑缚着假人，一个个画帛凌空，仿如飞天。变戏法的艺人拿匹帛剪成碎片，迎风一扬，立刻化作满天的蝴蝶。众人啧啧称奇，幻术逼真到无法解释时，就会相信它是真实存在的。

一只蝴蝶停在明妆的花冠上，扑动着翅膀翩然欲飞，翼国公正想验一验真假，忽听那艺人一声吆喝，所有蝴蝶汇聚起来，飞向他的广袖，最后盖布一掀，那匹被剪碎的绸缎竟又完好如初。观戏的众人拍手叫好，明妆却看出了另一种惆怅，如果一切苦难都像这艺人手中的道具一样，破碎之后能够还原，那该多好！

正思忖着，远近的人声忽然沉寂下来，连鼓乐都停顿了，只余天空中烟火炸裂的声响。城墙之上升起华盖,垛口转瞬站满禁卫,看这架势,就知道是官家驾临了。

翼国公牵了牵她的袖子,领她随众行礼,城口的黄门上前一步替官家应话,扯着嗓子喊:"免礼,鼓乐照奏,官家与万民同乐。"

除夕灯会,在官家出现之后终于达到高潮,上京城是沸腾的,连空气里都夹着滚滚热浪,四周都是叫好声,明妆却紧盯着城楼上的那个内侍,偏头问翼国公:"代官家传话的那人,可是黄门令薛宥?"

城楼很高,其实要看清一个人的长相,并不那么容易,加上光影交错,只能模糊看个大概。明妆有些泄气,但仍要努力分辨,即便不能看清五官,就算记个轮廓也好。

翼国公有些为难,他自然知道弥光和密云郡公之间的恩怨,在明妆面前提起那个名字,恐怕会惹得她伤心,但如今她问起,自己也不好搪塞,便道:"他是内侍殿头弥光,眼下官家宠信他,他的风头已经盖过黄门令了。"

明妆得到答案,半晌没有说话,之前听仪王谈论弥光,她以为多少带着夸大的成分,但眼下亲眼所见,他确实是官家面前的红人。世上就是有那么不公平的事,一个不知大局、不懂战事的黄门入边陲监军,调弄胭脂水粉的脑子,哪里知道刀背上的血槽应当开多深。爹爹出兵,他拖后腿,爹爹主战,他主和,到最后势同水火,背后中伤,爹爹饮恨葬在潼关,他却回到禁中,成了官家的膀臂。

翼国公唯恐她伤怀,宽解道:"宦海沉浮,总有意见相左的时候,我很为易公抱屈,但如今木已成舟,小娘子还需保重自己才好。"

保重自己,不要去管爹爹的冤屈,因为她是姑娘,这辈子都不可能为爹爹报仇。明妆起先对这位翼国公尚有几分好感,毕竟少年赤诚,性情也温和,但他说出这样的话,她就知道这人将来不可能对她有所助益。逝者已矣,生者要没心没肺地活下去,因为官场中惊涛骇浪是常事,败下阵来,是因为技不如人。

明妆轻牵了下唇角,调开话题问:"邶国的使节应当也在上面吧?"

翼国公说:"是,今年除夕的灯会如此盛大,就是做给邶国人看的。两国交战多年,如今好不容易打下来,官家心里高兴,款待使节之余也为安西大都护接风,昨日颁旨加封为庆国公，宗室旁支能凭战功爬到这个位置，开国以来还不曾有。"

明妆"哦"了一声，那时常追随爹爹鞍前马后的人，如今挣了这样的功名，也是出生入死打出来的。李判前两日已经回到上京，想是回朝之后很忙，她派人送去的赠礼也不曾得到什么回应。今日他应该也在城楼上吧，只是人影幢幢看不真切，她有些想见他，但心里又害怕见到他，怕看见他就想起爹爹，陈年的疮疤不敢去揭，即便是按压一下，也痛彻心扉。

不过这御街上的花灯着实漂亮，琉璃灯山高达五丈，上面搭出彩楼，彩楼中还有装着机括、能够自由转动的小人。往前再走几丈，瓦市深处撑起戏幄，衣香鬓影，盛装的伎乐伴着笙箫献舞，处处一派璀璨气象。

不远处有个飞丸掷剑的，明妆正想去看看，忽地听见一阵惊呼，回头就见一个黑影从城楼上坠下来。她心头急跳，再想看，翼国公捂住她的眼睛，慌忙旋身把她拽开了。

"咚"的一声闷响，惊愕的呼声此起彼伏，翼国公的手心微凉，喃喃说不要看。内城城楼高达十几丈，从那里摔下来，必定是活不成了。

万众盼望的除夕灯会，结果变成这样，是任何人始料未及的。城楼下的禁军慌忙扯过一张彩缎盖住尸首，明妆惊魂未定，趁乱窥见一顶滚落的一年景花冠和露在彩缎外的红履，心下明白，坠楼的应当是位宫内人。

围观的人群被诸班直隔开，城楼上的仪王领命下来查验，禁军掀起盖布让他过目，他垂眼打量一眼，让跟随的小殿直都知辨认。那小殿直都知哪里见过这样血腥的场景，勉强说了声是，就偏身呕吐起来。

"是垂拱殿的长行。"仪王叹了口气，拿捏着语调询问同行的人，"俞白，你怎么看？"

前面的人摩肩接踵，把明妆挡了个结实，但这个名字她听得很清楚，俞白是李宣凛的小字，他也随仪王一同下来察看了。

明妆使劲往前挤，奈何挤不进去，只好回头求助地望向翼国公。翼国公虽然不明白女孩家为什么这么愿意凑热闹，但还是替她排开人群，把她送到了围观的最前端。

第十三章

身着公服的人一直背对众人，领上描金刺绣的饕餮纹样，看上去颇有张牙舞爪的味道。他还是那样，话不多，但足可拿主意，对一旁的禁卫道："先把人抬下去，将这里清理干净。既然是垂拱殿的人，理应交由内衙审理，我刚回京，对京中事务不熟悉，目下看，看不出什么端倪。"

显然仪王是不怕把事闹大的，甚至在众目睽睽之下说出了坠楼宫人的出处。能进御前侍奉的小殿直都不是寻常人家的女儿，死了一个有品级的女官，这件事可大可小。然而李宣凛的表态很明确，他只是跟来善后，并不打算插手禁中的事。

仪王轻轻挑了下唇角，转头吩咐身边的诸班直："让内衙先审，等审出结果来，再报我知晓。"

尸首被抬走，剩下的就是收拾残局，两个杂役举着铁锹过来，从一旁掘起沙土洒在血迹上，香糕砖的地面吃透了血，无论怎么掩盖，都像个恐怖的溃疡。

翼国公对今日的变故无可奈何，原本是想与佳人好好赏花灯，结果竟遇上这样的事，遂对明妆道："事发突然，没吓着小娘子吧？今日是我不好，若是不邀你赏灯，也不会撞上这种意外。"

明妆虚应道："公爷本来是一片好意，不必自责。"

嘴上这么说着，她的视线却移向那个背影，忍不住忽然唤了声"李判"。

那身影一怔，迟迟转过来，彩灯映照出他的五官，似乎与明妆记忆里的不大一样。她一直记得他以前的样子，少年从军，眉眼清嘉，所以她同阿娘说他不像武将，像读书人。然而阔别三年，这三年间陕州应当发生了很多事吧，他那深浓的眼眸里没有了当初的彷徨，她看得见灼热燃烧的烈火，和无坚不摧的傲性。

一样又不一样，她开始有些后悔刚才那一声呼唤，甚至怀疑自己是不是认错人了。如果没有认错，那这称呼显然也不合时宜，人家如今是国公，比爹爹的爵位还高上一等，怎么能拿他当多年前的小小判官呢？

本以为位高权重，今非昔比，自己的唐突会引人不快，却没想到他振袖在她面前站定，郑重其事地两手加额，深深向她长揖下去。

围观的众人都有些蒙，从没见过哪个紫袍的大员，向一个十几岁的姑娘行此大礼，怪事年年有，今年特别多。

明妆也觉得很尴尬，怪自己刚才脱口而出的一声，让他当着这么多人的面见礼。如今不比爹爹在时，自己已经承受不起这样的礼遇了。

然而他似乎并不在乎，如常谦卑恭敬，垂着眼道："小娘子差人送来的赠礼我收到了，愧不敢当。节下太忙，有好些事要处理，一直抽不出空来，本想年后再去府上拜访，不承想今日在这里遇上了。事发突然，让小娘子受惊了，今日请小娘子先回，明日我一定亲自登门，向小娘子告罪。"

第十四章

明妆心中的疑虑打消,看样子他的性情好像没变,如每年送来的信件那样,是个长情念旧的人。

"好。"她含着笑,会心点头,"那我等你。"

一旁的翼国公没想到,时隔三年,已然高升的副将还能这样恭敬对待旧主的女儿,倒让他对李宣凛刮目相看。他正想同新任的庆国公打声招呼,结果被仪王截住话头:"五哥今日没陪爹爹赏灯,原来是佳人有约啊。"

翼国公的心思单纯,二哥这样调侃,他也只是赧然稍作解释:"上回在梅园结识易娘子,恰好今年除夕灯会办得隆重,就邀小娘子一同出来赏灯。爹爹有大哥和二哥作陪,我在那里也多余,站得那么高,连人间烟火都看不真切。"

就是这样散淡的天性,在诸皇子中得了个一心只读圣贤书的名号。

仪王倒是没将这位兄弟看在眼里,只是颇有深意地望了望明妆,笑道:"那日之后,我还曾盼着小娘子来我府上做客呢,没想到等了半个月,也未等来小娘子,想是小娘子眼界高,瞧不上我这个朋友。"

他的话别具深意,只有明妆知道。今日亲眼得见弥光在圣前的荣宠,她不得不重新考虑,是否应当继续结交这位仪王,遂道:"王爷言重了,不是我不想交你这个朋友,实在是年关将至,家中很忙,抽不出空去府上拜会。"

"可小娘子竟有时间为庆国公准备赠礼。"他的言语间忽然换上一点锱铢必较的味道,略微不满地抗议着,见她瞪着一双妙目,很快又笑起来,"我是同你开玩笑呢,千万别当真。如今除夕过完,年后应当得闲了吧?那我扫庭以待,迎接小娘子大驾。"

这样的对话,让人分辨不清他们之间的关系。明妆有些无措,翼国公脸上浮起一点错愕,李宣凛则是玩味地瞥了仪王一眼,转而吩咐一旁的午盏:"今日天色不早了,你伺候小娘子早些回去,免得商妈妈担心。"

午盏应了声是,因是旧相识,分外拿他的话当金科玉律,忙扯了扯明妆的袖子,道:"小娘子,咱们回吧!"

明妆道一声好,翼国公虽还未从疑惑中挣脱出来,但该有的涵养半分不少,既然人是他带出来的,自然要安全无虞地把人送回去。

"如此,我们就先告辞了。"他向仪王和李宣凛拱了拱手,复转身对明妆道,"小娘子,请吧。"

午盏搀着明妆往御街那头去,走了一程,明妆回头张望,见李宣凛同仪王一起走进巨大的宣德门。

翼国公闹不清她和仪王的交情,现在看她回头,愈发觉得她可能是对李霁深有所不舍,心里顿时别扭起来,却不能发作,更不能质问,只能装得云淡风轻地随口问了一句:"小娘子和仪王早前认识吗?"

明妆收回视线,摇头道:"不认识呀,就是梅园那回迷了路,才结识仪王的。"

"那……"他斟酌又斟酌,谨慎道,"如何你们就说定,要往他府上做客了?"

明妆爽朗地笑了笑:"就是随口的客套话,他邀我做客,我并未赴约,所以他今日才问我。"

翼国公这才松了口气,笑道:"也对,小娘子是女孩家,平白跑到人家府上,不合礼数。"但他能看出来,二哥对她是有几分意思的,毕竟这样容貌的女孩子不多见,二哥对她另眼相看,也在情理之中。

然而竞争的意味忽然重起来,兄弟之间再友爱,遇见关乎姻缘的事,也没有谦让一说。说到底,芝圆带她来,本就是冲着自己,那日他甚至厚着脸皮向芝圆确认了一遍,待得到肯定的答复后,就觉得自己相较二哥,更为名正言顺。

还好早有准备,他庆幸地想,转头再看她的神情,她好像没有与容貌相匹配的细腻心肠,只管和身边的女使议论李宣凛:"我看李判和以前,长得不一样了。"

午盏说:"那当然,以前李判在郎主手下任职,不用操心那么多。现在自己要独当一面,难免劳心劳力,所以看上去威严了不少。"

对,就是威严。她琢磨了好久,一直寻不到一个合适的词来形容他的现状,午盏倒是一语道破。明明眉眼没有太大改变,充其量也就年纪大些,看上去更沉稳些,但不知为什么,面对那张脸时,她是那样五味杂陈,有高兴、有欣慰、有陌生,也有伤感。

翼国公听着她们的对话,忽然发觉自己可能多心了,她方才那回头,并不是冲着二哥。

谈论李宣凛,显然比提防二哥轻松得多,他便也加入进去:"俞白是咱们的族亲,他祖上和太宗皇帝是兄弟,可惜旁支不能授爵,须得靠他自己挣功名。我还记得小时候和他在一个马场上跑过马,后来他远赴陕州,就没有再见过面。彼时他任易公的副将?"

明妆说:"是啊,他是孤身来陕州的,我爹爹很赏识他,说他有儒将之风。我阿娘怜他住在军中不便,就收拾了个偏院让他住,也方便他跟随我爹爹出入。"

"这么说来,易公与郡夫人对他很有知遇之恩,难怪他待你这样恭敬。"

"其实不必。"明妆难为情地说,"他已经不是三年前的副将了。刚才那么多人,他向我行礼,让我觉得很愧疚,折辱了他的身份。"

翼国公却道:"小娘子多虑了,他不忘微贱时的恩情,是他的气度与胸襟。滴水之恩,当涌泉相报,他当初是有心投入易公门下的,易公和夫人善待他,是种下了善因。"

明妆慢慢颔首道:"我回到上京后,是他一直替我扫祭,我心里很感激他。"

翼国公笑了笑："小娘子也是重情义的人，所以他一回京，你就命人送去了赠礼。"

明妆说："正是，我也不知道怎么酬谢他，就送了点果子点心。"

这是小孩子送礼的方式，如果是为了攀交，礼节应当重得多。

两人缓缓走了一程，身后依然歌舞升平，刚才的意外对狂欢的百姓来说，不过是茶余饭后的谈资，并不影响今晚过节的心情。

前面就是易园，翼国公将人送到门前，趁热打铁道："今日扫了小娘子的兴，等过两日约上芝圆，咱们一同去梁宅园子饮茶。"

明妆道了声好，说："快到子时了，公爷回府路上多加小心。"

她盈盈福下来，翼国公连忙还礼，见她站在门前相送，也不推搡，自己回身登上马车，临走时打帘又望一眼，方往巷口去了。

午盏见车走远，吁了口气道："这位国公爷，好像喜欢上小娘子了。"

明妆"去"了一声，斥道："别胡说。"

但男人对女人有没有情愫，一眼就看得出来，若不是上了心，一个堂堂的国公，哪里有闲心自告奋勇地陪她赏灯？

不过这种小小的觉悟藏在心里，不足为外人道，回去之后见两位姜母还在，明妆讶然道："夜这么深了，小娘怎么还不回去休息？"

惠小娘打了个哈欠，带出了两眼泪花："小娘子不回来，我们哪能放心回去。"

兰小娘说："是啊，这是你头一回跟公子出门，咱们的心都悬着呢。"说罢又问，"外面的花灯可好看？御街上八成很热闹吧？"

午盏迫不及待地要把见闻告诉她们，比画着说："是热闹得紧，还看见官家登宣德门楼了呢。可不知怎么的，一个宫人在官家眼皮底下坠了楼，真真把人吓死了！不过咱们因此见到了李判，人家攻打邨国立了大功，现如今已经是国公的品级啦。"

说起李判，大家难免伤情，因为在陕州时，一向见他随侍郎主左右，如今郎主不在了，物是人非事事休，乍然再听说他，就格外让人追念往日。

还是商妈妈转移了大家的思绪，笑着说："我早前就说李判将来有出息，如今当上国公,没有辜负郎主的栽培。"

明妆也笑着说:"头一眼看见他,我有些不敢相认,这些年他老成了好多,简直和以前判若两人。"

商妈妈道:"人是会长大的,打下邿国是多大的一场仗啊,能够获胜,想必吃了不少苦吧!"

午盏又兴高采烈地追了一句:"李判说,明日要来咱们府上拜访。"

这是个好消息,易园太多年没有故交贵客登门了,商妈妈欢喜地安排起来:"明日让厨房预备些好点心,一屋子女眷留他吃饭,恐怕不便,但坐下品品茶点还是可以的。"

因时候太晚,大家各自回房歇下,等到五更时被震天的烟火炮仗吵醒。明妆迷迷瞪瞪地又合了一会儿眼,隐约听见房里响起脚步声,不久一双手探进来捧住她的脚,商妈妈摸索着替她套上足衣,连哄带骗地把人从被窝里挖了出来。

"今天要早起,早上不赖床,一整年都有好收成。快快,快起来,厨房已经做好了八宝馎饦,耽搁不得,时间一长,可就变成面糊糊了。"

明妆实在睁不开眼,扭捏着说再睡一会儿,商妈妈不让:"李判也不知什么时候来,你今日忙得很,要去老宅和袁宅拜年呢,哪有睡觉的工夫!"

明妆无可奈何,只得强睁开眼,换上簇新的衣裳,腰上配了五色荷包,待梳妆打扮妥当,挪到前厅一家人吃了早饭。

今日大家确实都忙,上京有这样的规矩,晚辈给长辈拜年,须得在初一,出了阁的女儿回门探望爹娘,也择在这一日。初二往后便轻松了,大抵是宴请和走亲访友,因此吃饭时商妈妈还在感慨,李判这人真是不忘初心,初一便来拜访,是当郎主和主母还在呢。

明妆听得鼻子发酸,那点懒散的筋骨抻起来,恋床的情绪也没有了。饭后,惠小娘和兰小娘要回娘家拜年,送走她们,明妆便在前院等着李宣凛到访。

约莫辰时前后,门廊有人通传,说贵客来了,明妆忙起身说"请"。

很快便见几个小厮捧着节礼进来,后面的男子穿着濯绛的常服,腰上扣银带,快步登上台阶。因为身量高,几乎是两级一迈步,还是原来军中的习惯,仿佛时间永远紧迫，仿佛永远不能延误。待进了门才骤然刹住步子，抬眼一顾，很快又垂下眼，恭敬地道了声小娘子新禧。

明妆看着他，难免思绪翻腾，嘟囔道："看见李判，就让我想起爹爹了。"

他的眼睫微微一颤，想是被她的话触动，还如以往一样温声询问："一别三年，小娘子在上京过得好不好？"

不知怎么，眼泪掉了下来，明妆忙拿手绢擦，却无论如何都擦不净，于是又气又急，终于放声哽咽起来："今日是初一，我不该哭的，可我就是忍不住。"

有的故人，会勾起很多回忆，当初李宣凛借居在潼关府衙，时常会遇见，明妆有什么想要的，不敢和爹爹阿娘开口，就会悄悄委托李判。他是有求必应，只要她高兴。现在想来不光是看着爹爹的情面，更多的是日久年深，活成了半个家人。

第十五章

他听见她哭,终于抬起眼,什么都没说,只是忧伤地望着她。

这些年,她虽照旧锦衣玉食,心里的伤疤却无法愈合,他知道她不容易,小小年纪就如此多舛,想必更有委屈之处,哭一哭,哭出来就好受了。

明妆在他面前,恍惚觉得自己还不曾长大,有些情绪的宣泄只有冲着他,才能找到出口。

商妈妈在一旁使劲劝慰:"好了好了,大过节的,不兴哭的。李判好不容易来一趟,小娘子不款待贵客,怎么反倒哭起来了?"言罢忽然觉得不妥,笑道,"我竟是叫惯了,一时改不过来,如今应该称公爷才对。"

李宣凛却摇头:"妈妈不必客气,还如以前一样称呼我吧!我有今日,多蒙大将军提携,在故人面前,不敢妄自尊大。"

明妆这才抹了眼泪,小孩心性地说:"我也觉得李判亲厚,叫公爷,反倒把人叫生疏了。"

大概因为叫成了习惯,李判几乎成了他的第二个名字,在陕州那些年,她都是这么唤他的，小孩子自有一份偏执，不愿意改变以前约定俗成的东西。

烹霜送来茶水，明妆亲自接过来，矘着鼻子说："上京点茶的手法和陕州不同，我们回来三年，已经换了上京的做法，李判尝尝。"

李宣凛起身双手接过，嘴里还应着不敢，明妆又笑了："你现在是国公啦，大可不必那么客气。其实我早前一直拿你当阿兄看待，没有告诉你罢了。"

听了这话，他脸上的神情方有一点松动，带了微微的、赧然的笑意，让五官愈发生动起来，尤其眼睛，沉沉的，如星辉落入寒潭，如果多笑一笑，想必更招女孩子喜欢。

明妆重新坐回座上，才想起心里一直想说的话："这些年麻烦你替我给爹爹扫祭，我每常想给你回信道谢，又觉得说不出口。"

他将建盏放在手边，正色道："大将军对我有恩，即便小娘子在陕州，我也要敬香扫祭，小娘子回了上京，我更该担起这个责任。"

明妆点点头，不大愿意再提往事，换了个轻快的语调问他："你这回在上京逗留多久？打算什么时候再回陕州呀？"

"邶国归降，官家特放恩典，把陕州军务暂交兵马使指挥，准我留京休沐半年，顺便……"他说着顿了顿，有些不好意思的样子，"把终身大事安排妥当。"

明妆"哦"了一声，才发现他确实到了谈婚论嫁的年纪。印象中他一直是当初的少年，没想到时间过得这么快。想着想着又觉得怪好笑的，连自己都有人做媒了，他比她大了好几岁，可不是该娶亲了嘛。

一旁的商妈妈含笑接过话头："原该如此，虽公务繁忙，也不能耽误亲事，否则家中双亲要着急了。"

李宣凛对这事似乎并不十分上心，低头道："我们从军的，战场上出生入死，今日不知明日事，草草娶亲对人家不好，我倒觉得再过几年也无妨。"

商妈妈道："李判为江山社稷立下汗马功劳，是朝廷的有功之臣，是上京百姓眼里的英雄。英雄不该形单影只，理当好生娶一门亲，有一个知冷热的人相伴才对。"

明妆对他的婚事也有些好奇，甚至大胆猜测起来："说不定官家为了嘉奖你，会亲自给你保媒。上京有好多名门贵女,那些王侯家的郡主、县主也有待字闺中的,要是有了合适的人选,那你在离京之前就可以成亲了,我们也好讨杯喜酒喝。"

李宣凛说起这个,还是很不自在。他少年从戎,入了军营之后洁身自好,就算平常有同僚间的聚会宴饮,席上艺伎出入献艺,他也从来没有正眼看过。都说兵痞,好些从军的人在冗长的锤炼中变得心浮气躁,流连风月场所也成了寻常,但他不一样,他读过书,知道礼义廉耻,心里总要保留一块净土,日后好安放真正心爱的人。

于是他带着笑,缓缓摇头道:"随缘吧,不急在一时。倒是小娘子,夫人过世后,我以为你会投靠至亲,没想到竟自立门户了。"

明妆对此稀松平常,淡然道:"自立门户很好啊,自己当家,不必扮着笑脸迎人,也不用每日给长辈晨昏定省。"

这话在李宣凛听来,却品出了另一种不曾言明的隐情。她不愿直说,他只好望向商妈妈,希望商妈妈能道出原委。

果然商妈妈会意,对明妆道:"小娘子做什么还粉饰太平?李判又不是外人,这等狗屁倒灶的事不与他说,还能与谁说呢?"见她欲言又止,只好自己替她说了,转头对李宣凛道,"李判常在陕州,不知道上京的局势,早前我们郎主被人构陷,易家人终日惴惴,怕受连坐,对小娘子不闻不问整整三年,从老的到小的,没有一个管过小娘子的死活。可怜我们小娘子,那时候年纪还小,幸亏有外家帮衬,袁老夫人手把手地教授经营之道,如今才有咱们活着的余地。那易家若是就此撒手,倒也罢了,可前阵子不知撞了什么瘟神,要接小娘子去老宅,还要给小娘子说亲,腾出这个园子和产业,打算弄个命继子来,好侵吞这份家私。"

李宣凛越听,眉头蹙得越紧:"竟有这样的事?"

午盏在一旁猛点头,商妈妈则叹了口气:"所以说我们小娘子不易,小小年纪还要和他们斗智斗勇,世上哪有这样的骨肉至亲!可见郎主出自他们家,是易家门中烧了高香,余下的都是些黑心肝的,个个都想来算计我们小娘子。"

家务事虽棘手,不过对李宣凛来说,看顾的是大将军独女,对易家宗亲并没有什么可卖情面的,便道:"这事我知道了,眼下易家没有异动,请小娘子暂且按捺，倘若再有下次，就劳商妈妈派人来知会我，我自然为小娘子主持公道。"

商妈妈一听，简直感激涕零，连连说："小娘子你瞧，果真只有李判可堪依托。有了李判这句话，咱们就有主心骨了，往后再也不怕他们来寻事。"

明妆心里多少有些不愿意麻烦人家，易家门中的纠葛，外人毕竟不便插手，便道："李判是做大事的人，不必为这种鸡毛蒜皮打搅他。老宅的人不难打发，装病不成，还能撒泼，反正我自己能应付。"说着站起身招呼道，"来了这半日，上我爹爹和阿娘灵前上炷香吧，好让他们知道你回上京了。"

李宣凛应了，他初一来拜会就是因为这个，便跟在她身后进了内院。

这是他头一次入易园，一路行来，深感这园子建得很好，不是俗套的精致，而是有一种古朴大气之美。山石流水，庭院深宏，木廊前有繁茂的桂花与香樟，即便在这隆冬时节，也遮得一路光影斑斓。

明妆在前引路，走在明暗交接的廊子上，年轻女孩有纤丽的身影，朝阳透过树枝斜照过来，背影如穿行春风的杨柳，他这才忽然意识到，那个幼时肉嘟嘟的孩子，已经长成大姑娘了。

家主的祠堂设在西边的小院里，原本灵位应该入易家祠堂的，但易家人怕牵连，并未派人来迎接，因此明妆在府里辟出一角，也方便自己祭奠。

这小祠堂布置得很好，清静整洁，灵前香火不断。李宣凛抬头一看，牌位高高在上，一旁还挂着大将军夫妇的坐像，虽说是按照追忆画出来的，没有十分风度，也有七八分神似。

他肃容拈香，上前插入香炉，回身在蒲团上跪下，恭恭敬敬磕了三个头，然后拱手向上呈禀："俞白幸不辱命，上月攻克邳国，令其归降，今日向大将军及夫人复命，战中俘获婆勒守军五万人，斩首将领二十余级，邳王迫于形势，已向朝廷称臣。俞白三年刀头舐血，终于完成大将军夙愿，今日来向大将军禀明军情，告慰大将军在天之灵。"

他说得铿锵，站在一旁的明妆已经可以想象爹爹此刻的心情了。人有牵挂，走得心不甘情不愿，好在还有他一手教导出来的得力战将，能够替他走完这段征程，想必爹爹在天上也很高兴吧！

她上前一步，轻声道："李判请起，爹爹看得见你的功绩与赤诚。"

李宣凛这才站起身，不无遗憾道："本该早就去大将军墓前回禀的，但善后琐事太多，官家又急令遣送使节入京，因此没能抽出空来，今日把话说完，我也就安心了。"

明妆甚是欣慰，一个人能做到不论生死，披肝沥胆，已经是不可多得。爹爹在任时，手下曾带过不少人，可惜人走茶凉居多，最后只剩下一个李宣凛，就如翼国公说的那样，是种善因，得善果，总算不枉此生。

只是今日初一，多的不便再说，先前已经论过家常，他祭拜完灵位，就该回去了。

循着来时的路回到前院，他拱手向明妆道别："小娘子应当也有事要忙，我就不叨扰了。我的住处，小娘子知道，如果遇见什么难事，只管派人来洪桥子大街传话，千万不要有顾忌。"

明妆颔首道："我还没恭祝李判新禧呢，若有空闲就来坐坐吧，我拿好茶好果子招待你。"

他微微浮起一点笑，道了声好，转身迈出前厅，走了两步，又想起一件事，顿住步子回身叮嘱道："昨日，我看小娘子和两位皇子都熟悉，要奉劝小娘子一声，帝王家水深得很，个个心中都有盘算。尤其仪王，此人不好琢磨，还请小娘子敬而远之，不要沾染他。"

明妆怔了怔，心下暗叹用兵的人果然洞若观火，单是听那两句闲话，就已经知道要防患于未然了。

也许是因为她没有即刻回答，他似乎有些无措，尴尬道："我没有别的意思，只想保小娘子平安。"

明妆也只能模棱两可地应道："我知道你是好意，你放心，我自会小心的。"

她没给准话，他有些怅然，但也只能尽提点之责，遂又拱了拱手，往门口去了。

商妈妈看着他的背影走远，长出一口气，转头对明妆道："李判和那时的郎主有点像，都是谨慎克己的人。反正有他在上京，咱们的腰杆就粗了，想必老宅那帮人不敢再来夹缠。"

明妆说:"他只留京半年,半年之后呢?"

商妈妈的想法很简单,说:"那就半年之内想法子定门好亲,有外家和婆家一同撑腰,也能震慑老宅的贼。"

明妆失笑,倒也是,趁着他在,把自己的后路安排妥当,至少这段时间是可以高枕无忧的。不过这事不必放在嘴上说,看看时间,该出门拜年了,明妆便让午盏取来斗篷和手炉。马车和赵嬷嬷已经在等着了,这厢收拾好,忙出随墙门往巷子里去,登车后吩咐道:"先去宜男桥巷。"

第十六章

　　从皇建院街出来，一直往南，出了崇明门再过曲麦桥，就是宜男桥巷。
　　两地相距较远，从界身南巷过去，起码得走上半个时辰。当初阿娘回京之后，曾带着明妆来过一回，那座老宅没有给她太多的好感，只记得祖母对阿娘说了很多阴阳怪气的话，仿佛爹爹的死是因为阿娘。加之爹爹的灵柩没有运回上京，易家的祠堂便很有理有据地拒绝迎接空头灵位回来供奉。
　　产生这么多不愉快后，完全可以老死不相往来，但人言可畏，不能落个眼里没有长辈的名声，因此每逢过年，明妆还是会礼节性地来拜会一次，当然，她不会逗留太久，坐上一会儿便借口要去外家拜年，就顺利离开了。今日她也是一样的打算，到了门口让人把礼物送进去，正要支使人通传易老夫人一声，没想到院子里的主事嬷嬷亲自迎了出来。
　　"哎呀，小娘子来了！"柏嬷嬷满脸堆笑，上前纳福，"小娘子新禧呀，老夫人等小娘子好一会儿了，早上一起身就在念叨呢，说今日般般要来，让人好生预备了小娘子爱吃的点心，只等小娘子来。"

明妆觉得很有趣,她与这位祖母生疏得很,几时知道自己爱吃什么了,弄得真如贴心贴肺骨肉至亲一样。不过她们有这脸装亲厚,自己也要配合,便笑了笑道:"我起得晚了点,没赶上辰时来给祖母请安,让祖母久等了。"

柏嬷嬷说:"不妨事,只要小娘子来,老太太就高兴了,哪里还计较小娘子来得早还是晚?"

正说着,罗氏和齐氏迎面过来,那样温和的两张笑脸,挽着画帛,拂动着手里的手绢,道:"小娘子新禧呀,外头冷,快上屋里暖和暖和吧!"

一行人簇拥着明妆进了易老夫人的院子,这可是往常从来没有的礼遇,真让人受宠若惊。

无事献殷勤,八成没什么好事,明妆心里有准备,无论她们说什么,一概不应就对了。待进了门,她客客气气地向易老夫人行礼,先纳福,再献上一盏茶,易老夫人破天荒地招了手,说:"好孩子,来,快坐到祖母身边来。"

原本太夫人身边的位置只让家里最得宠的男丁坐,几时也轮不着孙女。莫说明妆,就连凝妆和琴妆,也只有在边上站着的分。这回老太太一慈悲,两个年长的孙女就暗暗撇嘴,但碍于大家都对易园那块肥肉心知肚明,索性便宜明妆一回,也就不说什么了。

易老夫人仿佛要把这些年亏欠的亲情一下子都补满,揽了揽这最小的孙女,没话找话般说:"天寒地冻的,怎么穿得这么单薄,不冷吗?"

明妆心道我有上好的丝绵,比这宅子里的人情可暖和多了,但面上仍旧好言回话:"我冬日里一向这么穿,太厚实了不好活动。"

"哦。"易老夫人冲她笑了笑,"果然年轻孩子气血旺,不怕冷。不过毕竟是女孩家,保暖最是要紧,年轻时不当心,到老要落病根的。"说罢,话锋一转又道,"我看你身边伺候的人像是不大尽心,你又不在我跟前,我总是提心吊胆的,要不……我打发两个办事的婆子过去,让她们好好照顾你。你是三郎的独苗,也是祖母身上的肉,不能让她们胡乱应付敷衍。姑娘家受了慢待不好意思说,有了那些办事婆子,她们不怕得罪人,万事都好替你把关。"

明妆一听,就明白这位祖母又在打什么算盘了,放两个婆子在她身边日夜盯着，现在是所谓的照顾，到了以后就变成管辖了，因此她说："不必，祖母不知道我的毛病，院子里有生人在，我连觉都睡不着。祖母派来的嬷嬷，只怕要送到后院厨房做杂事去，到时候岂不是大材小用？"

她一回绝，易老夫人心里就不大痛快，反正这孩子就是油盐不进，不管提什么，她都能把路堵死。易老夫人没辙，大过年的不能动怒，这个话题就不继续了，勉强笑道："也罢，你既不习惯生人服侍，那就再说吧！"说完又招呼柏嬷嬷，"快，把小娘子的利市拿来。"

柏嬷嬷立时热闹应道："老太太先前吩咐过，早就预备好啦。"说着双手捧上来，是一个拿赤红锦缎做成的小小荷包，交到明妆手里，笑着说，"这是年前请城中银匠仔细打出来，过年送给小娘子玩的。"

这算是压岁钱，不过换成另一种式样了。明妆扯开荷包，倒出来一看，是拿金银打造出来的荷花、如意、铜钱和一只圆胖的小金猪。

明妆孩子气地笑了："多谢祖母，这么精美的小玩意儿，阿姐们都有吧？"她一边说，一边把东西装回去，垂着眼道，"这是我头一回得祖母的红包哪，不知往年都是这样，还是今年特别些呀？"

一听这话，易老夫人的面子又下不来了，过去三年，他们没把明妆当自家孩子，就算她初一来拜年，也从来没得过长辈的红包。今年长辈为什么态度大变，她不是不知道，小孩子可没想给谁留脸面，问出来，就是为了给长辈难堪的。

原本这问题含糊一下也就过去了，易老夫人也打算绕开说，没承想凝妆那丫头多嘴，见明妆少见多怪，不能错过这个讥嘲她的机会，凉笑一声道："这有什么稀奇的？每年都是这样，妹妹没见过罢了。"

这下在场的人都乌云罩顶，明妆脸上的笑容却愈发明艳，"哦"了一声，点头道："看来是我没见识了。"

晦气，大年初一就叫人闹得头疼，罗氏狠狠瞪了凝妆一眼："偏你话多！让你上佛堂里看着点火，怎么还不去！"

凝妆那张俗美的脸上满是不甘："大过节的，你们都在这里坐着，让我去看什么火……不是有女使在嘛，我不去！"

她不去，罗氏也没办法，拿眼神示意她闭嘴，又换了另一副笑脸，温声对明妆道："今日你伯父和哥哥们都在家，中晌让厨房预备好酒好菜，咱们一家人吃个团圆饭。"

明妆婉拒道："回头还要往袁宅给外祖母拜年呢，不能留下吃饭，往年都是这样，伯母忘了吗？"

往年确实从来没人说过要留她吃饭，罗氏立刻显得有些尴尬，只好自己打圆场："哦对，我竟是忘了，还有外家要去呢。"

易老夫人忙道："下年改一改吧，先去袁宅见过你外祖母，再回自己家，这样就不匆忙了，好留下吃饭。"

明妆笑着说："先去外家，倒是对祖母的不恭了，我瞧现在这样也挺好，反正在哪儿用饭都一样。"

大家都觉察出气氛有点僵，齐氏为了避免太夫人难堪，忙道："不要紧，初一不成，初二再来就是了，反正休沐好几日呢。"说着她顿了顿，偏过身子打探道，"般般啊，昨日除夕，你四哥出去观灯，在御街上看见你和翼国公了……这是怎么回事呀？"

兜兜转转半天，最后还是回到这个问题上。

明妆看屋里上下七八双眼睛都在看她，连易老夫人都是一副如临大敌的模样，就知道除夕那晚她们没少盯着易园，翼国公邀她赏灯的事，是通过姑母传到她们耳朵里的。明妆没什么好掩饰的，爽快地说："今年陕州军大胜邶国，花灯不是更胜往年嘛，所以翼国公邀我赏灯……既然四哥看见我了，怎么不来打个招呼啊？"

打招呼？闹不清里头原委，谁敢上前打招呼？再说这不过是齐氏拿来诓她的话，只想套一套实情罢了。

话说到这份上，不如刨根问底吧，罗氏挪动一下身子，和太夫人交换了下眼色，转头对明妆道："般般，你们只是寻常朋友往来吧？翼国公可曾对你吐露什么心声啊？"见明妆那双眼睛朝自己看过来，罗氏微噤了下，又道，"倘若真有什么……你爹娘虽不在了，但还有祖母，还有族中长辈呢，可不能自作主张，让全上京笑话。"

明妆明知故问，笑着说："不过看一回灯，怎么就让全上京笑话了？"

对于她的装傻，凝妆和琴妆都很是不屑。琴妆道："我们女孩子最要紧的是名节，如今虽然风气开化，大晚上和男子出去赏灯，终归不妥。"

这琴妆是出了名的会装，满口冠冕堂皇的大道理，然而这道理都是为别人设的，和她自己不相干。

明妆失笑道："春日宴上，满上京的贵女还和男子打马球呢，并驾齐驱、推推搡搡，要是忌讳那么多，春日宴早该停办了。"

琴妆目瞪口呆，本以为她会受教，没想到竟巧舌如簧，当即便对太夫人抱怨起来："祖母您瞧，您再不管教，可要出大事了！"

易老夫人脸上摆出为难的神情，显然要令明妆懂得这件事确实不妥当，可明妆不吃她那一套："我做了什么就要出大事了？出去赏灯有贴身的女使跟着，又不单单我和翼国公两人，更不是背着人躲到犄角旮旯里去，做什么要祖母来管教我？"

琴妆再要反唇相讥，被母亲制止了。齐氏对明妆道："你别生你二姐姐的气，她也是为你好。这回去了就去了，下不为例，也就罢了。"

这都套用话术，说什么下不为例了，好像和皇子来往见不得光似的。其实明妆很想知道，她们可以拿名节来严格要求她，若换成翼国公邀了凝妆和琴妆，她们又是何种态度呢？

不过今日没有必要和她们多掰扯，大年初一的，犯不着动怒，明妆乖巧地应了声是。

但这声"是"，又让在座的长辈如坐针毡了，在她们看来，明妆是有反骨的，这丫头表面天真，实则一肚子坏水，并没有那么容易被驯服，今天不知是怎么了，居然顺从地答应了，虽然可能只是随口敷衍，但易老夫人看见了归顺的希望，总算这孩子还有一点做晚辈的样子。既如此，那就该重整一下祖母的威严，易老夫人道："及笄的姑娘，是该谈婚论嫁，易家虽不算高门显贵，却也是有名有姓的人家，儿女的婚姻大事，草率不得。般般啊，你与那位翼国公，我看并不相配，人家是天潢贵胄，咱们呢，不过是已故郡公之女，爵位和食邑都没了，高攀皇子，将来要后悔的。"

罗氏也道："帝王家风光是风光，但风光背后诸多攀比，咱们拿什么同妯娌们论高下呢？所以还是踏踏实实让祖母踅摸一个门当户对的郎子吧，日子过得和美，强似往后日日眼泪就海味，毂毂，你说呢？"

明妆说："是，不过我还没想得那么长远，难为长辈们替我周全。我的年纪，是姐妹之中最小的，总是先看着阿姐们许配人家，再掂量自己该找个什么样的人家。"言罢笑了笑，"其实我也觉得和翼国公不相配，人家是皇子，总不好入赘易园，祖母说是吧？且不着急，往后再说，万一能遇见一个有权有势又肯倒插门的，那就再好不过了。"

这话一出，易老夫人和两个媳妇脸上都不是颜色了，心说这丫头小小年纪，倒会步步为营。她先要看堂姐们高嫁低嫁，再盘算给自己找人家，不是嫁入极贵之家，就是找人入赘，继续把持着易园，横竖都不吃亏，怎么都不委屈自己，气得易老夫人直咬牙，心想三郎怎么生出这么个东西来！

正不痛快，忽然听见外面"哐"的一声，然后就是翅膀猛力拍打的扑扑声。罗氏站起来，责问道："怎么了？大过年的，弄出这等动静！"

一个女使进来回话，说鹦鹉架子倒了，已经赶忙扶起来了。

易老夫人越过隔断，望向外面，朦胧的油纸映出女使往来的身影，她忽然浮起笑意，慢吞吞地吩咐罗氏："那些年代久远的物件，该换就换了，留神别伤了人。后院那排屋子被雪压塌了半边，年前来不及收拾，等过完年，好好修缮修缮吧。"

第十七章

老太太忽来这一段话,罗氏有点摸不着头脑,嘴里迟迟应着,心里还在琢磨不知究竟是什么用意。

反正不管怎么样,老太太为儿孙考虑,总有她的道理,罗氏暂且不便追问,又关注起明妆先前的表态,笑道:"咱们明娘子还是小孩心性,瞧她说的什么话,世上有作为的男子,哪有愿意入赘的?这话在家里说说就罢了,出去千万不能对外人言,让人知道,要闹笑话的。"

闹笑话、闹笑话,仿佛易家老宅中的人,个个很在乎脸面似的。

易老夫人为她还知道自己的斤两颇感安慰:"横竖一条,和帝王家攀亲戚,咱们没有这个底气。我记得般般和汤家小娘子交好,汤家小娘子许了皇子,那是因为她爹是枢密使,你爹爹要是还在,那样的官职,倒是能与枢密使论一论高下。可惜他如今不在了,咱们还是断了这个念想,人有自知之明,方是处世良方。"说着又一笑,"好了,不说这个了,大过节的说教起来,你们这些孩子也不耐烦听。"

明妆还是没心没肺地笑着,捧起建盏喝了一口,盏中的茶水已经微凉,发苦发涩，像易家的人心。

看看时辰，已经不早了，她放下建盏道："祖母，我该上袁宅拜年去了，去得太晚，怕外祖母等急了。"

易老夫人"哦"了一声，说："那好，反正来日方长，有话过了今日再说不迟。前几日你姑母来说合的那家，我听着倒还不错……"见明妆恍若未闻，知道她定是不称意，暂且也不好说什么，便站起身一面招呼门前候着的女使"给小娘子手炉里换上新炭"，一面将人送到门前。

赵嬷嬷替明妆披上斗篷，那领缘繁复的狮子绣球花纹衬托着一张姣好的脸，愈发白净无瑕。明妆向易老夫人和两位伯母福了福："祖母和伯母留步吧，我这就走了。"

易老夫人颔首，堆出一点浅浅的笑意："代我向你外祖母问个好。"

明妆应了声是，转身朝外走去，身后的凝妆瞪着她的背影牢骚不断："瞧她那模样，竟像真攀上了皇子似的，哪里把祖母放在眼里？"

琴妆哼笑道："依我看，就是欠管教，眼睛都长到头顶上去了。现如今，她无依无靠尚且这样，将来果真找了一个手眼通天的郎子，还拿我们这些族亲当回事吗？"

易老夫人看着两个义愤填膺的孙女，心里哪能不知道她们的算计，总是姐妹之间要争个高低。她们虽也开始说亲了，毕竟碍于各自父亲的官职都不高，没有高门显贵来提亲，商谈的也都是小门小户，如今冷不丁一个堂妹要与皇子扯上关系，那两下的差距愈发大了，她们心里自然不是滋味，不是滋味了就要上脸，于是满腹不快，怨声载道。

"她有她的命，你们也有你们的运。"易老夫人转身返回室内，边走边道，"你们若是争气，也去找个那样的郎子回来，不说凤子龙孙，就算寻个开国子、开国男，只要有爵位就成。"说完瞥了她们一眼，"有本事的都自谋出路去了，你们还在这里上眼药呢，但凡你们有她一半的能耐，我就烧高香了。"

几句话说得凝妆和琴妆拉长脸，再不吭声。齐氏忙来打圆场："她们哪来那样的本事！一边有爹娘管教，不敢造次，一边小小年纪当了家，自己说了算，能一样吗？倘若这两个丫头像她似的，老太太不着急？"

易老夫人瞥了这个酸媳妇一眼，凉笑一声，没有说话。

一旁的罗氏琢磨半日，还是没能将太夫人那句话琢磨透彻，道："老太太先前忽然说要修屋子，倒把我说蒙了，咱们后院的屋子没被雪压塌呀……"

所以说她是个榆木脑袋，易老夫人白了她一眼："咱们想尽办法要让她腾出易园，话说了千千万，可管用？连我预备派过去的婆子都被她回绝了，这丫头是块顽石，咱们自己不挖坑，还等着她主动让出那个园子吗？"

罗氏越听越迷惘："老太太的意思是……"

易老夫人已经不想同她废话了，只说："你们到时候就明白了。今日过节，那些先放一放，兴哥儿和丰哥儿呢？又上外头去了？"

齐氏忙说："没有，今日初一，他们去外家拜年，已经回来了。"

易老夫人知道儿孙都在家，心里满意了，往前一抬手，指了指南花房道："走，上那儿喝茶吃果子去。"

一众女眷应了，腾挪着步子，往南去了。

明妆到了袁府，一家人团聚在上房，进门就是其乐融融的气氛。

袁老夫人见她进来，笑眯眯地等着她行礼拜年，明妆给外祖母纳福，给舅舅和舅母纳福，等不及长辈们说话，先和表姐们笑闹到一起。

静好一把抱住她，大声调侃道："了不得啦，听说般般如今成了香饽饽，那日在梅园露了脸，我那几个手帕交都来给家里兄弟打听呢，问般般小娘子可曾婚配呀。"

明妆红了脸，扭捏道："三姐姐别胡说。"

静好道："哪里胡说了！我们般般长大了，生得一朵花似的，有人打听不是情理之中吗？"

袁老夫人见明妆害臊，忙替她解围："好了好了，你妹妹走了半日，还不让她歇一歇？"

静姝拉明妆坐下，叫人送来饮子。上京在奉茶方面是有讲究的，一般待客用茶，送客用香饮子，但明妆一向不怎么喜欢喝茶，所以到了外家，还是以喝香饮子为主。

小辈来拜年，长辈也得有长辈的样子，按说外家隔着一层，但在明妆眼里，袁家是比至亲更亲的存在。

两位舅母并姨母送上压岁钱，如今时兴那些金银做的小物件，款式和易家老太太给的不同，小妆匣、小镜子、小梳子什么的，从荷包里倒出来，是一个个新鲜的惊喜。姨母最有趣，让人做的是扫帚簸箕，还有一杆芝麻秸秆，煞有介事地说："扫金扫银，扫好女婿。还有这个，芝麻开花节节高，般般的运势今年更比去年好。"

明妆忙站起身纳福："多谢舅母和姨母。"又低头仔细打量，爱不释手道，"好有趣的小玩意儿呀！"

在这里，她可以全身心地放松，没有那么多的算计和牵制，有的只是骨肉之间的一团和气。

袁老夫人的压岁钱倒没什么特别，给了一双好大的金银锞子，说："新年逛瓦市时买好吃的，回头约上你的姐姐妹妹们一道去。"

本来兄弟姐妹间，数明妆最小，但在过年时就不一样了，不常出门的两姨表妹今日也在，总是偏头盯着她。明妆纳罕地轻声问："云书啊，你总瞧我做什么呀？"

八岁的山云书指了指她的耳朵，说："阿姐，你的耳坠子真好看！"

明妆一听，立刻摘了下来，小小的玛瑙坠子十分灵巧，只有小指甲盖那么大，但水头不错，太阳底下能耀出一汪赤泉。

"你喜欢吗？送给你。"明妆往前递了递。

云书雀跃起来，但怕母亲责怪，回头征询地看了一眼。见母亲含笑点了点头，她忙把耳朵凑过去，急切地说："阿姐，快替我戴上。"

尖细的金钩穿过薄嫩的耳垂，两边戴妥之后，小女孩志得意满。其实她不明白，并不是耳坠子有多好看，原是佩戴的那个人长得好看。但这份满足倒是千金难求，反正戴上了，就是天上地下第一漂亮，云书连身姿都挺拔起来，在屋里走上一圈，收获了一连串的赞美。

大家笑过一阵，明妆偏身问外祖母："三嫂生了没有？年前我不得闲，没能来看她。"

袁老夫人说："生了个男孩，鼻子眉眼和你三哥小时候一样。先前还抱来让我瞧呢，天太冷，又快快送回他母亲身边去了。你三嫂在坐月子，等吃过饭，你去瞧瞧她。如今她不能走动，你们在外头要是看见什么好吃好玩的，也带些回来给她，难为她大着肚子在家那么久，早前也是个爱玩爱跑的性子。"

所以说袁老太太是天底下最公正的长辈，即便是娶进来的孙子媳妇，也当自家孩子疼爱。

明妆应下，只管和姐妹们碰杯，老太太又问："听说李二郎回来了？先前接替了你爹爹的职务，如今又立了大功，加封国公了？"

明妆说："是，昨日我在灯会上遇见他了，今日一早他就登门来给爹爹和阿娘进香。"

老太太点头道："真是个可靠的人啊，做了这么大的官，还不忘旧情，属实难得。"

静言又调了一盏豆蔻饮子，探手给几个姐妹斟上，说："昨晚宣德门前出了好大的乱子，说一个宫内人在官家眼皮子底下坠楼了，天爷，真吓人！"

明妆"嗯"了一声，说："我亲眼瞧见了，从城楼上跳下来……不知遇见了什么天大的事，要在这样的时间场合寻短见。"

静好咬了一口活糖沙馅春茧，道："没准是被人推下来的。"

她们谈论时事，官场上行走的舅舅们却讲究谨言慎行，只道："家里说说就罢了，千万别上外面议论，这里头有猫腻，别惹祸上身。"

大家面面相觑，知道这事不简单，但经舅舅嘴里说出来，格外让人惊惶。

大舅母把桌上的点心碟子往明妆面前推了推，道："听说那内人是观察使贺继江的女儿，早前在太后宫中当值，后来太后把人赠给了官家，若不出这种事，恐怕就要晋封了。唉，多可怜，家家户户忙过年，贺观察家却遇上这种事，一家子不知怎么哭呢。"

都是同僚，平常也有往来，大家难免要唏嘘一番，实在不敢想象普天同庆时，遭遇这等灭顶之灾是怎样的伤痛。

袁老夫人见众人彷徨，忙岔开话题："好了，大过节的，别说这个了，想想吃些什么吧。"

大家便热闹商讨起来，这时隐约听见廊上有婆子说话，不高不低地询问："明娘子在里头？你给传个话……"

明妆听是找自己，给午盏使了个眼色，让她出去听信儿。

不多会儿午盏回来，叫了声小娘子，奇异地说："仪王路过麦秸巷，听说小娘子在这里，特意停下问小娘子好。"

明妆正忙着给云书挑印糕呢，一时没听真切，随口问了句："谁？"

午盏只好抬高嗓门道："仪王。"

这下满屋子都听见了，大家不明所以，毕竟袁家虽比易家家业兴隆，但也没到与王爵论交情的地步。然而愣着终归不是办法，袁老夫人转而吩咐明妆："既然问你好，你就去瞧瞧吧！若是仪王殿下愿意，请他进来坐坐也无妨。"

第十八章

其实仪王这一来，来得十分不合时宜，初一本是各家走动至亲的日子，访友也好，路过也罢，都得绕开这一日，除非有别的意思。袁老夫人的吩咐也是客套说辞，满上京还没有能让仪王初一登门做客的人家。说受宠若惊，谈不上，袁老夫人反倒有些惕惕然，但人已经到了门上，不能不接待，忙点了跟前的吴嬷嬷，让她跟去随侍。

明妆待要出门，袁老夫人又唤了她一声，不便说其他，只道："仪王殿下不是寻常人，一定要以礼相待，说话时留着心眼，千万别犯糊涂。"

明妆应了声是，心里也惴惴，不知道这李霁深在打什么主意。梅园那日后，两人基本没什么交集，他一口一个等她登门，自己不曾去，难道仪王殿下脸上挂不住了？

既然人现在到了门上，便没有推诿的余地，她快步跟着传话嬷嬷到了前院，隔着院子看过去，只看见半辆马车和几个钉子般伫立的随从。她整了整衣冠，迈出门槛，本以为仪王应当在车上，没想到他早就站在马车旁，新年新气象，穿着精美簇新的常服，头上戴着紫金发冠，听见脚步声，回过身，一回眸总有说不清道不明的味道，神情高深，眉眼却缱绻。只一瞬，仪王的唇边浮起笑意，松散地对插着袖子，笑道："我刚去了通御街一趟，回来经过麦秸巷，心里想着小娘子是不是在外家拜年，到门上一问，果然。"

明妆怔怔地点头，然后向他行了一礼："仪王殿下新禧，我原想过两日去拜会，没想到今日遇上了。"

他微扬了下眉，说："小娘子又拿这话来敷衍我，过两日是过几日？要是我在家等，恐怕等到开春，也未必能等到你登门吧！"

明妆支吾道："也不是，我真打算过几日去叨扰呢……"说完比了比门内，"殿下既然来了，进去喝杯茶再走吧。"

仪王却摇了摇头，颇具揶揄意味地说："进门就得去拜会长辈，我倒想给太夫人请安，又怕唐突，闹出笑话来。"

这话说半句留半句，明妆自然听得出玄机，权作糊涂地笑了笑："那就失礼了，劳殿下站在这里说话。"

仪王并不在意，依旧是春风拂面的样子，转头四下看看景致，说："外城不像内城那么拥挤，草木多，住得开阔，我的外家也在附近。"

先皇后已经过世好几年，帝王家也讲究人情世故，因此他每年都照着旧俗去看望母族的亲人，不过皇子与外戚，永远不能像寻常人家那样纯粹，但每到佳节，寻找安慰的渴望不变，这种心情，只有同样失去母亲的人能够理解。

明妆的那双眼睛澄澈见底，望着他，能让他看透自己的心，很有意思，也很耐人寻味。他深深地望进她的眼里，忽然气馁地笑了笑："大年初一，原本是在母亲膝下侍奉的日子，可我拜访完外家，就无处可去了，只好来看看小娘子在不在。"

明妆自然不会相信一位王侯会过多纠结于对母亲的思念，当然不能说没有，反正绝不如他想表达的那么多，但她要配合他的情绪，拿出孩子的单纯，实心实意地说："殿下无处可去吗？那就在这里，我陪殿下说说话。"说完回过头，冲边上的人吩咐道："吴嬷嬷，让人搬两张圈椅过来，再要一张小几，奉茶。"

第十八章

仪王眼里的惊讶一闪而过,蹙眉笑着,看门内源源不断地运送东西出来,明妆挽着画帛,站在墙根处吩咐道:"放在这里,这里背风。"

袁宅面南而建,风从北面来,背后有院墙遮挡,可以暖暖地晒上太阳。但这算什么呢?不进宅院,却在外面摆上待客的架势,真稀奇。

仪王在迟疑,她却抬起眼,笑得很真挚:"既然不便进去,我就在这里招待殿下吧!"说完牵着袖子接过女使送来的茶,放在小小的茶几上,招手道,"快坐下,趁热喝,一会儿就凉了。"

他一辈子没受过这样的款待,也没人因怕茶凉,催促他快喝。但客随主便,就要懂得顺应,看她冲自己举了举杯,他忙回了一礼,抬起袖子遮掩,居然如喝酒似的,一饮而尽。

真是一场奇怪的际遇,大约只有大年初一才会发生吧!

明妆还有些遗憾,啧啧说着:"要是早知道殿下要来,我就命人搭一个纸阁子,不至于这样露天喝茶,像叫花子。"

仪王听后换了张温暾笑脸,缓声道:"明年吧,明年也许能和小娘子一道来拜年。"然后好整以暇地看着那白净的脸颊飞上两朵红晕。

该说的话,梅园那日已经说得很透彻了,原本他甚有把握,谁知等了又等,却等不来她主动结盟。

她低着头,指尖无措地触了触建盏:"那个……殿下再来一盏吗?"

圈椅里的仪王心情大好,这样寒冬腊月的天气,女孩子的脸红比晴空万里更具吸引力。他摆了摆手,说:"不必了,先前在外家就灌了一肚子茶,不想再喝了,偷得浮生半日闲,晒晒太阳就很好。"

身份尊崇的人,干坐着晒太阳大概也是鲜少的经历,对付越复杂的人性,就该用越简单的方式。明妆虽然不知道他刻意接近的目的是什么,但不妨碍她按照自己的理解揣摩。喝茶怕凉,她朝午盏勾了一下手指,午盏立刻就明白了,摘下腰间的荷包奉到她手上。

荷包里装的不是钱,也不是胭脂盒子,是满满一捧肉干。明妆扯开荷包的系带,搁在小几上,很大度地说:"殿下吃吧,这是自己家里熏的,味道比外面的更好。"

仪王垂眼看了看，赏脸地从里面选出一块，放进嘴里。硬是真硬，香也是真香，他说："小娘子牙口很好啊。"

明妆笑得赧然。

仪王嚼了好半晌，简直腾不出嘴说话，好不容易咽下去，他微喘了口气，才状似无意地问："今日庆国公去贵府上了？"

明妆点了点头："公爷念旧，来给我爹爹和阿娘上香。"

仪王舒展眉宇，抚着圈椅扶手说："我多年前就结识了他，少时的俞白性情沉稳，话也不多，但我知道他重情义，果然走到今时今日也没变。他是拿令尊当恩人，就算官拜国公，也不忘恩情。"

明妆说："是，当初我爹爹出入都带着他，和他在一起的时间，比和家里人都多。"

"他也算饮水思源，若没有易公的栽培，就没有他今日的功成名就。"仪王说着，目光幽幽地落在她脸上，"对于小娘子，他也是敬重有加吧，除夕当着那么多人的面向你行礼，真是出乎我的预料。"

所以他的刻意接近，其中也许有几分李宣凛的缘故，毕竟如此洞悉别人的一举一动，仪王府没少花心思。眼下，太子人选未定，诸皇子需要找到有力的支持，李宣凛念旧情，铁血的战将不好收买，但人情能拉拢。明妆不傻，也不相信美貌能让玩弄权术的人神魂颠倒，如果所有的合作都是基于互惠互利，这样反而让她放心，只是要将丑话说在前头。

她靠着圈椅的椅背，冬日的日光晃眼，于是坦然地眯起眼，神情仿佛带着笑，不紧不慢地说："我不过是沾了爹爹的光，以前他是爹爹的副将，又因在府里借居，所以彼此熟络而已。如今爹爹不在了，三年五年他还惦念，十年八年后也就淡了，所以我不能继续仗着爹爹的面子受他照应。昨日那一礼，我受之有愧，也同他说了，往后万万不能这样，我年纪小，实在承受不起。"

仪王静静地听她说着，听完一笑："对恩人的独女多加礼遇本是应该的，这样也能为他自己博得一个好名声，如今上京内外，谁不说庆国公知恩图报，有情有义？"

明妆指了指荷包："殿下再来一块？"

仪王忙摆手，还是留着嘴多说话吧！

今日是新年的头一日，没想到艳阳高照，是个好兆头。所幸巷子里没有人来往，露天坐着也不显拘谨，明妆毕竟是小姑娘，更关心昨天发生的那件大事，便积极地打探："内衙那里，有进展吗？"

仪王"哦"了一声，说："正在审问相关人等，但因过年，难免要耽搁一些，官家已经下令严查，不日就会有消息的。"

明妆点了点头："这回的事，闹得不小呢。"

仪王凉薄地扯了下嘴角，说："官家登楼观灯，宫人以死相谏，若是背后没有隐情，那她阖家都要受牵连。"

是啊，惊扰圣驾是天大的罪过，谁敢拿全家性命来触这个逆鳞？明妆不免感慨，年轻女孩谁不惜命？除非是遭受了天大的不公，否则不会走到这一步。

不过禁中的事，还是不得妄议，她又盘算着是不是该让人上香饮子了，毕竟时候不早，快要用午饭了。

好在仪王是个知情识趣的，站起身道："晒够了太阳，也该回去了，多谢小娘子款待。"

明妆虚头巴脑地让礼，将人送到车前，正欲目送他离开，他却忽然站住脚，回身道："小娘子值得更好的人，所以不要轻易答应别人的求婚。五郎虽对你有意思，但他做不得自己的主，小娘子若是将真心错付，将来只怕会受伤害。"

他说完这番话便登了车，侍从甩动马鞭，将车驾出了麦秸巷。

站在一旁的吴嬷嬷这才上前，望着远去的马车，喃喃问："这仪王殿下究竟是怎么回事？凭什么过问小娘子的姻缘？"

明妆讪笑道："芝圆早就和我说过，这位王爷行为举止奇怪得很，不必放在心上。"

吴嬷嬷却说："不对，这可不是一句奇怪就能了事的，既然当着面劝说，足见他有私心……"言罢怔怔地看着明妆道，"他莫不是对小娘子有意思吧？让我算算，郡公上头是国公，国公上头是郡王，郡王上头是嗣王，嗣王上头才是王！这仪王殿下比咱们易郎子的爵位高出三四等，要是让老太太知道，不知怎么样呢。"

明妆却不大敢让外祖母知道，光是一个翼国公，易家那头就已经断言齐大非偶了，若是再与仪王扯上关系，恐怕连外祖母都会觉得惶恐。

"这件事，暂且别告诉外祖母。"她央着吴嬷嬷，"八字还没一撇呢，惊扰了外祖母不好。"

吴嬷嬷却失笑道："今天是什么日子，小娘子真相信仪王是路过吗？老太太何等聪明的人，听说仪王来拜会小娘子，就知道是怎么回事了，要不然派我来做什么？"

明妆只好使出黏缠的劲，搂着吴嬷嬷的胳膊摇晃道："外祖母猜测归猜测，嬷嬷别去坐实就好。"

吴嬷嬷斜眼笑道："小娘子自己也说坐实，可见心里是极明白的。"

明白吗？其实哪能不明白，仪王知道她想铲除弥光，恰好他能伸这个援手，至于要她拿什么交换，她甚至觉得是什么都不重要，只要让她达到目的就好。但这个想法绝得不到外祖母的支持，若是让家里人知道，或许会惊讶于女儿家，哪里来这样复仇的勇气？可是明妆自己明白，这种痛失父母的恨有多深，如果爹爹和阿娘还活着，自己大概也如芝圆一样，活得肆意张扬、旁若无人吧！

第十九章

吴嬷嬷的一把老骨头几乎要被她摇散架了,最后只得妥协:"好好好,不说不说!不过小娘子心里既然有数,就要多留心才好。"其他的不必叮嘱,一个能自己执掌家业的姑娘,多少风浪都见过,到了儿女私情方面,也不至于不知轻重。

回到袁老夫人的院子,一家子还在等着,大舅舅和二舅舅如同热锅上的蚂蚁,知道仪王到了,实在彷徨于该不该出门迎接,此时终于看见明妆回来,忽然松了口气,知道仪王已经走了,都退身坐回圈椅里。

袁老夫人问:"怎么样?仪王殿下来,可是有什么事吗?"

明妆说:"没有,就是路过,顺便打个招呼罢了。"

这话不属实,袁老夫人看向吴嬷嬷,想从她那里探听出原委,谁知吴嬷嬷也是一样的回答:"倒是没说什么,不过闲话几句家常……仪王殿下刚去外家拜年,先皇后母家在通御街,正好经过咱们麦秸巷,顺道过来探探明娘子。"

袁老夫人"哦"了一声,嘴上应了,但吴嬷嬷是她年轻时的陪房,伴在身边几十年,彼此间早就有默契,眼下人多,不便细问,回头等人散了,自然还有详尽的内情回禀。反正大年初一,不必弄得惊弓之鸟一般,那尊大佛走了,他们也好安心团圆。

吩咐厨房预备上菜,大家挪到花厅,今日的席面是从东门外仁和店预订的,里头有各种迎春的新菜,也有浑羊殁忽那样了不得的硬菜。

男子一桌,女眷一桌,大家聚在一个花厅用饭,隔着桌也要敬上两杯酒。明妆不会饮酒,但盛情难却,被静好硬劝了两杯蓝桥风月。所谓蓝桥风月,是高宗吴皇后旧宅出的佳酿,一般年尾时才对外售卖。一旦酿成,城中的显贵人家便去采买,作过年宴饮之用,款待宾朋也算有面子。

静好拍拍明妆的肩,说:"今年一定找个好郎子,要知冷知热的,要位高权重的。"

明妆知道她话里有话,无外乎暗指今日登门的仪王,便笑得眉眼弯弯,压声对静好道:"三姐姐年纪比我大,理当比我先许人家。咱们先前不是提过李判吗?他今日说要留京半年,解决婚姻大事,要不咱们回明外祖母,托个大媒登门说合好不好?"

静好讶然地看了她一眼:"给我吗?"

"对呀。"明妆笑着说,"人家如今是国公,我看和你正相配。"

静好"唔"了一声,装模作样地抚抚鬓角:"不甚相配,我又没有个当郡公的爹爹。再说世上哪有女家托人登门的?要是传出去,人人以为我袁静好上赶着求嫁,往后在贵女圈中也不好混迹了。"

她们姐妹说话随意惯了,大家听了也不过一笑。后来又推杯换盏,明妆实在喝不得了,只好讨饶,换成紫苏饮子。

饭后,明妆去三表嫂的院子里探望,很窝心地问候了一番,再去看小侄儿,孩子睡在摇篮里,那圆圆的脸简直撞进心坎里,她惊喜地感慨:"我也是做长辈的人了!"

虽然过年长一岁,她却觉得自己还小,如今辈分见涨,沾沾自喜。原本要多看孩子一会儿的,无奈下半晌要去汤宅拜年,明妆在摇车边流连再三,对三表嫂道:"我今日来,没有给宁哥儿准备见面礼,明日我让女使送过来。"

半靠着床架的产妇脑门上戴着抹额,笑出一脸慈爱的味道,说:"不必了,妹妹常回来瞧瞧我们,我就高兴了。"

又说了几句家常话,明妆让她好生休息,自己从袁宅辞别出来。

因喝了酒,脸和脖子滚烫,拿凉手背压了压,还是压不住那团热气,只好推开车窗,让外面的凉气透进来。很快,混沌的脑子清明了,天地也豁然开朗。窗外的街市上张灯结彩,除夕的灯笼不曾撤下去,在风里摇曳着,到了晚间还要点上。瓦市人来人往,外邦来的伎乐没有过年过节的讲究,照旧吹拉弹唱,把勾栏经营得热火朝天。

穿过宜楼街,前面就是汤宅,往年都有惯例,知道明妆下半晌要过府,周大娘子已经派嬷嬷在门口候着了,见人一到,便引进内院。

家里人都在,先去给枢密使道新禧,顺便见过鹤卿。鹤卿正要出门,打算去会一会朋友,见了明妆就问:"那张狐狸皮怎么样?够不够用?要是不够,我那里还有两张,让人给你送去。"

周大娘子看得叹气,怨怪鹤卿少根筋,面对这样的美人没别的话,就知道问狐狸皮,但凡他有点别的意思,自己也不用发愁了,一客不烦二主,亲上加亲多好!可这鹤卿,实在是个死脑筋,早前要给他说亲,他不愿,一拍胸脯说"大丈夫何患无妻,先立业再成家"。女孩从他面前走过,他都懒得看一眼,周大娘子觉得八成是那些女孩子姿色不够,不入他的法眼,结果明妆这等近水楼台,他照样不为所动,害得周大娘子鬓边都生出几根白发来,甚至怀疑他是不是不正常,有什么难言的怪癖。

周大娘子只好寄希望于明妆,可惜孩子们一个赛一个地单纯,明妆比画着说:"我想要个卧兔儿。要皮毛很厚实的那种,送给我三嫂,她刚生了孩子。"

鹤卿说:"没问题,等初五我们出去跑马,我给你打只貂鼠,活毛!"边说边甩着马鞭出门了。

周大娘子和丈夫交换了下眼色,汤淳讪笑两声:"不着急。"

周大娘子着急也没办法,只好吩咐芝圆:"带般般去你房里玩吧,我一会儿给你们送吃的过去。"

芝圆就等着这句话，一把勾住明妆的胳膊，牵着她往外走，边走边在她颈间嗅了嗅："你喝酒了？"

明妆"嗯"了一声，说："推不过，中晌喝了两杯。"说完把脸凑到芝圆面前，"替我看看，还红吗？"

芝圆细打量两眼，见她颧骨上残留着一点红霞，便问："你醉了吗？我让人给你送碗醒酒汤来。"

明妆说："不用，才喝了一点儿，很快酒气就散了。"

两人相携着，进了芝圆的小院。竹帘卷起半边，在廊上闲坐下，午后很温暖，初一就有了春的气象。女使送来茶点，明妆捧着红豆乳糖浇，慢慢舀着吃。芝圆的兴趣不在吃上，很热切地告诉她："昨日午后，五哥来咱们府上了。"

明妆从乳糖浇上抬起眼，问："来拜访干爹吗？"

"哪里，"芝圆道，"专程来拜访我阿娘的。知道你认了我阿娘做干娘，就想托我阿娘入禁中面见张淑仪，提一提你们的事。"

明妆吃了一惊："我们的事？怎么就……我们的事了？"

芝圆说："怎么不是你们的事？人家在梅园对你一见倾心，除夕又邀你赏灯，这不是秃子头上的虱子，明摆的吗？"

明妆彷徨起来，单说姻缘，配翼国公是高攀，谁能说这门亲事不好？但她如今考虑的并不是姻缘，加上仪王的那番话，翼国公的热忱却变成了烫手山芋。

"我觉得，这事不用操之过急……"她委婉提出时，正逢周大娘子进来，周大娘子道："我原本也是这样想的，翼国公这等天潢贵胄，自小要星星不敢给月亮，他心里喜欢就要得到，哪里管其他？昨日来托付我，我也不好推诿，只说等过完年再入禁中，就是想先听听你的意思。你心里是怎么想的，对人家中意吗？要是中意，试一试也无妨，到时候请孙贵妃一同帮着说合，兴许这事能成。"

一个无父无母的女孩子，到了这种时候最是难堪，没有人出面做主，一应都要她自己打算。明妆倒没有失措，想了想，道："我和翼国公只见过三次面，这就要谈婚论嫁，太仓促了。"

芝圆显然很意外："不是说好，咱们闺中做挚友，出阁做妯娌吗？难不成你要我孤零零嫁进李家?"

明妆讪笑道:"你就是在李家长大的,也算不得孤零零。"

"不是……"芝圆噎了半晌,又腰道,"五哥不好吗?你看不上他?"

然而明妆心里的盘算不能说出来,见芝圆义愤填膺,她有些羞愧,觉得自己利用完好友的热心,却临阵退出了,很不讲道义。

还是周大娘子明白,安抚芝圆道:"翼国公和般般见面不多,又不了解彼此为人,现在急吼吼要提亲,不就是看重般般的容貌吗?男人重色不是好事,你还不容般般自己考虑?依我说,先晾上几日,若他再来托付,也算有心,到时候我再入禁中不迟。"

芝圆气馁不已:"原本我还很高兴呢。"

周大娘子蹙了蹙眉:"你以为这是逛瓦市,你去她也去?女孩子矜重些,人家才不敢怠慢。"

明妆听得连连点头,芝圆便也无可奈何。

冬日日头短,天黑得早,下半晌过起来很快。看时候差不多了,周大娘子出去吩咐夜里的席面,要留明妆在家吃饭。

姐妹俩继续在廊上说话,芝圆先前的不解终于在灵光一闪中找到了答案:"我知道了,一定是因为二哥。那天你们踏雪寻梅,不会看对眼了吧?"

廊外的周大娘子怔了怔,支起耳朵仔细听,听见明妆还是缓慢的语调,不经心地反驳道:"那日是偶遇,不是什么踏雪寻梅。"

反正芝圆有自己的见解:"五哥换成二哥,也不是不行……"说着开始由衷地钦佩明妆,"般般,你真厉害,要是果真能配二哥,岂不是一跃从弟妹变成嫂子了?"说得简直咸鱼翻身一样。

在芝圆眼里,明妆嫁给谁不要紧,要紧的是跟她一起嫁进李家。其他的妯娌她未必处得惯,但和明妆一起,可以拉帮结派,二人成虎,将来谁都不怕。

女孩子们谈论婚嫁,说得过家家一般,周大娘子笑着摇摇头,往后厨去了。

晚间大家一起吃饭,汤宅人口很简单,汤淳有两个妾,都没有生养,家里只有鹤卿和芝圆两个小辈,加上明妆,才更有过年的气氛。

饭后，周大娘子让鹤卿送明妆回去，仔细叮嘱道："慢着点，今夜街市上热闹，别让人冲撞了。"

鹤卿应了，骑上马护送，开始还引路，后来就并驾齐驱，和明妆闲聊。他和芝圆一样，是个简单直接的人，逍遥地坐在马背上，偏头和明妆侃侃而谈："你发现没有？我阿娘想撮合我们俩。"

明妆眨着大眼睛，扒在窗口喃喃道："是吗……"

鹤卿自在地笑了笑："可我拿你当亲妹妹一样，怎么能胡来？"

"不过干娘确实挺担心你的。"明妆道，"鹤卿哥哥，你有喜欢的姑娘吗？"

鹤卿支吾道："这个……这个……往后再告诉你。"话刚说完，他神色忽然一凛，偏过头，语重心长地劝诫她："翼国公要是向你提亲，你可要好好考虑考虑。"

明妆大惑不解，莫名地望着他。

鹤卿叹了口气，朝前努努嘴："瞧见没有，那个小娘子快吊在他身上了。我看他四肢不勤、五谷不分，没想到一人能担两人的分量，以往真是小看他了。"

第二十章

明妆顺着他的视线望过去，这一望真有些吃惊，原来灯火辉煌处站的正是翼国公，他身边的女孩不是别人，是嘉国公爱女，应宝玥。

这么遇上，好像有点尴尬，毕竟年三十他还上汤府托付，求干娘入禁中和张淑仪说合，没想到转天就和应宝玥逛起了瓦市。明妆忙把脑袋缩回来，午盏则一脸震惊，喃喃自语："这翼国公，真是左右逢源啊。"话才说完，就被明妆一把拽了回来，可她犹自不平，愤懑道，"昨日不还和小娘子一起观灯吗，怎么今日就和应家小娘子混迹在一起了？"

明妆臊眉耷眼道："别说了，就当没看见吧，快回去。"

鹤卿可不干，说："今日一过，明日他还当无事发生，照样登你的门，打算向你求亲。这种人的嘴脸须得当场揭穿，反正我看你也不是能将就的人。"嘴里说着，已经策马往灯潮处走去，到了近前，潇洒地翻身下马，笑着叫道："公爷，这么巧，竟在这里遇上了。"

挂在翼国公胳膊上的应宝玥见有人来，不情不愿地松开手，不过枢密使公子全不在她眼里，她显得有些不耐烦，微撇着唇角，抿了抿鬓边的发。

翼国公总算是找到了救星，好不容易能从应宝玥的魔爪下脱身，简直万分庆幸。他很感激有人替他解围，因此也格外热络，暗舒了口气，牵牵袖子道："鹤卿，你也来赏灯吗？"

鹤卿没打算跟他和稀泥，哪壶不开提哪壶地往后指了指，说："我奉母亲之命，送明妹妹回家。"说着嬉皮笑脸地"嘿"了一声，"我险些忘了，你们也认识。"

翼国公的脸忽地就涨红了，仓皇地望向不远处的马车，讶然道："易娘子在车上？"

一直远远观察着鹤卿一举一动的明妆没有办法，只得从马车上下来，因不往心里去，情绪便没有什么波动，依旧挂着得体的笑，朝翼国公福了福身。

翼国公简直五雷轰顶，心里慌起来，目光也不由得游移，暗暗瞥了下应宝玥，唯恐刚才她的举动落入明妆眼里，那自己是浑身长嘴也说不清了。如今只求老天开眼，让应宝玥哑了吧，别叫她再开口了。

但怕什么来什么，应宝玥非但没哑，还声音洪亮，爽快地唤道："易妹妹，上回梅园一别，再没见过妹妹，没想到新年头一日便遇上了。"

明妆说："是啊，我从干娘家吃过饭回来，恰巧路上碰上阿姐。今日的灯会和昨日一样热闹，我看街边的小食也比昨日多呢。"

应宝玥一笑，话中有话："昨日是除旧，今日是迎新，今日的兆头更好。这样的好日子，妹妹怎么不出来逛逛，居然安于在家吃饭？"

翼国公的脸五颜六色，难堪之情简直要流淌下来。她是从汤府回来，那汤夫人应当把他昨日到访的事告诉她了，一面打算提亲，一面又撞见他和别的姑娘在一起，恐怕会误会自己是个流连花丛的老手，连他的心，也变得可疑且不纯粹起来。

翼国公急于辩解，好不容易插上话，对明妆道："我出来游玩，也是半道碰见应娘子……"

应宝玥的眉眼黯了黯，转头冲他一嗔："五哥是在有意向易娘子解释吗？是不是半道碰见的，很重要吗？"

第二十章

这下翼国公下不来台了，明妆颇为复杂地望了他一眼，很快又一笑，裹了裹斗篷道："天怪冷的，我就少陪了，公爷和阿姐玩得尽兴，只是也要保暖才好。"说罢又欠了欠身，被午盏搀着回车上去了。

翼国公站在那里，无端有种大势已去的预感，他想唤明妆一声，甚至想送她回家，待要上前，又被应宝玥拽住了。

鹤卿看在眼里，寥寥扯了下唇角，也不多言，朝翼国公一拱手，上马调转缰绳，护送易园的马车离开了。

翼国公失魂落魄，有些想不明白一切是怎么发生的，为什么应宝玥会缠上他的胳膊，为什么恰好让明妆撞见。他千恨万恨，只恨自己面嫩心软，原本应该狠狠拒绝纠缠才对，结果推了几次没能成功，就勉为其难了。

一旁的应宝玥明知故问："五哥怎么了？见了易娘子，怎么变成这副模样？刚才不是还挺高兴吗，是易娘子扫了五哥的兴？"

翼国公对她这种得了便宜还卖乖的做法很是愤懑，见她又想伸手来够自己，板着脸拍开道："应娘子自重吧，大庭广众之下有碍观瞻，不单是易娘子见了要误会，若是半路遇见朝中官员，宣扬起来也不好听。"

应宝玥愕然道："我一直以为五哥洒脱，没想到也这样守旧。我和五哥自小认识，一直拿你当哥哥一样看待，没想到五哥竟觉得我不庄重吗？"

庄不庄重，其实各自心里都知道，只不过读书人习惯给人留脸面，她问得出口，他却不好意思默认，叹了口气，蹙眉道："我不是这个意思。"

应宝玥面色不佳，眼看眉宇间乌云滚滚爬上来，也不知哪里出了差错，一晃又若无其事般扬着笑脸往前面一指："五哥你瞧，那盏金鱼灯多好看，咱们过去瞧瞧。"说完不由分说地再次牵住他的手，连拒绝的机会都不给，一鼓作气地把人拽了过去。

车里的午盏怔怔地盯着明妆，问："小娘子，你是不是生气了？"

明妆干笑道："我不生气，做什么要生气？"

车外的鹤卿很赞同，策马道："本来就是，没什么可生气的，反正又没有定亲，早些看清为人，对你有益处。"说着咂了咂嘴，"和他同行的，是勾栏中的行首吗？

怎么好像有些眼熟？"

午盏道："大公子，那是赫赫有名的嘉国公府千金，全上京只有你不认得她。"

鹤卿"哦"了一声，道："人不认得，名声倒是听过。都说她直爽，原来是这么个直爽法，今日算是开眼界了。"

鹤卿和芝圆一样，对应宝玥很是不喜，倘若得知应宝玥还打过高安郡王的主意，恐怕他当场就要让人家下不来台了吧！

明妆心想其实这样也好，反倒坚定了自己的想法，不再打算通过翼国公来对付弥光。翼国公是个温暖的人，正因为过于温暖，没有杀伐手段，与其在他身上浪费时间，不如投靠仪王，一击命中。

马车缓行在路上，终于到了易园大门前，明妆下车同鹤卿道别，让他回去的路上多加小心。

鹤卿应了，另外也安慰了她两句："大过年的，不要为那种事伤怀。等我回去同阿娘把这事说明，让她不必再入禁中说合，免得坑你。"

明妆点了点头，目送他走远。赵嬷嬷披着袖子道："夜里冷，小娘子快些进去吧，别着凉。"

返回后院的路上，她吩咐赵嬷嬷："若翼国公再来，就替我挡了吧，说我不在，不必再见了。"

赵嬷嬷叹息道："是，原本倒是不错，谁知道……果真为人处世应当有度，性子太面，对谁都一样，那就成了滥好人，反倒让人说不出好来。"

身边的人都很懊丧，明妆却颇有无债一身轻的感觉，回到房内喝了盏汤，洗漱过后，便松散地睡下了。第二日鸟鸣啾啾，不知哪里飞来一只雀，停在她窗前叫个不休。

"妈妈……"她从帐内探出头，"我要穿衣裳。"

商妈妈抱着袄裙从外间进来，自己奶大的孩子，纵使长大成人，也仍当孩子看待。她麻利地上前给明妆穿戴，和声问："小娘子今日醒得早，可是有什么安排呀？"

明妆趿着鞋走到镜前坐定，拿牙刷蘸了青盐刷牙，口齿不清地说："回头给我准备一份拜帖，送到仪王府上去。"

商妈妈迟疑了下，以为自己听错了："小娘子是说仪王府？"

明妆"嗯"了一声，道："昨日他上麦秸巷探我，今日我也该回礼，登门去瞧瞧他。"

仪王啊，说实在话，两者地位悬殊，连商妈妈都觉得有些靠不住。可是这话怎么说呢，男女间的感情也不是能用地位来衡量的，倘若郎主夫妇还在，小娘子是郡公独女，配一位王侯，算是高嫁，但绝不算高攀。

昨日仪王既然特意到袁宅探望，那就说明八字有了一撇，先皇后不在了，仪王也有阅历，应当能自己做主，看来比翼国公还可靠些。商妈妈应道："我这就让人准备拜帖，小娘子且慢慢梳妆，回头吃了晨食再出门。"

漱口洗脸，再施上脂粉，待换好衣裳，用了一碗蕨笋馄饨，明妆就抱着她的南瓜手炉出门了。

坐上车，车帘半打起来，她吩咐赶车的小厮："去甜水巷。"

仪王府与潘楼隔着一条街，因是为数不多的王府，因此独巷独宅，十分僻静。从皇建院街一直往南，一炷香的时辰就到了，以往她不曾来过这附近，今日是第一次，车越走，越感觉此地肃穆。场面上来往时，不觉得王爵有多遥远，但到了人家的府邸前，方发现这种天差地隔的区别，果真与寻常人家不一样。

赶车的小厮将拜帖送到门上，不知人在不在，就算不在，反正已经来过了，下次若见了面也好交代。

谁知守门家仆看了拜帖，立刻便迎到车前，隔着帘子说："小娘子，我们殿下恭候小娘子多时，早就吩咐下来，小娘子到访不必通传，即刻引进门就好。"

赵嬷嬷和午盏上前来接应，明妆踩着脚凳下来，站定后问守门家仆："仪王殿下在吗？"

家仆说："在，朝中休沐，殿下不曾出门。"一边说，一边退后一步，弓腰道，"小娘子请吧。"

进了门，门上另有婆子上来引路，把她引入前院。王侯的宅邸果真不同凡响，站在檐下看，雕梁画栋，构建精美，大约也有几分禁中的风貌吧。

女使垂首接引，温声道："请小娘子随我来。"

穿过宏阔的前厅，一直进入东花厅，这里有各色盆栽，甚至有那日梅园里栽种的稀有珍品。花厅四面用打磨得极薄的岫玉做围栏，半垂的金丝竹帘将天光分割成细细的无数条。明妆在禅椅里坐下，偏头看外面的景致，隐约的假山石子、隐约的细竹、隐约的梧桐。梧桐枝上还余几片黄叶，迎风微微颤动着，似乎长得很结实，可以坚持到春暖花开。

正看着，后面的回廊上传来脚步声，由远及近，走得不紧不慢。她忙站起身，见一个身影走过半卷的帘底，还是闲散的步态，到了门前，淡淡一笑："贵客临门，今日终于盼来了小娘子。"

明妆向他欠欠身："殿下安好。"

他说了一声好，指了指禅椅："坐吧。"又转头吩咐厅前听命的女使，"把易娘子跟前的人，带到廊亭里用茶。"

赵嬷嬷和午盏对视一眼，她们是近身伺候的人，到了人家府上，一下子把她们全打发了，小娘子身边谁来照应？可既是仪王吩咐，又不敢不从，便看着明妆，等她示意。

把人支开，就是要开诚布公地商谈了，这样也好，她喜欢万事有根底，就如做生意，把条件开出来，后面的事就好办了。明妆道："你们去吧，吃了两盏茶再来接我。"

赵嬷嬷和午盏道一声是，跟着王府上的女使去了。

仪王的眉梢微微一扬，笑道："小娘子身边的人很审慎。"

明妆颔首道："因为家父家母过世得早，她们一向尽心照应我，唯恐我受到不公。"顿了顿，言归正传，"上次梅园结识殿下，殿下临走对我说的那番话，我一直记在心上。今日来，是想与殿下好生恳谈，若是殿下愿意帮我，我又该为殿下做些什么？"

仪王一双长眼半垂着，听她这样直接，有些意外地扫了她一眼。本以为深闺中的娇娇女，纵使要来磋商，也会瞻前顾后难免扭捏，谁知她却不是，同意了，认定了，便坦荡地来做交换，不必遮遮掩掩，有话敞开说。他觉得很满意，笑道：

"小娘子不必考虑那么多,我愿意替小娘子达成心愿,不需要小娘子为我做什么。说句不怕小娘子恼的话,你是尊养在郡公府的姑娘,就算善于掌家,于我来说还是过于力微,我不会对你有过多要求。"

明妆却不明白了,迟疑道:"以我的浅见,不觉得殿下是个注重皮相的人。在梅园相识之前,我与殿下素未谋面,实在想不出殿下帮我的理由。"

"在小娘子眼里,一切都得有理有据?"

"是。"明妆挺了挺脊背,"无功受禄,寝食不安,我爹娘就是这样教我的。"

"女孩子太执着,就不可爱了。"仪王带着调侃的语调道,"人活于世,不必太通透,太通透了,痛苦加倍,还不如随遇而安的好。如果小娘子硬要一个理由——我二十五了,还不曾婚配,这算不算一个好借口?官家很为我的婚事着急,曾托付圣人替我挑选夫人,都被我婉拒了。我在找一个人,须得貌美,有才情,有头脑,还要有执掌家业的手段,小娘子不正是合适的人选吗?所以我等你及笄,等你从深闺中走出来,梅园邂逅是我刻意安排的,这样的解释,小娘子相信吗?"

如果换了一般的女孩,大概会被他的这套说辞迷惑,可惜明妆并不相信。她幕后操盘郡公府留下的那些产业,什么样的花言巧语和苦肉计都见识过,若说他只是为了寻找合适的夫人人选,就愿意为她去动官家身边的亲信,那付出与回报太过不对等,所有说辞也都有漏洞。

"弥光不是寻常黄门,殿下打算怎么帮我?"

仪王神色轻松,一手抚着禅椅扶手道:"花无百日红,这天下权力更迭,唯一不变的是血脉传承。我若说得更透彻些……"他忽然定睛望向她,那双眼眸深沉如寒潭,极慢地说,"小娘子听过一朝天子一朝臣这句话吗?弥光终有失势的时候,我能为小娘子做的,是加快这个进程,到时候自然将弥光擒到你面前,要割肉还是放血,全凭小娘子处置。"

如果说明妆起初还在纠结他的目的,那么听到一朝天子一朝臣这句话,基本就能证实她的猜测了。天底下没有无缘无故的援手,放到仪王身上更是。他的出身和其他皇子不同,他是先皇后所生,地位自然在兄弟之中最尊贵,但是这种尊贵,没有得到官家的认可,更没有昭告天下,那么他就需要找个有力的支柱,

121

尤其是军中的力量来帮他夯实基础。

爹爹有旧部，包括李宣凛，都是爹爹一手调教出来的，陕州军上下爱戴爹爹，即便主帅易人，余威犹在。换句话说，如果将她收在身边，起码等于收买了陕州的人心，到时候仪王受拥戴，身后有兵力，那么相较于其他皇子，胜算就更高一筹。

如果他登基，一个小小的弥光还不是蝇鼠一样，可以拿来做顺水人情？因果很好理清，剩下的就是让他说真话。明妆站起身，在花厅中慢慢踱了两步，边踱边道："殿下深谋远虑，愿意助我一臂之力，我很感激你。我想殿下需要同盟，我也愿意与殿下结盟，但结盟的条件，是推心置腹。所以殿下不如坦诚心里的想法，明妆愚钝，只有殿下说明意图，我才知道今后应当怎么做。"

仪王不说话了，目光流转落在自己的膝上，肘弯支着禅椅的扶手，食指在鼻梁上抚触，半晌才道："我说过，小娘子什么都不用做，只要在我身边就好。"

明妆凝眸看他："只要在你身边，是以什么身份？夫人，还是红颜知己？"

"夫人。"他笃定地说，大概因为气氛太凝重，又浮起一个笑脸，"小娘子是易公爱女，如果只是红颜知己，太折辱小娘子了。"

他笑起来阴柔，明妆说不出那种感觉，就是玄之又玄，不可捉摸。

而她呢，疑惑的神情里不自觉地带着一点傲，倔强的脸，甚至玲珑的鼻尖，都有种虚张声势的有趣味道。如果女孩子是糕点，那么她一定是酸甜口的，至少不让人感到乏味，于是他实心实意地说："我年纪不小了，确实需要一位夫人，选了好久，权衡了好久，只有小娘子最适合我。"

也好，如果铲除弥光之余不委屈自己，那么对她来说就是幸事。明妆道："殿下何时能替我办到，可否给我个准日子？"

仪王想了想，道："半年，至多半年。"

明妆的心沉淀下来，半年，她知道其中也许有风险，但诱惑太大，抓住弥光血祭爹娘，这个念头已经足够让她不顾一切了。

"好。"几乎一瞬，明妆不假思索道，"我是个孤女，势单力薄，未必对殿下有助益，殿下若是不嫌弃，就按咱们说定的行事。我可以替殿下做管事，家中一应杂事，只要力所能及，一定替殿下料理妥当，甚至殿下若需要资助，我手上有些薄产，也可以为殿下打点。但有一桩，我不插手殿下机务政事，更不会为私事动用爹爹旧部，如此这般，殿下可答应？"

很好，将自己最大的作用摒弃了，谁敢说易般般一般般？但她不明白，只要她在，人情就在。世上最难还的就是人情债，相信李宣凛比她更懂得这个道理。

不过她虽明白实情，他却没有直说，说得太透就丧失美感了，毕竟夫人立在那里，除了标榜，也是要过日子的，这样惊人的姿容配自己，自己并未吃亏，单纯就娶亲而言，他还赚了。

"那么五郎那里……"他含蓄地笑了笑，"小娘子能回绝吗？"

明妆不傻，没有往自己头上扣屎盆子的道理，若无其事道："我与翼国公只是泛泛之交，何来回绝一说？"

仪王道："好，小娘子这么说，从源就放心了。眼下刚过年，禁中宴饮不断，不是谈正事的好时机，等出了元宵，我会呈禀官家，请官家派人为我操持。"

明妆有些迟疑："弥光是官家跟前的红人，他若是知道殿下与我扯上关系，不会设法阻止吗？"

仪王失笑道："那于小娘子来说，岂不是好事？半年之期又可以提前了。"

明妆这才松了口气，这笔生意终究是谈下来了，细想之下虽有些悲哀，但她这样孤苦伶仃的女孩子，又有什么其他更高深的法子呢？

此时恰好两盏茶已过，赵嬷嬷和午盏从廊亭里过来，停在台阶下听令。明妆向仪王欠了欠身，道："今日叨扰殿下，我这就回去了。"

仪王站起身，又换了个家常的语调，和气道："往后不必这么客气，就叫我的小字吧。"

明妆点了点头。

"那我就叫你般般？"他饶有兴致地说，"你这名字很有意思，看来令尊对你寄予了厚望。"

所以她更不能让爹爹失望，她不是男儿，不能征战沙场，替父平反，只能用自认为对的方式冒险一试。

仪王送她出花厅，她的凤尾裙迤逦流淌过石阶，为这庭院平添了秀色。女

123

使展开斗篷为她披上，仪王亲自接过手，替她系上领口的丝带。

赵嬷嬷和午盏愈发惊惶，不知道两盏茶的工夫，他们之间究竟发生了什么。明妆虽然不自在，但还是顺服地接受了，待整理好领口，退后一步向他福了福，然后跟随婆子朝院门走去。

赵嬷嬷和午盏忙不迭跟上，出了月洞门朝前院走，穿过一条竹林小径时，迎面遇上一个打扮精美的女子。那女子眉眼娟秀，很有小家碧玉的意思，穿着一件朱缨的襦裙，腰带系出纤细的腰身，看打扮，和府里女使不一样。

见了明妆，她让到一旁行礼，明妆瞥了一眼便错身而过，倒是赵嬷嬷朝领路的婆子打探道："刚才那位娘子，是仪王殿下贵眷？"

领路的婆子"哦"了一声，道："是府上侍娘，平时侍奉殿下更衣穿戴。"

赵嬷嬷心头咯噔一下，想起仪王虽未娶亲，但不妨碍他身边有通房。王侯将相府上，管没有名分的房中女使叫"侍娘"，这等侍娘到了郎主娶亲之后，一般都是要抬为妾室的，若是小娘子当真和仪王有缘，那么还未过门，便已经有第三人了。

可是明妆微扬着下巴，好像并未把这件事放在心上，赵嬷嬷虽犯嘀咕，但到底不能当场说什么，只好回去的路上委婉提道："小娘子可听到了？刚才那女子，是仪王殿下的通房。"

明妆"嗯"了一声，只是静静坐着，再没有别的表示。

午盏有点着急，摇了摇她的胳膊道："小娘子，那可是通房，将来要升妾室的。"

明妆却看得很开，笑着说："这有什么？天底下的妾也不都是坏的，像咱们家惠小娘和兰小娘，一个个都疼爱我，家里有她们，我才不那么寂寞呢。"

午盏噎了一下，绞尽脑汁地辩驳道："惠小娘和兰小娘都是大娘子陪嫁的女使，原就是贴心的人，所以才对小娘子好。外人和小娘子又没交情，小娘子不得防着点吗？"说罢快快地看了明妆一眼，"那位仪王殿下对小娘子有意思，小娘子答应了吗？"

答应了吗……算是达成共识吧！婚姻之于明妆，没有那么重要，如果有必要，也可以拿来做交换，只要仪王应准的事能办到就好。

膝头的布料起了一点褶皱，明妆垂眼抚了抚，道："我看仪王殿下挺好的，长得不俗，身份又高贵，他可是先皇后的独子。"

照说这样的条件，确实没有什么可挑剔的，但午盏显然还在为她担忧："李判说过，让小娘子离他远一些的……"

明妆怔了一下，自己好像真的没有将李宣凛的话放在心上。不可否认她是有些急功近利了，但除了借助有权势的皇子之手，她想不到别的能够铲除弥光的办法。明妆蜷起手，将那片抚不平的料子攥进掌心："等见了李判，我再和他赔罪。"

其实娶了她，等同于收编陕州军，这是仪王一厢情愿的想法。只要李宣凛不那么念旧，不那么重情义，审度过后是否选择站在仪王身后，完全取决于他自己。

赵嬷嬷担忧完，又豁然开朗，笑道："认真说，咱们小娘子果真能嫁入仪王府，倒是一件光宗耀祖的事。让易家人瞧瞧，他们不疼不爱的小丫头也有好前程，小娘子身后有仪王撑腰，看他们还算不算计易园。"

明妆闻言苦笑了一下，这世道就是这样，女孩子自立太难，仿佛只有嫁个好人家，才算真的有底气。

"小娘子，可要回禀外祖母一声？老太太要是知道了，一定也为小娘子高兴。"

可是这样的亲事，自己知道没有什么值得高兴的，明妆道："等我下次回去，会亲自禀报外祖母的。这事先不要泄露，人家不曾登门求亲，说不定日后有变数也不一定。"

午盏皱了皱鼻子，说："梅园那日，我看仪王殿下就怪得很，什么宁撞金钟一下，不打破鼓三千，他是拿自己比作金钟，让小娘子选他呢。"

一切都有筹谋，一切也都有利可图。明妆回头看了仪王府一眼，那府邸越来越远，门前不知什么时候停了一辆马车，仪王从槛内迈出来。小厮将人引到车前，他弯腰登上车辇，从十字大街一路往西，看样子是入禁中去了。

大年初二，大多数人还沉浸在欢度佳节的气氛中，但对吃皇粮的人来说，过年过节都是小事。

仪王直入东华门，进左银台门往南，有一条狭长的甬道，边门与秘阁后的小殿相连，那就是禁中处置宫人的内衙。因坠楼的宫女死在官家眼皮底下，已经不光是内廷的案子了，官家虽交代内衙审办，但仪王与当日在场的庆国公也都有督办之责。

从殿门进入，这地方不知什么缘故，总有一种腐朽的味道，仪王不自觉掩了掩鼻子，对迎上前的黄门令道："我府里有一盒没开封的藏春香，回头派个人去府里取，各处都点上一支，祛祛这霉味。"

黄门令听罢讪笑道："年前从后面阁子里搬了旧时宫人的存档，那些册子都发霉了，堆了西边半间屋子，这才气味不雅，请殿下见谅。"

仪王调开视线，在一旁的圈椅里坐下来，问："年三十那件案子，薛令查得怎么样了？官家吩咐尽快结案，毕竟当着邶国使节的面呢，发生这种事，把上国的脸都丢光了。"

黄门令道："臣将那个宫人生前的一应都查访了一遍，见过什么人、说过什么话，当日可有反常的举动，都问得明明白白，倒也没有什么可疑的，唯有一点，腊八那日，豫章郡王入禁中，曾与她私下说过几句话……"

黄门令正斟酌用词时，忽然见仪王站起来，冷不丁的，把他吓了一跳。

仪王含笑朝门口拱了拱手，道："你来迟了，晚上罚酒三杯。"

进门的李宣凛歉疚地回了一礼："官家打算扩充控鹤司，把这差事交给我了。我今早去了司内衙门，实在分身乏术，晚来了半步，晚上认罚就是，届时与殿下不醉不归。"

仪王听他说控鹤司，眼底轻轻飘过一丝动容，旋即道："官家竟将这样的重任交给你，可见你在官家心中是中流砥柱，十分信任你。"

所谓控鹤司，原本是东宫禁军，东宫又称鹤禁，控鹤司由此得名。如今的政局是这样，官家未立太子，东宫也一直空着，这回忽然要筹备控鹤司，不免让人怀疑官家是要采纳宰相的谏言，打算册立太子了。

太子，多美好的字眼，皇子之中谁人不向往？只是有人势在必得，有人藏得更深罢了，若说有谁不稀罕这个位置，才是天大的笑话。如今官家把建立控鹤司托付给李宣凛，一切都在他的预料之中，极好！

虚与委蛇一番，李宣凛转头询问黄门令进展，黄门令将刚才的话又复述了一遍,末了为难道:"事关豫章郡王,查到这里,就不便再深挖了。我本想请示殿下和公爷,看看这案子应当如何侦办,恰好今日二位来了,就请拿个主意吧,是继续查,还是到此为止,寻个由头,把案子结了。"

仪王看向李宣凛,似乎也如黄门令一样为难:"事关大哥,这案子倒果真有些棘手。若是继续查,恐怕会伤了大哥体面,若就此结案,官家面前只怕不好交代……俞白,你的意思呢?"

李宣凛笑了笑:"我不过是协助殿下,案子应当了结还是继续,要听殿下的意思。但依我之见,这事闹得很大,且坠楼的内人是贺观察的女儿,倘若这件事没个交代,贺观察当朝上书,就愈发不好办了。"

仪王蹙起的眉宇慢慢展开,颔首道:"你说得对,虽要顾全大哥,也不能让贺观察夫妇含冤。官家礼重臣僚,岂能为了皇子威仪,就让一条人命不了了之?再说大哥未必与这件事有牵扯,我们在这里为难,却是杞人忧天了。"

李宣凛嘴上应是,心里却明白,这样的安排才合仪王的心意。

仪王转头吩咐黄门令:"我和公爷的意思,薛令都听明白了吗?继续查,不便直问大哥,就绕开他,或是从身边的人着手也无不可。"

黄门令有了主心骨,就知道接下去应当怎么做了,拱手道:"是,只要没避讳,案子不难查,再给臣五日,五日之后,臣一定还贺内人公道。"

仪王说好,案子谈完,就该论私交了。他轻轻探手引着李宣凛,一面迈出门槛,一面笑着说:"你还记得小时候那个骑马就哭的向子意吗?如今他在邓州做团练,这几日回京过年,我把他也邀上了。咱们不像少时了,长大后各有各的前程,好不容易能聚上一聚,且喝一杯吧,年关一过又要各奔东西,再想碰头,大约又是多年之后了。"

李宣凛道:"好,当初蒙殿下不弃,让我跟着大家一同练骑射。"

他的出身并不好,父辈不能袭爵,他也不是正室夫人所出。原本他上面还有一位兄长,但这位兄长十三岁那年夭折了,他才记在嫡母唐夫人名下。唐夫人待他不亲厚,甚至对他破口大骂,说该死的人是他。父亲雌懦惧内,生母敢怒不敢言,他那时便立誓要闯出一片天地,因此愤然离京,投奔在四镇节度使易云天门下。

一晃多年，再想当初，也不过轻描淡写。李氏宗亲再不济也能入禁军任职，因此上京有专门的马场供他们练习，仪王对他，从来算不得照拂。随口的客套话都是场面上的应酬，一个说得真切，一个也敢领受，亲兄热弟般并肩走出内衙。

仪王望着笔直的甬道，终于将话题引到明妆身上："今日一早，易娘子来我府里探望，真叫我受宠若惊。那日在梅园，我就对她一见倾心，那时五郎也青眼于她，倒弄得我缩手缩脚，不敢造次了。"他边说边瞥了一旁的李宣凛一眼，果然见对方微微怔愣了下，笑起来道，"怎么？很让你意外吗？"

李宣凛敛了敛神，解嘲道："出生入死未让我意外，这件事倒确实出乎预料。以殿下的爵位，上京什么样的贵女不能作配，为什么偏看中她呢？"

这就是明知故问了，看中她，就是看中她背后的陕州军。不过话要说得委婉些，急吼吼的样子不好看，仪王道："上京贵女虽多，却没有一个像她一样。你不觉得她不容易吗？小小年纪要支撑家业，据说易家的族亲还在打她的主意，我懂她怜她，也实心爱慕她，毕竟这盛世容华难得一见，你我都是男人，说不重色就太虚伪了。再者，咱们交好，你又礼重易公，日后你要回安西四镇，有我照顾她，你也好放心。"

话很漂亮，但难掩用心，都是宦海沉浮的人，谁能窥不出其中用意呢？李宣凛笑了笑，负手道："确实，易公对我恩重如山，他的遗孤，我应当多加照应。"说罢略顿一下，又问，"那么殿下是打算提亲了吗？易娘子怎么说？"

交易做得很爽快，但不能说真话，仪王道："早前她对我不假辞色，今日态度方好一些，我是想提亲，又怕她觉得我唐突……再过几日吧，多来往几回，等她点头了再提亲，也不至于落个威逼的罪名。"

李宣凛颔首，没有再说话。前面就是左银台门，出了那道门，外面来往的内侍宫人多了，不便多说什么。待出了东华门，各自的车辇在护城河对岸等着，仪王到了车前，拱手作别道："酉时，潘楼，可别再迟了。"

李宣凛道一声好，送他先上车，目送他走远，方回身登上自己的车辇。

驾车的七斗仰头问："公子，咱们是回家，还是去旁的地方？"

回家……那个家委实没有让他感到半分留恋，若不是怕落个不孝的口实，他早就另建府邸了。他捏了捏眉心，道："去殿前司衙门。"控鹤司和殿前司关系匪浅，控鹤司的禁军，都是从殿前司班直中挑选出来的世家子弟。

"可今日是初二，殿前司指挥使恐怕还在走亲戚呢，公子现在过去，未必遇得上人。"

李宣凛这才想起来，自己一忙就忘了日子，眼下正是满朝休沐的时候，没有要事，谁会在职？他又思量一番，发话道："去易园。"

李霁深刚才的旁敲侧击，着实让他觉得不安，明妆的态度之所以转变，大概就是因为他们在袁宅外那场不常见的茶局吧。虽说这事不该他管，但也不能袖手旁观，他一路上斟酌措辞，军中的铁血手段对付女孩子不适宜，好像除了语重心长谈一谈，没有别的办法。

到了界身南巷，他下车后整理冠服，让人进去通传。不多会儿明妆亲自迎出来，站在门前招手道："李判，快进来坐。"

她还是小时候一样的性格，热情洋溢，对亲近的人不设防。可越是这样，越让他担心，大将军夫妇不在了，谁能让她在情窦初开的时候再三思量？

他暗叹一口气，提袍迈上台阶，午间的日光明亮，明妆眯眼望向他，今日他穿一件青骊的襕袍，腰上玉带束出窄腰，越发显得人利落修长。可是看见他，她心里不免七上八下，自己借助陕州军的势力，换来想得到的东西，如今陕州军却已经不是爹爹的了……

不过这种隐约的牵绊并不足以放到台面上理论，毕竟她日后嫁给谁都有这个嫌疑，除非像姑母说的那样，找个九品小吏。可九品的小吏，如何帮她扳倒弥光？所以不要有负罪感，她握了握袖中的拳，把人引进门，让午盏上茶，笑道："我以为你今日要访友呢，还是李判拿我当朋友，顺便也来访一访我？"

他仍是一贯自矜的神情，微扬了下唇角，道："我刚从禁中出来，原本想去殿前司的，忽然想起今日休沐，就来看看小娘子。小娘子出过门吗？这么好的天气，不去外面走走？"

明妆知道他这样问，必有他的用意，仪王先前应当是进宫了，他们在禁中遇上，仪王怎么能不借机向他透露？既已知晓，她再隐瞒，就没有必要了。

"我上半晌去了仪王府，拜会仪王殿下……"明妆说着望过去，嗫嚅道，"我没有听你的话，李判哥哥，你会生我的气吗？"

第二十一章

皎皎弯眉下一双明亮的眸子,那眼眸里云山雾罩,浮起一点泪色,让他想起她幼时打坏了父亲的砚台,悄悄躲在他的小院门口,见他出现就来央求"李判哥哥,我闯祸了"。

那时的他刚从副将升作判官,她一声"李判哥哥",虽然是刻意讨好,但也让他觉得窝心。

他低下头看她:"小娘子说得更仔细些。"

她为难地回身指了指:"我想练字,偷偷去了爹爹的书房,本想研墨,可不知怎么,砚台就掉下来……摔碎了。"

他明白过来,那砚台是大将军的恩师留下的纪念,大将军一直用得很小心,这回摔碎了,确实是个很大的麻烦。他想了想,道:"这样吧,我去和大将军说,砚台是我打坏的,和小娘子无关。"

小小的明妆已经很讲义气,说:"不,我自己弄坏的,不能推在你身上。我想……李判哥哥给我找个一样的砚台,别让爹爹发现。等以后爹爹高兴的时候,我再认错，爹爹就不会怪我了。"

"可是……"他犹豫道，"怎么才能不让大将军发现呢？换来的是新的，打碎的那个已经用过了。"

"这个好办，我慢慢地磨，磨得和爹爹用过的痕迹一样。"她又哀恳地拽了下他的袖子，"我不敢告诉爹爹，也不敢告诉阿娘，李判哥哥，你能帮我吗？"

她那时的神情，和现在一模一样。说生气……他不应该生气，毕竟男婚女嫁，理所应当，如果里头不存在算计，她能嫁给仪王，对她来说是个不错的归宿。那声"李判哥哥"更是让他忽然软了心肠，他慢慢摇头道："小娘子言重了，除夕那日仪王问过小娘子怎么不去王府做客，我想是他常在催促，小娘子绕不过情面才登门拜会的，是吗？"

他还在帮她找台阶下，这愈发让她感到心虚。该不该把计划告诉他，其实明妆一直在犹豫，告诉他，也许他会有别的好办法，不需要她拿自己的婚姻做赌注。但转念想想，弥光是官家身边的红人，他又是爹爹旧部，他的一路高升，一定会引来弥光的忌惮，如果弥光在官家面前挑拨离间，闹得不好，他会走上爹爹的老路……

她不敢去想，因为很在乎，所以不愿意让他涉险，那日翼国公劝她看开，把爹爹的死归咎于"意见相左"，那走到今日的李宣凛呢？会不会也是同样的看法？人得到的越多，就越要权衡，越会自保，他出生入死多年，不能因一个弥光，折损一身道行。自家的仇，要自己报，她只能把一切希望寄托在那个离皇位最近的人身上。真话几次险些冲口而出，最后还是被明妆咽了下去，她斟酌再三，只好违心地说："在你面前，我也不怕丢人，我到了说亲的年纪，易家的祖母和姑母总是在盘算替我找郎子，与其让她们随意安排，不如我自己寻个位高权重的，将来好压制她们。"

这也算真话，满上京去打听，没有人能比官家的儿子们更尊贵了。

"那么小娘子考虑过翼国公吗？"他和声问，"除夕那日，你不是和翼国公一起赏灯吗？翼国公是读书人，读书人文质，心思也纯良，我看他对你有几分好感。"

侍立的午盏瞅了自家小娘子一眼，果然见她脸上为难，支吾着不好说话，就该自己发挥膀臂口舌的作用了,忙唤了声李判,道:"小娘子昨日去汤府拜年,用过晚饭才回来,我们半道上经过东瓦子,遇见翼国公了,他和嘉国公府的小娘子正吊着膀子逛灯会呢。"

果然,明妆看见李宣凛眼里的惊讶,读书人人心不古,恐怕让他失望了,若是自己跟着指责,也没有必要,便道:"嘉国公家小娘子性情爽朗,和翼国公应当是朋友。"

话虽这样说,但吊着膀子又算怎么回事,若这是朋友之间的相处之道,未免太没有分寸。小娘子说话留情面,不好意思戳穿翼国公的行径,午盏却愤愤不平,接口道:"可他年前还托周大娘子进宫说合呢,好在咱们昨日碰上,如果蒙在鼓里,真定下亲事,到时候应小娘子再横刀夺爱,那我们小娘子该多委屈!"

这回连李宣凛都觉得翼国公不是好人选了,虽说对方未必真的滥情,但不懂拒绝就是恶因。一个男人一辈子会遇见多少女人,但凡有意攀搭的都含糊着,那么早晚会后院失火,鸡犬不宁。

算了,这翼国公算是彻底出局了,他一时也没有好的人选,思忖道:"我明白小娘子的想法,这事且不着急,好吗?我要在上京逗留半年,容我些时间,一定给小娘子安排个靠得住的好人选。"

明妆笑道:"李判要改行做媒人了吗?你自己还没有婚配呢,倒想着来给我安排郎子。"

他实心实意操心她的婚事,如果她心里没有那个执念,听凭他的安排,将来一定能过得很不错。

李宣凛闻言,有些尴尬道:"我是男人,男人建功立业,晚些娶亲也不要紧。小娘子不同,你是闺中女孩,应当趁着大好年华,寻一个可靠的郎子。那仪王……出身辉煌,因此荣辱也难以预料,小娘子千万不能草率。"

明妆点头道:"我会慎重的,李判不必为我担心。我有一句话,现在就要对你说,将来无论我嫁了什么样的郎子,如果他想借由爹爹的情面对你提出非分的要求,请李判不要答应。"

他沉默下来,原来她什么都知道。他以为她受了仪王哄骗,参不透人家背后的用意,现在看来是多虑了,也根本用不着强劝,至多不过略作提醒,她比他想象得更通透。

李宣凛望着她,很真挚地说:"我只盼小娘子一生平顺,将来能找到一个可以依靠的郎子,再也不要经历风浪。"

说到这个,明妆怆然低下头,她好像确实在一步步走向旋涡的中心,知道危险,却不能不冒险。也许是赌徒的心态吧,输赢各半,全看运气。仪王要借助陕州军的声势助威,如果仅仅是助威,对她来说,并没有任何损失。

他见她神情有变,突然意识到话题太沉重,新年伊始,不该让她为难,便站起身道:"我来了这半日,打乱小娘子的安排了。今日是初二,小娘子上外面走走,去见见姐妹朋友吧,我也该回去了。"

明妆"哦"了一声,道:"那我送送你。"

两人一前一后出了厅房,明妆把人送到门口,本以为他会扬长而去,没想到他顿下步子,回身又看了她一眼。明妆露出一个笑,想道一句"路上小心",但这样青天白日,有什么可小心的,人家还是武将。

他没有再多言,利落地登上车,七斗甩着马鞭一抖缰绳,车就往巷口去了。

绕过内城,出宜秋门,回去的途中会经过玉宵观,只闻见缭绕的烟气直冲鼻尖,冲得他眼睛酸涩,心头沉重。再往前一程,入了洪桥子大街,车辇停下后,门上的小厮上来接应,这小厮有个大俗大雅的名字,叫张太美,人很瘦,脖子尤其长,往前探着,七斗说他很有鹅的格调。

张太美到车前摆稳脚凳,打起帘子道:"公子,今日有人来给公子说媒了。"

李宣凛置若罔闻,从门口进去直上东边木廊,他还有好些公事要处置,没有时间过问又是谁来给他说合亲事。

刚到院门,就听身后急急传来脚步声,一个小厮过来回话,说:"公子留步,郎主请公子过去一趟,有话要对公子说。"

他只好顿住步子,转身去往前厅,进门就见父亲和唐大娘子坐在榻上,唐大娘子将父亲敷衍得很好,替他斟了茶,还要仔细叮嘱"当心烫着"。

李宣凛的父亲叫李度,没有爵位可承袭,拜了个从六品的前行郎中,对自己的要求不太高，只要有个一官半职就行。靠着祖辈传下来的薄产，一家还算能够度日，他能力不高，但在儿子面前绝对权威，即便这个高大的儿子已经官封国公，但对他来说，父子之间的关系也没有什么改变。

李度见他进来，捋了一把胡髭上沾染的饼屑，拿眼神示意他坐下。

李宣凛没有挪步，只道："父亲传我来，不知有什么吩咐？"

儿子有点桀骜，做父亲的觉得不大顺眼，要是换了以前，打得也骂得，但如今他身上有了爵位，再要教训，就得看看官家的面子了。李度叹了口气，平息一下心里的浪潮，道："今日你舅母登门，替你说了一桩亲事，把你叫来，是想听听你的意思。"

李宣凛站在堂下听罢，没有任何表示，李度推算的"请父亲做主"并未出现，心下又有几分不快，看了唐大娘子一眼，道："我一时说不清，还是你同他说吧。"

唐大娘子放下手中的茶盏，端端坐正，对李宣凛道："我娘家表妹膝下有个女儿，琴棋书画样样精通，人也生得十分周正。她们家听闻你回上京了，还不曾娶亲，就托你舅母来说合。我原是想她父兄的官职都不高，身份和你不相配，但咱们是娶亲，娶妻娶贤，又不是要靠着岳家发迹，若是来个亲上加亲，也没什么不好。"说罢眼波一转，视线落在他脸上，又道，"父母之命，媒妁之言，古来就是这样，我和你父亲都觉得不错，其实定了也就定了。不过如今你不同往日，毕竟封了国公，官家没抬举咱们家成为国公府，已经是顾全你爹爹的颜面了。你的婚事，还是要听听你自己的意思，若是答应，择个吉日就过礼，若是不答应……那就再等等，或者有更好的门第也不一定。"

当然，"若是不答应"往后那段话，听听就罢了，毕竟前面长篇大论的前提，是父母已经觉得不错了。

李宣凛依旧淡淡的，半响才问："母亲与这位表姨母，感情如何？"

既然要塞自家的外甥女，感情必是不错，唐大娘子道："我与表妹自小交好，虽不是亲姐妹，但感情很深厚。"

李宣凛笑了笑："既然感情深厚，我却不能害了人家。我是武将，常年镇守边关，说不定什么时候有战事就得出征，战场上九死一生，能不能活着回来，谁也说不准。安西离上京千里之遥，到时候让人家跟我过去，难免离乡背井水土不服，若不去，夫妻分离十来年不能见上一面，等同守活寡，母亲于心何忍呢？"

这话说完，唐大娘子不由得怔了怔，居然有理有据，不可反驳。

"可你年纪大了，总要娶亲的。"唐大娘子蹙眉道，"难道还打算一辈子打光棍不成？"

父亲此时也来帮腔："我们李家人丁单薄，要是你大哥还活着，我也未必一定要逼着你成亲。如今开枝散叶的重任就落在你肩上了，你要懂得父母的苦心，给你说合亲事不是要害你，男大当婚，女大当嫁，早些成亲，先生个一儿半女再说。"

李度动用起父权，不会就事论事，一味只知道下死命令，有时候连唐大娘子都觉得他不得要领。说什么不能害人家，这些都是托词，不过是不愿意娶她的娘家人而已。唐大娘子脸上不是颜色，押了押袖子，有意怨怪丈夫："你莫浑说了，如今人家是国公，这头衔压也压得死你，你倒来充什么父母爹娘？"

这种阴阳怪气的话，李宣凛听得多了，凉笑一声道："母亲这样说，儿子不敢领受，父就是父，子就是子，我若是不敬父母大人，如今也不会在这里住着，早该筹备自己的府邸了。"

李度一听，气不打一处来，不由得抬高嗓门道："谢天谢地，你还知道人伦，没有爬到你老子头上去。我还是那句话，你要建府邸可以，成了婚再自立门户，我不管你。但若是没有成婚就想从这个家里走出去，那是万万不能的，我还活着，丢不起这个人。"

不论什么话题，最后都会发展成父子之间的矛盾，像个死局，无论如何都解不开。

也许是因为争吵声过大，惊动了门前戍守的人，一排牛高马大身着甲胄的禁卫大步过来，顿地之声轰隆作响，一直进到厅前，然后铜墙铁壁般伫立在那里。

高喉大嗓的李度噎住了，又惊又愤地直指门外："这是怎么回事？我在自己家里说话，他们要来拿我不成？"

李宣凛连头都没回一下，漠然道："他们都是我的随行官，护我周全是他们的分内事，请父亲消消气。"说着抬了抬手指，示意众人退下。

第二十一章

李度看着那群人重新退出门外，这才松了口气，虎着脸一哼："国公爷好大的官威，在家还要摆这样的谱，不知道的，以为我李宅是你安西都护衙门呢。"

唐大娘子的心思不在冷嘲热讽上，眼下只要盯着他的婚事，毕竟国公的爵位是她做梦都不敢想的，国公夫人的头衔与其便宜外人，不如便宜自己的娘家人。

"郎主少说两句，这里正谈正事呢，什么能比孩子娶亲要紧？"唐大娘子说罢丈夫，又来向李宣凛打探，"你攻打邺国立了大功，官家可曾说过要给你赐婚？"

李宣凛道："我回来方几日，朝中忙于接待邺国使节，官家哪里有空为我赐婚？不过年后空闲，万一有旨意也说不准，所以母亲暂且别为我操心了，免得两头撞上，到时候对不起人家姑娘。"

唐大娘子顿时讪讪，不悦之余又在盘算："官家不是不讲道理的人，若是家里为你定了亲事，难道还让你退亲另娶不成？"

李宣凛想了想，道："倒也是，不过违抗圣旨会祸及满门，到时候不光咱们家，连表姨母家只怕也会遭殃，究竟有没有必要涉险，还请母亲裁酌。"

这下唐大娘子无话可说，他搬出官家，任谁都要忌惮三分。可这样下去，岂不是要丧失安排他婚事的权利了吗？她转头看了丈夫一眼，冲他使了使眼色，李度在这方面很善解人意，立刻便问了一句："你心里可有中意的人选？若是有，也不必藏着掖着，先禀报父母，父母要是答应，把亲事定下来也未尝不可。"

李宣凛顿了下，说："没有，我常年在军中，军中都是男人，哪里来中意的人选？"

李度拍了拍大腿："那现在大可说合，趁着官家没有插手，先发制人，你自己回禀上去，官家自然有成人之美。"

唐大娘子鲜少觉得丈夫睿智，这回的几句话倒很称她的心意。

"你父亲说得是，婚姻大事还是自己看准的好。官家要是赐婚，姑娘的样貌出身必定错不了，但性情呢？规矩体统呢？若是脾气古怪，不好相处，退又退不得，到时候你受委屈不算，将来对待公婆也不知孝敬，那家风岂不是都要被她弄坏了？"

说来说去，官家的大媒也没有这位嫡母主张的强。李宣凛似笑非笑地望向唐大娘子:"母亲已经看准了表姨母家的姑娘,叫儿子来,只是知会一声吧?"

唐大娘子被他问得噎气,若说是,人家毕竟不是当初的毛头小子了,想压他一头很难,不说别的,先要忌惮门外那些该杀的贼兵,于是只好在人情世故上下手,语重心长道:"我这嫡母难做得很,若是放任不管,叫人背后说闲话,说你不是我亲生的,我不为你的婚事筹谋。"说着脸一拉老长,"你若是不要我操心也可以,除去记名,大家干净。"

李宣凛却一哂,深眸中寒光冷酷,半带威胁地说:"母亲不必为难,我不在乎别人说我是小娘养的。官家召见我时曾问过,嫡母和生母应当如何诰封,母亲若是想除名,那我就向官家陈情,单独为我小娘求个诰命的头衔,将来好享朝廷俸禄,也为家里节省浮费,一举两得,母亲以为如何?"

第二十二章

唐大娘子被他气得不轻，简直以为自己听错了，他要给生母讨头衔，绕开她这个嫡母？

她当初是下嫁李度，丈夫官职低微，自己自然也捞不着一个命妇头衔，如今这庶出的儿子封了国公，头一桩都得先尊她这个嫡母，无论如何一个郡夫人总跑不掉，现在可好，他打算拿这个来谈条件，只差没明说，若她插手他的婚事，就剥夺她这母凭子贵的资格了。

唐大娘子冷笑一声，对丈夫道："我活这么长，还是头一回听说正室不诰封，诰封妾侍的。官家是圣主明君，难道也如孩子一样不明事理吗？"说罢转头看了李宣凛一眼，"你也别拿这个来吓唬我，你要是果真这么做，我就去宣德门击一击登闻鼓，看看满朝文武怎么评断你这位国公爷。"

她说了些动气的话，似乎从未意识到如今堂下的人已经今非昔比，照旧还拿捏着嫡母的调性，对他指手画脚这不行那不行。

李宣凛上阵打仗时，什么刁钻的敌人没遇见过，即便是对线叫阵，也从不胆怯，难道会对付不了一个妇人？听着唐大娘子大呼小叫，他闲适地在一旁的圈椅里坐下来，淡声道："不是母亲说要除去记名吗？既然不想认我这个儿子，那么儿子带来的荣耀，想必母亲也不稀罕。"

唐大娘子越发气愤，一则后悔自己刚才意气用事，二则又真的有些忌惮，毕竟到了嘴边的肥肉，哪能这样轻易丢了？她的满腔怒火无处发泄，矛头又对准一旁目瞪口呆的李度，拍着榻几道："看看你生的好儿子吧，这是拿话堵我的嘴呢，我这嫡母还有什么威仪可言，你家的妾都要爬到我头顶上来了！"

李度这才回过神，又开始厉声责骂李宣凛："你的孝道在哪里，人伦纲常又在哪里？别以为你如今功成名就，我就不敢打你。从未见过你这样自甘下贱的人，好好的嫡母不认，情愿做个妾养的。"

李宣凛笑起来："我从军十来年，一向听说秀才遇到兵，没想到今日我竟做了一回秀才。父亲，车辘辘话也不必说了，母亲若是不愿意，我不去官家面前陈情就是，又不是什么了不得的大事，何必弄得脸红脖子粗？至于表姨母家的小娘子，母亲若是分外喜欢，邀到家里来相看倒也无妨，不过有言在先，凭我如今的身份，不图岳家有什么帮衬，但图将来的夫人能带出去见人，替我长脸。若是庸脂俗粉，就不必送到我跟前自讨没趣了。"说着起身拂了拂襕袍，那镶了金银丝的膝襕愈发衬得他长身玉立，李宣凛忽而又冷了眉眼，傲慢地说，"两姓联姻，总要讲究门当户对，我这样人才，委屈自己成全别人，那是十年前的事了。如今刀头舐血，手上攥着千百条人命，再去做小伏低，我倒是愿意，只怕人家没这个命消受。"说罢一振袖，转身大步走出厅房。

堂上的李度和唐大娘子面面相觑，唐大娘子愣了好久，待人影不见了才破口大骂："好个精贼，真是了不得，看看他那耀武扬威的模样，如今谁在他的眼里！"骂得不解气，又追到门口，"来不认得爹，去不认得娘，就算呇水喂养他，好歹养到了十几岁，眼下翅膀硬了，拿封诰的事来胁迫我，这世上还有什么天理王法……"话没说完，被李度拦腰抱了回来。

唐大娘子横眉冷眼，狠狠甩开他的手："做什么？我受了这鸟气，还不能骂两句泄愤？"

李度这时的脑子倒是清醒，说："快消消气，大过年的，闹起来不好看，门外还有几十号听墙脚的呢！你听我说，他毕竟打下了邶国，除掉了官家几十年的心头大患，官家赏他还来不及，他若是私底下和官家抱怨两句嫡母不慈，有一百种法子不给你诰封。还是忍一忍吧，好歹挣个头衔要紧，你不是常和我抱怨，以前闺中的朋友都有了诰命，只你没有吗？现在凤冠霞帔就在眼前，别为了这点小事触怒他，成不成？"

　　说着又来给她顺气，唐大娘子一巴掌拍开他的手，咬着后槽牙冷笑道："这倒好，我竟是要忍气吞声过日子了。今日替他说合亲事，哪一点害了他？说到最后弄出这一肚子气，真是个不识好歹的东西！"

　　李度也瞧出来确实是有谋私的，只因为他向来惧内，夫人说什么他也不敢反驳。遥想当年他让妾室怀了身孕，唐氏差点拿刀砍死他，这样恐怖的经历他是怕透了，也悟出一个道理来，要想家宅平安，首先就是让这正室夫人痛快。

　　琢磨半响，李度终于得出了一个结论："想来……他心里大概是有了喜欢的姑娘，说不定是陕州女子，所以对在上京娶亲这件事如此不上心。罢了，儿孙自有儿孙福，他要是想娶个山野村姑，只要他不怕招人笑话，咱们还怕什么？你就别再为他操心了，反正他日后也不敢不孝敬你，你只管保养好身子，等着做封君就行。"

　　唐大娘子听他这样说，慢慢也刹了气性，长出一口气，有些哀怨地说："只怪我儿死得早，要是活到今日，哪里容得他来给我气受！"

　　罢了罢了，总是三十年河东，三十年河西，小时候的闷葫芦长成了蛮牛，连他这个做爹的在面前也只能虚张声势，自小待他不怎么样的嫡母，要求就不要过高了，只要他能念着名分给她该得的，说实话就很不错了。

　　初五这日，易园开门就接到了鹤卿送来的两只貂鼠，好蓬松厚实的一身毛，果然是说到做到。

　　仆妇打理好，拿细竹篾撑开皮子晾晒，送到院子里给小娘子过目，赵嬷嬷笑着说："大公子想是天不亮就出去狩猎了，年轻人就是精神好，要是换了我，半夜里眼睛都睁不开,更别说黑灯瞎火地找猎物了。"

明妆站在台阶上,笑着说:"皮子是好皮子,就是这天暖和得快,等晾干做成卧兔儿,怕是要明年才能用了。"

商妈妈打趣道:"依我说,索性留下吧,等到今年入冬,赠姝娘子一个,余下那个留到后年,小娘子自己也该用上了。"

明妆没有女孩子扭捏的那股劲,爽快地说:"等我要用的时候,让鹤卿哥哥再给我打两个。"说完吩咐仆妇,把皮子拿到通风的地方去。

太阳一点点升高,到了日间最温暖的时候,忽然发现花坛里一株海棠发了嫩芽,尖尖的一点新绿点缀在枯朽的枝丫上,很有新生的蓬勃朝气。烹霜举着铲子来松土,入秋时搬挪的梨树长得比原来更好了,天气转暖,把僵硬的泥土松动一下,埋上些肥料,可以保证开花不减先前。

明妆站着看了一会儿,过节这几日一直歇着,也到了重新筹划香水行的时候了,正打算进去翻账册,门上婆子进来回话,说:"小娘子,翼国公又来咱们府上了,说有要紧的话想同小娘子说。"

赵嬷嬷一听,忙道:"小娘子不必管,我去挡了吧。"

明妆原也是这样想的,但几日冷静下来,又觉得避而不见,甚为不妥。自己虽和仪王达成交易,但日后总免不得在各种场合再见翼国公,到时候因话没说清楚,反而尴尬,与其这样,倒不如见一见。

"还是我去吧。"她整了整衣裳,又抿抿鬓发,振作起精神往前院去了。

进门见翼国公站在厅上,不像上回邀她赏灯时那样松散,眉宇间分明有局促的味道。明妆依旧笑容可掬道:"公爷坐呀。"又吩咐煎雪,"泡湖州带回来的顾渚紫笋,款待公爷。"

煎雪听令,福身退下去预备,明妆回身道:"公爷今日得闲,来我这里坐坐?"

翼国公勉强一笑,算是应了,心不在焉地落了座,迟迟看她一眼,千言万语不知从何说起,最后化成脸上的颜色,暗暗叹了口气。

明妆知道他现在的心情,但自己不好起这个话头,等煎雪将茶送上来,只管热络地请他尝尝。

翼国公此来不是为了品茶，这顾渚紫笋也喝出了满嘴的苦味，犹豫再三，还是决定不要从那么令人难堪的话题切入，只道："除夕那日和小娘子约定过，要去梁宅园子饮茶，我问了四哥，他和芝圆这几日都闲着，如果小娘子愿意，我让人定下今晚的酒阁，正好梁宅园子出了几样新菜色，请小娘子过去品鉴品鉴。"

这样的邀约，已经不合时宜。明妆摇头道："今日我要去外祖母家，实在不得闲，别因我扰了好兴致，你们去吧。"

话刚说完，就看见翼国公眼里的星辉暗淡下来，都是聪明人，知道这样的拒绝意味着什么。

"我……我今日来，其实不光为了邀小娘子去梁宅园子品茶。"他鼓了半天的勇气，才算言归正传，"初一那日我真是半道上遇见了应小娘子，并不是事先与她约定赏灯的。"

明妆"嗯"了一声，道："我知道，公爷那日说了。"

翼国公有点着急，他想阐明的并不只是这点，可她有意含糊，分明是不想与他深聊。

说放下，实在是放不下，并不是因为感情有多深，只是出于不甘心，更是因为天潢贵胄习惯性的事事如意，如果错失，不知要懊丧多久。这几日，他是真的有些食不知味，明明已经下定决心要向她提亲了，谁知半路杀出个应宝玥，把这件事搅黄了。

应当是黄了吧……他不敢确定，自己觉得很亏心，但不知她究竟是怎么想的，于是壮起胆，好歹再试一试。

翼国公平了平心绪，把心里话一股脑说了出来："小娘子还不了解我的为人，我面嫩，不知道怎么拒绝别人，应小娘子那样……我推了好几次，推不开，没有让她知难而退，是我的错。但请小娘子相信，我绝不是那种轻浮孟浪的人，除夕那日，我已经托付汤夫人，让她替我向我母亲陈情，我是实心实意想向小娘子提亲的，谁知横生枝节，弄得这样不体面。我知道，小娘子现在对我恐怕没有任何好感了，可我还是要说一句，有时候眼见不一定为实，如果小娘子愿意再给我一个机会，我可以立誓，今后绝不与应小娘子有任何牵扯，请小娘子放心。"

然而没有应宝玥,也许还有张宝玥、王宝玥。只有千年做贼,没有千年防贼的,再来一次,到时候又能怎么样?明妆也不急,缓声道:"公爷不要这样说,你我原本就没有深交,如果就此草草提亲,对你对我都不好。我看得出,应小娘子很喜欢公爷,一个姑娘愿意大庭广众下那样对你,何不好好珍惜呢?至于我……芝圆看我孤寂,忙着要给我做媒,那日我答应去梅园,是及笄后头一次出席贵女云集的场合,本意不过是露个面罢了,并不一定要有什么结果。所以还请公爷释怀,不要将这件事放在心上,更不用觉得愧对我。"

她把关系撇得很清,翼国公眼里的光逐渐熄灭,到最后不由得感到悲怆,终究是失之交臂了。

明妆原想再说些什么,但又觉得说什么都多余,只好岔开话题,打听一下高安郡王的婚事筹备得怎么样了。

翼国公道:"应当差不多了,三月里成婚,耽误不了的。"再坐下去,如坐针毡,他只得站起身辞别,"拜会过小娘子,把我心里的话都说了,我也算了了一桩心事。只可惜没得一个好结果,或许这个遗憾会伴随我一生,也算对我的警醒,将来不要再犯这样的错了。"

其实翼国公真算得仁人君子,毕竟这样的出身,若是一意孤行向易家提亲,易家那群虎狼亲戚为了巴结,未必不会答应。

"公爷这么好的人,将来必有好姻缘,明妆只是过客,公爷不必耿耿于怀。这上京说小不小,说大也不大,日后要是再遇上,咱们大可坦然些,反正话都说开了,不是因为别的,只是没有缘分罢了。"

翼国公听她这样说,遗憾之余也无可奈何,颔首道:"你说得是,既如此,确实不用耿耿于怀了。"说罢勉强笑了笑,"无论如何,能结识小娘子是我之福,来日若还有机会,一定完成那日的约定,请小娘子再喝一杯茶。"

明妆说好,见他拱手作别,亲自将人送到门口。

大约因为年少吧,伤感来得快,去得也快,翼国公又是一副明朗模样,站在耀眼的日光里,回身笑着问:"三月初八,四哥和四嫂大婚,到时候小娘子也会参加婚宴吧?"

明妆说："会，芝圆的母亲是我干娘，芝圆如我亲姐姐一样，到了那日我一定要送她出阁的。"

"那我就做四哥的傧相，陪他去接新妇。"没有再见的理由，借着迎亲远远看一眼也好。

话说到这里，就该放手了，他接过小厮递来的缰绳，翻身上马，那绒座柔软，他得费很大力气才能保证挺直脊背。

他走了好远，不敢回望，如果见她还在目送，心里该有多少不舍！但若是门前空空，那么就是更大的失望，头一次对一个女孩子一见钟情，结果闹得惨淡收场，心里的郁塞无边大，却不知道该去怨怪谁。怪应宝玥轻佻？还是怪自己不懂拒绝？后果已经酿成，再说什么都是枉然。

身边的小厮见他垂头丧气，想方设法来鼓励他："公爷别伤心，易娘子还在气头上，难免不好说话，等过阵子气消了，没准就想明白了。依我说，公爷这样的人品才学和出身，配她绰绰有余，将来想找见比公爷更好的郎子，怕也不容易。所以公爷耐着性子等一等，下回见面，说不定易娘子回心转意了也未可知。"

翼国公听后，苦笑道："满上京那么多王侯将相，你以为他们都不长眼睛吗？怕是等不到她回心转意，就被人聘走了。"

意兴阑珊、长吁短叹间经过榆林巷口，忽然听见传来一阵吵嚷声，有人高声质问："人在不在，让我进去瞧一瞧就知道了。我今日不是来寻衅的，只想问一问郡王，那日究竟对小女说过什么。平白死了个女儿，打听内情告慰我这老父，总没有错吧？"

翼国公勒住缰绳朝巷内看，豫章郡王府前，一个身着公服的官员在门口吵闹，几番硬闯都被门前的家仆拦下，定睛看，是观察使贺继江，除夕那日坠楼宫人的父亲。

小厮望着沸腾的场景啧啧道："有什么话，迎进去说多好，何必让人看热闹。事情宣扬起来，监察御史会上报官家吧？那郡王岂不是要惹上麻烦了？"言罢转头问翼国公，"公爷，咱们要不要过去看看？"

翼国公却说："不必，事关人命，既然贺观察能闹上门，其中必定有内情。

连大哥都避而不见，我又去凑什么趣？"说着调转马头，慢悠悠走开了。

还是不能从错失姻缘的困顿中挣脱出来，别人门前的闹剧，和他没有什么相干，回到府邸也提不起兴致，坐在月洞窗前茫然翻动着书页。春风带着凛冽，他摸了摸手指，指尖微凉，正想起身，见小厮引着黄门从木廊过来，到了台阶前，向上拱手道："公爷，淑仪娘娘命小人过府传话，请公爷即刻入禁中一趟。"

翼国公蹙眉望过去，那是张淑仪阁中的小黄门，专做跑腿之用。他放下手里的书，隔窗问："有什么急事吗？"

小黄门那缺了牙的嘴，咧出一个俗套的笑，搓着手说："公爷只管去就是了，反正是好事，嘿。"

第二十三章

好事，能有什么好事？翼国公站起身，将书随手扔在一旁，道："我今日乏累得很，一定要现在进宫吗？或者你带个话给淑仪娘娘，就说我病了，明日再入禁中向她请安。"

小黄门很为难，笑也变得讪讪的："公爷，小人是奉命来请公爷的，若是公爷不肯进宫，淑仪娘娘怪罪下来，小人担待不起。还是请公爷勉为其难无论如何去一趟，这一去，小人担保公爷不会后悔……"说罢又眨巴两下眼，言之凿凿道，"真的！"

翼国公叹了口气，低眉垂眼问："可是又有人在淑仪娘娘面前提起我了？"

小黄门自然知无不言，忙道："是，孙贵妃和枢密使夫人这会儿正在移清阁中饮茶呢。"

说起枢密使夫人，翼国公顿时激灵了下："汤夫人入禁中了？"

小黄门见他眼里放光，赶紧一迭声说是，又赔着笑脸道："时候差不多了，公爷出门吧，让贵妃娘娘久等了不好。"说完又给一旁的小厮使眼色，"快些，给公爷预备车辇呀。"

乘车太慢,自然还是骑马入禁中更方便。翼国公平常是慢性子,万事不着急,火烧眉毛了都可以不慌不忙,但这次不一样,他披上斗篷时,两手还在微微颤抖,脑子里千般念头跑马灯一样经过……除夕那日,他曾托付过周大娘子,本以为鹤卿一定会在母亲面前抱怨,这件事大抵也不能成了,没想到今日周大娘子居然会入禁中。是不是明妆的意思没有转达给周大娘子?还是周大娘子作为干娘,权衡利弊下仍旧打算促成这门婚事?

他心里乱起来,不敢相信穷途末路后乍遇柳暗花明。也许周大娘子入禁中之前,已经同袁家的人商谈过了,明妆有个疼爱她的外祖母,为了她的前程考虑,大约还愿意给他一个机会。

思及此,他心里几乎开出花来,跨马扬鞭一路疾驰到东华门。下马、扔鞭,一气呵成,三步并作两步入后苑,顺着太液池一路往东进了移清阁,甚至因脚下止步不及,闯入正殿时险些冲撞了宫人。

"哎哟!"阁内的主事韩内人忙上前搀扶了一把,含笑明知故问道,"公爷这是怎么了?慌慌张张的。"

翼国公来不及解释,只管探头张望:"阿娘在哪里款待贵客?"

韩内人转身朝后面指了指:"请入后花厅了,我引公爷过……"

"去"字还没说完,人已经疾步跑开了。

后花厅中,宫人环绕侍立,轻纱壁幔随风轻扬。今日张淑仪点了降仙春,优雅的香气在院落中盘桓,被风一吹,迎面芬芳。

花厅里的贵妇们还在说笑,张淑仪的声音传出来,语调轻快地说:"我已经多年没有出过宫了,外面如今怎么样,一概不知道。与旧时闺中的朋友,来往得越来越少,你要是常来看我,我高兴都来不及呢。我想着,我这一辈子锦衣玉食也受用尽了,没有什么好担忧,唯一要操心的是两个孩子。浓浓还好些,下降之后夫妻和睦,前几日进来,说已经怀上身孕了。剩下的就是云桥,这孩子有些书呆子气,自立府邸后掌家未必严,要是身边有个把没分寸的,唯恐带坏了他。"

陪坐的人顺势应承道:"等公爷娶了亲,府里有个当家主母,那就没什么可担心了。"

站在花厅外的翼国公心跳如雷,暗想周大娘子这回来,果真是为了保媒,看来这团死灰,还有复燃的机会。

只是他脚下踟蹰,有点不敢入内,还是里面出来的小殿直长行见了他,忙退身行礼,复向内通禀:"公爷来了。"

里面说话的声音矮了下去,他整顿一下心绪,迈进花厅,进去就见贵妇们在榻上坐着,周大娘子起身纳福,笑着道了声"公爷新禧"。翼国公忙拱手还礼,又给贵妃和母亲行礼。

张淑仪很疼爱这个儿子,望向他的目光温软,和声问:"这几日都在忙什么?初一见过一次,就再没入过宫。"

翼国公笑了笑:"也没忙什么,以前的旧友都回京过年了,连着几日约在酒楼宴饮,都是些人情往来的俗事。"

张淑仪朝孙贵妃一笑:"娘娘听听他的话,如今真是长大了,我还怕他不懂结交朋友,没想到竟日日有应酬。"

孙贵妃是个纤丽脱俗的美人,即便上了一点年纪,也仍有曼妙的风韵,笑道:"他今年都多大了,只有你还当他是孩子。"说罢指了指圈椅,"五哥,快坐下吧,今日让你阿娘请你进来,是有好消息要告诉你。"

这好消息是一捧火,让他的心都燃烧起来,可他不敢造次,更不敢显得轻浮,沉稳道:"是,今日一早就听见喜鹊叫呢,不知是什么好消息?"

张淑仪偏过身子,惯常先是一通开场白:"你如今不在禁中住了,一个人建了府,我总是不放心,早些娶妻生子安定下来,阿娘才能安稳过日子。今日贵妃娘娘替你保大媒,说合了一桩好亲事,我听了觉得很不错,就想把你叫进来,咱们在这里商定了,再派人回禀你爹爹。"

孙贵妃牵了牵画帛,第二回做媒也算有点经验了,上来先把姑娘一顿夸:"那小娘子是贵女,出身很有根底,生得一副好相貌,待人接物也是一等一的周全,与你很相配。细说来,你们是认得的,又都到了议婚的年纪,良缘难觅,既然合适,就千万别错过。所以今日我受人之托来说合,都说做媒是行善积德,成全你们之余，我也给自己攒些福报。"

保媒总有一套例行说辞，换了平常，翼国公可能会有些不耐烦，但今日不一样，他空前地有耐性，心里暗忖着，大约是周大娘子特意托付孙贵妃，否则孙贵妃如此清高的人，哪里会管这种闲事。

他向周大娘子投去感激的目光，很庆幸她还愿意帮自己。早前他一直担心母亲会因明妆无父无母而反对，现在看来，似乎是杞人忧天了。

然而周大娘子却避开他的视线，若无其事地低头饮了口茶。

那厢张淑仪还在说："这样很好，嘉国公与贵妃娘娘母家沾亲，不说贴着心肝，总是知根知底。且嘉国公早年有功勋，官家对他很是信任，朝中文武大臣也都敬重他，我们五哥有这样的岳家，是他的福气。那个应小娘子，太后圣诞那日随她母亲入禁中，我还见过一面，果真是好标致的模样，人也落落大方，我看着很喜欢。"

翼国公的脑子"嗡"的一声炸了，闹了半天，她们口中那个姑娘并不是明妆，竟是应宝玥！他不可置信地望向周大娘子，很想质问她究竟是怎么回事，可周大娘子一副置身事外的模样，由头至尾并未提及应宝玥，让他有些摸不着头脑。

见他不言语，孙贵妃和张淑仪转头看向他，张淑仪道："五哥，嘉国公家的小娘子你是认识的，你瞧她怎么样？要是喜欢，咱们就把人聘回家，好不好？你爹爹那里你只管放心，他不问许多，只要你看中就好。我想，你今年封了国公，将来再有些建树，爵位还会抬一抬，偌大的家业需要一位能干的主母来主持，娶得贤内助，你不知要省力多少！我在禁中，照应不到你，若是有岳家看顾你，不光是你的福气，也是我的福气。"

三双眼睛都盯着他，众人都在等他回答，可他却神不守舍，不便断然拒绝，只能勉强敷衍："我还未想过娶亲的事，现在议论，太早了……"

孙贵妃失笑："官家在你这个年纪都有你大哥了，哪里早？你们生在帝王家，帝王家繁衍子嗣最要紧，早些定下亲事，让你阿娘放心，也是你做儿子的孝道。"

他茫然无措，到最后也说不出个所以然来，张淑仪眼看孙贵妃有些下不来台，忙解围道："这孩子，这么大了，还是一味害羞，听说要给他说媳妇，他就慌了。"

周大娘子这时才开口，笑着说："年轻人脸皮薄，两人又都认识，冷不丁要结亲，难免慌神。"

孙贵妃见他还不应，只好自己找台阶下，道："这有什么不好意思的，男婚女嫁不是天经地义的吗？五哥不愿意表态，咱们也不能逼着他，让他想想吧，等想明白了再知会我不迟。"她边说边站起身，披了披袖子对周大娘子道："咱们回吧，我那里得了几匹西疆上贡的稀奇缎子，你带回去，给芝圆做两件新衣裳穿。"

周大娘子笑道："她那么多衣裳，娘娘还惦记她呢。这孩子眼下胡天胡地，都是娘娘惯的她，昨日要在院子里垒狗窝，让人运了好些木料进来，我不许，她还和我闹上别扭了。"

孙贵妃就喜欢芝圆的性格，她自己没有生育，一直拿养女当亲生的一样，孩子越是活泛，她越是喜欢。

"由得她吧，垒个狗窝而已，做什么不让？"孙贵妃嘴里说着，又和张淑仪道别，"我先回去了，你们再商议商议，回头派人给我递个消息。"

张淑仪道一声好，一直将她们送出花厅，周大娘子朝她行了一礼，方和孙贵妃并肩走出移清阁。

路上孙贵妃和周大娘子抱怨："我看这五哥怎么呆呆的？白在市井中混迹那么久，说起定亲就愕着，像海子的鹿。"

周大娘子不好说什么，只道："心思在做文章上头吧，提起成亲倒蒙了。"

孙贵妃凉笑一声："你先前不是说，鹤卿在瓦市上碰见他和宝玥了吗？既然很亲近，那结个亲不是正好吗？嘉国公夫人来托付我，我原想着不知能不能说得上呢，听你这么一提，觉得十拿九稳，结果事到临头，他倒不出声了。"言罢又摇头，"李家的子孙啊，就是受人追捧惯了，玩得过于尽兴，反倒不想成亲。"

周大娘子应道："是，毕竟凤子龙孙，眼界高着呢。"

两人慢悠悠走回孙贵妃的凤鸣阁，又略坐一会儿，周大娘子方从阁中退出来，顺着夹道往南出东华门，正要登车时，忽然听见有人叫了声"大娘子"。她回身一看，见翼国公疾步走过来，到了跟前，拱手道："大娘子入禁中，我以为是为了那日我托付的事，但不知……人选怎么变成了应小娘子？"

年轻人很着急，脸颊潮红，鬓角汗气氤氲，周大娘子倒觉得他有些可怜，如实告诉他:"我今日入禁中,不是为了那件事,是芝圆要出阁了,来和贵妃娘娘商议陪嫁的事。恰好贵妃娘娘说嘉国公夫人进来托她说媒,就拉着我一道去见了张淑仪。所以她们商议,我并没有插话,毕竟初一那日公爷与应小娘子逛了瓦市,我想着公爷大约对应小娘子也有些意思,我要是贸然插嘴,岂不是坏了你们的姻缘?"

翼国公听得丧气,话已经说不清了,又气又恼,顿足不已道:"我真是冤枉透了!"

关于应宝玥的为人,周大娘子没少听芝圆抱怨,因此多少有些耳闻。可惜翼国公和高安郡王兄弟俩性子大不相同,翼国公分明没有那个气魄与送上门来的女子划清界限。这也是无缘,周大娘子少不得安慰他两句:"其实我问过明妆的意思,她没有松口答应,公爷犯不着遗憾。你们的姻缘不在对方身上,将来成全两对,那是老天爷的安排,顺应天意就成了。"多的话不好说,便虚打一声招呼道,"天要晚了,公爷快些回去吧。"言罢让了让礼,登上自家的马车往安州巷去了。

翼国公站在那里,垂着双手长叹一口气,没想到事情会发展成这样,那个应宝玥以前对他也没有什么兴趣,不知怎么回事,忽然就热络起来。自己并未看上她,但稀里糊涂就是甩不脱,简直让人莫名其妙。反正这桩亲事他不想答应,暂且搪塞着吧,不去提亲,应家也拿他没办法。

但他好像算错了应宝玥的决心,第二日,他从资善堂出来,被应宝玥堵在大门外,她不由分说地钻进他的马车,四目相对,她的眼睛肿得核桃一样,带着哭腔质问他:"我有什么不好,你看不上我?"

翼国公被她逼得连连后退:"我没……没有看不上你,我只是……"

"只是什么?"她步步紧逼,把他逼到角落里,"昨日我阿娘入禁中托付孙贵妃,你为什么不给一句准话?我是姑娘,已经如此主动了,你却推三阻四,分明不给我面子。"

这是面子的问题吗?这是一辈子的问题。翼国公说:"应娘子,你到底要干什么?不明不白让我百口莫辩,你是故意的吗?"

应宝玥说:"是,我就是故意的,你喜欢那个易明妆,是不是?那个孤女,除了一张漂亮脸蛋,还有什么?她父亲到死都没洗清侵吞军饷的嫌疑,你是皇子,为什么要和她搅和在一起?"

翼国公气不打一处来:"这是我的事,与你何干?"

"本来与我无干,现在与我有干,因为我决定嫁给你。"

真是滑天下之大稽,翼国公那张清俊的面孔上浮起嘲讽的笑:"你要嫁给我,我就必须娶你?"

应宝玥大哭大闹:"你要是不要我,那日就不该和我大庭广众下勾肩搭背。"

"是我要与你勾肩搭背的吗?是你自己凑上来,我连推都推不开你。"他也恼了,这几日受的冤枉气几乎都源自她,他不明白,原本毫无牵扯的两个人,为什么要被捆绑在一起。

结果应宝玥不说话了,两眼发光地望向他,因彼此离得很近,能听见她不服气的鼻息。翼国公有点怕,他没见过这阵仗,一个女子,要吃人似的。正在他暗暗挪动身体,打算脱离这可怖的境地时,忽然眼前的脸无限放大,一个软绵绵的东西狠狠啄在他的嘴上。

他一时怔住,还没反应过来,就听见应宝玥泄愤地哼道:"你我现在亲过嘴了,看你还有什么话说!"

翼国公蹦起来,猛地一把推开她:"小娘子请自重!"

可惜车厢里转挪不开,他没能挣出去,应宝玥说:"李霁虹,你要是敢不认账,我就让我爹爹去找你爹爹,请官家为我评理。"

这简直是个噩梦,翼国公觉得五雷轰顶:"为什么是我?"

这个问题问得很好,因为应宝玥也答不上来,大概就是抢来的瓜更甜吧。她思忖道:"我想当翼国公夫人,若我当不上,别人也休想。"

翼国公已经不知道该用什么话来羞辱这个女人了,咬牙道:"小娘子是嘉国公嫡女,怎么能做出这种事?你没读过书吗?不知道礼义廉耻吗?"

结果这话彻底触怒了她,她瞪了他半天,忽然抬手解开自己半臂的领扣,翼国公吓得失声:"你又要干什么?"

应宝玥道:"公爷不是说我不知礼义廉耻吗?既然如此,我就不知给你看。"

因为挣扎，马车剧烈摇晃起来．守在车旁的小厮抓耳挠腮，苦苦央求："应娘子，手下留情啊！公爷……公爷……这可怎么办……"这时，恰见仪王从宫门出来，小厮没命地喊起来，"王爷！王爷！快救救我家公爷！"

仪王闻声顿住步子，脸上带着犹疑，边走边打量这发了疟疾般摇摆的车辇。到了近前，听清男女混杂的叫喊，他顿时大皱其眉："光天化日之下，当街……不怕有伤风化！"

小厮哭喊道："不是的，是应娘子欺负我家公爷，她截住马车，钻进去了。"

话才说完，翼国公披头散发地从里面爬出来，气喘吁吁道："这打马球的疯妇一身蛮力，真是白日见鬼！"

仪王不说话了，负着手挑着眉，转头看垂帘下探出的半截身子。

衣衫不整的应宝玥痛哭流涕道："仪王殿下亲眼所见，可要为我做主啊！"

第二十四章

翼国公已经顾不得什么风度了，大声道："我把你怎么了，你就敢让我二哥为你做主？是你闯进我的车辇，对我不恭，难道错还在我吗？"

他有了自己人壮胆，腰杆比独自一人时要硬，应宝玥并不与他理论，冲着仪王哭起来："仪王殿下，你都看见了，孤男寡女在马车里半日，单单是坐着都要让人议论，何况我现在这样！"说着她走下车，比了比自己散乱的衣襟，"你瞧，你觉得五哥浑身长嘴还说得清吗？我是好人家的女儿，可不是外面勾栏的粉头，任由男子作践。"

仪王觉得很难办，对插起袖子看向翼国公："五哥啊，这就是你的不是了。应小娘子说得对，姑娘家名节很要紧，你是男子汉大丈夫，应当担负起责任来。"

翼国公张口结舌："二哥，是她……她自己要纠缠上来的，我对她从来没有任何邪念啊。"

"可是……"仪王瞥了马车一眼，"你们在里头摇晃了半日，我看车的榫头都要散开了，你说你们二人什么事都没有发生，我自然是信你的，但说给外人听，外人未必相信。"

当头好大一口黑锅罩下来，砸得翼国公眼冒金星。

"这世上还有什么公道可言？"他怒极反笑，困兽一般在原地转了两圈，"身为男子是我的错，无端被人缠上也是我的错！"

仪王同情地望着他，说："可见有时候真相并不重要。"然后一副"认命吧"的表情，拍了拍翼国公的肩。

应宝玥不愿意自己得个赖人的名声，整了整衣襟道："仪王殿下也别怪他，其实我和公爷已经论及婚嫁了。"

仪王很意外，朝翼国公拱手道："还有这样的事？我是才听说，还未来得及向你道喜……"

可那拱起的手，很快被翼国公压下来，耷拉着眉眼说："二哥快别打趣了，什么论及婚嫁，分明就是她家托了孙贵妃来说合，我还没答应呢。"

女家托人保媒，男家不愿答应，仪王听着他们的话，眼里的惊讶之色愈发明显，最后千言万语化作一句："年轻人，果真'推陈出新'啊！"

翼国公百口莫辩，什么叫"推陈出新"，明明是应宝玥心机深沉，算计上他了。

然而还没等他辩解，应宝玥就道："初一那日咱们在东瓦子赏灯，连我爹娘都知道了，你若不想认账，那就让官家做主吧，我想官家一定会给嘉国公府一个交代的。"

这下仪王爱莫能助地看了看这位兄弟，叹道："爹爹最恨皇子倚仗身份，横行无忌，要是消息传到爹爹耳朵里，可不是好事，何必引得他大发雷霆？"说罢又好言对应宝玥道："小娘子消消气，婚姻大事要慢慢来，心急吃不了热豆腐。五哥这头交给我，我再慢慢与他说，一定会给小娘子一个满意的答复，成不成？"

有了仪王这句话，应宝玥才肯善罢甘休，瞥了瞥翼国公道："那我就等着公爷的好消息了。"说罢朝仪王福了福，由自家女使搀扶着，往嘉国公府的马车去了。

翼国公憋得面红耳赤，不屈地指着她的背影道："这算什么，竟是要逼婚？"

仪王叹了口气，道："都说女子势弱，但要是像她一样豁得出去，处于劣势的就是男子。没办法，谁叫咱们身份与人不同，自己的好与坏都是小事，帝王家的颜面才是大事。既然应家已经托付贵妃,那贵妃势必会在爹爹面前提起,若是嘉国公再参你一本,说你始乱终弃……"说着不敢设想,摇头道,"五哥,你多加保重吧。"

翼国公被他说得悚然:"就没别的办法了吗?"

仪王缓缓摇头道:"嘉国公的爱女,不是外面贪慕权势的女人,两家本来就门当户对,爹爹会听你的辩解吗?"顿了顿,又有心问他,"还是你心里有了别的姑娘?若是有,倒也好办,直接向爹爹陈情,就说对应小娘子无意,请爹爹为你指婚,便能彻底摆脱应娘子了。"

但这样一来,就把明妆推到了风口浪尖,应宝玥说得没错,密云郡公当初私吞军饷的案子到最后成了悬案,官家要是听说这门婚事牵扯上易家,势必不能答应。再说明妆已经拒绝,自己一厢情愿,恐怕会招来她更大的反感。

在舌尖上盘桓的名字最终还是咽了回去,翼国公不胜唏嘘,垂头丧气地说:"没有,没有别的姑娘。"

仪王脸上浮起满意的笑:"果然没有吗?没有就好,求而不得的姻缘最是伤人,既然如此,就坦然些吧,应娘子出身不错,长得也还算漂亮,就是缺了几分端庄……往后好好教导,应当会稳重起来的。"

翼国公感受到灭顶般的灾难,惨然地望着仪王道:"二哥,应小娘子的口碑……我哪里降得住她!"

仪王正色道:"你是天潢贵胄,不是寻常公子王孙,闺阁之中,不管她怎么野,有了闪失是她爹娘管教不当。但出了阁,那就不一样了,李家的人不容出错,出了错须得狠狠受教。你要是教不好,就托付淑仪娘娘,放在移清阁学上两个月规矩,不稳当也稳当了。"

反正这算一个办法,当命运无法扭转时,只好学着享受它。翼国公无可奈何,垂首嗟叹不已:"天底下的人若都这样谋求姻缘,乾坤就乱套了。"

仪王反过来安慰他:"正因为你是李家子孙,不能不顾及颜面,倘若换了一般门第,哪个吃她那一套?"

总之这事情叫人哑巴吃黄连,兄弟两人各怀心事,顺着长街并肩走了一程。

眼下这事已经翻盘无望，翼国公又想起昨日路过甜水巷看见的情形，转头问道："二哥，贺观察怎么上大哥府上闹去了？她女儿的死，难道与大哥有关？"

仪王蹙了下眉，负手踱着步子道："内衙确实查到大哥头上了，初二那日，我和俞白入禁中询问进展，为这事商讨了很久，原想保全大哥的体面，想办法绕开他盘问，但这事不知怎么泄露出来，想必是内衙侦办的人嘴不严，或是受询问的人宣扬出去的。贺观察死了女儿，不免暗里使劲，一旦得知些风吹草动，自然就按捺不住了。"

翼国公的心思还是纯良，没有想那么深，只是忙于为大哥担心："爹爹知道了吗？"

仪王苦笑道："闹得满城风雨，爹爹能不知道吗？原本内衙已经将查得的实情回禀上去了，看爹爹的意思，大约是想压下来，但如今火头太大，压不住，接下来大哥怕是要受些委屈了。"

翼国公是两耳不闻窗外事的人，对朝中的动向也后知后觉，他想不明白向来谨慎的大哥，为什么会和一个宫内人产生瓜葛。

仪王见他满脸不解，倒也很愿意把审查的结果告诉他："在咱们兄弟眼里，大哥忠勇正直，是我们大家的表率，但面向阳光，背后必定有阴暗。内衙查出他曾逼奸贺内人，勒令她监视内廷的一举一动，贺内人求告无门，又担心自己的言行牵连家里人，因此一再隐忍。但人嘛，总有孤注一掷的时候，想是真的忍无可忍了，才选在除夕那夜以死相争，这样官家才会重视，内衙才会彻查，她的冤屈才能大白于天下。"

翼国公听得哗然："这……这也太出乎预料了！贺观察是得知了内情才去郡王府闹的？难怪大哥和大嫂都避而不见。"

仪王道："大哥也是倔脾气，只求爹爹重审，可如今死无对证，内衙已经查出经纬来了，还要怎么审？其实贺观察登门质问，应当先行安抚，流言在市井中传播太广，爹爹就算有心掩盖，也掩盖不住了。"

"果真……"翼国公喃喃着，实在想象不出长兄会做出这种事，"窥伺御前是大罪，大哥难道不知道吗？"

仪王放眼望向天边流云，无情无绪道："爹爹有八个儿子，大哥是长子，爹爹向来器重他。或许是他有孝心吧，爹爹入秋后身体不好，他留意御前是为了关心爹爹，只是方法不当，犯了大错而已，也不是不可原谅。"

"不是不可原谅？"翼国公道，"二哥也太心善了，关心爹爹，每日请安就是，用得着让人监视爹爹吗？况且他逼奸宫人，难道这也是为爹爹好？"

仪王无言以对，确实，这完全是为一己私欲，且办事无脑，不似平时作风，但人就是有这么荒唐的时候，素日再沉稳又怎么样？面对权柄时失去理智，别人不能体会不要紧，官家能体会就行了。

"算了，不谈这个了，听天由命吧。"仪王又冲他笑了笑，"我看你的婚事，不日就要定下来了，定下来也好，男人成了家就长大了，家中有个镇宅的主母，你也好少操些心。"

翼国公凉凉哂笑道："这样的婚事有什么可期待的？早知如此，从上年说合的亲事里随便挑一个，也比娶应宝玥强。"

但人的姻缘就是这么奇妙，你避如蛇蝎，她紧追不舍。在仪王看来，应宝玥与他还是很般配的，说不出哪里配，反正比易明妆配，就对了。

几日之后，终于传出翼国公与嘉国公嫡女结亲的消息。

"你说这是命吗？"午盏站在廊庑上，和给花树浇水的烹霜闲谈，"那日翼国公还来求见小娘子，一口一个与应家小娘子没什么关系，结果这么快竟定亲了。"

煎雪啧啧道："嘉国公有功勋，日后能帮衬女婿，我觉得人家结亲也是应当，不来惦记我们小娘子，我们小娘子才能找个更好的郎子。"

话音才落，一个小小的黑影蹿过去，错眼就不见了。很快两个小女使跑进来，气喘吁吁地四下张望，嘴里嘀咕着："跑哪儿去了……姐姐看见猫了吗？厨房陆婆子喂的一只狸花，偷吃了刚买回来的鲫鱼，打都打不及，一口咬下去，半条进了它的肚子。那可是好不容易买来的时鲜，说好了今日要蒸给小娘子吃的，这下先孝敬猫了，真是气死人！"

午盏却很庆幸："吃了就吃了，拿住了它，鱼也回不来。再说鲫鱼刺多，别让小娘子吃了，回头卡了嗓子又受罪。"

这倒是真的，明妆吃鱼，十次总有五次要卡住，然后吞饭喝醋，想尽办法。小小的鱼刺虽然不会有什么危险，但扎住了不好过，问题是她还爱吃，身边的人说起她吃鱼，总是提心吊胆，到最后是能不让她吃就不让她吃，这回被猫抢先，对她们来说实在是好事。

小女使却很懊恼："一条鱼花了三十文呢，锦娘预备挑了鱼骨给小娘子尝鲜的……"说完怅然朝北望，惊叫起来，"看，那贼猫上了房顶！"

大家齐齐望过去，那只长相愁眉苦脸的猫，此时一副得意扬扬的样子，竖起尾巴挑衅式地摇了摇，一个纵身跳到房后去了。

小女使懊恼地跺脚："下回拿笸箩扣起来，看它还怎么吃。"

另一个连连点头："笸箩上再压个大秤砣！"

两人一面抱怨，一面往院外去了。

午盏收回视线，仰头看看无垠的天际，春日静好，一切都是澄净的、崭新的。小娘子忙起来了，忙着筹办她的香水行，今日带着赵嬷嬷和秦管事察看新赁来的铺面，她们这些女使无事可做，便趁着天晴翻晒被褥和书籍，煎雪把那套象牙的十二先生搬出来擦拭保养一遍，因茶帚上抽了一根棕丝，在那里懊恼了半天，正想着回头要送到审安先生的铺子里看看，忽然听见外面乱哄哄地传来喧哗声。

商妈妈从房里出来，站在台阶上问怎么了，一个婆子快步跑进来回话，说："易家又来人了，易老夫人并两个媳妇和两位小娘子都在前厅呢，拿车运来好些东西，全卸在前面的院子里了，妈妈快瞧瞧去吧。"

商妈妈闻言，一口气顶在嗓子眼里，恼恨道："这老虔婆，又来打什么算盘！"然后又吩咐午盏，"让马阿兔往铺子里去一趟，快给小娘子传话。"说完打发小女使去两位小娘房里叫人，实在不行，让两位小娘先顶上。

"贼打不死的顽囚！"商妈妈边走边骂，"老天怎么不劈死她？穷得两眼发花，一心惦记孙女的家产！"

但骂归骂，到了前院还得扮出笑脸，见了易家那帮人，她上前纳了纳福，笑道："老太太怎么不先打发人过来知会一声？我们小娘子出门去了，不在家呢。"

易老夫人并不把这乳媪放在眼里，调开视线道："不在家也不要紧，先把东西运过来安顿，等般般回来，料也差不多了。"

外面抬箱笼的家仆吆喝着，又运进来五六箱，齐氏见他们粗手大脚，气咻咻道："小心些，里头都是精致东西，别给我弄坏了！"

商妈妈不明白她们葫芦里卖的什么药，讪笑道："想是老太太怕我们小娘子用度不够，特意送些细软过来让她使？其实用不着，我们日子还过得，老太太不必破费，还是运回去吧！"

易老夫人四下打量一番，漠然道："家中修园子呢，好大的工程，人来人往不得清静，所以阖家先搬到这里来借住一阵子。我还没来得及和般般说，不过既是骨肉至亲，想必不会那么见外，般般是孝顺孩子，难道还能不答应吗？"

"啊？"商妈妈愣住了，千算万算，也没算到这些人能这么不要脸，没办法把小娘子从易园接出去，干脆全家搬过来了。

众人面面相觑，易家人毫不在意，罗氏笑着说："往常走动，都是一经而过，没想到细看之下，这园子竟这么大！"

凝妆披着手往园内张望，指了指东边的月洞门："那里头是个小院子吧？我就住那里吧！"

罗氏笑着嗔怪道："你这孩子倒是不见外，回头等你妹妹回来，让她分派才相宜。"

她们俨然要占山为王，把易园的人气得不轻，午盏道："阖家搬来可不是小事，人人都要院子，只怕住不下，叫小娘子为难。"

但谁又在意呢？如果说之前还有些忌惮，当得知翼国公和嘉国公嫡女结了亲，她们就彻底后顾无忧了。

"住不下就挤挤，凑合半年也没什么。早前不是没过过苦日子，不也这么过来了？如今有这么大的园子，反倒担心住不下，外头小门小户岂非不得活了！"易老夫人对今日的安排十分满意，先前还怕明妆阻拦，东西进不得门，谁知她不在，那正好，先斩后奏省得麻烦。

这里正说着，两个穿褙子的女人从院门出来，看见这阵仗，"哟"了一声，问：

"这是要搬家？小娘子怎么没知会我们？"

烹霜忙道："兰小娘，不是的，是老太太携了全家，要搬到咱们园子里来住呢。"

兰小娘那双大眼睛瞪得更大了："这哪成？我们小娘子最爱清静，弄这一屋子人，岂不叫她不得安生？"

这是头一个直接说不成的，齐氏转头斜了一眼："你是什么人？府里的家，是小娘子当还是你当？"

兰小娘并不怵她，凉笑一声道："我虽不当家，但当家的也要叫我一声小娘，我们在这园子里住了三年，这里是我们的家，家中忽然有客到，自然要来会会。"

齐氏的嘴也不饶人，拉着长音"哦"了一声，说："我道是谁，原来是我家的妾！可着满上京打听，主家办事，哪里有妾说话的余地？你且退到一边去，等你们小娘子回来，咱们再商谈。"

兰小娘被回了个倒噎气，一旁的惠小娘立时接口道："大娘子这话不对，各人有各人的门头，我们纵使是妾，也不是你家的妾，没有嫂子来管小叔子房里人的道理。再者，我们都是放了良的，又比谁低半头？小娘子尚且敬重我们，访客倒瞧不起我们，这又是哪家的道理？"

她们这里起了争执，吵吵嚷嚷阴阳怪气，琴妆轻蔑地扫了那两人一眼，说："妾就是妾，端茶送水的东西，本就上不得台面。叔父姓易，虽分了家，也是祖母的儿子，在祖母跟前，正经大娘子都不敢高声回话，这里的人竟不明白这个道理。果真是叔父和婶婶不在了，下人也缺管教，看来是要人好好调教调教，立下规矩才行。"

第二十五章

　　罗氏和齐氏对琴妆投去赞许的目光，早就看这丫头口齿伶俐，紧要关头几句话，果然有理有据，压下了那两个小妇的气焰。

　　但她们似乎还是高兴得太早了，明妆也许还会给易家人留几分脸面，兰小娘和惠小娘却不会。她们的宗旨很明确，不要外人住进这园子，就是不方便，不合适。

　　琴妆摆谱的几句话，引来兰小娘不遮不掩的嘲讽："原来我家郎主还是易家人，我以为易家老宅的祠堂没了空位，放不下我们郎主和大娘子的灵位呢。要说缺管教，我们是妾室下人，不懂规矩自有家主教导，小娘子金尊玉贵，原该自矜身份，怎么和我们拌起嘴来了？叔父的妾室，几时也轮不着侄女来管教，认真说，我们小娘子还敬我们是长辈，你又是哪个门里教养出来的明白人？倒来挑我们的不是！"

　　这洋洋洒洒一番话，句句夹枪带棒，说得琴妆面红耳赤，也因此触了易老夫人的逆鳞。什么叫易家祠堂没了空位？这是说易家人死得装满了祠堂，分明是在咒易家人。再者，没有迎三郎的牌位入宗祠，本就是他们理亏，这事做得说不得，那两个妾室到今日还来挑剔这个，易老夫人觉得脸上无光，拂了她的面子，她自然不高兴。

易老夫人手里的拐杖"咚"的一声杵在地上，动静不小，众人都噤了声。她看了兰小娘一眼，道："好个牙尖嘴利的东西，我儿子的府上出了这样无法无天的人，将来恐怕要带坏我的孙女。你说你是良籍，既发卖不得，那就轰出去吧。"说罢大喊，"来人，给我把这眼里没尊卑的小妇捆了，丢出府去。我知道你是袁家带来的陪房，若实在没处去，想必袁家也愿意收留你。"

易园的人都惊呆了，真是滑天下之大稽，三年不怎么来往的亲戚，居然到别人府上当家做主起来。

商妈妈道："老太太，这是我们府里的小娘，曾经侍奉过郎主。当初郎主和大娘子在时都善待她们，您这么三言两语处置她们，恐怕不妥吧。"

易老夫人横眼道："我是你们郎主的母亲，是你们小娘子嫡亲的祖母。这两个小妇不尊家主，口出恶言，今日不处置她们，将来岂不是要上天了？"

兰小娘和惠小娘白了脸，却并没有退让的意思，惠小娘道："我们投身在夫主门下，是正经有文书的良妾，不是任谁都能发落的。老太太，这里是易园，不是你们宜男桥巷宅邸，老太太要做主，请回贵宅，这园子如今是我们小娘子掌家，家产全是我们小娘子的。老太太作为祖母，爱护疼惜就罢了，千万别随意插手小娘子的家务，免得被人背后议论，说上了年岁的祖母算计孤苦孙女的家私，损了老太太一生的清誉。"

她们的话刀尖一样戳人心肝，易老夫人再也听不得，气恼之下大喊："人呢？还不叉出去！"

商妈妈心里也打算好了，既然欺负到门上来，那就看看哪一方人多势众，她们这儿满园子的女使婆子，外头还有办事的小厮，难道打不过易家带来的几个家仆吗？

搬运箱笼的那些人听见太夫人指派，果真放下手里的东西就要上来，可还未走到两位小娘面前，就被门外的一声高喝镇住了。

"住手！小娘子回来了！"

众人皆朝门口看去，一双缎面金花红履从槛外迈进来，年轻的女孩明妆锦衣，一身气派打扮，进门先看了几个蠢蠢欲动的家仆一眼，凉声道："我们府上一向和睦，长辈们都是知道的，你们是哪里来的贼人，敢当着我祖母的面闹事？"

易园的人顿时松了口气，总算小娘子不窝囊，软刀子捅起人来，半点也没手软。

府里和睦，祖母却带头跨府闹事，就是做祖母的不尊重。她这么一说，易家的长辈们有点下不来台，要轰人的话，则再也无从谈起。

明妆敛裙上前给易老夫人请安，说："祖母今日想起来看我吗？我真欢喜。快别在院子里站着了，进去歇歇脚，吃杯茶吧。"

刚才的吵闹难以为继，琴妆见她要粉饰太平，很不屑地翻了个白眼。明妆不是没看见，不过懒得和她计较，把人引进上房奉了茶。

原本这事可以绕开说，偏偏罗氏气不过，在她看来，日后是要住进这里的，若是打一开始就让两个小妇压了一头，将来主是主、客是客，倒要寄居在那两个小妇门下了。于是她很不屈地让明妆评断："你爹爹和阿娘走得早，留下你一个姑娘家，心慈面软治不了家，倒让家里的妾室出头作妖起来。先前那两个小妇得罪了祖母，那样伶俐的口齿，不知道的竟以为是她们当家呢。祖母原要处置她们，恰巧你回来了，虽看着你的面子息事宁人，但祖母受了冲撞，我们心里也不好过。反正这里你当家，纵使不把人撵出去，也要受些责罚才好。"

惠小娘和兰小娘一听，眼风如刀，恨不得活剐了罗氏。但这个场合不便再吵嚷，掌家的回来了，万事就该交给小娘子裁断。

明妆听了，自然要护短，转头对罗氏道："我这两位妾母，平时最温和有礼，怎么会冲撞祖母呢？就算是有些失态，那也一定是为了维护我，我自小是她们帮着带大的，情非比寻常，加上前两年爹娘相继过世，有她们在，这个家才像家。"说完顿了顿，又问，"伯母先前说什么？要把人撵出去？她们是易园的人，要把她们撵到哪里去？"

一旁的齐氏道："不过是两个妾，你爹爹都不在了，难道还要给她们养老送终？照着一般的道理来说，她们又没生养，自然是发还娘家，往后一应都和这园子无关。也是你心眼好，还愿意养着她们，她们不知回报就罢了，竟对祖母恶语相向，你说该不该处置？"

惠小娘闻言哼笑起来："齐大娘子也不必挑好听的说，话头上呛起来，一个巴掌拍不响，怎么就成了我们冲撞老太太？琴娘子开口就说我们是上不得台面的东西，这样的好家教，想必是大娘子教出来的吧？"

罗氏和琴妆见她们回嘴，刚要反唇相讥，却见明妆板起面孔，厉声道："阿姐今日来做客，我很欢迎，但你若是跑到我府里辱骂我的小娘，那我不能依！阿姐平常不是最懂尊卑礼仪吗？我的妾母纵使是妾，却也是长辈，是我爹爹房里的人，阿姐有什么道理羞辱她们？"

琴妆顿时气红了脸："你这偏架拉得真好……"

明妆没打算给她面子，道："前朝的刀，斩本朝的官，世上没有这样的法度。阿姐要训妾，大伯父和二伯父房里都有现成的，就不必特意跑到我们府上越俎代庖了。"

几句话听得易园的人昂首挺胸，就是那种扬眉吐气的感觉，让老宅这帮人知道她们不是好欺负的。

易老夫人见又要争执起来，知道眼下不是拌嘴的好时机，还是办正事要紧，便道："先前的事就不说了，般般，祖母今日来，是有个不情之请想托付你。"

明妆进门时看见满院子的箱笼行李，心里其实明白了七八分。易家人是算计不到这处园子誓不罢休，花样层出不穷，这位祖母全部的智慧都用在这里了。可眼下人已经登门，东西都预先送来了，事情变得很难办。她是闺阁女孩，和长辈撕破脸，对她有百害无一利，明事理的人，会论一论前因后果，说易家不厚道在先，但大多数人自诩正义，一句不敬长辈，就能拿话压死她。

是祸躲不过，明妆无可奈何地挪了挪身子，道："祖母有什么话只管说吧，只要孙女办得到。"

"办得到，办得到……"齐氏抢先缓和气氛，"其实也不算什么大事，于你来说不过举手之劳。"

易老夫人早就预备好了说辞,对着明妆复述了一遍:"年前大雪压塌了后院的一排房子,正是过节,来不及请人修缮,只好等年后再料理。我想着老宅的屋子从你高祖手里传下来,已经百来年了,年久失修,一到变天就让人提心吊胆。这回反正雇了人,索性大修一回吧,可若是要大修,这一大家人不好安顿,思来想去也只有你这里好落脚,所以今日就和你伯母妹妹们一道先过来,与你讨个人情,借住一阵子。"

明妆听罢,"哦"了一声,道:"原来打算借住,既是要借住,那二姐姐就不该对我两位妾母言语不敬。这还没住进来就针尖对麦芒,等住进来,日日抬头不见低头见,那岂不是要闹得家宅不宁吗?"她想了想,又道,"这样吧,祖母上了年纪,若是要图清静,我辟出一个院子,祖母一人搬过来,等老宅修完,再搬回去就是。"

齐氏立马道:"老宅翻修,各处房顶都要掀了重铺,那宅子里是住不得人了。"说着讪笑了下,"我们这些人,怕也得叨扰叨扰小娘子,反正这园子大,你们这里人口也简单,大家先凑合半年,想来也不是难事。"

惠小娘听得大皱其眉,知道明妆不便回绝,自己是不怕做这恶人的,便道:"郎主不在了,这园子里全是女眷,老宅里的人若全搬过来,男男女女混在一处,我们是孀居的人,整天看着园子里男子到处跑,不方便。"

赵孆孆也说:"是,贵府上还有年轻的公子呢,我们小娘子是姑娘,虽说至亲骨肉不见外,但亲兄妹尚且要避嫌,何况还是堂的?"

忙着四下打量的凝妆这时忽然冒出一句:"要不这样吧,三妹妹怕不方便,就搬到袁家住一阵子,干脆把园子腾出来,也算你对祖母的孝敬。"

现场的气氛一下子凝固了,因这话过于不要脸,终于换来兰小娘的嘲讽:"早这么说,大家不都明白了吗?横竖就是要我们让出园子,想把我们扫地出门。"

明妆立刻红了眼眶:"祖母不是这个意思吧?"

易老夫人十分尴尬,忙道:"自然不是,别听你阿姐胡说。"

罗氏也怨怪凝妆:"你不会说话就少说两句,看看,又惹得你妹妹哭了!"

凝妆却不以为意,本来说的就是事实,旁敲侧击也不嫌麻烦,干脆把话说破算了，一个孤女还怕她怎么样？

接下来明妆便不说话了，只管低着头擦眼泪，易老夫人被晾在那里不上不下，只好先来安抚明妆，说："好孩子，你姐姐说话不经脑子，你全当她胡说，别和她一般见识。我们是因老宅翻修才来这里暂住，原是客，哪有客来了，让主家搬出去的道理，这岂不是成了鸠占鹊巢？亲家老太太知道了也不高兴。不过孩子，家业虽是你的，但你爹爹是我身上掉下来的肉，他正值壮年就没了，对我这母亲也敬不得孝道。你是他的骨肉，本该和祖母贴着心的，怎么如今反倒远着祖母……可是有谁在你面前调唆我们祖孙之情，让你对祖母和各位长辈生了嫌隙啊？"

所以倒打一耙，易家老夫人敢称第二，没人敢称第一。明妆已经不是少不更事的孩子了，好与不好，三言两语蒙骗不了。说爹爹走得早，没有机会尽孝道，言下之意是父债子偿，她该替父尽孝。这也是老太太拿捏她的地方，单说尽孝，不说要她的产业，这样一来，她就推辞不得，若是敢推诿，一顶不孝的大帽子扣下来，不管是谁，都别想挽救她的名声。

明妆低头擦了擦泪，重新扮出笑脸："祖母别这么说，我几时也没远着祖母，反倒害怕自己做得不好，不得祖母欢心。祖母要携全家搬过来，孙女不敢有违，但祖母瞧，先前就起了争执，倘若果然住到一个屋檐下，往后岂不是磕碰不断吗？"

易老夫人等的就是她松口，只要她松口，一切就都好办，总之先搬进园子再说。

易老夫人把祖母的慈爱全堆在脸上，和声道："都是一家人，牙齿磕着舌头是难免的，往后各自审慎，留神口舌是非就好。"

但光是如此还不够，明妆道："祖母，既然两位伯父要携家眷在我这里借居，那有些话，咱们须得事先说清楚，"她望向罗氏和齐氏，"免得含糊着，往后不好分辩。"

易家人心里其实是不情愿的，但好不容易逼着她接受他们搬进来，这项大目标达成了，剩下不管什么要求，先答应再说。

罗氏连连点头："事先约法三章也好。"

明妆想了想，道："咱们两家虽是一脉，但毕竟分府多年，各府有各府的规矩。

老宅来的女使婆子，我们这里不管，我们的女使婆子，也只听原先的指派，千万不能混作一团。再者，我们这边不兴什么撵出去、打出去的做法，侍奉多年的女使嬷嬷们是这样，我的妾母们更是这样。爹爹和阿娘临终时托付我好生看顾她们，她们是要在这易园颐养天年的，也算大半个主人。不管是谁，再不要动辄言语欺辱她们，她们比我更不易，请祖母也怜惜她们。"

两位小娘听她这样交代，鼻子不由得发酸，有这小小的姑娘护着，她们在外人面前也能挺起腰杆了。

易老夫人虽有些不称意，却不好说什么，只得颔首："就依你。"

"再者，老宅这么多的人，吃喝用度可怎么办，两位伯母有安排吗？"

罗氏和齐氏都不表态了，交换了下眼色，含糊地笑了笑："这府里只有一处厨房吧，用度难免混在一处……"

话没说完，明妆就腼腆地看了她们一眼："不瞒祖母和二位伯母，其实我们园子有些入不敷出，我一直没和长辈们说罢了。像家里用的米面，已经赊欠了大半年，累加起来总有十几贯了……我想厨房里的用度，咱们便不分了吧，分得太过清楚，倒不像一家人了。"

易老夫人和两位伯母一脸震惊和为难，凝妆和琴妆的毛又竖了起来，道："你事事分得清，这上头怎么不分了？敢情咱们住你的屋子，还要出赁金？"

明妆一副无辜的表情道："一家子互相帮衬不是应当的吗？我帮你，你再帮帮我，这才叫骨肉至亲。我如今遇见了难处，家里人既然要搬来，怎么连这点忙都不肯帮？"

凝妆问："那你这园子里到底有几口人？"

明妆开始掰着手指头数："一等女使十人，二等女使二十人，仆妇婆子十来个，还有伺候花草的、护院赶车的……总有四五十口吧。"

琴妆怪叫起来："你们三个，要这么多人伺候？"

明妆说："是啊，园子大，要维护，没人办事，岂不是要荒芜了？二位姐姐要是不乐意，继续住在老宅就是了，不一定非搬到我家来。"

当然这话没人接茬，凝妆只管嘀咕："没钱还养这么多人，摆的什么谱！"

长辈们却心知肚明，这分明是明妆在刻意刁难。宜男桥老宅本就有五十来口人，再加上这里五十口，一百张嘴，吃也能吃垮他们。可若是不管，倒又落了口实，说她们只管住下，不管孙女的死活，就算把屋子赁给外人，半年也不止十几贯。

可惜易家老宅那两位家主，官职不高，进项也有限，靠着之前三郎在京时的接济买过几个铺面，如今俸禄加上吃瓦片，尚且能过日子，一下子又要承担易园人的吃喝，委实有点困难。

易老夫人沉吟了下，对明妆道："反正女使婆子都是雇的，能精减便精减些吧，园里的活儿，还有咱们带来的人帮着料理呢。"

明妆道："那老宅修完，祖母回去了，我这里岂不是短了人手吗？"

多住一日就是一日的开销，接下来就是拉锯，易家那帮人支撑不住，才会早日溜之大吉。

易老夫人看看凝妆和琴妆，两个孩子正是说合亲事的时候，若是能占得郡公府，无论如何总能抬高些身价。

罗氏和齐氏望向易老夫人，只等她一句准话，她们也存着算计，反正老太太手里攒了不少私房，诰命的俸禄不算，还有娘家当初带来的近郊两处田庄。再说，眼下的目标是先住进来，然后一点点鲸吞蚕食，等把这园子里的人都料理干净，再把明妆这小丫头仨瓜俩枣嫁出去，何需半年，三两个月就改天换日了。

"老太太……"齐氏眼巴巴地望着易老夫人。

易老夫人虽肉痛，但小不忍则乱大谋，终于还是点头道："般般既过得艰难，我这个做祖母的哪里舍得孩子受苦。咱们就吃在一处吧，厨房里的活计两边帮衬着，也不说这府那府的话了。"

明妆领首，暗叹了口气，给他们设下些绊子，是她现下唯一能做的了。那日拜年，难怪老太太提了一嘴后院屋子塌了，原来早就挖了坑。千年的贼防不住，她的道行还是太浅，要紧时候不得不搬救兵，恐怕又要麻烦别人了。

第二十六章

易家老宅那些不要脸的人，就以这种先斩后奏的强硬姿态挤进了易园。

园子虽大，但一下子要容纳许多人，还是有些困难。明妆将院子分派了一遍，把易老夫人安排进了松椿院，余下的人就围绕松椿院而居。好在易园有东西之分，中间有个跨院做隔断，明妆一向住在东园，西园勉强可以容纳那些人，但宜男桥巷的大多家仆还是不便全带进园子里。

"长辈们和兄嫂姐妹身边留两个贴身办事的就成了，下人太多，住不下不说，万一粗手大脚损坏了园子，我可是要心疼的。"明妆说着，回头赧然笑了笑，"我自小没在祖母身边，祖母不大了解我的脾气，我这人心眼小得很，这次答应老宅的人搬进园子，全是看着祖母的面子，也请长辈们担待我的坏脾气。"

罗氏知道她是丑话说在前头，不信她果真能把他们怎么样，嘴里虚应着："小娘子把自己说得厉害，可谁不知道你是个心善的孩子。自家人面前随意些不要紧，外人面前可不兴这么说自己，往后到底还要出阁的，要是吓着郎子，岂不耽误好姻缘吗？"

明妆淡淡扯了下唇角："大伯母说得是。"

闲谈之间，顺着木廊往前，到了西北角那个玲珑小院，这院子平时院门半开，只有侍奉香火的女使进出，但院子被照料得很好，景色也很宜人。凝妆一看就眼睛发亮，央着易老夫人道："祖母，这个小院分派给我吧，我喜欢清静，这里正相宜。"

易老夫人平常很看不惯她抢吃抢穿的做派，常说她没有一点大家风度，可又没办法，她正在说合亲事，上回大媒保了给事中家三公子，于易家来说，已经是绝顶的好亲事，将来兄弟姐妹说不准要靠她拉扯帮衬，现在依着点她，就当积攒她对娘家的感情吧。

"你喜欢……"易老夫人朝院内看了一眼，正要答应，被明妆截断了话头。

"这个院子不成。"

大家都一怔，凝妆立刻竖起眼睛："三妹妹既然把西园给了我们，就应该任由祖母分派，你这不行那不行的，也太没意思了。"

易老夫人脸上随即不是颜色起来，沉默着不再说话。

齐氏还是惯常的阴阳怪气，对凝妆道："不是把园子给我们，是借我们暂住，凝姐儿别弄混了。般般既说不成，总有不成的道理。"说完眯着眼睛，等明妆一个说法。

明妆也不急，站住脚，望向院内，伸手将另半边的门扉也推开了，转头对凝妆道："这里是我爹娘安放灵位的地方，如果阿姐不忌讳，非要住在里面，我想我爹娘也一定是欢迎的。"

这下众人都愣住了，凝妆和琴妆面面相觑，半晌，凝妆僵着脸道："算了，我不住这里了。"

明妆从她脸上移开视线，转而对易老夫人道："父亲客死他乡，祖母一定很挂念他吧？这小院子离松椿院不远，祖母想念爹爹的时候来这里看看他，也很方便。"说罢叹了口气，"爹爹在时曾和我说过，他自小在军中历练，很少侍奉祖母，心里总是挂念祖母。我的爹爹也曾是孩子，哪个孩子不眷恋母亲呢？如今祖母要在西园住一段时日，这大概是爹爹和祖母最亲近的时候了，这样一想，我很为爹爹高兴。"

易老夫人的脸上浮起一点悲色，虽说明妆处心积虑拿她爹爹来压制，但作为母亲，一则羞愧，二则难过，趋吉避凶之下，自己亲手放弃了这个儿子，连祠堂都没有容他入，如今走到这里，哪里有脸面对亡灵？

老太太似乎被唤起了母子之情，但在其他人眼里，与牌位共住一个园子，还是有些瘆人的。难怪明妆要安排他们住在西园，不就是想时刻敲打他们，有两双眼睛盯着他们的一举一动，一言一行吗？其用心不可谓不险恶。

罗氏立刻转过弯来，对易老夫人说："老太太，我看这样吧，把三郎和雪昼的灵位送入易家祠堂，也好让他们受易家香火，得祖先庇佑啊。"

易老夫人觉得可行，正要和明妆商议，明妆却抢先一步拒绝了。

"如今这样很好，咱们家自己供奉一个小祠堂，方便我平日祭奠。再说，我爹娘在这里整整三年，想来也习惯了，没有大事不必惊动他们，免得坏了风水。现在祖母和家里人不是都要搬过来暂住吗？我爹爹和兄弟手足也能亲近亲近，祖母若是想念他，时不时进去上一炷香，也好一解思念之苦。"她说着，往里头比了比，"祖母可要进去看看？还有两位姐姐，好不容易登门，也让她们给长辈磕个头吧。"

于是凝妆和琴妆不情不愿地进了小祠堂，看看上面挂的人像，虽然画中人眉眼安和，但死人就是和活人不一样。她们战战兢兢地上前敬香，战战兢兢地磕头，凝妆心下已经打定主意，要找个离这里最远的院子住下，万万不要与牌位为邻。

易老夫人望着儿子的画像，迸出两眼泪花，现在要为活着的人筹谋是不假，却也不妨碍她悼念幼子，毕竟十月怀胎，一朝分娩，痛得死去活来，这些都是真真切切发生过的。这个最小的孩子有了大出息，自立门户后让她觉得母子疏远，亲情也慢慢淡薄了，但除去那些鸡毛蒜皮的不快，三郎还是她的血脉。

"三年了，时间过起来真快。"易老夫人擦了擦眼泪，慢慢从画像上收回视线，嗟叹道，"我也上了年纪，不能再想这些让人伤怀的事了，否则夜里整宿睡不好。"一边说，一边朝外指了指，"出去吧。"

大家从小院里退出来，一路无言。

沿着木柞长廊转上一圈，该走的地方都走过了，明妆道："西边有个随墙门，外面的巷子直通热闹街，若是觉得走正门不方便，从那里出门也可以。"说着顿住步子道，"祖母要安顿下来，想必还有好些事忙，我就告退了。反正眼下住得近，也好照应，祖母有什么盼咐，就派人来东园传话吧。"语毕福了福，从月洞门拐了出来。

穿过跨院往东，明妆脚下走得匆匆，进了上房，兀自生气，摇着圈椅的扶手懊恼不已："我怎么这么没用，居然答应让他们住下了！"

惠小娘说："算了，她们不要脸面，万一闹起来，反倒有损你的名声。暂且让他们住吧，别让他们占一点便宜就是。小娘子哭穷是个好办法，外面的产业不容他们插手，他们搬进来，还要供咱们一家吃喝，那么多张嘴，吃到他们招架不住，自然就灰溜溜回去了。"

兰小娘琢磨了半天，一桩事老在心头盘桓，道："就怕老太太仗着自己是祖母，插手小娘子的婚事，毕竟在一个府里住着，外面保媒的哪里知道，自然要先问过她的意思。"

这点赵嬷嬷倒不担心，望着明妆道："小娘子，找个机会，把家中现状告知仪王殿下吧。外家那头也要通个气，咱们老太太还不知道易家想出这样的损招来了呢，老太太见多识广，兴许有对付易家的妙招也不一定。"

商妈妈却有自己的主张，对明妆道："仪王殿下到底是外人，袁家老太太身体又不大好，惊动了她，不过跟着一块儿生气。老宅的人铁了心要搬进来，就算外祖母和他们理论，他们也不会搬出去，回头倒让外祖母操心。依我之见，不如和李判说一声，小娘子往常遇上难题都会和他讨主意，哪一回不能妥善解决？"

明妆撑着脑门，垂头丧气道："我上回还说自己能应付，没想到这么快就现原形了。"

午盏道："谁能想到老宅的人脸皮那么厚，他们是打算一点点霸占园子，最后把咱们挤出去。实在不成，咱们报官算了，让检校库和大尹来断一断。"

可是闺阁里的姑娘和族亲闹起官司，恶名马上就会传遍上京的贵女圈。明妆左思右想，无计可施，在圈椅里气得蹬腿："我刚才太好说话了，应该更尖酸一些，把她们全赶出去，怪我没用……哎呀，气死了！"

大家抿着唇角，哪个不懊恼当时发挥欠佳，事后想想，好些扎心的话没有说出来，真是便宜他们了。其实说到底，输就输在太顾全脸面，要是豁得出去，运来的箱笼前脚进，后脚重新装车送回宜男桥巷，易老夫人要闹，大家一块儿撒泼打滚躺满地，看谁拼得过谁。

这回是哑巴吃黄连了，明妆想了想，道："知会账房，咱们府里的经营不许任何人插手打探，要防贼一样防着老宅的人。"说完满肚子的憋屈无处可诉，站起身在原地转了两圈，"我还是得找李判去，看看他有什么办法。"

今日是双日，朝廷每逢单日上朝，他应当在洪桥子大街吧。明妆让赵嬷嬷命人套车，自己回房里换了身衣裳再出门，结果一眼就看见门口还在源源不断运进东西，愈发觉得火冒三丈。她气哼哼地坐进车舆，气哼哼地让午盏放下垂帘，好半晌，那份火气才平息下来。

小厮驾车驶在御街上，这是明妆头一回去李宅，也不知李判在不在，万一不在，要不要登门拜会一下他的母亲？

路过潘楼时，明妆让小厮停下车，探身吩咐马阿兔："潘楼新出了春盘，咱们买一个带上。"

马阿兔应了一声，快步走进潘楼大门，不一会儿提着好大一个食盒出来，送到车前，往上一递："过卖说了，里头有糕饼六例、团粽四例，还有滴酥、蜜煎、灌香藕，另配了新酿的玉练槌，送人很是体面。"

午盏接过，小心翼翼地将食盒放在软垫上。马车重新跑动起来，明妆打起帘子往外看，西城比起南城要冷清些，其实以李宣凛现在的地位，再住在这里已经不合适了。

"你说，李判怎么不另立府邸，还与家人一同住在老宅？"

午盏道："小娘子不知道吗？李判不是李府大娘子生的，既然隔了一层，有些话就不好商议，不另建府邸，想必是家中长辈不答应吧！"

明妆吃了一惊："他不是大娘子生的吗？我怎么听说他是嫡子？"

午盏的小道消息比较灵通，这是得力女使必须具备的一项特长，若是小娘子的问题一问三不知，那她就该退居二等女使了。

午盏说:"李判是记在嫡母名下的,李府的唐大娘子先前生过一个长子,但长子早夭,就把李判讨过来了。听说这唐大娘子对李判不太好,可不是家家有本难念的经,好在他如今建功立业,当上了国公,我想嫡母应当不敢再刁难他了。"

明妆听了半晌,有点消化不良,她是闺阁里的女孩子,以前没听阿娘说起过李判的出身,阿娘回京后给李家送赠礼,也从未告诉她唐大娘子不是李判的生母。原来里面还有这些内情,现在想来,如果不是少年多艰,恐怕他没有那么大的决心远赴陕州,战场上厮杀也不会不要命。不过,是嫡是庶都不重要,重要的是现在有了出息,那个轻贱他的嫡母也会对他刮目相看吧!

这时,小厮勒了马缰,拐进洪桥子大街,这街巷平平无奇,所建的宅邸也很寻常,符合李父六品官员的身份。不过门外站班的随行官,倒是凸显了李宣凛如今的官爵,既是国公,又是四镇节度使,内外自然有重兵把守。

马车在街对面的梨树下停住,马阿兔从车辕上蹦下来,抚膝走过去通禀。那些禁卫身形高大,庙里四大天王似的,马阿兔在他们面前竟有三寸钉之感,壮起胆子仰头搭话:"诸位都头,我家家主求见庆公爷。"

报不清家门的客,禁卫有权阻拦。穿着甲胄兜鍪的人寒声问:"贵家主尊姓,在哪处高就?"

马阿兔又矮下去半截,弱声弱气地说道:"我家家主姓易,是密云郡公府的小娘子。"

话刚说完,那些禁卫一凛,纷纷转身朝马车走来,然后隔着车门拱手长揖道:"请小娘子芳安。"

明妆坐在车内感慨万千,这些都是爹爹当年的旧部啊,三年过去,一切好像没有任何改变。她咽下酸楚,从舆内出来,笑着颔首:"诸位都头安好,我来求见庆国公,请问公爷可在啊?"

为首的押班道:"上将军出门办事去了,小娘子来得不巧。若是小娘子有什么话交代,大可吩咐卑职,等上将军回来,卑职一定将话带到。"

不在家……明妆有些失望,自己遇上的事,托人转达像隔靴搔痒,有些无从说起。她正斟酌应当怎么留话,却见李宅门内快步走出一个婆子,上前行了一礼道:"贵客登门,我家大娘子吩咐,一应请到府里来。"

这是唐大娘子对这些禁卫守门的抗争,如今来往的访客都要经过李宣凛手下那些贼兵的盘问,弄得有人想登门提亲都不方便。她实在没办法,就让人在门上守着,见有人来,不问三七二十一直接引进府里,才不会错失外面的消息。

于是明妆跟着婆子进门,到了前面厅房,唐大娘子还没出现,想是已经命女使进去请了。奉茶的将茶水放在小几上,不一会儿就听见廊上有了动静,一个穿着银褐褙子的妇人从槛外迈进来,见了明妆,微一怔愣,复细细打量她,和声问:"不知小娘子是哪家的贵女呀?以前好像没见过。"

明妆向她行了一礼:"大娘子,我是密云郡公府的,今日来拜会公爷,向大娘子问安。"

唐大娘子恍然大悟:"原来是郡公府的小娘子,真是有失远迎。快,小娘子请坐,早前郡夫人和咱们常有来往,后来夫人病故……"说着面上一黯,但很快又浮起笑意,"年前小娘子送来赠礼,还没机会向小娘子道谢,难为小娘子惦记着我们。"

唐大娘子在场面上很会敷衍,这是掌家几十年练就的一套本事。早前因密云郡公位高权重,他们家确实有心巴结,和郡公府算是交好一场。后来密云郡公不在了,郡公夫人愿意走动,李家也不过礼尚往来。直到郡公夫人亡故,他们便和易园没了交集,今年因李宣凛回来重又续上,看在往日的情面上,才打起精神应付这位小娘子。

明妆在椅子上欠欠身:"家父葬在潼关,是公爷每年代我祭扫,我很感激公爷,要说道谢,应当是我向公爷道谢才是。"

唐大娘子说:"客气了,二郎受郡公提拔,这些原是应当的,小娘子不要放在心上。今日小娘子来,可是有什么事要找二郎?"

她嘴里问着,一个奇怪的念头忽然没来由地冒了出来,再仔细打量这姑娘,眉不描自黛,唇不点自红,生得这样姣好的容貌,满上京都难找。再细想那日李宣凛说过的话,什么庸脂俗粉配不上他,原来是见过倾城貌,眼睛长到头顶上去了。

这女孩不会与他有些什么吧?难道已经看对眼了,所以他才那样硬气,闭口不谈娶亲的事？唐大娘子想到这里，目光变得深邃，谨慎道："有桩事，我想请教小娘子，小娘子别嫌我冒失。"

明妆颔首道："大娘子请讲。"

唐大娘子斟酌道："年后我一个本家亲戚来给二郎做媒，我与他父亲都觉得很好，可二郎百般推搪，扬言他已经有了喜欢的姑娘。我与他父亲追问，他又支吾着不肯说，我想着小娘子同他是故交，没准他愿意向小娘子透露，所以今日想问一问小娘子，可知道他心里装的，究竟是哪家姑娘呀？"

第二十七章

唐大娘子话一问出口，两眼只管灼灼地盯着明妆，想从她脸上发现哪怕一丝异样，证实自己的猜测。可明妆只是有些意外，茫然地摇摇头道："不曾听说呀。那日他来我们府里，只说起要留京半年，官家让他安排好婚姻大事，并未提起相准了哪家姑娘。"

年轻女孩子的脸上，藏不了那么深的心事，就算善于周旋，冷不丁一下子提起私情，脸红总是跑不了的。唐大娘子的突袭，显然没有令对面的女孩有任何触动，不过眼睛里闪过惊讶，大约是觉得木讷的汉子一下有了心上人，是件不可思议的事吧！

唐大娘子松了口气，只要不是这样惊人的姿容，后面再说起亲事来，也没有那么困难。不过珠玉在前，多少对他的眼光会有些影响吧？细看这位小娘子，实在无一处可挑剔，唐大娘子刚放下的心隐约又悬了起来，话头一转道："想是他心里悄悄喜欢，不曾与谁说吧！小娘子可及笄了？这两年鲜少听见小娘子的消息，不知小娘子过得好不好？小娘子许人家了吗？郎子想必是一等一的人才吧！"

明妆赧然道:"我上年刚及笄,并不着急许人家。"

"那怎么成呢?正是如花的年纪。"唐大娘子说着,上下又是好一顿审视,"哎呀,小娘子生得这样齐全,莫说是男子,就连我都移不开眼睛呢。这样的姑娘,还不得百家求娶吗?别说寻常人家,就算是公侯门第也嫁得啊。"

这一连串的恭维,多少有些令人尴尬,明妆笑得脸上发酸,只得虚应着说大娘子抬举了。

可唐大娘子还是不死心,继续打探道:"关于二郎的事,其实我们只是胡乱猜测,做不得准。他回来这些日子,除了宴饮同僚,没听说求见过哪家千金,算来算去只有易园……想是他感念郡公爷知遇之恩,也放心不下小娘子,小娘子是他看着长大的,情分一定非比寻常。"

明妆起先还应付着,听啊听,终于听出了这位大娘子的话中有话。她不大明白,说着李判的婚事,怎么扯到她身上来了?这唐大娘子迂回打探,也不知存着什么心。若她是李判的生母,担心儿子的婚事,病急乱投医,尚且让人信服,但她是嫡母,况且以前待他又不好,忽然之间知冷知热起来,反倒有居心叵测的嫌疑。

"大娘子说得是,公爷来陕州时我才八九岁光景,那时他借住在我们府上,我看他像自家的兄长一样。后来我怙恃俱失,公爷很同情我,所以这次回京专程来看望我,更为给我爹娘敬香。"明妆解释一堆,终于有些坐不住了,微微挪动了下身子道,"我这回登门,是有些事想讨公爷一个主意,可惜公爷不在,叨扰了大娘子半日,真不好意思,那就改日再来拜访吧,今日就先告辞了。"

她站起身要走,唐大娘子忙客套挽留:"快到晌午了,小娘子莫如留下吃顿便饭吧,说不准二郎就快回来了,再者,我还有一桩事,想托付小娘子呢。"

明妆踟蹰了一下,不知她在打什么算盘,面上还要敷衍,便道:"饭就不吃了,家中还有些杂事要处置,大娘子有什么吩咐只管说吧,只要我力所能及,一定为大娘子排忧。"

唐大娘子却又说不是什么要紧事,边说边拉着她并肩坐下,温和道:"小娘子,我们这阵子正给二郎说合亲事,只是他脾气犟,未必听我们的。我想着,他与小娘子有些交情，若是有机会，望小娘子替我劝劝他。我虽不是他的生母，但待他如亲生一样，自他大哥走后，家里只有他一个，将来我们还要靠他养老送终呢，难道会害了他不成？他在外头纵使有了喜欢的姑娘，没有父母之命，也算不得数……"说着又一笑，"小娘子是聪明人，一定明白我的意思吧？"

明白吗？好像有些明白，这唐大娘子明着是托付，暗里是警告，大约以为她和李宣凛有些什么，这一番旁敲侧击，是想让她知难而退吧！

明妆正了正面色，为难道："大娘子，我是闺阁中的姑娘，就算得公爷照拂，这样私密的事，也不便和他说呀。"

唐大娘子听了，迟迟"哦"了一声，道："我还以为小娘子与二郎有深交，不避讳那么多呢。"话赶话说到这里，她想了想，索性问个明白，倘若他们之间真有纠葛，趁早让他们断了，将来的国公夫人不说是她娘家人，至少挑个合心意、有助益的，也是好的。而眼前这女孩，美则美矣，父母双亡，你来我往的几句话也能看出来，并不是那么好拿捏的。且密云郡公夫妇死了三年，她没有投奔族亲，光凭这一条，要想从她身上刮下什么油水，恐怕比登天还难。

思及此，唐大娘子亲厚地握了握明妆的手，偏头道："小娘子，恕我唐突，我看小娘子还没有定亲，不知与我们二郎……"

后面的话还没说完，门外的人喊了声"母亲"，大步迈进来，面色森冷地说："母亲不是说近日身体不好吗？既然不适，就好生休息吧，贵客这里我来款待。"说完调转视线，一瞥旁边的女使，"还愣着做什么？送大娘子回房。"

女使显然吓了一跳，本来正听大娘子下饵，听得津津有味，一时不防二公子从外面进来，那满蓄风雷的眼神横扫，震得她三魂七魄都移了位，忙不迭地说是，嘴里喔嚅着"大娘子"，伸手来搀扶，被唐大娘子推开了。

唐大娘子站起身，面上有些挂不住，但因有外人在，并没有发作，皮笑肉不笑道："也好，我正有些乏了。"转而对明妆一笑，"小娘子是来拜会二郎的，如今真佛回来了，我就少陪了。"说罢微微颔首，负气地迈出厅房。

明妆站在那里，因目睹了府上的不和睦而感到难堪，却也借此见识到了李宣凛的另一面。以前她一直觉得他脾气好，能隐忍，儒雅谨慎，有求必应，现在看来，好像自己把他想得太简单了。一个能统帅十几万大军的人，怎么可能是个老好人？不过是在她面前尤其有耐心，习惯性地像哄孩子一样与她打交道吧！

"哎，李判刚才那么凶，吓着我了。"她扭着裙带，勉强挤出一个笑，"我是不是来得不是时候？或者应该上衙门去找你。"

她的语气里带了几分不易察觉的怯懦，他这才发觉自己失态，立刻柔软了眉眼道："衙门是兵戈之地，小娘子不要去，若是有什么话要交代，派个人来报信，我过去易园就是。"言罢示意，"坐吧！"

明妆摇头道："坐了半日了，咱们边走边说吧。"

这地方其实有些压抑，也不知是不是园中布局的缘故，总觉得日光照不到厅前来，有种百年老宅的腐朽气息。

李宣凛说好，微微偏过身子，示意她先行。明妆挽着画帛从他面前经过，开春了，她换上了余白的半臂、浅绿色荷花蜂鱼长裙，那轻柔的缭绫从他足尖扫过，明明隔着皂靴，却好像感受到了分量。他微微抬眼，看她慢慢走向开阔处，裙角轻摆，画帛飞扬，人也灵动起来，正回头不解地问自己："你做什么还住在这里？官家不是给你授爵了吗？应当也拨了钱款供你建府，你不想造个国公府吗？"

李宣凛负着手，走在木柞的长廊上，外面的日光照下来，映得他左肩辉煌，他说："不是不想建，是我父亲放了话，没有成婚，不得另建府邸。"

明妆更想不通了："这是什么道理？你又不是一般小吏，是从一品的国公，应当有一个与爵位相匹配的住处，将来款待同僚朋友也方便些。"

她为他不平，甚至觉得他的父亲有些无理取闹，加上刚才与唐大娘子那番对话，看出这位嫡母确实不好相与，原来英雄盖世，家里也闹家务，这么一想，果然家家有本难念的经。

明妆转头看他，他倒是眉目平和，放眼望着前路，道："官家命我筹备控鹤司，这阵子有些忙，抽不出空来筹建府邸。再说我留京不过半年，建府恐怕来不及，所以不建就不建了吧，若是实在住得不舒心，在外赁一处园子就是了。"

明妆忘了自己一脑门的官司，还有闲心为他筹谋，摇着指间的画帛说："我觉得还是要有一处自己的府邸，这样你若是娶了亲，你的娘子就可以和老宅的人分开住，也省心。如果怕建造麻烦，可以买下人家的园子，好好修缮一下，再替换摆设帘幔什么的，就是个新居所了。"她越说越有兴致，"反正我每日闲着，我来替你打听打听哪里有合适的庭院，好吗？前阵子我听说东榆林巷的丁驸马宅要售卖，那个宅子很不错，大小适宜，闹中取静，收拾一下就能住进去。"

他听她侃侃建议，好像忘了自己此来的目的，一点笑意浮上他的唇角，说："小娘子今日找我，就是为了这件事吗？"

明妆哑然，终于又懊恼起来："对啊，怎么忽然岔远了……李判，老宅的那些人，住进易园来了。祖母今早运了几车箱笼过来，说宜男桥巷的宅子年久失修，暂且要借住易园，我知道他们的打算，无外乎一点一点侵占，今日是西园，明日再把手伸到东园，时间一长，请神容易送神难，这期间再想法子把我嫁出去，那园子就彻底落进他们手里了。要是和他们理论，他们不说霸占园子，只说替我看护宅院，连检校库都不能把他们怎么样。我先前明明想好要拉下脸推辞的，可我怕招人议论，怕他们在外面胡说，败坏我的名声，所以一窝囊，就答应了，事后想想真后悔，怪我自己不决断，弄得现在这样处境艰难。"

她泫然欲泣，其实来找他，还是想听他的安慰吧！年轻的姑娘，哪个像她这样需要应付虎视眈眈的至亲呢？细想起来，很是可怜。若说挑剔她的决定，倒不至于，于是他放软了语调道："小娘子不必自责，换了谁在那样的处境下，都没有更好的应付手段。如今孝道大于天，不光你，连我也碍于人言可畏，迟迟没有筹建国公府，我这样沙场征战的男子尚且如此，又凭什么去指摘你一个姑娘？"

明妆起先很自责，来之前也担心，怕他觉得她太软弱，给自己埋下了这么大的隐患，但现在听了他的宽解，心里好受了些。她长出一口气，中晌的温暖里已经叹不出云烟了，提裙迈出门槛，垂眼道："我如今就盼着老宅快些修好，若实在不行，情愿花钱再雇一帮工匠，派到宜男桥巷去。"

"没有用。"李宣凛道，"他们是有备而来，直接将箱笼运进园子，就没打算轻易回去。小娘子碍于颜面让步，正好成全了他们的得寸进尺，不过你也不必担心，明日我登门拜会易老夫人，若是能见到你的两位伯父，那更好，不说将人赶出去，敲打敲打他们，至少可以让他们安分些。"

明妆很惊喜，抬起眼问："真的吗？明日你一定来？"

他见她眉目放光，那不遮不掩的欢喜，让人心头敞亮，点了点头，道："一定去。我是武将，惹恼了我，白刀子进红刀子出——武将可不讲理。"

他一本正经地虚张声势，看得明妆会心笑起来，知道他在以他的方式让她高兴。

"李判也会打趣啦。"她掩口道，"谁说武将不讲理，爹爹和你都很讲理，我最知道了。"

她的笑能感染人，眼眸弯弯，无限缱绻。他不自觉地舒展眉心，道："武将是莽夫，莽夫一怒之下会做出什么来，谁也说不准。到时候木已成舟，吃亏的是易家人，他们不会不明白这个道理。"

明妆悬着的心终于落地，真心实意地说："我该怎么谢你才好呢，紧要关头你总是替我善后，将来你要是回了陕州，我又得有一阵子不习惯呢。"

他抿唇笑了笑："将来的事，将来再说吧，我也不用你谢我，只要小娘子好好的，我就对得起故去的大将军夫妇了。"

马车停在巷子对面的花树下，花树的枝丫上冒出绒绒的一点绿，愈发衬得陈年的叶子焦黄。姑娘的七香车，雕花车盖下挂着青铜的小铃铛，被风一吹，漾出清脆的铃音。

这样的初春，风仍凛冽着，但心里是安稳的。现在想来，面对千方百计的祖母，她难免有招架不住的时候，如果李判不在，她咬咬牙，大概也能硬扛下来，但人总有惰性，忽然来了靠山，就想找他讨主意，当知道他愿意替她出头时，那种后顾无忧之感，就像爹爹在时一样笃定。

因为认识了很多年，口头上的道谢确实显得多余，明妆说："等你有空的时候，我请你去潘楼吃席。"

他答应得很爽快，又道："外面风大，小娘子回去吧。易家人的事不用放在心上，暂且按捺一阵子，就当替大将军尽孝了。"

明妆颔首，午盏上前搀扶她登车，她坐进车舆，说："我在录事巷有家香药铺子，隔壁就是上京最大的牙行。我让人给你打听打听哪里有好宅院吧，找个内城的,最好离界身南巷近一些,上朝也方便。"

这是她的私心,就算将来他又去了陕州,到时候她和他的夫人也好有照应。

李宣凛原本虽也想过筹建府邸,但并没有那么积极,如果这里住得不高兴,大可以留宿衙门,可现在看她很有兴致,如果真遇上合适的,建了也就建了,反正日日面对父亲的暴躁、嫡母的刁难,他也不耐烦了,于是点头说好,退后一步,拱手送别。

明妆放下门上的垂帘,对驾车的小厮说:"回去吧。"可当马车将要跑动起来时,她又探出脑袋问,"李判,你明日什么时候来?"

李宣凛道:"明日要上朝,我散朝之后就去。"

明妆这才放心,扒着车门说:"那明日我等你。"见他应了,这才安心坐回车内。

马车往巷口去了,午盏也很高兴,扯了扯明妆的袖子,说:"有李判来给小娘子撑腰,咱们还怕什么!"

明妆腼腆道:"是啊,有他在,我恍惚觉得爹爹也还在,心里踏实得很。"

她掀起窗帘回头看,他依旧站在门前目送,这么多年,除了他的战功越积越高,官越做越大,其他好像没有任何改变。

赵嬷嬷顺嘴打趣道:"小娘子遇见难事,头一个想到的就是李判,怎么没有想过仪王殿下?"

明妆慢慢摇头,她从未想过在这种杂事上欠仪王人情,况且两人达成共识不过十来日,这期间,仪王倒是派人送过两回果子点心,却不曾再见过面,若是赵嬷嬷不提他,她简直要把他忘了。

有了李判的承诺,她已经心满意足,回到易园时,老宅的东西也运完了,除却多了两张生面孔,倒没有其他碍眼的地方,不过她仍是叮嘱门房:"进出的人问明白是哪一房的,别让外面的人浑水摸鱼潜进来。"

门房说:"是,小娘子放心,小人别的本事,就会记人脸,保管出不了差错。"

明妆颔首,正要进内院,忽然听见身后有人叫了声"小娘子",回头一看,竟是仪王。

她有点意外,站住脚,问:"殿下怎么来了?"

仪王踱步过来，慵懒笑道："听说小娘子府里很热闹，我来看看你，顺便讨杯茶喝。"

西园也有派遣在门上的人，乍听明妆称呼来人殿下，不由得暗暗咋舌。眼看她把人迎进上房，邓婆子挨过去问刚迈进门槛的马阿兔："那人看着好尊贵的模样，到底是什么来历，不是翼国公吧？"

马阿兔"嗤"了一声，道："眼皮子浅了不是？什么翼国公，那是当今二皇子，响当当、当当响的仪王殿下！"

第二十八章

邓婆子吓了好大一跳："仪王殿下？怎的仪王殿下还和咱们小娘子有交情？"

马阿兔鄙夷地瞥了邓婆子一眼："咱们小娘子是贵女，贵女结交的不都是上京有名有姓的朋友吗？那些不入流的人，站到咱们小娘子跟前，咱们小娘子还嫌他脏了咱家的地呢！"说着又哼哼两声，"可就是有那些穷酸饿醋，拿咱们小娘子当草似的，真真瞎了眼！马老爷如今是刹了火气，要是换作以前，还不大斧头劈死这些咬虫，看那些捶不烂的顽囚还来打咱们小娘子的主意！"说着呸了一声，捧着车舆内替换下来的绒垫，往轿厅去了。

邓婆子挨了一顿指桑骂槐，眨着眼嘟囔了两句，急急跑进西边的月洞门。

这厢易老夫人刚安顿妥当，凝妆和琴妆抢院子还闹了半晌，好不容易清静下来，一抬眼，见邓婆子一阵妖风似的卷进园内。邓婆子生得胖，腿显得尤其短，跑起来诚如一只滚动的笸箩，到了廊下匆忙往里传话，忽高忽矮的嗓门传进来："快禀报老太太……拜访明娘子来了……"

易老夫人皱起眉头："做什么咋咋呼呼的？没规矩！"

柏嬷嬷到门前问话，探身问："怎么了？大呼小叫的，惊了老太太。"

邓婆子也不同女使废话了，忙掖着袖子到槛前，挤眉弄眼地说："嬷嬷不知道，我在门上瞧见谁了。"

柏嬷嬷哪有这闲工夫和她打哑谜，咂嘴道："看见了谁就直说，难道还要老太太亲自出来问你不成！"

邓婆子听了，朝东边扬了扬下巴："仪王殿下来瞧明娘子了。"

柏嬷嬷果然一怔："你说谁？仪王殿下？二皇子？"

邓婆子说："是啊，好大一尊佛，以前从来不得见的。乖乖，那威仪不同一般，吓得我都没敢细看。"

正说着，琴妆从廊庑上过来，刚巧听到一点，纳罕地问："出什么事了？什么没敢细看？"

邓婆子立刻把刚才的见闻又复述了一遍："仪王殿下来拜访明娘子了。"

这下琴妆也吃惊不小，和柏嬷嬷交换了下眼色。柏嬷嬷进去禀报易老夫人，琴妆在一旁不可思议道："般般这丫头，怎么又和仪王勾搭上了？"

这回连易老夫人都觉得奇怪，按说她是无父无母的孤女，有人登门拜访，必定是冲着她来的，有什么要紧事，能劳动仪王那样身份的人登门？上回说她与翼国公齐大非偶，如今翼国公和应家定亲，谁知又来一个仪王，这话从何说起！

琴妆犹不服气，在她看来，明妆这丫头不过生得比旁人好些，一副皮囊罢了，怎么就让那些权贵如此鬼迷心窍！因为明妆一直和她们不亲近，一切都像隔着一层纱似的，叫人看不真切，因此琴妆很急切地想知道内情，在易老夫人耳旁不住挑唆："祖母住到园子里来，有客登门怎么不先拜见家主？这仪王也不知礼数，祖母还是派个人过去问问吧，也好让人知道般般不是没人管教的，有什么事，须得先问过长辈才好。"

易老夫人沉吟了下，觉得琴妆的话不无道理，正犹豫要不要打发人过东园，那边倒派人过来了。传话的婆子到了台阶前，宏声向内通传："仪王殿下得知老太太来易园借住，特向老太太请安。"

只说请安，没说别的，饶是如此，得了信的易老夫人也不能装作没事人。

琴妆眼巴巴地看着易老夫人："祖母，是不是要过去回个礼？"

易老夫人抚抚衣襟，站起来道："走吧，往东边去一趟。"

琴妆忙上来搀扶祖母，引她穿过跨院去前厅，还未进门就听见仪王的声音，正对明妆说："出了这事，怎么不让人传话给我，只管自己憋在心里……"

琴妆看了祖母一眼，老太太脚下顿了顿，大约也在掂量他们之间的关系。

但很快，更加令人惶恐的事发生了，也许是因为明妆有些心不在焉，对仪王的话没什么表示，仪王有些不满，怨怼道："殷殷，你听见我的话了吗？"

易老夫人心头咯噔一下，殷殷是明妆的乳名，若是没有亲近到一定程度，谁能这样唤她？比翼国公更大、更棘手的问题出现了，一个国公已经足够令人望而却步，这下可好，又冒出个王爷来，不单爵位更高，离登顶也更近……易老夫人忽然有些后悔，不知搬到易园这个决定是对是错。

可既然已经到了门前，回避也不是办法，她只好壮着胆子举步迈进门槛。

要说他们这样的人家，本来也不是什么高门大户，不过出了个三郎，立下战功，得了个郡公的名号，余下那帮人，照旧上不得大台面。当然这话易老夫人不会承认，她心里还在念叨，无论如何自己身上有封诰，好赖也是个郡夫人，就算在王侯面前，也不带畏缩的。然而仪王转头望过来，天潢贵胄一眼就把人看得矮下去几分，她心里竟生出一点惶恐，上前福福身，道了句"给殿下请安"。

仪王谈笑自若，抬了抬手，道："老太君不必多礼，我是恰好路过界身南巷，听说老太君也搬到府里来了，来问老太君一声好，顺便看望明娘子。"

易老夫人堆起笑，应承道："殿下客气了，殿下莅临，是我满门的荣耀，原该我们去向殿下请安才对，怎么能烦劳殿下来探望呢？殿下快请坐吧。"

明妆上前搀扶易老夫人坐下，自己立在她身后，这是做晚辈的规矩。易老夫人还要继续周旋，殷勤地问仪王："殿下可用饭了没有？我让人预备起来，殿下屈尊，在这里用顿便饭吧。"

仪王道："我刚从禁中回来，已经用过饭了，老太君不必客气。"

易老夫人"哦"了一声，偏头吩咐身边的女使："那把家中做的点心送上来，让殿下尝尝。"然后又笑着对仪王道，"年前的雪下得大，将我们老宅后院的屋子压塌了，这不，雇了人重新修葺，园子也要腾出来，因此搬到这里和明妆同住，彼此间也好有个照应。"

仪王扬眉笑起来："我说呢，怎么府里忽然多了这些人口，原来是老宅塌了。正好，我一直觉得明娘子孤寂，老太君一家能来与她做伴，家里也热闹些。但不知老宅要修整多久啊？若是有用得上我的地方，老太君只管吩咐，禁中有匠作班，从那里抽调些人手过来，加急为老太君赶一赶，工时会缩短许多。"

这话简直就是在赶人，恨不得三五日就修好，然后让他们卷铺盖从易园滚蛋。

易老夫人的脸抽了抽，虽知道仪王有心来给明妆撑腰，但这毕竟是易家自己的事，外人别说是王侯，就算是官家也管不上，但得罪他，暂且没有必要，于是她在椅子上欠了欠身，笑着说："禁中的匠作班，是为禁中修葺宫苑的，我们蓬门荜户，哪里敢劳动禁中的人？殿下的好意，老身心领了，就让那些雇来的工人慢慢干吧，慢工出细活，毕竟那老宅子有百年光景了，好好修葺一遍，至少能再保一百年安稳。再说我们明妆……"易老夫人回头看了身后的孙女一眼，语带哀戚地说，"孩子没了爹娘，实在可怜得紧，我本想把她接到我身边，她又舍不下这园子，两下里就耽搁了。这回恰逢机会，我们举家搬到这里来，正好让我仔细照应她一段日子。唉，殿下不知道，我心里有多舍不得她，只是苦于不知怎么疼她，让外人看来，竟是我这做祖母的，不拿孩子当回事似的。"

姜还是老的辣，易老夫人这一番话，为之前对明妆的不闻不问，找到了很合适的理由，反正就是明妆不愿意离开易园，问题还是在明妆身上。

仪王听了，不过淡淡牵了下唇角，道："明娘子眷恋爹娘，这里有她父母的灵位，想必就是因为这个，明娘子才舍不得走吧！"

这话又堵了易老夫人的嘴，归根结底，还是因为三郎夫妇的灵位未能入易家祠堂，她先前那些推诿又成了欲盖弥彰，倒闹得十分下不来台。

"罢了，前头的事就不去提它了，我想老太君爱惜孙女的心，是有目共睹的。我常担心她一个人没有照应，这回有老太君在，至少能让我安心一两个月。"说着缠绵地望了望明妆，"你若遇上什么难事，就同祖母说吧，不要事事都藏在心里。我这阵子政务忙，怕顾不上你，待有空了一定来瞧你。倘若受了什么委屈，你就拿个账本记下来，到时候我一并替你清算，好不好？"

他说"好不好"的时候，眼睛眯成弯弯的一线，看上去尽是宠溺的味道。明妆耳根一阵发烫，心想这人真是善于做戏，不去唱戏实在可惜。不过人家这是借机震慑老宅的人呢，她看不见祖母的脸色，却能看见琴妆扭曲的唇角，心里倒也畅快，含笑应道："好，有祖母他们在，哪个敢给我委屈受？殿下放心吧，只管忙你的去，若是遇见解决不了的难题，我再去府上找你。"

仪王颔首，顺势模糊地递个眼色："我晚间倒是常有空的，随时欢迎小娘子走动。"说罢拍拍圈椅扶手，站起身，舒展着眉目道，"大中晌的，不便耽误老太君歇息，这就回去了。"

易老夫人忙跟着站起来，道："殿下事忙，我就不虚留了，不过若是得空，还请过府来坐坐。"

仪王说好，转身要出门，走了两步又回头告诉明妆："我明日要去青州一趟，那件事，等我回来就去面禀圣人。"

明妆呆呆地说好，在易家人震惊的目光里，将人送到门口。

不出所料，仪王走得拖泥带水，两人在槛外依依惜别，琴妆看得直咬牙，偏头问祖母："仪王殿下说的事，是什么事？"

易老夫人心里也不痛快，恶声恶气地低喝："我怎么知道！"

琴妆的嘴唇翕动了下，再想说什么，又碍于左右全是易园的人，终究没能开口。好不容易见明妆把仪王送走了，待她一进门就迫不及待地追问："三妹妹，刚才仪王殿下说'那件事'要禀报圣人，是哪件事呀？"

其实不说破，她们心里未必没有预感，明妆只是含糊应道："没什么，不是要紧事，二姐姐别问了。"

琴妆对她这种故作高深的模样很是不屑，凉凉一哂道："不是要紧事，竟要惊动皇后？三妹妹还是没拿我们当自己人，骨肉至亲之间，竟也要遮遮掩掩吗？"

谁知这回明妆连理都不理她，转头对商妈妈抱怨道："妈妈，我肚子饿了。"

商妈妈立刻揉心揉肝道："可怜见的，竟饿到现在！快上花厅去，小娘子的饭食在炉灶上温着呢。"说完又挥手指派烹霜、煎雪："快，把食盒搬过去，再打盆水来，给小娘子擦洗擦洗。"

明妆回身冲易老夫人一笑："祖母，我进去了。"

易老夫人点了点头，看着她们主仆进了月洞门。返回西园的路上，琴妆嘴里还在喋喋不休："这丫头到底有什么本事，能把那些公侯王爷迷得团团转？咱们先前还担心翼国公要来提亲呢，这回可好，人选直接换成仪王了。"

事情有点棘手，易老夫人坐回榻上，沉重地拧着眉。

仪王过来的消息早就传遍西园了，原本忙于安排住处的罗氏和齐氏，这时也赶了过来，罗氏抚胸说："天爷，般般这丫头背后还有仪王做靠山呢，那咱们……咱们……"图谋易园和三郎留下的产业，岂不等同虎口夺食？

齐氏也茫然了，丧气地说："有什么办法，至多白住上一阵子，再搬回老宅罢了。"原本兴致勃勃达成目标的第一步，以为接下来没什么阻碍了，这么多人对付一个小丫头，她就算生了三头六臂也不够应付，可谁知道，天底下就是有这等喝水塞牙缝的事，一下子竟犯到了仪王头上。

罗氏问："果然定准了，仪王和般般两人要论及婚嫁了？"

琴妆道："我看他们眉来眼去的，想必差不多了吧。"

齐氏很不是滋味，鄙薄道："如今的女孩真是了不得，今日翼国公，明日仪王，后日不会变成官家吧？闺阁女子这样胡闹，也不怕坏了名声。"

她们你一言我一语，弄得易老夫人头疼，到底忍不住了，高声道："好了，消停一会儿，天又塌不下来！"

众人一噤，都眼巴巴地看过去，半晌等来易老夫人的决断："男婚女嫁讲究父母之命，仪王就算地位尊崇，也要听官家和圣人的意思。再者，两姓联姻，不能不问过女家，我不答应，他仪王难道还能硬娶？你们咋咋呼呼，其实我却不担心，三郎身上的案子，是因他病逝才没有追究下去，官家那里难道不记这笔账？上京那么多贵女，仪王偏选中般般，官家知道了，未必会答应，所以你们究竟吵嚷什么，走一步看一步就是了，还怕她自己做主，把自己嫁出去不成？"

这么说来倒也是，众人松了口气，纷纷在圈椅里坐下来，只有琴妆犹自不平："那些男子都是色中饿鬼，不过图她的美色而已，值个什么！"

易老夫人瞥了她一眼，长得不够美，酸话说起来倒是一箩筐。她是不曾在明妆身上花过心思，明妆高嫁，自己反正也得不着好处，但若是身边这两个有点出息，那才是真的得益。可惜，瞧瞧她们，一个个霜打的茄子一样，容貌平平，又没才情，就算有攀高枝的心，也没有攀高枝的命。易老夫人扶额叹了口气："好了，别大惊小怪，哪个待字闺中的女孩子没有几家求娶？我料官家不准，仪王也就不会再惦念了，般般那样的脾气，断不会答应给人做外室……身边人来人往都是寻常事，她的根在易家，就算活到八十岁，也还是易家人。既是易家人，就得归易家管，你们把心放在肚子里吧，别急赤白脸的，让人看笑话。"

西园的盘算，哪怕没有耳报神，明妆这里也能料到。商妈妈说："仪王殿下这一来，解了咱们的燃眉之急，算是给老宅的人抻了抻筋骨，让他们往后不敢打园子的主意。"

午盏也觉得很解气："不愧是皇子，说起话来一套一套的，我看老太太的脸都气歪了。今日仪王殿下来，用文的手段，明日李判来，再结结实实恫吓他们一顿，八成要把老宅那些人吓傻了。"

捧着炖盅的明妆却有她的犹豫："这样只怕要落他们的口实，到时候借机招我过去训斥一顿，说姑娘家贞静最要紧，我岂不是又要吃哑巴亏吗？还是给李判传个消息吧，暂且让他不必来，先看看老宅那些人的动静。若是不老实，到时候再麻烦他，他是最后的震慑了，比起仪王的文绉绉，武将雷厉风行更能吓唬他们。"

这么一想，很有道理，赵嬷嬷道："小娘子今日应当也累了，打发马阿兔跑一趟吧，李判那样聪明的人，一定明白小娘子的意思。"

明妆说："好，让马阿兔把话说清楚，替我向李判致个歉，咱们的计划有变，延后再办。"

赵嬷嬷应了，出门往南边轿厅里寻人，马阿兔正跷着脚喝熟水，听见赵嬷嬷唤，忙出门来听吩咐，得了令便牵出一匹马，扬鞭往洪桥子大街去了。

他一路上还在琢磨，又要和门外那些禁卫打交道，说实话有些发怵。那些征战四方的战将，听说刀把上都刻着"正"字呢，一个笔画就是一条人命。反倒是庆国公本人，虽令人敬畏，但身上没有血腥气，就是不知能不能顺利见到本人。

不承想就是这么凑巧，他拐进洪桥子大街，就看见李宅门前站了一队人马，眯着眼睛细瞧，庆国公正在其中，大约是要出门吧，车辇都准备妥当了。

马阿兔立刻从马背上翻下来，牵着缰绳边跑边喊："公爷……公爷……我们小娘子有话，命小人转达公爷。"

披着玄狐斗篷的人站住脚，那涌动的狐毛遮挡住半张脸，只看得见沉沉的眼眸风烟俱净。

马阿兔捏着心到跟前，叉手行了一礼，说："公爷，小人是易园的家仆，来给我们小娘子传句话。"

李宣凛凝眉道："怎么？易家的人为难她了吗？"

马阿兔忙说："不是，我们小娘子说，明日公爷不必前去拜会老太太了，公爷是利剑，要留到最要紧的时候再亮相。她派小的来向公爷致歉，先前约定的事，容后再议。"

李宣凛有些不解，明明上半晌还盼着他去的，怎么不多会儿又改主意了？于是问："可是回去之后，又发生了什么事？"

马阿兔知道在庆公爷面前不必扯谎，便据实道："仪王殿下不知从哪里得了消息，亲自赶到府里来了，替我们小娘子撑了腰。小娘子的意思是，大可不必连着给老宅的人下马威，万一老太太急了眼，反倒会逮住机会教训她。"

李宣凛明白过来，淡声道："原来仪王殿下去过了……既然有人为她出头，我就不必多此一举了。"

马阿兔听到这话，一时不知怎么应答，原以为庆公爷总还有别的话要吩咐，可他却沉默着，转身登上了马车。马阿兔眨巴两下眼，只好让到一旁，心道庆公爷看着不怎么高兴，别不是自己说错话了吧？

幸好，庆公爷临走前总算又交代了一声："若是小娘子还有吩咐，就让人往左掖门控鹤司传话。"

马阿兔赶紧应了声"是"，掖着手弓着腰，看一队人马护卫着车辇，往马军衙街去了。

第二十九章

从马军衙街入宜秋门,是到达内城最短的一条捷径,路程虽减半,但外城的道路不如内城,坐在马车内一路颠簸,颠得人心浮气躁。

不知是不是因为立了春,朔风犹在,但吹不进风的地方,开始偷偷滋生出暖意来,身上的斗篷披不住了,领下泛起阵阵热浪,他抬手解开赤金的领扣,随手扯下斗篷扔到一旁,也许是因为狭窄的空间伸展不开手脚,人呆坐在这里,坐久了能听见骨骼艰涩地扭动,发出"咯吱"的声响。

他心下觉得好笑,以前风餐露宿,回到上京后居然开始乘坐马车,果真上京是个适合温养的好地方。又行一程,颠簸慢了,想必已经进了宜秋门,他忽然开始认同明妆的提议,确实应该在内城买个宅子安顿下来,这样就不必每次长途跋涉,往返于内城和外城之间了。

马鞭偶尔敲打一下车辕,车外人声喧杂起来,驾车的七斗向内传话:"公子,遇上燕国公了,公子可要打声招呼?"

他没有应,上京遍地王侯将相,遇上总少不得一阵寒暄,但他今日有点乏累,调动不起情绪应付，因此错身而过就当没看见，怠慢就怠慢了。

他仰起头，靠在车围子上，余光瞥见门旁挂着一柄剑，剑鞘上有一截锻造精美的装饰，虬曲的饕餮纹路打磨得光亮，每一处扭转都是一个小小的镜面，镜面里倒映出他的脸，拧着眉头，满脸不耐烦……他怔了下，这样的表情从十三岁起就不曾有过了，在家时要学会隐忍，到了军中更要奋发向上，哪有时间用来耍小性子？

这是怎么了？他失笑地抬手揉了揉眉心，把那几道褶皱熨平，有困顿也好，不遂心意也好，都留在了马车里。

车辇终于停稳，外面的小厮将脚凳放置妥当，然后上前打起帘子，朗声道："公子，到了。"

他舒了口气，起身下车，脚下刚站稳，衙门内就有人跑出来回禀："禁中派遣黄门来传话，说官家召见公爷，请公爷速入禁中一趟。"

又是额外的差事，还不能轻慢，他领首应了，入内换了身公服，便随前来传话的黄门进了左掖门。

从左掖门一路往北，崇政殿在内廷右路，平时作官家理政、接见臣僚之用，不那么正式，多了几分家常的气氛。御前的小黄门在宫门前候着，见人来了，忙上前行礼，细声说："官家等候公爷多时了，公爷请随小人入内。"

小黄门弯着腰，把人送进殿门，南窗下，官家正站在窗前看盆栽中的一株石榴，错落卷起的竹帘下，照进一片淡淡的日光，挺过了一冬的观赏石榴置身那片光瀑中，已经没了生气，焦红的一团挂在枝头，表皮干瘪，隐约透出腐朽的气息来……官家看了半晌，终于直起身，负手走开了。

李宣凛肃容向上行礼："拜见官家。"

官家抬抬手示意免礼，玉色袖笼中隐现赤红的衬袖，愈发衬得指尖没有血色。

弥光上前搀扶官家坐下，官家又指指一旁的官帽椅，对李宣凛道："你也坐吧！今日叫你来，是为豫章郡王的事，内衙查出来的种种，朕已知悉，之所以迟迟不下决断，是因为朕下不了决断。"

官家说这话时，一直半垂着眼，一场重病消耗了他许多精力，也许是因为身体不好，也许是因为逐渐上了年纪，深谋远虑的君王，彻底变成了优柔寡断的老父亲。

李宣凛谢恩落座，但这件事暂且不便议论，便道："官家知道，臣只是征战外埠的武将，若说上阵杀敌，臣尚且有几分本事，但处置朝中事务，尤其这样的案子，实在一窍不通。那日是恰好，登楼观灯时臣在官家身旁，臣协助仪王殿下是遵官家的令，但这案子由头至尾，臣不过是旁听罢了，不敢妄断。"

他是个内秀的人，不似一般武将莽撞，口无遮拦，深知关乎皇嗣非同小可，因此等闲不肯开口。

官家捶着膝头，长叹了口气："你呀，过分审慎了，朕既然把筹备控鹤司的要职交给你，你就应当明白朕的意思。如今朝堂上，文官是中流砥柱，那些谏言奏疏和国家大义，闹得朕头疼，朕需要一个能办实事的人，你在朕的心中是不二人选。"

李宣凛在座位上微弯了弯腰，听罢官家的一番话，并没有太多触动，不过拿余光扫了弥光一眼，看见那张脸上沉静无波，只是浅浅一低眉，连眼角的皱纹里都装满了算计。

官家还沉浸在自己的两难里，缓声道："大哥的为人，朕很知道，他是朕的长子，生母虽然出身低微，但朕一直很疼爱他。五岁之前，他是养在福宁殿的，后来开了蒙，送进资善堂读书，虽说父子相处少了，但以他素日的品行……不至于做出逼奸宫人、窥伺御前的事。"

这是出于一个父亲的偏爱，即便有凭有据，仍旧不愿意相信。李宣凛明白过来，官家迟迟不立储君，大约也有豫章郡王的缘故，原本应当是有嫡立嫡，但他在嫡与长之间摇摆不定，若是论心，他更偏向那个长子。如今长子出了差池，这差池不大不小，很令做父亲的为难，所以找来不相干的他，想听一听他的意思。

"我原想把事压下来，缓和处置，但不知怎么，消息竟传到外头去了，弄得贺继江大闹郡王府，市井之中谣言甚嚣尘上，上京城中的百姓都眼睁睁等着朕的裁决，实在叫朕很难办。"官家越说，眼中的光越暗淡，最后转头问他，"俞白，若是你站在朕的处境，会如何处置呢？"

李宣凛沉默了下，拱手道："臣年轻，本不该妄自评断，但官家既然询问，臣就斗胆说上两句。内衙侦办案子，人证物证俱在，官家虽不敢信、不愿信，却也不能忽视真相。况且消息已经泄露出去，市井议论，朝廷哗然，官家若是有意偏私，只怕宰相和言官们不能罢休，贺观察更是愤懑难平，若当朝做出什么事，官家当如何收场？"说罢向上望一眼，见官家沉思，眉心也拧起来，愈发要斟酌自己的用词了，思忖道："斗胆问官家，官家可是觉得这案子还有疑点？若果真如此，发审刑院会同三衙会审，还郡王一个清白，官家以为如何？"

官家却摇头道："那些证据，朕都看过了，只怕排场越大，将来越不好收场。"

李宣凛说："是，现在结案，官家尚有余地从轻发落，要是经过审刑院和三衙严查……会不会查出别的什么，就不得而知了。"

他这样说，官家忽然抬起眼，甚至有些惶恐地望了他一眼。

李宣凛还是淡然的神色，微微低了低头道："官家执掌乾坤，平衡朝纲，平衡二字尤其艰难，进一步狂风凛冽，退一步未必不是万丈深渊。官家保得豫章郡王，那么为了给贺观察和满朝文武一个交代，势必有人要为郡王垫背，官家打算交出哪一个呢？"

果然官家的眉心拧得更紧了，其实这些道理他哪能不明白，不过心存侥幸，权衡过千万遍的事，需要再听一听另一个人的看法。

要保全长子，拿个无足轻重的黄门令来顶罪，文官们的唾沫星子肯定能淹死他。但若不是黄门令，就得挖出后面的人，李宣凛说得对，那个人又是能轻易撼动的吗？怪就怪一切太巧合了，那日邶国使节登楼观灯，大哥担着款待使节的重任，没能督查此案，若当日是他来侦办，是否又有另一种截然不同的结果呢？

官家长叹一声，帝王家的倾轧无休无止，看着兄友弟恭，果真到了权力面前，哪个又能一身坦荡，经得起推敲？也是自己举棋不定埋下了祸根，太子之位一直悬空，要是早些定下人选……其实又怎样，该争还是争，该斗还是斗，不到最后一刻，没有人会甘心。

手里的玉石把件被摩挲得发烫，官家下定决心，"啪"的一声拍在案上，转头吩咐弥光："照着先前商定的，传令中书省拟旨吧。"复又告诉李宣凛，"你母亲的诰封,这两日也会颁下去,朕想着,尊你嫡母为彭原郡夫人,生母就封容城郡君吧,也不枉她们教养你一场。"

原本诰封嫡母是定例,生母因出身微贱,基本没有机会获封诰命,但因李宣凛这回战功彪炳,官家破了先例,让他的生母也得了头衔,这样的荣宠满上京还没有第二家,算是给足了这位功臣脸面,也趁机替他正一正出身,看谁还敢说他是妾生的?毕竟那妾侍如今也成了诰命夫人。

一旁的弥光脸上堆出好大的笑,细声细气道:"公爷,给您道喜了。"

李宣凛忙起身长揖:"多谢官家。"

官家抬了抬手,脸上浮起一丝松散的神色,笑道:"前朝有少年将军封狼居胥,本朝有俞白声振华夷,这是朕的福气,也是江山社稷的福气。控鹤司,你要尽心筹备,这路禁军早晚有用得上的时候。"

更深的话,不必细说,早就在背人的时候交代过了。李宣凛领了命,见官家没有其他叮嘱,便行礼退出崇政殿。

循着来时的路往南,但在将近宣右门的时候,听见身后有人喊了声"公爷",回头一望,是官家身边的红人,正急急迈着碎步追赶过来。

面白无须,像画中的奸人,这是李宣凛第一次在潼关见到弥光时的印象,这么多年过去,那张脸愈发白得发胀,白出了一种死气沉沉的阴冷模样。

他看着对方一步步走来,知道那是仇人,但眼下只有按捺,甚至很客套地拱了拱手,道:"中贵人,可是官家还有什么话要吩咐?"

弥光说不是,夹道中没有日光,却也仿佛光芒耀眼般,笑出一副避讳的模样,掖着手道:"我与公爷也算旧相识了,公爷此次回京,我几次三番想与公爷打招呼,可惜一直没有机会。遥想当初,公爷还是大将军手下的节度判官,我那时就看公爷不错,日后一定前途无量,果然让我说中了。"

李宣凛心里厌恶这宦官的虚伪,当年在陕州他也是这样的嘴脸,一度让自己大意地以为小小宦官掀不起什么风浪,谁知终究是小看他了。

如今恨犹在,却还需隐忍,思及此,他展开紧握的拳,指缝中有凉风扫过,他重新浮起一点笑,说:"我有今日,少不了中贵人在官家面前美言,这份交情,俞白记在心上了。"

弥光有些惊喜，"哎呀"了声，道："公爷言重了，公爷战功赫赫，是朝中新贵，官家器重还来不及，哪里用得上我美言？不过说句实在话，公爷三年之内平步青云，官拜国公，实在是我始料未及，这叫什么？这叫青出于蓝而胜于蓝！说明大将军将公爷栽培得很好，一切都是大将军的功劳。"

他把话题往大将军身上引，李宣凛也并未回避，颔首道："我确实感激大将军，若没有大将军提携，就没有我的今日。"

对面的人眼中浮光一闪，对插着袖子感慨道："公爷真是个念旧情的人啊，如今世道，这样的人很难得，小人也甚是佩服公爷。不过公爷，我们老家有一种合蕈，好大一片肥沃的地，只长那一朵。如果想有好收成，就得摘下这朵，碾碎了种在地里，三个月后便能摘上几筐……公爷你瞧，不破不立这个道理，在菌子上犹能窥出一斑，若换在人身上，也定是一样，对吗？"

这样隐晦的比喻，若他有心，肯定能听出来。弥光含着一点期望看过去，果然见那沉沉的眼眸微转，忽然明朗起来，语调也变得更有深意，笑道："中贵人说得很是，那朵合蕈粉身碎骨成就了后来者，也算是对农户的报答。"

弥光大喜，果然和聪明人说话不费力，他早就料到，这李宣凛的重情义只是一层外皮，毕竟在无边的权柄面前，谁也经不起诱惑。如此就好办了，敌人越少越好，也省了他一桩心事，他舒展着眉目道："官家先前说要诰封府上两位夫人，竟把令尊给忘了，还是小人提醒官家，父精母血，不能只顾着嫡母生母，倒把最要紧的人忽略了。"说着又一笑，"令尊如今是前行郎中，这官职有些低了，官家让小人传话中书省，特赏令尊管城县开国子，食邑五百户，自此公爷的门庭算是重立起来了，在上京城中大可挺直腰杆，谁人不知道，公爷也是李家的宗亲。"

哦，又是一桩好事，李宣凛又拱拱手："劳中贵人费心了。"

弥光摆手道："不过是举手之劳罢了，公爷不必放在心上。不过公爷看豫章郡王那件事……"

李宣凛道："我与官家说的都是肺腑之言，既然铁证如山，就该照规矩办事。若是保全郡王，就得追讨侦查者办事不力之责，官家手心手背都是肉，打哭一个逗笑一个，大可不必！"

弥光说："正是呢，小人也曾这样劝解官家，无奈官家犹豫不决，好在今日宣了公爷入禁中，公爷的话官家还是听的，总算下定决心给贺观察夫妇一个交代，也给冤死的贺内人一个交代。"

扯了半天闲篇，大方向上似乎不谋而合，但就此断定这位新晋的国公能够放下前怨，似乎过于草率了。弥光抬了抬眉，很有再次试探的打算，话锋一转，又唏嘘起来："当着邺国使节的面，出了这样的事，朝廷脸上很是无光，不过死者为大，没有追贺家的责，是官家宅心仁厚，须知那日太后和圣人还领着几位公主在场呢，吓得三公主回去病了一场……哎，公爷前去察看尸首的时候，听说有个姑娘唤了公爷一声，寻常贵女躲避还来不及，这位姑娘倒是特别，且公爷对她行了大礼，想必她就是大将军遗孤吧？"

弥光那双眼，鹰隼般紧紧盯住李宣凛，他倒要看一看对李宣凛提及这位恩师之女时，究竟有什么反应。如果当真庆幸易云天的倒下成就了他，那么那个小小的女孩，又何足挂齿？

可惜，弥光低估了这段交情，于李宣凛来说，明妆是他最后的底线，若是弥光敢把主意打到她头上，他不介意在官家面前领个失手斩杀黄门的罪过，遂点了点头，道："那正是大将军遗孤。大将军病逝之后，夫人不久也辞世了，留下一个独女孤苦无依，勉强支撑门户。"

弥光没有半点愧疚之心，"哦"了一声，道："倒真是不容易。只是我也听说，仪王殿下似乎对她有意，如此看来，这位小娘子非比寻常。也对，虎父无犬女，将门之后又岂是庸庸碌碌之辈？将来妻凭夫贵，一跃成了人上人，那公爷看……她会不会对小人有成见，处处针对小人？"

这话说得很坦诚，确实应当是他心里担忧的。李宣凛却一哂："中贵人想得太长远了，莫说仪王殿下与她会不会有后话，中贵人是官家跟前的红人，难道还怕一个小姑娘？"

弥光尴尬笑道："我只是区区内侍，哪能不怕？等小娘子手上有了实权，未必没有为难小人的心，依着公爷，小人届时又当怎么办呢？"

李宣凛饶有兴趣地望着他："那中贵人有何打算？"

弥光顺势道："听说那小娘子生得容貌无双，姑娘家有一副好相貌，果然能青云直上。"

看来好相貌碍着他了，李宣凛倒也不动怒，只是有意告知他："易小娘子是大将军独女，大将军临终时曾托付我看顾她，我既应下了，那就是我的责任。中贵人其实大可不必担忧，易小娘子是个纯质的姑娘，她的心思没有中贵人想得那么深，那些揣度，只是中贵人多虑罢了。"言罢又散漫地笑了笑，"先前听中贵人提起老家，我记得你的老家在雍丘吧？家中父母不在了，但有个相依为命的哥哥，他的长子过继到了中贵人名下，好得很啊，中贵人也算后继有人了。"

这番不轻不重的敲打，听得弥光的脸色更白了，想来玩弄权术太久，忘了自己也有软肋，或是高估了李宣凛的品行，以为他不会像自己一样，动用那些上不得台面的手段。

见他不说话，李宣凛偏头打量他一眼，道："中贵人脸色不好，可是这阵子招待邳国使节太累了？公务再忙，还是要保重身体，我那里有几支老山参，下回入禁中，给中贵人带来。"

弥光嘴角抽了抽，心头恨出血，却又不得不克制，正要拱手道谢，李宣凛却傲慢地转过身，龙行虎步地往宫门去了。

第三十章

　　宫门上早有他的随行官赵灯原候着，先前那番对话隐约传过来，他也听到了一些，上前接应上将军迈出门槛，两人并肩往东华门去，赵灯原边走边道："弥光这厮又在打小娘子的主意，若不是因为这是禁中，我早就抽刀砍下他的脑袋了。"

　　陕州军对弥光的恨，可以说是恨之入骨，当初朝廷拨的粮草运到潼关，只差一点儿，就能报邶国突袭之仇，结果因为这狗宦官的谗言，拖住了全军的进程，也让大将军停了职。若不是他，大将军不会饮恨而终，小娘子也不会成为无父无母的孤女，可饶是如此，他依旧不肯放过，算盘又打到小娘子头上来了，别说上将军，就是他们这些听令的，也咽不下这口气。

　　赵灯原愤愤不平，李宣凛却很淡然："我的那番话，其实正合弥光的心意。"

　　赵灯原有些不解："上将军的意思是……"

　　什么意思暂且不便多言，他摇了摇头："算了，出宫再说吧。"

　　东华门外，车辇早就在等着了，因太阳将要下山，天地间又狠狠地凉起来，七斗蹲在背风的地方向宫门眺望，见有人出来，忙蹦起来，张着斗篷给他披上，吸着鼻子道:"公子,天晚了,咱们是回家,还是去控鹤司衙门?"

李宣凛回头望望西边天际,云层厚重,明日也许会有一场雨。现在的天气最是多变,仿佛一日之间能走过四季。他沉吟了下,道:"去潘楼包个酒阁子,大家吃过饭再回去。"

横竖那个家,是越来越懒得回了,在外面能蹉跎一阵是一阵。加上随行的人从陕州护送他回上京,因忙于应付王公贵族的宴饮,自己人还没能好好喝上一杯,趁着今日有闲暇,去潘楼尝尝最新的春菜,也算对大家长途奔波的犒劳。

七斗响亮地应了声是,随行官们自然也很高兴,潘楼在宫城南角楼斜对面,只隔了一条高头街,从这里过去一盏茶就到了。

众人驾着马,一路到了潘楼前,潘楼是上京最有名的正店,三楼相接,五楼相向,天擦黑的时候挂满灯笼,飞桥栏槛,明暗相通,人还没进门,就闻得见酒香夹着脂粉气,伴随着靡靡的声乐扑面而来。

拉客的女子打扮入时,六七个站在门前揽客,迈着莲步,摇摆着纤纤柳腰,俏声说:"官人可进来坐坐?今日新酿的珍珠泉,管叫官人忘归,还有新来的唱曲姑娘,让她陪官人喝一杯吧。"

有人调笑道:"酒有什么好喝的?老爷想讨杯冷茶吃。"

言罢,换来一阵嗔怪:"官人说这话,家中夫人可知道吗?回头闹到店里来,别说冷茶,连饭都吃不成了。"

但凡去过挂红纱栀子灯酒楼的人,都因这话暧昧地笑起来,只有七斗不明白,转头问李宣凛:"那人做什么要吃冷茶?茶不都是喝热的吗,难道上京又出新喝法了?"

李宣凛有些尴尬,没有应他。一旁的赵灯原觉得这小子也老大不小了,没吃过猪肉,总得见识见识猪跑,于是很详尽地向他解释了什么叫"吃冷茶",示意七斗看街边和男人耳鬓厮磨走过的女子,说:"因为小姐磨磨蹭蹭碎步走路,茶端到手上时已经冷了,所以叫吃冷茶。"

七斗恍然大悟:"乖乖,真是一门学问!"

众人起哄道:"年纪到了,若是有机会,也学着吃上一杯吧。"

第三十章

揽客的人迎上来，嘴里热热闹闹地唤着将军，要把人往门内引。大家从善如流，却见一个人顿住步子，赵灯原迟疑地唤道："上将军，可是想起什么公务没有办完？"

陕州军训练有素，一提这个，纷纷站住脚。

李宣凛说："没有，我忽然想起一件事，也不怎么要紧，你们先进店内，我去去就回。"

然而那帮人就那么看着他，都没有让他独行的意思，他无奈地只得又说了一遍："你们先去定下酒阁子，我随后就到。"

这话的意思就是确实不重要，确实不用人护卫，大家这才松懈下来，重新簇拥着进入店门，唯有七斗转身道："公子走吧，小人给您赶车。"

李宣凛说："不必，你跟他们一同进去，我自己骑马，速去速回。"

他说罢走向拴马的地方，挑了一匹便疾驰而去。七斗眼巴巴地看着他走远，嘴里嘀咕着："公子这是上哪儿啊……"

往北，隔着几条街就是界身南巷，他一路马不停蹄地到了易园外，这时天已经黑透了，只看见门上灯笼高悬，巷中一片静谧。路边停了一架太平车，两个穿着粗布衣的人站在门上，小心翼翼向内打探，门房有一个家仆出来，向北一指："绕到后面巷子去，那里有边门。这是正门，正门能让你们送菜吗？懂不懂规矩！"

两个农户唯唯诺诺答应着，弓着身子拉起太平车，往后巷去了。

李宣凛站在灯火照不见的地方，静静地站了很久，仔细听，北风扫过整个园子，没有带出喧闹之声，他松了口气，至少现在她还应付得了，确实不需要他出面。

放心了，那就回去吧！他退后一步，牵着马往巷口走，远远能看见皇建院街上茉丽的灯火，穿戴着华美冠服的人在夜市上款款走过……他的脑子里忽然浮起大将军临终时的场景，即便时隔多年，心头还是狠狠一哆嗦。

大将军病了好几个月，新病旧伤一齐发作，军医已经束手无策，每日在廊下候着。每个人心里都牵着一根弦，不敢说出口，但预感强烈。他呢，几乎不去军中了，就在府衙内随时听令，防着大娘子有事差遣，大将军有话吩咐。

果然，那日午后，大娘子出门，晦涩地唤他："俞白，你进去吧，大将军有话对你说。"

他应了声是，忙提袍迈进门槛，榻上的大将军已经瘦得脱了相，看见他进门，微微喘了口气，指指对面的圈椅，示意他坐。

他这时候哪里坐得住，单膝跪在脚踏上，轻声说："大将军有什么话，只管吩咐俞白。"

大将军的声气很弱，战场上横刀立马的英姿不再，但威仪犹存，叮嘱如何安抚将领，如何整顿军纪，甚至连什么时候分发军饷都提及了，却没有怨天尤人，只说："日后粮草入库，请安抚使派两个人仔细清点。我们在边关太久，只图行事方便，忘了朝中那套琐碎，这不行。"

他应一声是，想起弥光就深恶痛绝，咬着牙道："那奸宦还没走远，我去城外拦住他，拿他的首级给大将军出气。"

大将军摇头道："事已至此，多一事不如少一事。他是官家派遣的监军，代表的是官家的颜面，我已然如此，你的路还很长。"说着大口喘气，每喘一口都紧紧蹙眉，仿佛空气灼痛了他的五脏。

李宣凛连忙拿靠枕垫在他身后，一面替他匀气，一面切切道："大将军别着急，慢慢说。"

好半晌，那种危急的情况才有缓和，大将军又道："邶国还未打下来，只差一点儿……这是我心中最大的遗憾。俞白，后面的事就交给你了，我未能完成夙愿，不肯离开潼关，把我葬在山羊坡，让我能看见你们攻破北邶王庭，拿下邶王。"

虽然那个不祥的预感一直盘桓在心头，但听见大将军亲口交代后事，他惊惶不已，咽下不安，勉力劝解道："大将军不要说丧气话，您见过多少大风大浪，最艰难的时候也扛过来了，这点小病小灾算得了什么。"

大将军摇头道："我自己的病，自己知道，挨不了多久了，有话现在不说，就来不及了。"言罢转过头，深深地望向他，"我死，是我命该如此，有时想想，丧气得很，也许死了，反倒清静了，但又放心不下她们母女……大娘子陪我离乡背井这么多年，往后没了依靠，还是送回上京吧，上京有她的母家，好有个照应。

般般……般般还小，性子也单纯，我尤其舍不得她，将来没了父亲做倚仗，怕她吃苦，怕她觅不得好姻缘。俞白，我一直将你视如己出，你要答应我，拿般般当亲妹妹看待，多多看顾她。我不能尽的心，请你代我尽，我做不了的事，也请你代我完成，无论如何，不要让人欺负她。"

他的鼻腔里忽然盈满酸楚，用力点头："大将军放心，我纵是死，也一定护小娘子周全。"

大将军长出一口气，这番话已经用尽了他全部的力气。

窗外的日光淡淡照进来，光柱中粉尘飞扬。大将军慢慢闭上眼睛，说得累了，须得休息好半晌。

他退出来，在廊上站了两个时辰，两个时辰之后，听见大娘子呜咽的哭声，心一直往下沉，沉进无底的深渊，他知道，大将军走了。

往事汤汤从心头流过，现在回想起来，像个可怖的梦。他又回头望了易园一眼，再三确定无恙，这才决然上马，扬鞭重回潘楼。

明妆这边倒是没有什么惊心动魄的遭遇，老宅的人头一天搬到易园，一起吃顿饭总是免不了的。

罗氏看着满桌子的菜长吁短叹："唉，晚间厨房还来同我抱怨，说家里人口这么多，光是米饭就做了好几斤，这么下去，竟是要把家底吃空了。"

明妆置若罔闻，和易老夫人说笑起来："真是奇怪，一样的锅灶佐料；不同的人做，就有不同的滋味。祖母，老宅的厨娘手艺真好，比我们府里厨娘做得好吃。像这个盏蒸羊，一点腥膻味都没有，到底有什么诀窍，回头让她教教锦娘。"

易老夫人点头，心里还在琢磨今日仪王驾临的事，因此有些心不在焉。

凝妆冷哼一声，嘀咕道："装傻充愣！"

明妆的视线从她脸上划过，明知故问道："姐姐怎么了？不高兴吗？是菜色不对胃口，还是这园子住得不习惯啊？"

罗氏见自己刚才那通抱怨，压根没有得到任何回应，愈发加大了叹气声，说："可怎么办？明日要让米行多运些米进来，连着那些时蔬也要翻倍。"

这回终于引来明妆的关注，只听她老气横秋地说："大伯母，吃饭的时候不能叹气，这是我爹爹教我的规矩。一饭一蔬，当思来之不易，你叹了气，灶王爷听见了，要上天告状的，老天爷就不赏你饭吃了。"

罗氏被她回得打噎，难道自己抱怨的重点是在叹气上吗？她正要与明妆好好摆事实讲道理，却见老太太放下筷子，于是到了嘴边的话，只好硬生生咽了回去。

明妆见状，也放下筷子，端端坐正，等易老夫人开口，果然易老夫人和颜悦色地问："今日仪王殿下来家里，我思量了半日也没想明白，早前你姑母说翼国公与你有些交情，怎么这回又换成仪王了？"

明妆早知道她会问起，"哦"了一声，道："我与他们是在梅园结识的，彼此都是朋友。那日姑母来，恰逢翼国公送来茶叶，据说是上好的小凤团，就让人泡了一盏给姑母尝尝。朋友不嫌多，结识翼国公又结识仪王，没有什么妨碍吧？"

"朋友？"易老夫人显然对这个答案不满意，眼里浮起挑剔之色，"你是女孩，女孩家多几位闺阁朋友倒是常事，结交那么多男子，却不是好事。咱们祖上虽不显贵，但也是诗礼人家，今日这个登门，明日那个登门，叫外人说起来不好听，传到有心人的耳朵里，又不知会如何抹黑你呢，往后还是矜重些为好。"

一旁的琴妆立刻帮腔："祖母说得是，三妹妹，你的名声关乎家中姊妹，万要顾念些，我们还要出去见人呢。"

这倒好，说得她做了见不得人的丑事似的。明妆茫然地看看这桌的女眷，又看看邻桌那一帮伯父兄长，不解道："大伯父，可是结交仪王，让家里人抬不起头了？既然如此，我明日差人去仪王府说一声，就说家里人觉得不妥，让他以后不要登门了。"

她这一顺从，却让易家男人慌了。那是谁？那是官家的儿子，爵位最高的皇子，旁人巴结还来不及，哪里有自行断绝来往的道理？易家的男人们，不拘官职高低，好歹也在官场上行走，要是一得罪仪王，可以想象以后仕途止步，前程也就这么回事了。

易云川当然不能让这种事发生，忙道："不敢胡来，家里说说意气话就罢了，闹到外面去，才是叫人笑话。"

第三十章

　　易云海也附和道："姑娘家自矜是应该的，但人家若是登门拜会，你这里断然回绝，倒让人觉得咱们家不知礼数了。"

　　易老夫人见两个儿子这么说，扁嘴蹙眉调开视线。果真女人的思维和男人的不一样，男人兼顾得多，在他们眼里，仪王是大树，抱紧了好乘凉。但在易老夫人看来，明妆这丫头靠不住，将来就算有了出息，也不会照顾母家。

　　大哥元清的媳妇葛氏见状，忙从女使手里接过茶水，放到老太太面前，笑着说："祖母别担心，三妹妹是个谨慎人，行事自会留意的，哪能叫人说闲话呢？再者，那翼国公不是与嘉国公家定亲了吗？往后和咱们三妹妹也不会有什么往来，剩下仪王殿下……"

　　话没说完，凝妆插嘴道："正是呢，本以为翼国公和三妹妹走得那么近，除夕那夜还一起出去赏灯，婚事总是十拿九稳的，谁知半道上忽然和嘉国公府结了亲，不知道的还以为翼国公始乱终弃呢。"

　　凝妆这张嘴确实可恨，葛氏不好说什么，不屑地白了她一眼。

　　明妆低头喝了口熟水，垂着眼，看不出什么情绪，她慢吞吞地将杯盏放回桌上，这才对易老夫人道："祖母，外面不曾听见有人议论我，偏偏自己家里说什么始乱终弃，我要生气了。一起看过一回灯，又不是私订终身，怎么就'乱'了？大姐姐春日宴上还和杨通判的小舅子赏过花呢，要这么说，让给事中家知道了，岂不是连婚事都不敢议了？"

　　这下凝妆目瞪口呆，气恼地叫唤起来："你这丫头……"

　　葛氏忙来打圆场："好了好了，自家姐妹，何必互相拆台？大妹妹就少说两句吧，翼国公与三妹妹之间没什么事，这才和嘉国公家定亲，他定他的亲，和三妹妹有什么相干，是不是？"

　　二哥元安的媳妇苏氏和凝妆这个小姑子也不对付，敌人的敌人就是朋友，但她嘴巴笨，不及葛氏能说会道，便拿水晶饺蘸醋塞进嘴里，"嘶"地吸了一口气："好酸！"

　　可见老宅一家子并不是一条心的，明妆笑了笑，转头问易老夫人："祖母，您觉得仪王殿下不好吗？究竟哪里不好，告诉孙女，孙女往后也好警醒些。"

于是易老夫人窒住了，挑皇子的错，除了官家，没人有这底气。这种话要是说错了，明妆是绝对会和仪王直说的，任易家有十个脑袋，也不敢得罪仪王。

易老夫人退了一步，委婉道："不是说仪王有什么不好，是咱们高攀不起，你也不小了，应该懂得这个道理。"

明妆却不认同："祖母，老宅和郡公府不是一回事，爹爹的爵位没有被官家收回，我还是郡公之女。"

所以易老夫人那句"咱们"用得很不知趣，谁和老宅的人统称"咱们"？那一家子，除了老太太凭借儿子得了诰命，其余人都是麻绳穿豆腐，硬把明妆拉到他们阵营里，那才是强贬身价。

站在明妆身后的商妈妈神清气爽，上前轻声提醒道："小娘子，时候不早了，炉子上还煎着药呢。小娘子不是说夜里睡不好吗？回去用了药，早些睡吧。"

明妆道一声好，站起身对易老夫人福了福："祖母，那孙女就先回去了。听说明日给事中府上要来和大姐姐议亲？我还没见识过议亲是什么样呢，明日让我躲在帘子后头旁听，好不好？"说罢笑着看了凝妆一眼，也不等易老夫人答应，悠悠挽着画帛，往长廊上去了。

第三十一章

这句话简直就是恐吓,凝妆呜的一声,哭丧着脸对易老夫人抱怨:"祖母你瞧,这丫头八成没存什么好心,明日她可是要来作梗?"

易老夫人对凝妆这模样已经习以为常,虽说明妆确实有使坏的嫌疑,但起因还不是她那张嘴吗?只是女孩大了,要说合亲事了,加上给事中家相准了她,易老夫人也不好怎么责备,只道:"她是闺阁里的姑娘,别人议亲,哪有她凑热闹的分?她不过是顺嘴一说,看你这副如临大敌的样子。"

葛氏早就看凝妆不顺眼了,趁这机会,学着琴妆的样子说教起来,叹了口气道:"大妹妹也是,如今正是你议亲的紧要关头,议亲可不是下定,人家还有挑拣的余地呢,倘若让人知道一家子姐妹不和睦,叫给事中家怎么想?妹妹要学得大度些,不要总和三妹妹争长短,咱们如今借住在人家府上,抬头不见低头见,闹得生分了,彼此多尴尬。"

凝妆对她的这番话很不屑,凉笑道:"大嫂也太会做表面文章了,敢情借住在这里,咱们就得感激她?大嫂真是这样公正的人吗,我怎么不相信呢?"

自己小人之心，就当全天下的人和她一样。葛氏对这小姑子愈发看不上，当初老太太想出这个馊主意的时候，她和元清是不赞同的。至亲骨肉趋吉避凶，在明妆最艰难的时候一点忙没帮上，连祠堂都不让三叔入，如今见官家不追究了，又来图谋三叔的家产，细说起来，简直不是人。然而没办法，他们是小辈，本来也没分家，长辈们做了这个决定，他们只有听从的分。老宅的屋子，不管好的坏的都开始修缮，他们小夫妻连个安居的地方都没有，只好厚着脸皮跟着一起搬到这里来寄人篱下。要说明妆，已经算顾念脸面了，若换了她，只怕早就大哭大闹地把外来客赶出去了，还轮得着她们在这里说酸话？

　　葛氏虽是小门小户出身，但礼义廉耻还是知道的，不像这家里的两位小娘子，说话做事全没章程，既想着占便宜，嘴上还不服软。似这等人，就该找个厉害的婆母，三句不对，赏家法做规矩，看她们还张狂！尤其这个凝妆，自以为能嫁入高门，在家摆出一副天不怕地不怕的架势，也不知哪里来的底气，就凭那两句直眉瞪眼的话，也够好好与她计较了，不过葛氏不是个糊涂人，更不会当场与她争执，只是冷冷一笑，来日方长。

　　元清对这妹妹也是无话可说，起身对葛氏道："时候不早了，回去歇了吧。"

　　他们夫妇携手向老太太行礼，转身退出花厅，凝妆受到冷遇，很是不平，冲母亲嘀咕道："我生平最看不上这种假仁假义的人，弄得全家都不是好人，只她一个高洁似的。阿娘也是，怎么从来不管教她，她是长嫂就惯着她吗？"

　　罗氏被她闹得头疼，蹙眉道："祖宗，少说两句吧！明日议亲的人来，你就给我老老实实闭上嘴，别说话。"

　　凝妆干瞪眼，一下把脸拉得老长。一旁的苏氏暗暗嗤笑一声，又怕被人发现，忙打扫喉咙喊丈夫："官人，咱们也回去吧。"

　　夜确实深了，众人纷纷回了小院，葛氏和元清在院子里转了一圈，恰见不远处凝妆的院子有女使出来接应，葛氏望着凝妆的背影，对元清道："咱们这位妹妹，幸好没有进宫当娘娘。"

　　元清闻言，回头瞥了一眼，道："这是我们的造化，要不然全家都得跟着一块儿杀头。"

这倒是真话，知妹莫若兄，凝妆没什么脑子，锋芒毕露，全在嘴上，她不知道嘴上厉害的最易吃亏，说不准什么时候心直口快，就把人得罪了。

罗氏令凝妆不许出声倒是正确的，第二日，给事中家托了副转运使夫人朱大娘子来说亲，长辈们细细美言，凝妆娴静地坐着，乍一看倒是个温柔知礼的姑娘，几乎要把朱大娘子骗住了。

朱大娘子正在感慨园子的精美："当初郡公筹建易园，我家官人还替郡公觅过能工巧匠呢。哎呀，找一个好手艺的，真比觅一门好亲事还难，老太君不知道，当初可费了一番工夫。"

易老夫人也尽力敷衍："可不是嘛，如今园子还在，人却不在了⋯⋯这回是老宅修缮，孙女好说歹说要让咱们搬进园子里，一家人在一起，也好照应她。"

朱大娘子连连点头："明娘子的确不易，好在祖母来了，才有了依靠。"

她们对话，葛氏在一旁听得反胃，老太太睁着眼睛说瞎话的本事是越来越高明了，早前，葛氏刚进门那会儿还觉得这老太太有几分正气，可是越相处，越觉得她狡猾入骨，再后来，葛氏对她的尊重也荡然无存，只剩表面和气，背后自己做主。

朱大娘子闲谈半晌，话又说回来，结结实实把给事中家的公子夸了一顿，说三郎多上进，人品才学多好，末了又来例行赞美凝妆："小娘子好端庄的模样，都说老太君府上家教好，今日见了，果不其然。"

凝妆腼腆地低下头，这一低头倒很有淑女的风貌，其实易老夫人也捏了把汗，担心凝妆嘴里又蹦出一句什么，破坏了半日的苦心经营，还好，她忍住了，忍住就是胜利。易老夫人忙接过话头，说："大娘子谬赞了，孩子年轻，处事不老练，还有许多需要调教的地方。"

朱大娘子会错了意，以为易老夫人话里有话，忙道："老太君放心，王给事的夫人待人十分宽和，和两个儿媳相处也很好，小娘子日后过了门，纵使有不妥帖的地方，也会和缓教导，老太君不必担心。"说完顿了顿，又问起另两位小娘子的婚事，"琴娘子可说了人家？还有郡公家的明小娘子，亲事定下没有？"

易老夫人端起一点架子，矜持地说："倒是有几家看中了我们琴妆，只是人才家世还需斟酌，暂且没有定下。至于明妆，她和仪王殿下走得近……"说罢隐晦地笑了笑，"不过八字还没一撇，且不说她，哎，大娘子吃茶呀。"

朱大娘子一听，顿时来了精神："明娘子和仪王殿下有交情？"她一边问，一边挪了挪身子，"哎呀，那可是一等尊贵的皇子，是先皇后的独子啊！"

现任的皇后册立较晚，只生了两位公主，从血脉上来说，仪王的身份确实是无人能出其右。

葛氏垂着眼，心里感慨真是好嘴脸，昨天还一口一个姑娘要自矜自重，不让明妆与仪王来往，今日就拿这没影的事为自己的大孙女助起威来了。给事中家要是知道能和仪王做连襟，还不磕破头地来求娶凝妆，闹不好又变出一个拐着弯的亲戚，把琴妆也一并娶了。

易老夫人模棱两可地笑了笑，看上去竟有几分藏拙的味道。

"横竖凝妆的事，就有劳大娘子了，孩子们都到了婚嫁的年纪，该筹备的便早早筹备起来吧。这三个孙女都是我的心肝宝贝，一个个送她们出了门，我的心愿就了了。大娘子两头辛苦，事成之后一对蹄膀是跑不了的，到时候我亲自送到大娘子府上，感谢大娘子的成全。往后我们琴妆也要偏劳大娘子，大娘子的眼光咱们信得过，看准的郎子，必定是无可挑剔的好郎子。"

朱大娘子听了两句恭维的话，愈发眉开眼笑，连连说好，又喝了一盏香饮子方起身告辞："我这就往王宅跑一趟，择个好日，先下定再说。"

易老夫人站起身又说了些客套话，末了转头吩咐葛氏："替我送送朱大娘子。"

葛氏轻快地应了，牵起袖子道："大娘子请吧。"

朱大娘子向易老夫人及罗氏颔首，这才跟着葛氏从花厅里出来。

郡公府的这个园子，要说景致，实在是好，园里有引入活水的小湖，木柞的游廊顺着地势高低绕湖而建，从后花厅到前面的大门，一步有一步的风景。

路上，朱大娘子顺口问道："怎么没见明娘子？我家的孩子上回在梅园见过明娘子，回来好一通夸赞，说明娘子生得真好看，像画上的仙女一样。原本以为今日能见一见她的，不想没在老太君跟前侍奉。"

葛氏一听，时机来得正好，便道："三妹妹昨日是说要来的，可惜大妹妹和祖母都不应声,她面嫩,因此就作罢了。"

朱大娘子纳罕道:"这是为什么?老太君和凝娘子不愿意她出面见人?"

葛氏道:"我这三妹妹可怜得很,失了怙恃,如今家里忽然又来了长辈,自然就不那么随心了……"说着高深地抿唇一笑,"我不细说,大娘子也知道。"

这下朱大娘子终于转过弯来,想起早前的传闻,说易家太夫人对最小的孙女不闻不问,如今看来,确有其事。易家一大家子搬到易园,恐怕未必是明娘子情愿的,她正想再和葛氏打听打听,就见一个卷着袖子,抚着手臂上鞭痕的女使哭着走过,朱大娘子不由得愣了下,吃惊都摆在脸上。

葛氏一副见怪不怪的模样,说:"这是大妹妹房里的女使,粗手笨脚,总伺候不好,大娘子不要放在心上。"

朱大娘子心头一跳,心道伺候不好就要挨这顿好打?年轻姑娘房里腥风血雨,听着竟有些吓人。自己千载难逢来一回,竟也能撞见,可想而知,平时又是怎样一番鸡飞狗跳的光景。

葛氏见朱大娘子迟疑,心里当然顺意得很,如此这般,也不枉费她安排小女使演了这场戏,当然她面上还要不动声色,坦然地在前引路,说:"大娘子,这边请。"

朱大娘子脚下踟蹰,又不便打听凝妆的为人,只好旁敲侧击道:"如今正是两家议亲的时候,我倒是见过凝娘子两回,只是没好问,不知她的女红如何?琴棋书画可样样精通?"

葛氏顿住步子,觉得这个问题很难回答:"下回大娘子还是直接问她吧,今日她半天没开口,平日可不是这样的。我要是代她答了,答得不好她要怨我,到时候又要拌嘴,算了算了。"

这个"又"字,用得很巧妙,不开口说话,想来也是怕谈吐上露馅吧!就这一会儿的工夫,把一个人看了个透彻,不友爱姐妹,苛待女使,和嫂子也不对付,思量之下,朱大娘子的心顿时灰了半边。自己和王夫人是表姐妹,三郎是她的表外甥,要是保媒拉纤上出了差错,少不得被表姐怨怪一辈子,那这门亲戚也就这么断了。

思及此，朱大娘子立刻打了退堂鼓，嘴上不说什么，急急跟着葛氏的脚步出了大门。

葛氏把人送到车前，明知故问地含笑道："那么大娘子，王给事家什么时候来下定？有个准日子，咱们家也好准备起来。"

朱大娘子的语气到这里就彻底含糊了，搪塞道："再说吧，若是看准了日子，会提前派人来通传的。"说罢登上马车，匆忙放下垂帘。

葛氏掖着手，看马车跑出界身南巷，阴沉了半日的天气，终于淅淅沥沥飘起雨来。

身边的女使问："娘子，你说王家还会来下定吗？"

葛氏微微一哂："那谁知道，如果上赶着要攀亲戚，八成会来吧。"

返回西园之后，凝妆又挨过来打听："大嫂，朱大娘子可透露了下定的时间？"

易老夫人和罗氏也望过来，葛氏脸上堆出笑，朗声道："我和朱大娘子打探了，朱大娘子对大妹妹赞不绝口，想必用不了多久就会派人来。大妹妹且别着急，既然说准了要下定，筹备起来快得很，至多不过三五日，必定会有消息的。"

凝妆把心放回肚子里，王家的门第对易家来说已经很不错了，自己要是能嫁进王家，姑嫂姐妹中不落人后，将来在子侄面前，也是个叫得响的姑母。

于是全家人满怀期待翘首盼望，盼着王给事家来人商谈纳吉纳征事宜，可等了五六日，一点消息也没有。这种事，拖着拖着就会有变数，罗氏有些坐不住了，一再追问葛氏："那日你送朱大娘子出府，朱大娘子果真满意凝妆吗？"

葛氏说："是啊，说大妹妹端庄可人，有大家风范，和王家三郎很登对。"

"那怎么还没消息？时候差不多了呀……"

葛氏也是满脸不解，思忖后，蹦出一句醍醐灌顶的话："别是那朱大娘子一次相看好几家，家家都是这么说的吧？"

这下众人傻眼了，凝妆不可置信地望向易老夫人："祖母，他们怎么能这样？"

原本与王家同时来说亲的，还有原阳知州家的公子，因知州的品级不如给事中，她们几乎连想都不想就婉拒了，原以为和王家的这门亲事万无一失，谁知最后弄成这样，现在是赔了夫人又折兵，细想之下简直能呕出血来，依着凝妆的暴脾气，肯定要去找那朱大娘子理论理论，究竟是什么缘故要这样耍弄易家。

见她一蹦三尺高，易老夫人说："算了吧，人家不要你就是不要你，还去自讨没趣，不知你长了个什么脑子！"

凝妆想来想去无处发泄，忽然又记起明妆来："那日三妹妹说好了要来的，最后为什么没来？是不是躲在门口候着朱大娘子，趁我们不在，和朱大娘子说我的坏话了？"

葛氏对她的神来一笔干瞪眼，那些长辈竟没有一个出言阻止的，甚至觉得很有道理，一个个深思熟虑起来。

凝妆是个炮仗，这回的事吃了哑巴亏，绝对咽不下这口气，转身就往东园走去。

"哎，大妹妹！"葛氏阻拦不及，看她快步过了月洞门，只好无奈地望向易老夫人，"祖母，没凭没据的，怎么好向三妹妹兴师问罪呢？"

易老夫人没有吭声，其实几日下来，易园那么多张嘴吃定了她们，让她心里老大不痛快。凝妆要撒气，实在是因为那个明妆过于会算计，让凝妆过去教训她两句，也未为不可。

苏氏见状，对葛氏道："大嫂，要不咱们过去看看？"

看热闹的事大家都感兴趣，两个媳妇结伴去了东园，刚过跨院便听见凝妆在大声骂女使："你瞎了眼吗？我这么大的人你没瞧见，直愣愣就往我身上撞？"

女使连声赔罪，脸上泫然欲泣，腰几乎要弯到尘埃里，怯声怯气地说："对不住小娘子，我从廊子那头来，没留神这边有人出来……"

"你是哪个房里的？撞得我一身晦气！叫你主子出来和我赔罪，再看我发落不发落你！"

吵吵嚷嚷，大喊大叫，声音传进明妆的院子，明妆站在廊上听着，转头问赵嬷嬷："这是怎么了，凝妆又发癫了？"

赵嬷嬷说："听着像，我过去瞧瞧。"

明妆忙提了裙子下台阶，嘴里喊着"我也去"，一路悄悄走到院门。这时，惠小娘已经赶到，叉腰道："好一个大家闺秀，骂起女使来满口倒涎，她是我院里的女使，犯了错自有我管教，要你咋咋呼呼充什么人形？我们这园子太平了三年，三年间上下和气，从没红过脸，这可好，来了一帮煞星，在园子里鬼哭狼嚎地训斥女使。"说着她上下打量一眼凝妆，"小娘子是金贵人，将来要嫁高门显贵做少夫人的，我看还是先养出胸襟来吧，免得到了夫家一副恶势，让老宅的人跟着丢脸。"

提起嫁人的事就是戳中了凝妆的痛处，她抬手直指惠小娘："你这贼妇，就是你们！一定是你们背后使坏，在朱大娘子面前抹黑我！"

她气急败坏的指责起先还让惠小娘有些摸不着头脑，待回过神，不由得嗤笑道："我当怎么回事，原来是和王家的亲事没成，所以才满腹怨气。哎呀，不是我说，小娘子眼皮子真浅，区区一个给事中家，有什么了不起的？小娘子这等身份的人，起码也得嫁入公侯人家，当不得正室，可以做填房，实在不成还能做妾，总不见得比我们这等人差吧！"

惠小娘字字诛心，惹得凝妆恼羞成怒，言语上的较量已经不够了，须得实打实的拳拳到肉才能解恨，于是她冲上去便打，惠小娘一时没防备，发髻都被扯乱了。凝妆吃亏就吃亏在单枪匹马，惠小娘回过神来重新占了上风，狠狠掴了她一巴掌，大喊："来人，快把这泼妇给我按住！"

园里的女使、婆子得令后一拥而上，七手八脚地按住凝妆的脑袋，把脸压在了青砖上。

第三十二章

躲在一边旁观的明妆吃了一惊,抬起眼,恰好看见月洞门边探头探脑的葛氏和苏氏,大家交换了下眼色,都有些尴尬,全是冲着看热闹来的,谁也没想掺和进去。葛氏和苏氏原本就和凝妆不对付,碍于平时,不能把她怎么样,这回借着惠小娘之手让她吃点苦头,非但没想去拉架,心头反而大觉畅快。

至于明妆,她知道惠小娘不会吃亏,反正周围都是自己园里的女使婆子,她现在出面倒弄得不好收场,所以再等一等吧,看看接下来事态如何发展。不过她好像低估了凝妆那道尖嗓门,人虽然被压制住了,无法反抗,但不妨碍她尖叫呼喊,那声音像是从嗓子眼里直接迸射出来的,难为那些离她最近的婆子,八成耳朵都要被刺聋了吧!

众人把她拽起来,好好的女孩子弄得发髻散乱,衣衫不整,脸颊上还蹭了尘土。惠小娘看她这副狼狈模样,狠狠"呸"了一声,说:"住进园子不就是想沾我们郡公府的光吗?就凭你这模样,还在王家面前装贵女,穿帮了,没人要了吧?活该!"

凝妆几时受过这样的羞辱,又哭又喊,简直疯魔了一样,尖叫道:"你这贱婢,一个捧唾盒的,也敢这样对我!放开……放开,今日有一个算一个,我定要让你们尝尝厉害!"说完转而又喊,"易明妆,你装什么缩头乌龟?纵着你爹的小妾这样折辱我,我是你堂姐,你们这些瞎眼的杀才!"

这一顿叫骂果真引来了西园的人,不多会儿,易老夫人就带着一帮婆子过来,厉声呵斥着:"你们好大的胆子,竟对主家动起手来,要造反了不成!"

易老夫人身上毕竟有诰命,园里雇来的女使婆子都是有家有口的,没人敢真正得罪她,只好松开手,把凝妆放了。

凝妆没了牵制,二话不说就往水井冲去,吓得罗氏跺脚大喊,一群人忙把她拦下,就听她号啕大哭:"我不活了,今日就死在这里,再请祖母和爹爹为我申冤。"

易老夫人气得脸色煞白,举起手里的拐杖朝惠小娘砸过去:"贱妇,浑身骨头磨碎了也抵不上人一个脚趾头!好好的闺阁娘子竟被你这样欺辱,你眼里还有谁?我儿子死了,倒让你这不入流的东西横行霸道起来,今日不好好惩治你,我将来没脸见三郎。"说完大喝一声,"来人,把这贱人绑起来,今日不打得她皮开肉绽,她不知道天多高,地多厚!"

老宅的那群仆妇得令,一个个摩拳擦掌要上来拿人,明妆这时从院门出来,冷冷看了左右一眼,道:"我的宅院,今日看谁敢动手!"

一群人果然又畏手畏脚起来,毕竟住着人家的园子,人家是家主,谁要敢造次,一状告到县衙,定一个私闯民宅的罪过,也够挨上二十板子了。

葛氏忙上来打圆场:"祖母,算了,一家人何必置气,让外人笑话。"

罗氏见女儿吃了亏,脸颊上五个指印根根分明,心里痛得要滴血,一面给凝妆擦脸,一面咬牙咒骂惠小娘:"我的孩子养到这么大,平时连一句重话都舍不得骂,倒让这贱人伸手打了去,怎么叫人甘心!叫牙郎来,把她给我远远卖到沙门岛去,烂死在那里,一辈子别回来!"

惠小娘挨了易老夫人一拐杖,虽没打疼,但也让她十分下不来台,反正都闹了,索性闹大,就易凝妆会跳井,自己也会!于是她有样学样,大声哭喊道:"郎主和大娘子走得早,留下我们这些苦命人,要受外人这样凌辱!我还活着干什么,不如跟着郎主和大娘子一起去吧!"

乱哄哄要死要活,一大帮人又要尽力阻拦,闻讯赶来的兰小娘对明妆道:"今日小娘子做个主吧,我们不能和这些外人住在一起,不是他们走,就是我们走,请小娘子裁夺。"

易老夫人充分发挥了蛮不讲理的长项,颤声说:"这是我儿子的宅邸,我住我儿子的屋子,看哪个有胆子敢赶我走!"

商妈妈这时上前一步,对易老夫人道:"老太太,闹成这样再住在一个屋檐下,还有什么趣?我们小娘子重情义,答应你阖家搬进来,这是让老太太的面子,不是应当应分的。郎主和大娘子留下的一砖一瓦都是我们小娘子的,她若不愿意,你们也只能如寻常亲戚那样走动,老太太不知道这个道理吗?两位小娘是我们小娘子的长辈,是颐养在这园子里的,凝娘子来者是客,原该敬重她们才对,怎么进门就叫骂动手?既开了这个头,我看往后是不好相处了。"

明妆也表了态,拉着脸道:"祖母,两下里都寻死觅活,易园从没发生过这样的事,我害怕。既这样,我们就另商议一个办法吧,我去找外祖母、干娘借钱,无论如何替祖母赁一处园子,半年的赁金我出,请祖母带着阖家搬出去吧。"

易老夫人气得嘴唇哆嗦:"你说什么?为了一个婢妾,你要把你嫡亲的祖母赶出去?"

话音方落,就听见一个高亢的男声传来,气急败坏地说:"谁敢对我祖母不恭,我的拳头可不认人,管你什么贵女贱女,一样伺候!"

说话的是二伯父与齐氏的儿子易元丰,前阵子易老夫人举荐的命继子就是他。这位小爷,学问没有,吃喝嫖赌一样不落,平日深得易老夫人宠爱,到了紧要关头,也能为祖母撑腰。

易老夫人很欣慰,面上却作势斥责:"丰哥儿,不许造次,吓着你妹妹。"

话才说完,回头看明妆,却见她脸色大变,跺脚悲哭:"四哥要在我家里打我吗?还有没有王法!有没有王法!"

大概因为急得厉害,人一下子瘫软下来,这一倒,众人立刻乱成了一锅粥,再也没人顾得上老宅那些人，惠小娘和兰小娘喊破了嗓子："快找郎中来！"

商妈妈抱着人，吓得手脚乱哆嗦："打发人找李判……找李判来，有人要害小娘子！"说完便痛哭失声，"我的乖乖，这是怎么了？怎么了呀！"

众人一阵风似的把明妆送回院子，留下老宅那些人面面相觑，元丰嗫嚅道："我……我也没说什么啊……"

齐氏怨怼地捶了他两下："口没遮拦的东西，她一个娇娇女，几时受过这样的恐吓，万一吓出个好歹来，可怎么办！"不过话又两说，"般般这身子也太弱了些，有点小风小浪就这样，怕也不是个长寿的。"

语气中居然还有些窃喜是怎么回事？再想得极端些，真要是有个三长两短，又没人真的打她，倘若就此死了，也不能怪丰哥儿吧？

易老夫人没办法，闹出这么大的事，不能撒手不管，只好跟过去瞧瞧。罗氏和凝妆不想管这事，相携回了西园，齐氏把元丰赶了回去，自己随老太太一起过去，也是为了看看明妆究竟怎么样。剩下葛氏和苏氏进退两难，苏氏猛地想起来，问："那个李判是谁？姓李的，不会是仪王吧？"

葛氏叹了口气，心里也觉得烦躁，对苏氏道："谁知道呢，咱们回去收拾东西吧，看来又该搬家了。"

易老夫人和齐氏赶到明妆的院子，见小丫头被安置在榻上，脸色确实不好，白得吓人，但总算慢慢醒转过来，只是气息急促，胸脯起伏不止，大约还惊恐于元丰的那番话，靠在商妈妈的怀里不住抽泣，小声说："妈妈，我不要他们住在这里了，把他们都赶出去。"

易老夫人和齐氏一听，心里嘀咕起来，这丫头这副模样，最终目的原来是借题发挥。那日容他们住进来，只是暂时成全了她的孝道，等一切安稳，再营造出长辈兄姐欺凌她的现状，到时候让他们搬出去，责任便不在她，而在长辈无良上了。

易老夫人蹙眉不已："你这孩子也过于胆小了，你四哥是个糊涂人，一两句糊涂话，你做什么要放在心上？把自己急成这样，不知道的还以为你四哥果真打了你，闹到外面去，岂不冤枉你四哥？"

赵嬷嬷听了这话，按捺不住，反唇相讥："老太太可不能这样偏私，四哥是老太太的骨肉，我们小娘子也是。什么叫糊涂话？我们小娘子本没有兄弟，郎主又把她捧在手心里养大，就算是陕州军那样铁血的军士，见了我们小娘子也是恭恭敬敬，几时说过这等狂悖之言？女孩子胆小，受不得惊吓，老太太不去责骂四哥，倒来怨我们小娘子，这是什么道理？"

　　易老夫人很不满这些婆子回嘴，冷着脸道："我同孙女说话，如今竟要看你们的脸色了？你们只管伺候就好，主家的是非，轮不着你们过问。"

　　赵嬷嬷却并不买账："老太太这话错了，我是大娘子陪房，我们小娘子是我一手带大的，要是有人胆敢欺负我们小娘子，我就算豁出命也要和那人论个长短。"

　　商妈妈也应声附和，抱着明妆对易老夫人道："老太太，我们小娘子已经发了话，何必再来费口舌？她身子弱，经不得哥哥姐姐催逼，老太太若是心疼她，就少说两句，免得让我们小娘子更堵心，倘若出了差错，只怕就算是老太太，也担不起这个责任。"

　　这时，郎中进来，众人让到一旁，午盏将人引到榻前，急切道："先生，快给我们小娘子瞧瞧吧。小娘子受了惊吓，先前气一下子上不来，险些急死我们。"

　　郎中忙上前辨色把脉，沉吟道："人有七情，喜怒忧思悲恐惊，各有其所主。怒伤肝，怒则气上，恐伤肾，恐则气下，惊伤心，惊则气乱，几番冲突之下便有了惊厥之症。我这里先给小娘子开几服压惊的药，但要切记一点，小娘子往后再不可受惊吓了。年轻姑娘五脏六腑稚嫩，调理得不好，要落下病根的。"

　　众人连连答应，煎雪伺候笔墨，待郎中开了方子就让小厮出去抓药。郎中又给了一瓶定神丸，嘱咐让小娘子含服，又交代了煎药的火候和剂量，方领了诊金告辞。

　　这时，易老夫人和齐氏就很尴尬，齐氏还在那里装模作样来讨明妆的好，说："般般，你且消消气，回头我让你四哥来给你赔不是。你要是生气，就捶他两下出气，千万别闷在心里。"

　　易老夫人也换了话风，倾身道："大夫交代了，让你放平和些，气性太大伤身，年轻的姑娘要是真落了病根，那可怎么得了！"

明妆不想听她们说话，干脆闭上眼睛，嘴里含着药，苦是真的苦，像黄连一样。早知道老宅那帮人搬进来，日子太平不了，但没想到他们这样迫不及待，既然闹起来了，就不要大事化小，凝妆会跳井，自己能装晕，老太太竟然这样轻描淡写，她干脆捂住胸口呻吟起来："哎哟……妈妈，我胸口疼啊……"

　　众人再次慌神，商妈妈道："怎么胸口又疼了……"

　　商妈妈正要替她纾解，廊上婆子大声向内传话："庆公爷来了！"

　　话才说完，就听见细鳞银甲啷啷作响，一个傲岸的身影转眼到了门上，那疏狂气魄裹挟着雷霆之势，竟让易老夫人一阵恍惚，身上的寒毛几乎立起来，还以为死去的三郎回来了。然而仔细看，就能看见兜鍪下一张陌生的脸，虽生得清贵，但眼神冷厉如刀，只一道眼波，就让人心头生寒。

　　这是谁？刚才传话的婆子说谁来了？易老夫人和齐氏交换了下眼色，正有些丈二和尚摸不着头脑，就见那人拱了拱手，道："老太君，我是大将军麾下副将李宣凛，特来向老太君请安。"

　　易老夫人怔愣了下，才想起前阵子大败邶国的将领就叫这个名字。现任的安西四镇节度使，又得了官家御封的国公爵位，那个乳媪做什么叫他李判，害得她先前压根没弄明白她们搬的救兵原来是这位新贵。

　　般般这丫头，还真是有本事，一会儿翼国公，一会儿仪王，这回又闹出个什么庆国公，真是捅了王侯窝了！不过还好，这人既然是三郎的旧部，那还好说话些，易老夫人舒了口气，领首致意："原来是庆公爷，公爷客气了。"

　　李宣凛没有与她过多纠缠，蹙眉问商妈妈："小娘子怎么了？"

　　靠山来了，自然要好生诉苦，商妈妈眼含泪花，悲戚道："李判，家中先前闹起来了，老宅的小娘子因咱们的女使冲撞了她，大发脾气，惠小娘过去理论，那凝娘子冲上前就厮打惠小娘，女使婆子们看不过，把凝娘子拉开了，老太太见状就要打惠小娘。我们小娘子自然要护着妾母，结果老宅的四公子竟扬言要打我们小娘子，小娘子受不得恫吓，一下惊厥过去……神天菩萨，简直吓破了我们的胆！这回请李判来，是为我们小娘子主持公道，我们小娘子无父无母，孤苦伶仃，有些人看准她性子好，就要爬到她头上来，要是李判再不顾念她，那她可要被人欺凌死了。"

一番绘声绘色的控诉，说得易老夫人和齐氏脸上不是颜色。本以为那庆国公会来调停，没想到他先去看了明妆，趋身到榻前问："小娘子眼下怎么样，好些了吗？"

明妆的眼泪滔滔流下来，也不说好没好，只是抽泣不止，拨弄了下手边的药瓶，道："这个药……好苦。"

不过一句话，他就明白她的意思，心头的怒火高涨，却还是温声安抚她："小娘子别怕，一切交给我。"

他抽身退出来，站在廊下高声发令："去西园，找见那位四公子，将他给我捆起来立旗杆，什么时候断气，什么时候放下来。"

此话一出，顿时吓得易老夫人和齐氏魂飞天外，惊惶道："你……你……你们是疯了不成！"

李宣凛的禁卫因不能进内院，都在院外等着，听了号令，齐齐应是，转身便出去搜寻。

易老夫人知道阻拦那些军士没有用，症结还是在庆国公身上，忙上来说情："庆公爷，你不能只听一面之词就下这样的令啊。"

李宣凛冷着脸问："四公子扬言要打明娘子，这可是事实？"见易老夫人踌躇，他傲慢地调开视线，"敢对小娘子不恭，就必须惩戒。"

齐氏都快急疯了，一面叫着丰哥儿，一面转身对李宣凛叫嚣："国公就能不讲道理，枉顾律法吗？四哥只是逞口舌之快，又没有真的打她，你凭什么这样处置？难道在你眼里，人命是草芥？"

李宣凛哼了一声，声音单寒，像箭过林梢："人命在我眼里确实不值一文，谁让我看顾的人不痛快，我就让他全家不痛快。"

齐氏愣住了，知道这回说不通了，大哭大喊着跑向西园。

易老夫人实在弄不明白，气愤之余，颤声责问道："公爷不是三郎旧部吗？既是三郎旧部，为什么要这样对待他的家人？"

"大将军的家人，我只认小娘子一个。"他转头看向易老夫人，如果眼神是刀，早就将这老妇片得只剩骨架了。

　　易园的人来通传时,他正忙于筹建控鹤司,这群人是日后用来护卫东宫的,不同于一般禁军,是精锐中的精锐,每一个都要再三甄别,仔细挑选。他在校场上主持选拔,诸班直比武艺、比骑射、比谋略,忙得人摸不着耳朵,乍听明妆出事,他哪里还顾得上手里的军务,交代身边的人一声,立刻调遣随从赶到易园,进门就见她无精打采地躺在那里,还有哭诉的那句"好苦",他知道今日不作筏子,便震慑不了老宅那帮人。

　　一个在战场上厮杀的有功之臣,即使骄纵莽撞些,也没什么,就算削了国公的头衔,他还是安西大都护,官家还要靠他守门户。易老夫人眼看孙子的性命要交代了,这回也乱了方寸,好言央求道:"公爷,我是易云天的母亲,是生他养他的母亲,你能看在他的面子上护卫般般,就不该刻意为难我。快让你的人住手,让他们不许伤害我的孙子,咱们万事好商量。"

　　李宣凛笑了笑:"老太君,我们当兵的,最不耐烦有人和我们讲道理,你几时听过打仗靠嘴的?我们靠的是这个——"说着"噌"的一声抽出佩剑,剑身寒光凛冽,刺伤人眼。他傲然道:"这把剑是当初大将军赠我的,斩一切仇雠宵小。我不怕告诉老太君,这世上只要有人敢打小娘子的主意,我就敢用此剑送他去见大将军。至于大将军原不原谅,看大将军的意思,是该死也好,枉死也罢,就算到阎王爷那儿去告状,李某也不怕。"

第三十三章

剑气凛冽，恍惚能听见战场上饮血的嗡鸣，易老夫人也顾不上他的话有多护短、多不讲理，颤颤巍巍地压了压他的手，道："公爷别动怒，仔细刀剑伤人。"

好不容易劝得他把剑收回剑鞘，再去和他理论，显然都是徒劳，易老夫人转而来向明妆求情，哀声道："般般，你说句话吧！你四哥虽然荒唐，但本性不坏，他是误以为有人要对我不恭，为了护着我，才会出言不逊的，并不是当真对你有什么不满。"见明妆偏过头去不愿意开口，她愈发急切起来，挨着榻沿好声好气央求，"好孩子，咱们是至亲骨肉啊，祖母有时虽纵着你哥哥，那也是祖母糊涂，你好歹看在你爹爹的面子上，饶了你四哥这遭。你听我说，等我回了西边，一定狠狠责罚他，让他亲口向你赔罪。你大姐姐这人，从小让她母亲宠坏了，多少有些傲气，先前何氏不也命女使婆子们教训过她吗？你就煞煞气吧！至于元丰，你二伯父膝下就他一个儿子，真有个三长两短，你怎么对得住你二伯父呀！好孩子，你快和庆公爷说说情吧，都是自己家里的事，兄弟姐妹之间闹别扭，哪里就要出人命呢……"好话说了千千万，见明妆依旧不接话，易老夫人终于抹起泪，捶膝号哭,"哎哟,可怎么办,我的丰哥儿啊!"

老太太是真的急,捶胸顿足不知如何是好,明妆听了半晌,这才微微撑起身,对李宣凛道:"李判,算了吧。"

易老夫人见她终于松口,顿时有了几分希望,忙回身望向那个年轻的公爵,道:"是啊,还请公爷手下留情。"

李宣凛并不理会她,对明妆道:"小娘子心善,这次的事可以不追究,但下次他们若是再犯,我不能及时赶来,小娘子又当如何应对?你是大将军独女,没有兄弟姐妹帮衬,家里招了贼也只能忍气吞声,我却不一样,我受大将军临终托付,粉身碎骨也要保小娘子平安,别说区区一个纨绔,就算是提匀本人,我也能砍下他一条腿来。"说完他转头瞥了易老夫人一眼,"不知老太君能否明白李某的护主之心?"

一个征战沙场的武将,即便是长了一张斯文的脸,说起黑话来也照样杀气腾腾。易老夫人真是吓得够呛,二郎易云海如今在常平司任匀当公事,六七品的小官,对这位一等大员来说,算个什么,闹得不好,儿子的罪过还要算到老子头上,那样一家子岂不是要被这姓李的弄垮了?

"你……"易老夫人抬起手,颤抖着指尖指向他,"我身上有诰命,是官家御封的郡夫人,你敢对我儿孙不利,我就去宣德门击登闻鼓,请官家为我做主。"

李宣凛闻言哂笑道:"老太君这是忘得自己身上的诰封从何而来了,先有大将军的郡公爵位,才有老太君的封诰。所幸大将军的爵位还在,若是被除名,那么连老太君的体面都会被收回,如此这般,老太君还要上宣德门击登闻鼓吗?"

易老夫人被他的这番话堵住了嘴,毕竟三郎身上的案子官家没有深究,倘若查明他是清白的,那还好,万一真有些什么,自己这一番出头冒尖,岂不是亲手把诰命的头衔还回去了?

舍不得,无论如何舍不得,但李宣凛要吊死元丰,她也不能坐视不管。眼下确实没别的办法,实在不行,只有靠着自己这身老骨头硬拼了,她打定主意,疾步赶回西园。

易老夫人一走,易园的人终于松了口气,商妈妈道:"有了这一回,他们以后总不敢作乱了吧?"

赵嬷嬷冲着易老夫人的背影呸了一声,道:"脸都撕破了,要是知情识趣,就该自己搬出去。"

若是他们能主动走,那是再好不过,明妆转头问李宣凛:"他们搬进易园不过十来日光景,要是现在走了,外人会议论我吗?"

"小娘子不是已经容他们住了十日吗?他们住不惯,要自行离去,外人为什么要非议你?"李宣凛答得很直接,没有那么多思前想后,"若是打定主意要赶他们出去,现在就是最好的时机,只要小娘子一句话,我今日就能勒令他们搬出易园。"

可是祖母咬紧牙关不退让,实在让人很头疼。明妆长吁短叹,苦恼道:"祖母为什么不松口说要搬出去呢,她不是最疼四哥吗?怎么不顾他的死活?怪只怪这里是上京,要是换作陕州,那时候李判住在我们府上,谁敢捣乱就狠狠捶他一顿,只怕老宅还没修完,他们就全跑光了。"

她也许是无心之言,却让李宣凛心念微动。犹记得他初到陕州,便住进官衙里,那是朝廷为大将军配置的行辕,他在里面一住就是好几年,习惯了明妆时不时从他院前走过,今日放一个苹果,明日放一把大枣。少年时没那么多的为难,好像一切都是顺理成章的。

他低下头,没有接她的话,她也不曾放在心上,又来问他:"你不会当真吊死元丰吧?"

李宣凛一笑:"不过让易家人长点教训罢了。"回头看看,西园应该已经闹起来了,易老夫人身上毕竟有诰命,要是以死相逼,他的随行官们也不能把她怎么样。

明妆掀起身上的盖被,下榻穿上鞋,兴致勃勃道:"咱们过去看看。"

兰小娘见她又要出面,担心道:"先前不还犯迷糊吗?做什么又要去见那些嘴脸?还是让李判处置吧,你自己好生歇一歇,别再为老宅那些人动怒了。"

明妆却眨了眨眼,道:"刚才的迷糊是我装的,事情不闹大,就没有道理惊动李判。现在戏都唱到这个分上了,我不去,怎么把四哥放下来?"说着回头睃了睃李宣凛,抿唇一笑,"不过李判刚才维护我的那几句话,真是太让我舒心了。"

有人撑腰,我就浑身畅快,一定要过去看看元丰的丑样子。"

李宣凛无可奈何,但也很佩服她的乐观,已经到了要装晕的地步,她还能笑得出来,这份心胸倒是和小时候一样豁达。

明妆看了看满屋子的女使婆子,舒了口气道:"这里没什么要紧的了,都回去守好门庭吧。"

众人应了声是,这才退出院子各自散了。

赶往西园的路上,明妆不忘向他致歉:"你一定很忙,今日又为了这点鸡毛蒜皮的家务事来叨扰你,对不住啊。"

李宣凛垂着眼,忽略那高高的身形,侧面看上去有种文弱的味道,每到这时候明妆就感慨,他该是高楼上读书的公子,是汴河夜游时举杯邀月的贵胄,甚至是对着杨柳春风吟诗作画的文人,不该是武将。然而他刚才的杀伐决断,又好像天生应当干这行……果真这世上没有一眼望得到底的人,她认识了好多年的李判也是这样。

他们走得并不着急,从东园到西园,走出了一点闲庭信步的意思。

李宣凛没有看她,仔细思忖着什么,隔了好一会儿才叮嘱道:"若是遇上什么事,不要怕麻烦我,即刻派人来知会我,别等到事情闹得那么僵,让自己吃了许多亏,受了许多委屈才想到我。上回……"他略一顿,轻蹙了下眉,"我答应第二日来府上,是因为你刚让他们搬进园子,立时给下马威,怕落了老夫人口实……其实你若是觉得第二日太晚,可以直说的,我当时就赶过去,也不是什么难事。"

明妆知道他误会了,忙向他解释:"那日凑巧得很,仪王殿下不知怎么来了,在祖母面前也替我说了几句话。我想着你们接连登门,虽能震慑他们,但话到了祖母嘴里,总不会太好听……"

"所以小娘子以为,易家人至少会对仪王有几分忌惮,接下来不敢再寻事,结果呢?小娘子觉得有用吗?"

明妆显得有些失望:"好像……确实没起太大的作用,我觉得至少凝妆没卖仪王面子。"

第三十三章

李宣凛笑了笑："闻弦歌而知雅意，那是聪明人的事，对付涎皮赖脸的人，只有让他吃痛，才能长记性。仪王殿下用的是文，易家老小不吃这套，听过便忘了，还是我这样狠狠击破他们，才能让他们把教训刻在骨头上。"

"你说得对，反正我看见祖母和伯母痛哭流涕，就很欢喜。"她说罢咧嘴冲他笑起来，"你觉得我小人之心吗？"

这样沉重的话题，却因她的自我解嘲而变得不值一提。他轻轻抿了下唇，唇角扬起一点若有似无的笑意："没有。"

经过跨院时，他的脚步缓了缓，转头四下观望："这院子一直空着？"

明妆说："是啊，园子太大，这跨院把两边园子分隔开，没人住，每晚吩咐两个仆妇轮流守门。"

他的目光并未收回来，若有所思道："这院子不错，雅致得很。"

明妆不察，据实道："只是不清静，两边的人要来往，都得经过这里。"

他却负着手，舒展开眉目道："如果老宅的人继续住在这里，你不想见他们，就在这里筑起一道高墙吧！"

这话很有深意，明妆心里忽然萌生出一个念头，如果他还能像在陕州官衙时那样借居在这里，那该多好！只是她不好意思说，如今他的身份不一样了，贸然开口，一则是自己唐突，二则也让他为难，还是算了，不过稍稍打探一下总是可以的。

明妆道："我上回说要给你找宅邸，问了好大一圈，都没有合适的。那个丁驸马宅我去瞧过，小了些，只有易园的一半，恐怕住起来局促。"

李宣凛随口应道："不着急，慢慢找。我近日也让人去牙行问了，想必很快就会有消息的。"

所以他已经打算建府了呀，只是苦于眼下没有合适的地方。洪桥子大街的老宅，大概他住得并不舒心，要不然果真住到这里来吧，反正家里人够多，再多一个也更加热闹。

可惜明妆心里这么想，终究没有那个胆量问。西边老宅的女眷们哭得响亮，把她那些不成熟的想法哭得憋了回去。

231

迈过月洞门，一眼就看见那些随从官不知从哪里弄来一根合抱粗的木头，有两丈来高，笔直地竖在那里。元丰确实被捆起来了，绑得像蚕蛹一样，头下脚上倒吊在顶端。易老夫人几次想上去救他，被两个身穿甲胄的副将拦住了，余下的女眷不敢造次，因为那些军士已经抽出刀，刀刃在日光下闪出寒光。陕州军以军纪严明著称，若遇猖狂放肆意图强袭者，可以先斩后奏。有了这项特令，连闻讯赶回来的易云海也只有长吁短叹的分。

元丰在半空中挣扎，已经没有力气，鼓足劲艰难抬头看了一眼，眼珠子充血，几乎要从眼眶中蹦出来。

"救命啊……祖母……爹爹……"他哼哼唧唧，语不成调，忽然看见月洞门上有人走出来，于是奋力号哭，"三妹妹，般般……我错了，你饶了四哥这回吧！快替我求求公爷，我好难受……我要死了……"

易云海忙切回过身，急切地上前向李宣凛拱手："公爷……公爷，犬子无状，得罪了他妹妹，我代他向明妆致歉。可是庆公爷，这是我们的家事，闹成这样，何必呢？"

李宣凛瞥了他一眼，道："易提勾，大将军对李某有恩，提勾不会不知道吧？大将军临终曾向我交代，无论如何也要保小娘子周全，不让人欺负她，可我保护不力，让小娘子受了委屈。"说着他抬起剑鞘，指了指上面那人，"堂堂男子汉，口出狂言，恫吓小娘子，我没有即刻斩杀他，让提勾有机会见他最后一面，已经是看在大将军的情面上了，提勾可明白？"

易云海连连哈腰："是，公爷，咱们有话好说，他是个不懂事的畜生，还望公爷不要与他计较。我想着，咱们一家子在这里叨扰明妆，实在是不应该，孩子们都年轻气盛，难免有磕碰的时候，还是及早搬出园子，两边偶尔见一面，反倒哥哥妹妹愈发客气，公爷说呢？"

李宣凛闻言一笑："提勾果然想得周全，我看甚好。"

可是易老夫人仗着自己有诰命，气愤于李宣凛敢在易家这样横行，负气对易云海道："也好，这就打发人出去寻个住处，你们这房搬出园子吧。"

易云海怔了怔："母亲……"

元丰耳朵里嗡嗡作响，简直一刻都忍不了了，闹不清他们在商谈什么，哭着说："我在这里吊着，连命都快没了，你们还摆起龙门阵来了？阿娘……阿娘！"

齐氏慌了神，忙央求李宣凛："公爷，我们这就搬出去，先把我们四哥放下来吧，时候长了当真会要命的。"

易云海也来向明妆说情，哀声道："般般，就瞧着二伯父的情面，别和你四哥计较了。他是个糊涂桶，一根筋，说起话来不经脑子，别说你，就是同我们，三句话不对都能撅个倒仰，都是我们过于宠爱所致。二伯父只这一个儿子，将来还指着他养老送终，你不能让二伯父绝后啊，般般！"

话说到这里，也到了就坡下驴的时候。明妆转头对李宣凛道："我没什么大碍，吃上两服药就会好的，四哥这回受了教训，往后在外也必定会警醒。李判，还是把他放下来吧，我怕吊得太久把人吊傻了，那就更糟了。"

这话说得易云海夫妇讪讪的，但也不好驳斥，只盼李宣凛能点头就谢天谢地了。

好在李宣凛还算给面子，终于抬了抬手指，示意将人放下来。

落了地的元丰歪歪斜斜地冲到一旁先吐了个翻江倒海，易云海看着他那没出息的样子，惨然地摇了摇头，无奈对李宣凛拱手道："多谢公爷开恩，今日我们就搬出园子。"

齐氏忙着给元丰拍背，唉声叹气道："这一时半会儿的，上哪里赁房子去……"后面的话被易云海狠狠一瞪眼，瞪得噤住了。

其实齐氏心里很觉得冤枉，一切祸端都是凝妆那丫头引出来的，结果被撵出去的竟是他们一家。她回头看看凝妆，见人缩在罗氏身后不敢出头，冷冷地冲凝妆一哂："凝姐儿，这回的事因你而起，你将来若得了势，可千万别忘了你四哥。"

凝妆一听，立刻嘟囔起来："他自己冒失，和我有什么相干！"

易老夫人是绝对护着孙子的，见凝妆还在推诿，厉声道："万事有因果，你要是不惹事，他能弄成这个模样？"

生气归生气，但总算元丰平安了，剩下的就是倚老卖老，和他们掰扯打仗。易老夫人是个有策略的，照旧吩咐齐氏："想个办法，先在邸店住上两日，再慢

233

慢赁院子。你们在外多有不便，倘若缺什么，派人来说一声，我自会命人给你们预备。"

言下之意，就是出去的只有二房，余下的人仍旧要在这园子里住下去。

明妆堆起笑，对易老夫人道："祖母不打算搬出去吗？"

易老夫人转头望过来，脸不红心不跳道："老宅在修缮，祖母上了年纪，要是搬出去，只怕外人传得难听，说你不待见祖母，不愿尽孝。眼下不是有桩好姻缘等着你吗？要是坏了名声，那这条路就断了，祖母怎么忍心呢？"

明妆早知道她是这样的人，对付这种人，就得以毒攻毒，便转身对李宣凛道："李判，我有桩事想求你。"

李宣凛颔首道："小娘子请讲。"

明妆抬手四下指了指，说："你最近不是预备筹建国公府吗？看看我这园子怎么样。"

易老夫人没想到她会蹦出这么一句话，一时呆住了。李宣凛却隐约窥出她的用意，高深地望着她。

明妆装模作样地唏嘘道："爹爹和阿娘走后，我家道艰难，近来更是难以为继，连饭都快吃不上了。想来想去，只有一个办法，把这园子变卖了，换几个钱过日子。我愿意出售，李判可愿意买？要是愿意，今日就能搬进来，反正一应都是现成的，我替你准备个院子，你考虑一下，好吗？"

第三十四章

　　她说着眨了两下眼，看上去十分为难又不情愿。
　　一旁的罗氏早就按捺不住，高声道："般般，你怎么能这样？祖母还在园里住着，你就要变卖家产？这是你爹爹生前筹建的，花了一年多才建成，你……你就这么轻而易举把它卖了，你对得起你爹爹吗？"
　　一番大道理说得好听，易家人都有满口仁义道德的习惯，到了紧要关头，跳出三界外，简直神佛一样痛心疾首于别人的荒唐。
　　明妆被这位大伯母说得惭愧，低头道："我这也是没办法，一大家子五十来口人要吃要喝，我养不活他们。其实我想卖园子的打算由来已久，只是苦于找不到一个好买家……"她说着转头望向罗氏，眼里燃起光来，"大伯母，你愿意买下易园吗？要是你愿意买，那就不必劳烦庆公爷了，无论如何，我总会先紧着自己家里人的。"
　　罗氏被她一问，心中大呼晦气，自己那仨瓜俩枣，就算把一身骨头敲碎了，也凑不出买园子的钱。再说她原本等着从中获利，可没打算自掏腰包，说什么买园子,分明是这丫头又在搞鬼,见赶不走老太太,索性扬言把园子卖了,只要房契到了别人名下,老宅的人再想借居,那是决计不能的。

道理都懂,却不好戳穿明妆,罗氏悻悻道:"你哥哥们娶亲,我把陪嫁都贴进去了,如今两手空空,哪里来的钱买你的园子?般般,你要变卖家产,我们虽不便说什么,但还是要劝你为庆公爷考虑考虑。庆公爷是做大事的人,如今朝中谁不对他交口称赞?这样的大员,若来买你的园子,难免会得个趁火打劫的恶名,说他口称看顾恩师遗孤,其实打着侵吞恩师家产的算盘……你看,什么话到了别人口中都两说,咱们知道公爷正直,但君子不立危墙之下,与其受人指点,还不如杜绝这样的事,以保全清白,不好吗?"

罗氏说了一大套,自觉说得甚有道理,本以为这位庆国公多少会有些忌惮,谁知人家将问题又抛了回来。

"大娘子说定了绝不会买,是吗?"见罗氏目光回避,李宣凛方转身对明妆道,"好,我在陕州时就借住在大将军府上,易园是大将军旧宅,买下这里,也算保全大将军遗物,不怕人闲言。小娘子既然愿意卖,那明日就去官衙,找大尹拟定契约,到时候钱屋两讫,我绝不会占这园子半分便宜,请小娘子放心。"

易老夫人眼见他们要促成这桩交易,不论真假,都是彻底将老宅的人挤出局,哪里能咽得下这口气,沉声对明妆道:"你只管卖园子,竟一点不顾念长辈吗?老宅修缮,我们才搬到这里来,如今宜男桥的房顶还不曾修好呢,你转手把这园子卖了,又如何安置我们?"

明妆心道借住的还要安置,果然只有这位嫡亲的祖母才能问出这样的话,不过这倒也好办,她又去同李宣凛打商量:"李判,你府上也要用女使、婆子、小厮吧?我们府里的人个个都很老实,手脚也勤快,我将他们的身契转给你,日后你接着雇请他们,用生不如用熟,他们会好生替你打理园子的。再者,我少收你八十贯,作为我与祖母住在这里的赁金。老宅正加紧修缮,祖母暂住不过半年,我呢,早晚要出阁的,也不会叨扰你太久,你瞧这样,可行吗?"

她一本正经来商讨,他也一本正经地应下:"只要是小娘子的意思,我无不遵命。"

第三十四章

明妆很高兴，含笑对易老夫人道："祖母你瞧，公爷答应了，这样就好办了。"说罢她遗憾地望向罗氏，"可惜伯父伯母不能留下，毕竟这园子要转卖了，咱们拖家带口继续住在这里，恐怕公爷觉得不便。不过伯父伯母请放心，我会好好孝敬祖母的，你们只管自己找住处去吧。"

易老夫人不可思议地瞪着她："这算怎么回事？果真把园子卖了，还让我住在这里？"

明妆说："是啊，我和祖母多年不得亲近，好不容易有这个机会，怎么能错过呢？上京城所有人都知道，祖母以往三年不曾管过我，其实说出去也不好听，正好借着这个契机正一回名，让人知道我们祖孙没有嫌隙。再者，我的婚事还要祖母点头呢，祖母点了头，一切就名正言顺了，这样一团和气，多好！"

一团和气吗？易老夫人有种遭到算计的愤懑感。明妆这丫头精明得像狐狸一样，一步步为自己筹谋，既想架空她，又想得个孝顺的好名声，她本该不上套才对，可是又觉得不甘心，也不相信明妆果真会把易园卖出去。易园是三郎花费心血慢慢建起来的，明妆那么看重死去的爹娘，怎么会把安身立命的地方转手？再者，哭穷完全是明妆的小伎俩，外面的铺子分明经营得很红火，怎么就到了要卖房卖地的程度？可见她串通庆国公，有意要撵他们出去，千万不能遂了她的心意。只要是谎言，总有穿帮的一日，难道她出阁时，还能放心将这偌大的产业记在别人名下吗？到那时总会有个说法，再不济，定亲的聘金也可以要得多一些，扣在手上……自己最疼爱元丰这个小孙子，从明妆这里刮下一层漆，够给元丰置办两间铺面，受用三五年了。思及此，好像所有的隐忍都是值得的，易老夫人缓缓舒了口气，道："那就麻烦庆公爷了。"

李宣凛淡淡一笑："老太君言重了，大将军的母亲，我也应当善待。"

当然，易老夫人更大的作用，是方便明妆，否则一个女孩家，孤身住着卖出去的屋子，和男人同一屋檐下，就算满上京都知道他礼重旧主遗孤，时间长了也难免招人非议。

一旁的凝妆见他们就这么把事定下了，实在觉得不可思议："这是买花还是买菜？就算去集市上买二两糟瓜齑，也比这个费些口舌吧？"

237

明妆闻言，漠然地斜了她一眼："我愿卖，有人愿买，大姐姐觉得不妥吗？"

凝妆见识过那位庆国公的护短手腕，不敢再抬杠，只是躲在母亲身后细声抱怨："这才搬进来几日，又要把人轰出去……"

这话听得罗氏冒鬼火，心里恨她多事，要不是她那个臭脾气，跑到东园去寻衅，怎么会和何惠甜打起来，又怎么能让明妆步步为营算计至此？现在好了，什么都别说了，实在没办法，只能先到娘家暂住几日，吃哥嫂几句排揎，也就生忍着吧。

"老太太定准了不走吗？"罗氏又确认了一遍，见易老夫人点头点得决绝，便没有什么好多嘴的了。

老太太一心顾着丰哥儿，到了这个时候还不肯撒手，当初要是有这点决心辅佐丈夫，老太爷怕是都当上高官了。如今元清、元安都成了亲，元兴又是姥姥不疼、舅舅不爱的庶子，只有一个元丰让她操碎了心，长房这头反正是得不着什么好处了，老太太要是愿意留在这里，那就随她吧！

"咱们家竟是要各奔东西了。"罗氏惨然笑了笑，"怎么就闹到这步了？真想不明白啊！不过还好，等老宅修完，一家子还在一起。"

临走时，她其实很想给老太太提个醒，独自在这园子里，回头别让明妆吃进肚子里。老太太自认为辈分大，还能看得住明妆，那是老人家糊涂了，看不真切眼下的情形。那庆国公是什么人？脑袋别在裤腰上，祖护明妆祖护得不问情由，他像个眼里有长辈的吗？老太太要是再兴风作浪，周围可都是易园的人，到时候合起伙来治她，谁管她是二郎的娘还是三郎的娘，就算是官家的娘，也能活活掉一层皮。

罢了，不说了，罗氏招呼凝妆和身边的女使各自去收拾，回身又叮嘱婆母："老太太，您自己保重。"

易老夫人寒着脸，看园子里的人逐渐散了，头一回有了孤苦伶仃的感觉，心里也犹疑起来，究竟该不该这样执着。她正灰心，转头迎来明妆灿烂的笑脸，听见对方欢天喜地地说："我一直盼着能单独和祖母相处，祖母身边没有其他人，只我一个，只疼我一个，那该多好！您看，这回可遂了我的心意了。"

听她这样说，易老夫人忽觉背后寒毛直竖，欲反悔，却拉不下这个面子，转念再想想，自己活了六十来岁，难道还斗不过一个毛孩子？易老夫人把心放回肚子里，随口虚应两句，转头对柏嬷嬷道："闹了这半日，我也乏了，回去歇一歇。留下的那些女使婆子，你重新安顿好……"

话还没说完，就听明妆笑眯眯道："祖母，如今只剩祖母和近身伺候的人，咱们的伙食就不必分开了。我卖了园子，有钱养活祖母了，祖母想吃什么，只管吩咐厨房，我们的厨娘手艺也不差，祖母尝过就知道了。"

易老夫人哑然，觉得这孙女小小年纪，有些深不可测，可眼下不宜再说什么，便点了点头，由柏嬷嬷搀扶着回松椿院去了。

一切都解决了，明妆神清气爽地背着手，喜滋滋地转了两圈，对李宣凛道："多谢你陪我唱这出戏，总算把那一家人打散了。明日你抽出空来，咱们去官衙把房契更名，这样老宅的人想打主意也无从打起了。"

李宣凛迟疑道："哄得那些人出去就行了，不必去更名，难道小娘子果真想把易园卖了？"

明妆颔首道："这事我早就想过了，易家宗族人多势众，万一哪天把那群人引来，又要好一顿掰扯，倒不如把易园转到你名下。"

"可是……"他委婉地提点道，"易园这么大的产业，随意转出去，小娘子不担心吗？"

明妆说："不担心，若是连你都要防备，那这世上就没有值得我信任的人了。"

是啊，这样丝毫不用怀疑的真心，她知道他是赤诚待她的。

他的脸上慢慢浮起一点笑意，道："那我这就命人把钱准备好，明日立了字据，这件事就解决了。"

明妆点了点头，笑着说："以前是你住在我家，往后就是我住在你家了，细说起来真有意思。"

他担心她拘谨，和声宽慰道："我不过是顶个名头，房产仍是小娘子的，所以小娘子不要觉得不自在。至于钱款，这次攻打邺国，官家赏银十万贯，这十万贯用来买下易园，应当差不多了。"

明妆吃了一惊,摆手道:"哪里要那么多!前阵子鲁国公主老宅也只卖了五万贯,我要是卖你十万贯,那就是坑你了。"

李宣凛很大度:"戏要做足,才能以假乱真。那些钱就放在小娘子身边,请小娘子替我保管,等日后小娘子出阁或是我娶亲时,我归还房产,小娘子归还钱款,两下里就厘清了,你看这样可好?"

明妆却很为难:"这么一大笔钱……放在我这里,我会日夜提心吊胆的。"

钱财于他,没有具体的概念,他说:"我一直在军中,花销也不大,多了这笔钱,反倒碍手碍脚。"

他家中的情况就是那么回事,父亲不作为,嫡母又不慈,生母一辈子唯唯诺诺,哪个都不适合为他保管身家。如今拿这钱换了易园,放在明妆身边合情合理,她信得过他的为人,他也同样信得过她,这样很好,也算互相有了依托,各自解了燃眉之急,只不过有一件事还需和她交代一声。

"园子易主,这件事转眼满上京皆知,我父亲和嫡母也会知道,恐怕你前脚刚送走狼,后脚又会迎来虎。不过你放心,我不会让他们住进易园,但不时的叨扰恐怕难免,还请小娘子担待。"

明妆说:"这个不要紧,我自己能应付。祖母拿孝道来压我,我没有办法,但换了外人,我自然有话回敬。"

这就算达成共识了,李宣凛颔首,暗里不免有些小私心,他很想看看仪王得知后,会作何反应。

明妆是年轻孩子,家里腌臜事一大堆,能解决一桩是一桩,一不留神就将仪王抛在脑后了。她还沉浸在重回往昔的快乐里,有时候不愿意长大,一直眷恋以前的生活,虽然爹娘都不在了,但有了李判,好像空荡荡的人生里填充进了蛮横的快乐。

"你会搬进来吧?"回到前院时,明妆还在追问,"什么时候搬进来?明日立了字据就搬,好吗?"

他偏头看了她一眼,道:"小娘子希望我早日搬进来?"

明妆点头不迭:"买下园子却不住,说不过去。你挑个院子,喜欢哪里就住哪里,我让人先收拾起来。"

她还是那种找到玩伴的心态,却没有发现,彼此早就长大了。

他模棱两可地笑了笑,转头朝西张望道:"就住跨院吧,我看那里很好。"

明妆却觉得不妥:"可是那个院子很小,平常也疏于打理……"

他说:"东西两园还是需要隔开,倘若让易老夫人和你住得太近,又会生出许多事端。"

见他仍是处处为她考虑,明妆心里很感激,房产虽然转到他的名下,但一切都没有改变,园子里住的还是那些人,各处供职的也仍旧是那些熟面孔,他对她的帮助是倾其所有,以前是这样,现在还是这样。

忙了好半日,转眼太阳就要下山了,他向她告辞,临行前又嘱咐道:"让赵嬷嬷安排一处住所,安顿我的随行官。自今日起,我会让亲兵戍守这里,小娘子往后就不必担心有那些不入流的人来叨扰了。"说完拱了拱手,转身大步往门口走去。

众人目送他走远,商妈妈和赵嬷嬷对视一眼,感慨道:"一个家,果真还是要男人撑门户啊!小娘子以往艰难,现在回头想想,过去的三年不知是怎么熬过来的。"

总之李判回归,真是一桩好消息,第二日,按事先约定好的,双方去检校库领出房契,当着大尹的面签字画押,走出官衙,李宣凛把房契交给明妆,仍是那句话:"请小娘子替我保管。"

明妆抱着交子和房契,揶揄道:"保管可是要缴保费的。"

他说:"好,十万贯钱,小娘子随意取用,日后我再填补上。"

十万贯啊,真真是一笔巨款!明妆也不敢放在家里,检校库的钱庄有她的户头,存进去后确认再三才放下心。

易园易主,这个消息果然很快便传开了,外城的袁宅到这时才听说,袁老夫人哪里还坐得住,匆忙赶到界身南巷,站在门前一看,门楣上的牌匾不曾变,连看门的小厮也不曾更换,小厮见小娘子外家来了,忙把人迎进去。

袁老夫人见了明妆,连坐都顾不上,急道:"究竟是怎么回事?好好的园子,怎么说卖就卖了？若是遇上什么难题，回家一同商量，我手里还有些钱，哪里要闹到卖房子的地步！"

明妆上前搀扶她在榻上落座，笑着说："外祖母，外面的买卖都好，我还新办了个香水行呢，并不缺钱。卖园子实在是无奈之举，前几日我祖母阖家搬进园子，不卖没办法撵走他们，这会儿祖母还在西园住着呢。"

袁老夫人简直觉得不可思议："还有这种事？她宜男桥巷的宅子被天火烧了，要挤到这里来？你怎么不派人告诉我？等我来了，活撕了她那张老脸，反正她也不见人。"

优雅的外祖母，从来不会疾言厉色，但遇见易家老宅那帮人，再好的脾气也绷不住。明妆道："外祖母身体不大好，何必和他们生闲气？我没让人过去传话，也是不想惊动您。现在好了，房契改成李判的了，连我都是借居，就算祖母请族长出来主持公道，族长也无话可说。"

袁老夫人虽然觉得这事不妥，但转念想想也有道理，一时唏嘘不已："嫡亲的祖母，就这样凌逼孙女，怎么不叫人恨得牙痒！不过你是姑娘家，房子既然到了别人名下，再住在这里不合礼数，还是收拾着跟外祖母到麦秸巷去吧，撂下易家那个老太婆，看她好意思厚着脸皮赖在别人府上？"

明妆不愿意离开，微微挪动一下身子，道："这里还是我的家，李判说园子永远叫易园，不会改成国公府。这回出此下策是没有办法，不是真的想卖园子，再说我爹娘的灵位还在这里，我能上哪儿去呢？外祖母的意思我明白，正因为怕日后惹人闲话，这才非要留下祖母的。我住到麦秸巷，外祖母和舅舅、舅母固然不会嫌我，我自己却很惭愧。反正我们和李判是旧相识，以前在陕州就住在一个官廨里，现在这样让我想起了小时候，反倒很高兴呢。"

袁老夫人蹙眉发笑："你呀，还是小孩子心性，在陕州时你才几岁？如今又是几岁？孤男寡女，叫人说起来不好听，或者……"说着她忽然冒出一个念头，脱口道，"庆国公还不曾婚配吧？既然知根知底，我看你也甚是依赖他，要是他愿意，两家结个亲好不好？你若不好意思，我来同他说，趁着你祖母在，把亲事定下，一切不就顺理成章了吗？"

第三十五章

明妆呆住了，半晌笑起来："外祖母玩笑了，我拿他当亲哥哥一样看待，您怎么想到那头去了？"

她倒是一点不夹带私心，听得袁老夫人不由得自省，难道真是自己想多了？可是天底下也没有这样倾囊相助的呀，偌大的园子，真金白银的买卖，又不是小孩子过家家，能闹着玩的。袁老夫人还是觉得这里头有可以商谈的余地，作为一心关爱明妆的外祖母来说，女儿走得早，留下这根独苗，当然是怎么过得舒心怎么来。那位庆国公虽然是只闻其声不见其人，但从别人嘴里听来的细节就可以勾勒出，他必定是一位重情重义的佳公子。现在呢，人家买下易园，既成了主家，总不能放着园子不住。一个屋檐躲雨，瓜田李下的，时间一长，只怕明妆的名声也不好听，与其到时候让人背后嘀咕，不如尽早有个说法。

袁老夫人问："那位庆国公，可有定了情的红颜知己啊？"

红颜知己这话从守旧的外祖母嘴里说出来，听上去格外有趣，明妆笑道："他一直忙于军中事务，在陕州时就有人给他说媒，他都婉拒了，像是没长那根筋。

红颜知己……应当是没有的吧，上回我见过他的嫡母唐大娘子，唐大娘子提起有人登门说亲，他没答应，不知心里是什么打算。"

袁老夫人听后沉吟道："婚姻要听父母之命，他一个人在陕州，自然不好随意答应。至于回来之后仍是不点头，想必是说合的人靠不住，要再斟酌斟酌……既这样，外头说的哪有你好，我的殷殷生得漂亮，又通情达理，加上你爹爹有恩于他，你们若是能成，将来他必定好好对你。"

"外祖母是要衔恩逼婚吗？"明妆还有兴致打趣，"如果他不喜欢我，又不得不看在爹爹的情面上娶我，然后越想越懊恼，最后和我反目成仇，那我岂不是亏大了？外祖母说，是要一个贴着心的哥哥，还是要一个横眉冷眼的丈夫？上京有好些不满正室宠妾灭妻的，我可不想闹到那样的地步，和李判亲兄热妹一辈子，这样也挺好。"

袁老夫人被她说得没了脾气："你这孩子真是轴得很，让你回麦秸巷，你不肯，和庆国公结亲，你又不答应，这样住着多有不便，你倒是一点都不担心。"

明妆说："担心什么？我身边那么多的女使，还有兰小娘、惠小娘，她们整日围着我，外人有什么闲话可说的？"

她说得理直气壮，因为幼时一同长大的人在她心里就像家人一样，性别早就模糊了。

袁老夫人叹了口气，也罢，既然不成，那就和她说说自己替她谈来的好亲事吧。袁老夫人指了指坐榻另一边，说："你坐下，外祖母和你说件事。前日我一个老姐妹登门和我提起，说正在物色孙媳妇，心里十分中意你，想听一听你的意思。我是觉得他家门第不错，家主在幽州任刺史，小公子也是个有出息的，少年及第，眼下在尚书省任职，过上三年五载必定能够独当一面，官越做越大也在预料之中。如今就看你怎么想，若是有心，两家可以见一见，好不好的，你自己先瞧，再做定夺，怎么样？"

提起亲事，明妆就意兴阑珊道："我不着急，过阵子再说吧。"

袁老夫人愁眉道："姑娘家，能有几个'一阵子'？这一含糊，错过便错过了。"说罢又想起一件事，仔细盯着明妆的脸，盘问道，"给你说谁，你都不松口，可是心里有了喜欢的人？那个仪王……"

说曹操曹操就到，这里还没谈出个所以然，婆子就在廊上传话，说仪王殿下来了。袁老夫人怔忡着，纳罕地看了明妆一眼，明妆讪讪地起身，发话让把人请进来。

祖孙两个都到门上相迎，仪王进来先向袁老夫人揖了揖手："老夫人也在，从源有礼了。"

袁老夫人哪里受得起这一礼，忙让了让，说："仪王殿下客气。初一那日，殿下经过麦秸巷，没能请殿下进来喝杯茶，是我们全家失礼了。老身心里一直惦念着，再想请殿下莅临，又恐殿下抽不出空，反倒让殿下为难。"

仪王低眉浅笑，眼眸自带几分风流，意有所指道："老夫人不用惦念，今年不能初一登门拜年，等明年，我一定随般般一起来。"

袁老夫人原本很审慎，一字一句都斟酌着，结果被他这神来一笔忽然弄得不知怎么接口。

看到袁老夫人很意外，仪王脸上的笑意更大，转头问明妆："你没把我们的事告知外祖母吗？"

明妆呆呆地摇了摇头。

"不好意思吗？"他温和地宽慰她，"有什么不好意思的，早晚不得让外祖母知道吗？"说罢又来同袁老夫人解释，"女孩子面嫩，并不是刻意隐瞒老夫人，她既然不说，那就由我来同老夫人说吧！其实我们早就商议婚事了，只是我一直忙于外埠的事务，没来得及将这件事定下来，这次回来是打算入禁中拜见圣人，求圣人为我们指婚。"

袁老夫人吃了一惊："这……可是太仓促了些？"

仪王说："不仓促，年后已经商谈过了，原本打算过了正月十五就奏请的，可惜太康那里有急事，只好暂且搁置了。"说着他将目光婉转地望向明妆，温言道，"好在事情都已经办妥，也该兑现对小娘子的承诺了。我是今日刚回京，进城就听说了消息……小娘子把易园卖给庆国公了？"

明妆说："是啊，老宅那些人来寻衅，前两日都和我小娘打起来了。我想让他们搬出园子，可祖母和大伯父并不让步，只好想了个办法把园子卖给李判。"

仪王听了，很是赞同："这样也好，断了他们的念想。"顿了顿，又问，"那小娘子如今还住在这里吗？"

袁老夫人心头一悬，暗道既然论及婚嫁，般般继续住在这里，想必会引得仪王不快吧？

明妆起先并不觉得有什么妨碍，甚至外祖母的劝告都没往心里去，但既然要与仪王结盟，多少还是得顾念他的脸面，便道："殿下若是觉得我住在这里不妥，那我就搬到外祖母那里吧。其实我与李判商量过，早晚都是要赎回易园的，所以心里还拿这里当自己的产业，没有想过要离开。"

仪王大度得很，说："不必，既然住惯了，没有必要为着权宜之计特意搬出去。你我都信任俞白，他这样高洁的人，断不会有逾矩之处。你只管放心住着，别人的闲话进不了我的耳朵，我也不会去听信那些中伤你的恶言。"

袁老夫人起先并不看好仪王，虽然他位高权重，对般般来说也不是良配，但听了他这番话，又觉得这位天潢贵胄如此通情达理，实在难得得很。反倒是明妆，这时候冷静下来，开始意识到某些微妙之处。

"我觉得……继续住在这里，好像确实不便……"

仪王却不这样想，他所期待的，是李宣凛对明妆的感情越来越深，深到足以爱屋及乌，愿意为自己出生入死，所以这次的机缘巧合，是他乐见其成的，明妆要避嫌，他反倒要来阻止。

"君子坦荡荡，你与俞白像亲兄妹一样，我哪能不知道。不能因为我，弄得你们之间生分了，再说易家老太君不是也住在这里吗？外人只会说俞白顾念旧情，善待郡公家小，倘若因这个，有人在背后说那些不干不净的话，被我听见了，我一定拧下他的头，祭奠世间的大仁大义。"

住下吧，继续住下，才是仪王期望的。

明妆见他这样说，便不再推诿，欠了欠身道："多谢殿下体恤。"

袁老夫人不知内情，更看不出仪王的用意，她所关心的只是明妆的婚事，因此按捺再三，对仪王道："殿下，你先前说要求圣人赐婚，这话我没听错吧？"

仪王说:"是,老夫人没有听错,今日我刚回京,休整一下就入禁中面见圣人,请圣人为我在官家面前美言,促成这门婚事。"

"可是……"袁老夫人掂量再三,还是把心里的疑虑说了出来,"结亲讲究门当户对,如今你们身家地位悬殊,恕我直言,恐怕这门婚事并不相配。我的意思是请殿下再好好考量,般般父母双亡,母家也没有什么帮衬,若是与殿下结亲,恐怕对殿下没有任何助益。仪王夫人的头衔何其贵重,我怕般般年纪小,支撑不起来,还是请殿下三思。或是再延后一段时间,若当真深思熟虑过,心里认准了,再与官家圣人提起不迟啊。"

"老夫人怎么知道我没有深思熟虑过呢?"仪王笑道,"不怕在老夫人面前献丑,其实男女之间有没有缘分,不过一眼之间罢了。那日我在冰天雪地里遇见她,人面桃花,一下就撞进心坎里,那时就打定主意要迎娶她了。老夫人说她是孤女,没关系,我是王,有了我,有了权力与地位,她就不再是孤女,老夫人也愿意她一生风光,不受他人欺凌吧?"

袁老夫人听罢确实动容,颔首道:"我最舍不得的就是她,若她能过得好,我还有何所求呢?"

"那么就这样定下吧,禁中的一切我来安排,待官家答应之后,我立刻托付大媒登门,向小娘子提亲。"

袁老夫人连声说好,转头看明妆,却见她脸上淡淡的,不知怎么,连姑娘家的娇羞都没有。

"般般……"袁老夫人唤她一声,"殿下的话你都听见了吧,你觉得怎么样?"

明妆这才慢吞吞笑道:"很好啊,就这么办吧。"

说得简直像品鉴菜品一样,很好,下回还这么做,充满了爽快的应付。

袁老夫人心里有些疙瘩,但又说不上来,暂且只好含糊着,与仪王闲话几句家常,从太康的风土人情,说到仪王府的人口家业,双方相谈愉快。仪王毕竟是凤子龙孙,从小有大儒教授学问,谈吐也是高雅的、有条理的,一来一往逐渐让袁老夫人有了些改观。人毕竟是现实的,如果能够得着月亮,又何必够星星呢?

"我一身风尘地赶到这里,实在有些失礼,这就回去准备起来,下半晌还要入禁中复命。"仪王说着站起身,向袁老夫人拱了拱手,"从源告退了,老夫人请留步。"

袁老夫人点点头,忙吩咐明妆:"你送送殿下。"

明妆应了声是,将仪王引出前厅,两人缓步走到门廊上,仪王边走边偏头打量她,含笑问:"怎么了?看见我回来,小娘子好像不怎么高兴。"

"没有呀。"明妆立刻挤出笑,"不过因殿下离京这段时间,家中有了些变故,我怕自己这样处置不妥当,因此心里还惴惴不安呢。"

仪王道:"不必如此,你做的一切都是对的。"说完,见她鬓边有一缕发丝散落下来,伸手为她绕到耳后。

明妆不大习惯这样的碰触,下意识地往后缩了缩,他手上一顿,嗓音反倒愈发温柔,能拧出蜜来似的:"怎么了?你怕我?我从来没有凶过你,为什么要怕我?"

明妆有些尴尬:"不是怕你,是男女授受不亲,我觉得不自在罢了。"

他听了,将手背到身后,十分慎重地思忖道:"也对,是我太急于与你亲近了,你可是觉得我们之间少了些什么?从这一步迈到下一步,步伐太大,没有时间让你适应,对吗?"

这番剖析十分真诚,可见这位王爷虽然这么大年纪还不曾娶亲,但以前一定有过与女孩子相处的经验。明妆有点好奇:"殿下,你曾经喜欢过什么人吗?"

仪王眼波流转,居高临下地落在她的脸上:"为什么这么问?"

"就是胡乱问问罢了,我表兄二十五岁,儿子都已经开蒙读书了,你为什么到现在还没有成婚?"

小孩子的好奇心真是讨厌,他抱起胸,凝眉道:"没有成婚是因为缘分未到,现在缘分到了,我打算向小娘子提亲,有什么想不通的?"

这个答案就显得很敷衍了,没有得到满足的姑娘愁肠百结,歪着头咬着唇,半晌发表了她的真知灼见:"二十五岁不成婚,没有孩子……该不是养了外宅吧?"

他被她弄得很苦恼,就是这种天真的狐疑和不在乎话术的耿直,居然让他感觉到一丝窘迫。他把视线调到半空中,道:"二十五岁不成婚很奇怪吗?我和俞白同岁，他不也没成婚吗？为什么你对他没有这种疑惑？"

"他一直在军中啊，这几年忙于攻打邶国，不成婚是情有可原。"明妆答得心不在焉，两道视线始终在仪王身上游移，"殿下，你以前喜欢过谁，说不定我还认识呢。"

他僵着脸，终于不回答她了，作势展开双臂伸了个懒腰："还是上京气候宜人啊，太康的早晨，河面上还结薄冰呢。"

话题被岔开，必是一语中的，明妆是明白人，到了这里就不再追问了，把人送到门上，向他福一福，道："长途奔波辛苦，殿下回去好好歇一歇吧。"

他"嗯"了一声，踏步下了台阶，要登车时忽然想起什么，回眸望了她一眼，说："你怎么还叫我殿下？我们之前不是商量好了吗？"

明妆这才想起来，直愣愣地说："从源，你好走。"

这话听起来怎么有些不是滋味呢？他咂摸了一下，最后摇摇脑袋，无奈地登上车辇。

"在家等着我的好消息。"他探出头道。双赢的好消息，她应该会欢喜的。

明妆说好，目送他的马车出了界身南巷。

回到仪王府，他换了一身衣裳，坐在圈椅里拆看这几日囤积的信件，其中有封地长史的请安帖子，也有以前辖地的奏事文书，正看着，余光瞥见门上管事捏着一封帖子进来回话，弓着腰道："殿下，宜春郡公家差人来送帖子，后日郡公在梁园设寿宴，请殿下赏脸驾临。"

仪王顿了一下，放下手里的文书，把帖子接过来，喜帖的左下角写有嘉序夫妇拜上，他看着落款沉吟良久，最后合上，搁在一旁道："照常随礼，礼到，我人就不去了，就说军务繁忙，上幽州公干去了。"

管事领命退了出去，他站起身走到廊上，在竹帘下的光带里慢慢踱了几步，看时候差不多了，回身进房换了一身衣裳，吩咐小厮备车，趁着午后的休憩时光入了禁中。

官家在崇政殿歇息，他想入内请安，床前却放着帐幔，官家的声音淡漠地传出来："太康的事，处置得很好，漕运畅通是第一要务，余下那些壅塞之处可以慢慢整顿，先解了百姓的燃眉之急要紧。"

仪王说："是，臣已经命人拿下太康茶盐司主管官，勒令提刑司严查，其余事，命仓司暂行代管。"

帐后的官家道一声好，半晌没有再说话。

他抬起眼，试图穿过厚厚的帐幔看见后面的人，然而没有，什么都看不见，正因看不见，心思便悬了起来。

过了好一会儿才又听见官家的声音，忽然提起那个念念不忘的儿子："你大哥……近来不知怎么样。"

仪王顿了顿，垂首道："臣离京十几日，今日刚回来，还未来得及探望大哥。"

李霁清风光的时候已经过去了，受坠楼宫人的案子牵连，从郡王一路贬至开国子。开国子，五品的官职，虽然官家褫夺了他的郡王封号，但念在父子一场，没有将他彻底贬为庶人，已经是破例的袒护了。

官家心里终究为此不平，长叹一声道："你们都是朕的骨肉，手足之情不可忘，若是忘了，就猪狗不如了。得了空闲，去看看他，他如今正禁足，吃穿用度上也不便利，去问问他，可有什么需要的。"

仪王说是，深知官家那句"猪狗不如"是在敲打自己。他有时候真不明白，明明都是儿子，明明自己还是嫡出，为什么李霁清却那么得官家的心？官家儿子多，偏心得厉害了，兄弟之间也会争宠，说到底都是官家的错，是他这个父亲当得不称职。好在李霁清现在彻底出局，再也没了夺嫡的资格，官家的拳拳爱子之心最后反倒害了他，自己还有什么可斤斤计较的？

于是仪王一如往常般从容，叉手行了一礼，从崇政殿后阁退了出来。

弥光一路相送，送他去皇后的寝宫，半道上掖着手道："那个李宣凛，小人试探过了，他嘴上庆幸易云天的死让他有了崭露头角的机会，但说及易娘子时，全不是那么回事。"

仪王扬眉笑了笑："不出所料，弥令触到他的底线了。"

弥光丧气地摇头："他竟拿我的家小来威胁我，可见这易小娘子对他十分重要，殿下这步棋是下对了。但殿下他日成就大事，易小娘子就是一国之母，届时小人肝脑涂地，成了殿下脚下的泥，恐怕不值一提吧？"

他旁敲侧击，仪王听罢转头看了他一眼，那张白腻的脸上眉眼耷拉，一副苦大仇深的样子。

"我承诺弥令的话，几时反悔过？易娘子的作用不过是牵制李宣凛，眼下你我都在委曲求全，忍一时而已，绝不会忍一世的。弥令当初任先皇后殿中押班，虽只有短短两个月，但先皇后待你不薄，我与弥令的情分，也非旁人可比。"他负手走在夹道里，迎面的日光让他眯起了眼，他的语调笃定，给了弥光一颗大大的定心丸，"只要得到我想要的，那些人，一个都不会留。李宣凛功高盖主，易小娘子是枕边利刃，届时我会比弥令更想摆脱他们，弥令只管放心。"

第三十六章

弥光听他这样说，终于重新露出笑脸："有殿下这句话，小人就放心了。说起先皇后，小人在仁明殿供职时，确实很受先皇后照顾，所以小人惦念先皇后的好，一心辅佐殿下。官家在册立太子一事上，到现在都不曾有一句准话，小人本以为上次道州平叛之后，官家至少会有抬举殿下的意思，没想到只是封了个王爵就草草打发了，这事办得不地道。还有前阵子豫章郡王那件事……官家甚是懊恼，宣了宰相和庆国公入禁中商讨，那两位的意思是公事公办，官家虽然无可奈何，但言下之意小人听得出来，恐怕不无怨怪殿下的意思。"

仪王苦笑道："同样是儿子，我竟不明白自己有哪一点不如大哥，就算到了现在这样的境地，爹爹还是向着他。"

弥光轻叹了口气："大约还是因为先皇后与官家不睦吧，官家把对先皇后的不满，都转嫁到殿下身上了。"

仪王的生母明德皇后，确实不是男人眼中柔情似水的女子，她独立果断，爱憎分明，因为官家宠爱的孙贵妃放肆僭越，就命人将孙贵妃按在那里狠狠鞭打了一顿，从此和官家结下梁子，直到临终，夫妇之间也没有和解。

在官家眼中，她是粗鲁蛮横、不可一世的人，这样的人教导不出优秀的皇子，因此本该是仪王的太子之位一直悬空着，至今没有定夺。得不到肯定，是对仪王最大的伤害，他为此彷徨过、伤心过、羞愧过，也愤怒过，但那又如何，还是要一日日地忍耐下去，忍得久了，心肠便变得坚硬。他知道别人即便什么都不做，在爹爹眼中都是好的，自己若是再不争取，就要彻底被人踩在脚下了。

"发落大哥之后，爹爹可有其他动作？"

弥光道："传召了高安郡王，把龙图阁修正本朝记事的差事交给他了，三日之前还曾召见过寿春郡王。"

所谓寿春郡王，就是三皇子，生母俞贤妃在世时颇受官家礼遇，但寿春郡王这人擅藏拙，平时不爱出头，在兄弟之中并不拔尖，爹爹平时也不怎么注意他。可是奇怪，这回大哥出了事，年长的皇子中除了自己远赴太康，剩下的爹爹都召见了一回，仪王想起自己去崇政殿复命的情景，爹爹连面都不肯见自己，两下里一对比，他心头的焦躁之感又浮了上来。

弥光见他不说话，唤道："殿下，少安毋躁，越是这样，越应当沉住气。"

仪王颔首，放眼望向夹道的尽头，凉声道："多少次……多得我都记不清了，就算我为社稷再奔忙，爹爹好像都看不见。无所谓，爹爹看不上我没关系，我的功绩能让满朝文武看见，这样就够了。"

有时候取悦一个人，比取悦满朝文武更难。如果这个人对你的成见根深蒂固，不能改观，那么到了最后，大不了放弃他，又怎么样呢？眼下要专注的，是另一桩事。

顺着夹道往西行，就是杨皇后寝宫，弥光送到这里便先行退下，仪王站在宫门前遣黄门进去通传，不一会儿就见殿内女官出来迎接，掖着两手上前弓腰，垂首道："殿下，圣人有请。"

杨皇后没有中晌歇觉的习惯，大概源于她是医女出身，不肯将时间用在睡觉上，情愿研读一下医书，甚至自己晾晒草药。据说，仁明殿的后阁中，满院子都是巨大的笸箩，天晴时，成排地敞露在日光下，是杨皇后对往昔岁月的追忆。

可惜当上皇后,很多事情不能随心所欲,说起当年被封皇后也是机缘巧合,官家狩猎负伤,那次正好是她陪同医官随扈,几日换药下来,被官家看中,便收入后苑封了郡君,然后进美人、进充仪,一路当上皇后。

如果说选择原配皇后要慎之又慎,那么继后的册立完全是凭官家个人的喜好。杨皇后没什么家世背景,待人也永远是不好不坏,对官家的儿子们做不到视如己出,但绝对合乎皇后的标准。见仪王来拜访,她很客气地下令将人迎进来,进门赐了座,然后静静等着,等他自己说明来意。

仪王也没有兜圈子,在座上微微弯了弯腰,道:"嬢嬢,臣今日来,是想求嬢嬢为臣做主。臣看上一个姑娘,想娶她为妻,这件事还未向爹爹禀明,先来和嬢嬢说说,希望嬢嬢能在爹爹面前为臣美言几句。"

杨皇后一听,放下手里的建盏:"这是好事啊!前几日官家还说起二哥到如今都不曾娶亲,话里话外很是着急,发话让我加紧筛选上京的贵女,看看哪一家的姑娘能合你的心意。我算来算去,只有颖国公家的信阳县君身份地位与你相配,只是不知道你意下如何,本来打算明日派人去你府上传话,问问你的意思,不想你今日正好来了……快说说,瞧上哪家姑娘了,我来替你参详参详。"

仪王脸上浮起一点赧然之色,道:"要论家世,我相准的这位姑娘不能与信阳县君相比,但人品才貌绝不输人半分。说起她父亲,嬢嬢应当也听说过,就是密云郡公。臣知道,易公身上还有悬案未决,但事情过去了那么久,想必爹爹也不会再追究了。易家的小娘子,我是上年后土圣诞在梅园结识的,后来就一直念念不忘,只是担心爹爹反对,才拖了这么长时间。我想了很久,自己也到了年纪,不能再耽误下去了,所以今日鼓起勇气先向嬢嬢透露,还望嬢嬢能帮帮臣,成全我的一片痴心。"

杨皇后这人没别的,就是对痴男怨女的故事最感兴趣,因此听他一说,就打心里已经认同了。至于密云郡公,她当然听说过,四年前,监军黄门弹劾他侵吞粮草,官家大发雷霆,但在她看来,将在外,君命有所不受,只要手下兵卒顺服,能打胜仗就行了,管他粮草怎么安排。结果官家耿耿于怀,对密云郡公多番试探,一面深恶痛绝那点空穴来风,一面在得知郡公病故后惋惜痛失良将,所以说男人还真是复杂。

如今上一辈的恩怨淡了,到了小辈论及婚嫁的时候,杨皇后觉得不管白猫黑猫,能抓老鼠的就是好猫。二皇子的年纪也属实不小了,看在他叫自己一声"孃孃"的分上,这个忙她是一定要帮的。

"好。"杨皇后答得很爽快,"我这一会儿就去面见官家,把这件事同他说了。"

仪王心里又没底起来:"孃孃说,爹爹可会答应?"

杨皇后觉得他完全是杞人忧天:"为什么不答应?你是娶妻,又不是出嫁。姑娘要嫁高门,你不论娶谁都是低就,娶别人和娶她有什么差别?"

仪王听她这样一说,原本准备好的说辞竟都没了用武之地,于是站起身,向上长揖道:"多谢孃孃成全。"

杨皇后抬了抬手,让他免礼:"这事就交给我吧,我去同你爹爹说,成与不成,我再派人给你传话。"

仪王再三道谢,方退出仁明殿。

长御站在门前看人出了宫门,转身轻声问:"圣人果真要替二殿下陈情吗?"

杨皇后自然也有她的考虑,抚着圈椅的扶手道:"我没有生下皇子,将来皇位必定落在他们身上。大哥这回是没救了,三哥生性散淡,五哥读书读傻了,六哥外放泌阳学本事,七哥、八哥都还是孩子,眼下看来,除了二哥和四哥,官家也没谁可选了。我嘛,能做好人的地方就多做好人吧,将来不管他们哪个登极,我都可以自在当太后,这样就挺好。我的心里,还是觉得二哥更周全些,毕竟四哥定了汤家的姑娘,那姑娘又是孙贵妃养大的,将来要真是四哥有了出息,他们必定礼重孙贵妃,那我又算什么呢?"

这是肺腑之言,当然这种话只有在贴身的长御面前倾吐。杨皇后说完,又有点后悔,竖起一根手指抵在唇前,示意长御:"可不敢往外胡说。"

长御立刻抿嘴点头,杨皇后笑了笑,起身整理衣衫,扶好头上的花冠,道:"走吧,上崇政殿见官家去。"

到了崇政殿,官家刚换好衣裳坐在榻上喝参汤,见窗底一道身影走过,便抬起眼看门,见杨皇后进来,便问:"二哥上你殿中去了?"

杨皇后迈进门，说一声"是啊"，接过他手里的空炖盅，回身交给一旁的黄门端下去。

官家擦了擦嘴，问："他找你，所为何事啊？"

"亲事。"杨皇后随口答了一句。

官家不解："亲事？什么亲事？"

杨皇后说："二哥的亲事呀。官家前日不还说起该为他寻一门好亲吗？这不，他自己有了心仪的姑娘，先来找我商谈，我听着觉得不错，所以急忙找官家，请官家亲自裁夺。"

官家"哦"了一声，问："他看上哪家姑娘了？"

"密云郡公家的小娘子。"杨皇后挨着官家身旁坐下，极尽所能地夸赞那位素未谋面的小娘子，"我早就听说过这姑娘，据说长得标致，比芝圆还要美上好几分，上京的贵女之中，已经是最出挑的了。官家也别怕二哥重色，那位小娘子父母双亡后，亲族都不帮衬她，她自己挑起家业，把家经营得像模像样，这样的孩子，官家说可是很难得啊？"

官家又挑剔起来："易云天的女儿？易家那笔账没有清算，不表示无事发生，上京那么多贵女不选，偏选了易家的女儿，这从源不把朕气死，怕是不会善罢甘休吧！"

杨皇后不明所以："他要娶亲是好事，怎么就把官家气死了？难道他光棍打到三十岁，官家就高兴了吗？"见官家不为所动，她又极力游说起来，"官家还记得桂国公家的小娘子吗？当初二哥对她痴心一片，可人家头也不回地就与宜春郡公定亲了，二哥为这事耽误了许多年，好不容易现在找到一个，官家又不答应，他一气之下一辈子不娶，那可怎么办？"

儿子不成亲，这是所有父母无法释怀的事，官家也一样。他看看杨皇后，杨皇后眼神真挚，甚至带着些恐吓的味道，他暗中叹气，果真她完全不明白二郎背后的深意，也看不透二郎为什么偏要娶易云天的女儿。

杨皇后还在侃侃而谈："官家最怕的不就是外戚干政吗？所有后妃母家不得随意封赏。若是二哥娶了易家的小娘子，密云郡公夫妇不在了，她又是独女，没有兄弟叨扰,将来不也省了许多麻烦吗?"

话虽然是这样说,但在官家眼中,二郎的用意可以说是昭然若揭。作为父亲,他自然希望儿子能有个好姻缘,但作为帝王,眼见骨肉算计,兄弟阋墙,他心里的恨便扩张得无限大。如果二郎在面前,他大约会抓住对方的衣领,狠狠地质问他究竟有什么图谋,然而现在不是好时机,要平衡,就得先隐忍。官家定了定心绪,转头看了杨皇后一眼,问:"你觉得这门婚事好吗?"

杨皇后说:"好啊,我很想见一见那位小娘子,不知是否如传闻中那样美貌。"

官家无奈地调开视线,说:"你可曾想过,她父亲是在朝廷重压下离世的,她是否会心甘情愿做我李家的儿媳。"

杨皇后眨了眨眼,道:"官家并未惩治她的父亲,那桩粮草案之后也未追究,连她父亲的爵位都还保留着,她应当感激官家才对。官家不必担心那么多,男女之间果真有了感情,好些事就不会深究了,都是过来人,谁还不明白。即便她觉得李家亏待了她,但二哥给了她正室的名分,她以后就是仪王妃,不就等同于洗刷了她父亲身上的冤屈,给他们易家重立门庭吗?"

杨皇后长篇大论,说得十分在理,官家便不再反对,淡声道:"你若觉得好,就这么办吧!从源生母不在了,过礼事宜,还需你多费心。"

杨皇后一口应下,自己平时操心的事不多,其他皇子都有生母张罗,也只有二皇子的婚事需要她过问了。

这里说定后,杨皇后返回仁明殿,派小黄门往仪王府跑了一趟,把官家答应的消息告知仪王,并托宰相韩直的夫人做媒人,照着民间的规矩一样样仔细筹办起来。

宰相夫人吕大娘子是个聪明人,得了这样的重任,自然要面面俱到、事事妥帖。第二日,她上易园拜访,临行之前让人去麦秸巷传了个口信,说今日要去商谈定亲事宜,请袁老夫人务必到场。

巳时前后,韩府的马车停在界身南巷,吕大娘子从车上下来,见一排钉子式的禁卫站在左右门廊上,抚了抚胸,笑着和身边的仆妇说:"庆国公是戍边大将,这气魄,果真不一样!"

第三十六章

既要登门拜访，就得按着人家的规矩办事，吕大娘子让人到门上递了拜帖，帖子送进去，很快便见正主迎了出来。年轻的姑娘穿着一件紫色襦裙，月色的鸳鸯带在胸前飘扬，即便是素色的一套装扮，也难掩明眸皓齿。

明妆上前来行一礼，温言道："贵客登门，有失远迎了。"

吕大娘子亲热地上前携起她的手，上下好一通打量，那些溢美之词都是表面文章，她不稀罕去说，只是温和道："看小娘子气色不错，家中一应都好吧？"

明妆知道宰相夫人此来的用意，自己的命运是被推着往前走的，一切只要顺其自然就好，便点头应是，牵着袖子向内引领，把吕大娘子引进门。

易老夫人作为祖母是必须要通传的，吕大娘子进门时，她已经在堂上候着了。因有诰命在身，禁中外命妇朝拜时两人曾见过几回，因此还算熟络，易老夫人满脸堆笑，将人引到上座，客套道："今日不知吹的什么风，竟把大娘子吹来了。"

吕大娘子虚与委蛇道："这一来，扰了老太君清静了。"说完四下打量，感慨道，"如今易园是庆国公的产业了，庆公爷真是个念旧情的人，仍旧将小娘子奉养在园内。老太君想必是舍不得小娘子，毕竟祖孙情深，因此日日陪着小娘子。"

上京这些贵妇的消息最是灵通，说话也很有学问，这样明夸暗贬最是叫人下不来台，但易老夫人毕竟见多识广，并不因此产生任何羞愧之情，顺势说："是，孩子孤寂，放她一人哪里能放心，只是苦于老宅没有修缮完，要是都筹备好了，还是要接孩子回家去的，免得长久叨扰庆公爷。"待女使上了茶，易老夫人顿一顿，方问，"不知今日大娘子来，可是有什么要事啊？"

吕大娘子含糊其词："就是来瞧瞧小娘子……早年间我与袁大娘子在金翟宴上有过一面之缘，不想后来她过世了，想想真是可惜。"

易老夫人只好继续敷衍："可不是，留下我这小孙女孤苦伶仃的，怎么不叫人心疼？"

吕大娘子嘴上应着，转头朝外看，只等袁老夫人来了好说正事。所幸没有等太久，不一会儿就见门上女使引人进来，吕大娘子正苦于不知道怎么和易老夫人寒暄，见袁老夫人一来，解了她的尴尬，忙站起身，老远便笑着说："等老夫人半日了，总算是来了。"

259

这下易老夫人脸上不是颜色了，心道这算什么，怎么把袁家的老太婆也招来了？明妆姓易，是易家人，说亲也该是易家长辈做主，袁家又是哪路豪强，人不来，大媒竟是不开尊口？

接下来如何，也是可想而知，吕大娘子完全只与袁老夫人商谈，视线偶尔飘到易老夫人脸上，就算尊重主家了。

袁老夫人自然一应都为明妆考虑，说："这样的婚事，不知是几辈子修来的福气，还有什么可挑剔的？我只要外孙女过得好，仪王殿下能善待我的般般，其余是半点要求也无。"

吕大娘子点头道："原本这桩婚事就是仪王殿下央了圣人，圣人才托我从中说合。老夫人放心，该有的大礼一样都短不了，王爵娶亲，也是一等一的大事，仪王殿下身份尊贵，小娘子的面子哪能不给足？"说完转头对易老夫人一笑，"司天监看了日子，下月初二上上大吉，定在那日过礼最相宜。什么纳采、问名都合在一起办，当日再请期，选定一个好日子，就可筹备迎亲了，这样安排，老太君意下如何啊？"

本以为帝王家要结亲，没有谁会不识抬举，然而偏偏有人就是反其道而行，易老夫人一副如梦初醒的样子，讶然道："吕大娘子在同我说话？"

吕大娘子脸上的笑僵住了，压了压火气才道："是呀，老太君是小娘子嫡亲的祖母，婚事自然要与老太君商议。"

易老夫人一笑，道："般般是我易家的孙女，我这个做祖母的，不能不为孩子的一辈子考虑。官家与圣人厚爱，我易家感激不尽，但般般小小年纪，行事也不稳重，恐怕难以承受这样的荣宠。还是请官家与圣人重新物色贵女吧，这门亲事我易家高攀不起。不做非分之想，方能保一世太平，毕竟家中再也经不得颠荡了，还请宰相娘子见谅。"

第三十七章

吕大娘子简直惊呆了:"易老太君,我这回是奉圣人之命,前来给仪王殿下和明娘子说合亲事,易老太君刚才那番话,可要再斟酌斟酌?"

易老夫人说:"老身听得清清楚楚,也知道大娘子此来的用意,我的意思已经说得很明白了,大娘子应当也听懂了吧?"

"不是……"吕大娘子这辈子都未遇见过这样不按常理出牌的人,简直哭笑不得,"我承懿旨,这可不是寻常人家说合亲事,老太君难道不懂这个道理?"

易老夫人心里畅快得很,笑着说:"两姓联姻,讲究你情我愿,就算是官家要娶儿媳,也得问一问女家答不答应,这不是人之常情吗?"

她刻意刁难,拱起的双眉泄露了她此刻的得意,吕大娘子气恼地看了半晌,终于冷笑一声:"看来老太君是有意为难我啊,难道是我糊涂,哪里得罪了老太君,所以老太君要让我交不了差事,好引得圣人对我不满?"

易老夫人说:"大娘子言重了,我哪是那个意思。实在是婚姻之事,非同儿戏,嫁入帝王家虽风光,但也要有命消受才好。我的孙女不过是寻常女子,在陕州长到十二岁才回上京,上京的规矩体统学得不好,万一哪里不得仪王殿下欢心,那她日后的苦,岂不是要用斗来量了?"

都说谨慎的人懂得自谦,但对于不得宠爱的孙女,自谦过度就变成了践踏。一旁的明妆是看透这个祖母了,听她这样说,倒也不气恼,只是问:"祖母可是怕我日后不肯帮衬易家,所以不赞同这门婚事?"

吕大娘子起先只是恨这老虔婆拿乔,并没有看清她真实的想法,如今听易小娘子这么一说,顿时明白过来,原来是因为感情不够,因此不愿孙女高升。

"这不能够吧?"吕大娘子说着,视线在易老夫人脸上盘桓,"老太君可是小娘子嫡亲的祖母,天底下还有如此徇私,不盼着子孙发迹的长辈?"

易老夫人一点也不在乎她们说什么,只是对明妆道:"上回你姑母为你说合的亲事就很好,我心里看中了,已经与你姑母说定了。不让你与仪王结亲,实在是齐大非偶,我们易家高攀不起这样的姻亲,就算你爹娘还在,也必定不会把你嫁进帝王家受拘束的,你就听了长辈之言,别生这样攀附的心了。"

这叫什么话?攀附之心那是够不着硬够,现在明明是官家、圣人都认可,怎么到了这老妇嘴里,就变得那样不堪了?吕大娘子正欲开口,袁老夫人出了声,好言好语道:"亲家老太太,般般是个孝顺孩子,你瞧她就算借住在人家府上,也不忘把祖母带在身边奉养,日后登上高枝,又岂会忘了你这个做祖母的呀?"

易老夫人皮笑肉不笑,瞥了袁老夫人一眼道:"我自然知道她孝顺,也知道亲家很赞同这门婚事,可亲家别忘了,她毕竟是我们易家的人,父母不在了,就要听从祖母的安排。亲家是她的外家,外家再好,终归是外人,我还没听说过外家能做主嫁外孙女的,所以宰相娘子请亲家来,也不过是让亲家凑个热闹,高兴高兴罢了,这门婚事成功与否,其实不与亲家相干。"

这番话说完,可以说是把袁老夫人彻底得罪了,起先大家还刻意周旋,现在竟是顾不了那些了,袁老夫人大喝一声:"和福熙,你这老咬虫,太赏你脸,让你连自己是谁都闹不清了吧?你忘了当初求娶我家雪昼时,是怎样一副低声下气的嘴脸,我们袁家与你易家结亲,是瞧着三郎为人忠厚,若是看着你这咬虫,就是跪在我门前,也不能把女儿下嫁到你家。如今你可好,三郎不在了,盘算起自己的孙女来了,放着好姻缘不答应,要拿摆不上台面的亲事打发般般,好霸占三郎夫妇的产业,滋养你那一家子没出息的子孙!不要脸的贼婆,我忍了你半日,瞧着宰相娘子在场,让你几分面子,你倒愈发得势,充起什么嫡亲祖母来,呸!你掰着手指头算一算,在般般身上你用过几分心,孩子孤苦无依时不见你的影子,摆谱作梗倒是少不了你。可惜如今入了春,再没有秋风让你打了,你要是识相,来日还有你一口饭吃,若是不识相,非要作死,孩子不拿你当长辈,你那一家老小不得升发,全是你这咬虫求仁得仁!"

如此长篇大论,把在场的众人听得都惊呆了。易老夫人被骂了个狗血淋头,面孔霎时涨成猪肝色,颤抖着手指向袁老夫人:"你这泼妇!泼妇!"

袁老夫人哼笑道:"泼妇?我今日不曾拿建盏砸开你那颗驴脑袋,已经是轻饶你了!"

明妆见她们吵得不可开交,忙上来劝慰:"外祖母,快消消气,别气伤了自己的身子。"嘴上这么说,心里却笑开了花,觉得通体舒坦,连今早的鼻塞都好了。

袁老夫人气归气,还是得向吕大娘子致歉,欠身说:"在大娘子面前失态了,实在是意难平,还请大娘子见谅。大娘子不知道,他们易家给般般说的都是什么样的亲事,不是赌鬼就是九品未入流的小吏,我们般般可是郡公之女,响当当的贵女,外人都高看一眼,自己人竟如此糟践,何其让人寒心!孩子要是没有外家撑腰,没有庆国公处处维护,落在这样一位祖母手里,这辈子会怎么样,我连想都不敢想。"

袁老夫人边说边抹泪,一片舐犊之心,和一旁的嫡亲祖母形成鲜明的对比。

吕大娘子并没有因为目睹一场亲家之间的骂战,而对袁老夫人有任何偏见,反倒十分理解这位外祖母在礼法上的无能为力。易家老太太的不堪,她已经见识过了,就不必多费口舌了,转而温言安抚袁老夫人:"明娘子是聪明孩子,哪个对她好,哪个对她不好,她心里都知道。老夫人不要着急,今日这亲事搁置了,我自会向圣人禀明原委。仪王殿下既相准了小娘子,就绝不会因为有人从中作梗而平白放弃,且再等等吧,过两日总会有个说法的。"

既然没有再商谈下去的必要,吕大娘子便不再逗留,起身告辞。明妆将人送到门上，愧怍道："家中一地鸡毛，让大娘子见笑了。我的婚事，其实无足轻重，只要不伤了长辈们的心就好。"

吕大娘子怅然地看着这年轻的女孩，道："小娘子的不易，我都知道了，这世上不是所有至亲骨肉都贴着心，也不是所有长辈都值得敬重，你小小年纪，不必顾忌许多，只要保得自己有个好前程就行了。"

明妆颔首，把人送进车舆，看着马车走远，方长出了一口气。

午盏忧心忡忡道："小娘子，宰相娘子这一去，会不会就此作罢了？"

明妆的脸上浮起笑意："不会，禀报到圣人面前，圣人自会有裁断。"

午盏呆看她两眼，忽然回过神，说："小娘子留下老太太，难道就是为了等这一天？"

是啊，就是为了等这一天，她不是没给祖母选择，不说极力促成婚事，就算顺其自然地接受，她日后也愿意孝敬祖母。可是这老太太，偏要在紧要关头横加阻挠，还不给宰相夫人半点面子，这就不仅仅是打压孙女了，祖母怕是没有想过得罪皇后和宰相夫人的后果，除了讨来外祖母的一顿臭骂，更倒霉的事还在后头呢。

午盏见她舒展眉目，就知道自己猜中了，拊掌道："该！平时在家里猖狂就罢了，闹到外人面前，谁也不会惯着她的性子，看那些贵人如何收拾她！"

明妆心里笃定，没再说话，提裙迈进门槛时，易老夫人正在报一箭之仇，吵吵嚷嚷地向袁老夫人叫骂："这是我易家的事，几时也轮不着你一个外人来多嘴。今日宰相娘子若不请你来，万事还好商量，请了你来，这事就是不成，我不点头，看谁能做主把那丫头嫁出去？"

袁老夫人气得脸色发白，身边的吴嬷嬷一再劝慰："算了，老太太何必同这样的人一般见识……"

明妆径直走到易老夫人面前，好奇道："祖母，我心里一直有个疑问，究竟我爹爹是不是你亲生的？为什么你这样护着大伯父和二伯父，偏偏对我爹爹冷血得很，难道就因为他没有生儿子，你瞧不上我这个孙女吗？"

这下易老夫人不好回答了，要是承认，岂不是坐实了她不待见这个孙女吗？

当然明妆也并不需要她回答，转头对柏嬷嬷道："扶祖母回去休息吧，为我的亲事操劳了半日，该好好歇一歇了。"

柏嬷嬷其实也不赞同易老夫人这样顾前不顾后的做法，但当着其他人的面不好说什么，小娘子打发她们走，她忙不迭应了，把正在气头上的老太太连哄带劝地拖出了东园厅房。

总算清静下来，袁老夫人呼出一口浊气："三年未见，这老咬虫愈发上不得台面了。蠢笨也是真蠢笨，就怕她不说那些混账话，她倒一头撞进网里来，省了咱们的力气。"

明妆笑了笑："百善孝为先，我若是各处告状，说祖母对我不好，上京那些贵妇贵女，没有一个会相信。这回让宰相夫人亲眼见了，她的一句话，顶我百句，往后我就算不与老宅的人来往，也没有人会指摘我了。"

袁老夫人叹息道："只是让你受了些委屈，对付那个老虎婆，自己难免也要伤心伤肺。"

明妆说："不打紧，我早不拿他们放在心上了，接下来咱们就等着，看禁中怎么处置她吧。"

那厢，回到西园的易老夫人被柏嬷嬷搀扶着坐进圈椅里，犹自生气着怒道："袁家那老太婆算个什么东西，竟跑到我跟前来大放厥词？要不是看着宰相娘子在场，我非扇她两个大耳光，让她知道我的厉害。"

柏嬷嬷无可奈何道："老太太，你今日这样，实在是做错了……"

话音才落，便换来易老夫人一句高高的"什么"，又愤然质问她："我做错了？我哪里做错了？般般那丫头是我易家的人，商量亲事该以我为主才是，吕大娘子把袁家那老太婆请来，一应都与她商议，把我这嫡亲的祖母置于何地？"

柏嬷嬷问："那么老太太，吕大娘子就算是与你协商，你能答应明娘子的婚事吗？"

易老夫人昂着脑袋，一副雄赳赳的模样，嘴里也答得干脆："自然是不能答应。你瞧那丫头，笑面虎一样，对老宅的人指不定心里有多怨恨，若她登了高位，我们易家谁能沾上她的光？倒不如让她做个寻常的市井妇人，两下里好继续走动，她若有个长短,我们也好帮衬。"

所谓帮衬,就是粉饰太平,柏嬷嬷知道她话里的意思,越庸常,越好拿捏。当心高气傲的小娘子被生活所累,变成一个接一个生孩子的妇人,那点头脑早就被柴米油盐和尿布填满了,哪里还顾得上田地产业?到时候夫家不可信,自然要信任娘家人——出了阁,才知道娘家好,好与坏,就差一个对比。可是老夫人盘算得虽好,却不知道有些亲事,不是她想阻止就能阻止的。

"老太太……"柏嬷嬷涩然地眨了眨眼睛,"郎子是仪王殿下,宰相夫人奉圣人之命来保媒,你可知道这是一门什么样的婚事?不是村头张家托了王家来说合,要嫁的也不是放牛的李四,那可是当朝第一家啊,我的老太太!"

易老夫人怔忡了下,听柏嬷嬷这样说,方觉得事态好像有些严重,愕然道:"当朝第一家……那也不得讲理,听一听女家长辈的意思吗?"

"正是因为敬重老太太,才派了宰相娘子登门保媒,若是专横些,直接下旨赐婚,老太太还能抗旨不成?"

所以就是给脸不要脸,痛快一时,从没想过后果。

"那……"易老夫人站起身,茫然地踱步,踱了一会儿回身问柏嬷嬷,"女家自矜些,也没什么吧?了不得宰相娘子下回来,我再改口就是了。"

可是还会有下回吗?柏嬷嬷不言语了,半晌才道:"派个人出去,把今日的事告知大哥和二哥吧。他们在官场上行走,预先有准备,万一遇见变故也好应对。"

怎么就会有变故了?易老夫人蹙了蹙眉,觉得这老婆子有些杞人忧天,但有些话,好的不灵坏的灵,她实在没办法,只好依着柏嬷嬷的意思,让人出去通传易云海哥俩。

小厮飞也似的从门口蹿了出去,迎面和进来的人撞了个满怀。对面的人险些被撞得五脏六腑移了位,骂道:"干什么?你家老太太得了急病,忙着出去请郎中?"

小厮赶紧弓腰道:"我一时跑得急,没看见您,实在对不住。"

张太美揉揉胸口,白了他一眼,问:"到底干什么去?"

小厮道:"我们老太太让我给两位郎主传话,把宰相夫人来给明娘子说合亲事的消息告知两位郎主。"

张太美这才缓和神色，摆摆手道："去吧去吧。"说完撩起袍子，进前厅复命去了。

他一进门，见袁老夫人也在，忙恭敬地行了一礼，对明娘子道："回小娘子的话，跨院筹备得差不多了，公子今晚就在府里过夜，只是晚间还有应酬，恐怕回来得晚一些，让小人回禀小娘子一声，半夜听见门上有动静，不必惊慌。"

明妆说一声好，看他又长揖一礼，退了出去。

袁老夫人这时也该回去了，站起身道："不知禁中会怎么安排，倘若有了消息，一定差人来告知我。西边那个老咬虫，照旧好吃好喝地供着她，别让她寻到半点错处，将来又出去抹黑你。"

明妆道一声是，一直将外祖母送到马车前。袁老夫人进了车舆仍是不放心，又含蓄地提点了她一声："庆国公终究是外男，仪王殿下就算大度，你自己也要懂得分寸。"

明妆点了点头："外祖母放心吧。"

袁老夫人这才坐定，让小厮驱动马车，慢慢往热闹街方向去了。

明妆重新回到内院，也闲不下来，换了身衣裳到新开的香水行附近转了一圈。下半晌，达官贵人们有了空闲，因上京讲究的澡堂稀少，这里便成了好去处。明妆坐在车内朝外看，西边的一处空地上停放了好些马车，香料的芬芳从门庭飘散出来，熏染了整条街，不时还有新客前来，随行的人背着一个包袱，亦步亦趋地把家主送进门槛。

午盏啧啧道："咱们的生意很不错，比南城的'小西京'还好些呢。"

明妆却出神地盯着隔壁的铺面，道："盘下来，卖巾帕香药还有衣裳。"

午盏顺着她的视线望过去，果真见那家书坊门可罗雀，忙传话给马阿兔。马阿兔蹦起来说"得嘞"，摘了头上的帽子掖在腰间，踱着方步往书坊大门去了。

后面的事可以交给管事的去办，无非就是商谈赁金，若不肯转租，还可以在别处另找一个合适的地方，想办法与这书坊老板交换。明妆不用等结果，就让小厮赶车返回界身南巷，路上和午盏一人买了一份冰雪冷元子吃。刚开春的午后微微暖，一口碎冰下去透心舒畅，只是不能让商妈妈知道，两人吃得很快，到了门口刚好吃完，把竹筒收拾起来扔进路旁的草丛里，擦干净嘴，就可以若无其事地进家门了。

房内女使侍奉明妆擦洗，脱下罩衣上榻小睡，商妈妈在一旁替她掖被子，忧心道："今日被老太太一闹，万一禁中作罢了，那怎么办？"

明妆拽了拽枕头侧身躺下，梦呓似的说："妈妈别愁，是咱们的，跑不掉。"

想是有点累了，明妆这一觉睡得悠长，醒来时太阳都快下山了，她起身用了暮食，便歪在灯下精神抖擞地翻着话本，一连看了几个时辰，支起耳朵听外面的动静。

将要戌时，门上婆子终于来报，说："公爷回来了，吃了好些酒，是左右架着进门的。"

明妆很意外："他吃醉了？"

印象中李判不贪杯，以前爹爹带他赴宴，他一直都是沾沾杯就作罢，这回想必是大人物宴饮才不得不应酬吧！

"我去瞧瞧。"她趿上鞋，提着裙子迈出门槛。

午盏和煎雪忙跟上去，商妈妈端着银盆站在廊上喊："干什么去？"可惜没人应她，三个身影一溜烟地跑出了月洞门。

第三十八章

明妆探身一看,灯影幢幢下,两个随行官搀扶着酒醉的人进来,七斗在前引路,比画着说:"这里……这里……"

李宣凛的个子很高,两条腿也尤其长,两腿拌蒜迈不开步子时,简直让两位随行官挪步也艰难。

明妆从边上走出来,问七斗:"李判怎么醉成这样,遇上高兴的事了?"

七斗正要开口说话,那个垂着脑袋的人抬起头,勉力应道:"我没醉……哪里有什么高兴的事……"

可是看他的脸,颧骨上隐隐有红晕,在玉色襕袍的衬托下,莫名显出一种少年般温软灵秀的味道。没有高兴的事,难道是借酒浇愁?思及此,明妆忙朝正屋指了指,说:"快把人搀进去,七斗铺好床,别让他冻着。"

七斗应了声是,拔腿先跑进去安排,明妆这才发现他带来的人里没有一个女使,果真是在军营中待惯了,不食人间烟火,于是转头吩咐午盏:"明日点两个机灵的,派到跨院来伺候。"

安排归安排,眼下还是需要有人照顾,自己不能干看着不管,便跟着进了跨院。小小的院子,对他来说有点寒酸,明妆心里老大的不好意思,因为自己的缘故,他没法住进园子里,这回喝醉了,无论如何也得趁机表表关心。

两个随行官将人安置在榻上,七斗替他脱了皂靴,回身问:"公子渴吗?要喝茶吗?"

李宣凛一手盖住眼睛,一手无力地挥动了下:"出去。"

他向来说一不二,就算半醉,身边的人也不敢不听令。七斗没办法,求助地看向明妆,明妆立刻大包大揽地应承下来:"不要紧,有我。"

七斗感激不已,连连弓腰道:"多谢小娘子。小人就在外面的廊子上,有什么事,小娘子只管招呼小人。"说着从内室退了出去。

明妆站在脚踏前,看那人仰身躺在榻上,好奇怪,忽然生出许多陌生感。油蜡点在案上,离这里有一段距离,因此杳杳看不真切人脸,只有廊上的灯笼透过窗纸,洒下一点朦胧的光。

怎么照顾一个酒醉的人,明妆毫无章法,想了想吩咐午盏:"到厨房让锦娘煎一碗二陈汤来。"说完又对煎雪道,"打一盆温水,给李判擦洗擦洗,去去酒气。"

两个女使得令,忙各自去承办,明妆弯下腰,轻声问:"李判,你是醒着,还是睡着了?"

听到声音,盖在眼上的小臂慢慢挪开,那双眸中雾霭沉沉,无言地望了望她。

"是哪个贵人邀你喝酒吗,做什么喝成这样?"她蹲在他面前问,"你想不想吐?我拿个盆给你,好吗?"

然而看着眼前这张脸,哪个会想吐呢,他摇头说:"我没醉,不过多喝了两口,回来的路上吹了冷风,已经清醒了。"

至于是哪个贵人邀了他,其实并不是多要紧的人,不过是以前的旧相识从青州入上京办事,相约在杨楼叙旧罢了。可不知怎么回事,今晚的酒好像特别杀恨,他的酒量不算太好,三两下就有些糊涂了。但这绝无仅有的一回醉酒——也算不得醉酒,可能算微醺吧,倒让他有了一种截然不同的体验,心里的困顿、公务的重压,包括肩上担负的责任,一瞬间都不重要了。不要这样一板一眼毫无破绽，也不要在人前体面无可挑剔，卸下一切，才勉强能够喘上一口气。

李宣凛侧过头，年轻的面孔就在不远处，忽然想起刚升判官那年，有一回他病了，小小年纪的明妆也曾这样蹲在他的榻前，怀里抱着她的扑满。那扑满是一只好大的肥猪，鼻孔圆圆的，贴在她脸颊上，她小声问："李判，你为什么不找大夫看病？是因为没钱吗？没钱不要紧，我有，你听……"说着大力地摇了两下，里面铜钱啷啷作响，她十分豪迈地说："我有好多呢，砸了它，就能给你请大夫了。"

年幼的她不知道，他是在捍卫军士的尊严，小病小灾，挺一挺就过去了，结果因为她的坚持，一场伤风最后闹得人尽皆知，现在回想起来，依旧觉得很好笑。

他咽下往事，温声问她："今日禁中来提亲了？"

明妆"嗯"了一声，说："圣人托宰相娘子登门，结果宰相娘子被我祖母得罪跑了。"

原本应当气愤易老夫人的荒唐，他却浮起笑意，喃喃说："很好。"

明妆不明白，纳罕道："好什么？宰相娘子都被我祖母气坏了。"

他的唇微微翕动了一下，想说什么，终究还是沉默了。

他就是这样，考虑得太多，一句话都要掂量再三，即便有了如今的身份地位，也依旧审慎克制，从不轻狂。明妆问："你可是有什么话要叮嘱我？想说什么就说吧，我一定听你的。"

可是真的会听吗？他那双眼睛在幽暗处灼灼地盯着她，背着光，她的眉眼模糊，但轮廓清晰，他看见她鬓角稚嫩的绒发，纤细柔软，孩子一样。明明她还年轻，为什么要这样急着与人定亲呢？他叹了口气，问："你喜欢仪王吗？"

明妆觉得不太好回答，含糊道："他位高权重，可以让我嫁得很风光。李判，我想洗清爹爹身上的冤屈，要是嫁了仪王，是不是就能证明爹爹是被冤枉的？至少坊间的人都会这样认为，对吗？"

小小的人，也有她的坚持和执念，绝口不提自己有多艰难，但他看得出，她对父亲的死耿耿于怀到今日，心里的痛苦早就泛滥了。

"大将军的冤屈，我一定会为他洗刷的，但是要给我些时间，让我一步一步去完成。"他的声音变得很轻柔，带着一点鼻音，像情人间的耳语。

奇怪，原来他还有这样温存的一面，要不是自己从小就认识他，大概要被这嗓音撩得脸红心跳，不能自已了。明妆抚抚胸，笑着打趣："李判，你和平时不一样，喝醉了真有趣。"

他一时不知说什么好，心里只是暗笑，真是个不知世事的孩子。

他蹙眉调开视线，知道劝告没用，但还是要多句嘴："与仪王的婚事，再考虑一下吧。"

明妆也想考虑，但他留京的时间已经不满五个月了，这短短的五个月内，也许什么都来不及发生，待他远赴陕州，鞭长莫及，一切还是要靠自己，所以不要再犹豫了，决定的事也不要更改。她说："我不打算考虑了，仪王长得不错，为人也谦逊，我可能有些喜欢他。"

他听了，又望向她，说："你看到的只是表象，一个志在天下的皇子，不是你想得那么简单。"

可是她说喜欢，喜欢……这是个无法反驳的理由，年轻姑娘的爱慕可以毫无道理，谁也不能说她做错了。

这时，煎雪端了热水进来，一路送到睡榻前，压声道："小娘子，水来了。"

明妆卷起袖子，回身绞干手巾，展开后往前递了递："李判，擦擦脸吧。"

他没有应她，心里只觉得烦躁，正想开口让她回去休息，她却垂手在他脸上擦了一下。隔着手巾，他能感觉到那纤纤的掌心，温热过后，清凉扑面，他心头一跳，不自觉地往后让了让。

明妆并未察觉他的不自在，很体恤地说："你闭上眼睛睡吧，我替你擦。"

娇生惯养的姑娘，没有伺候人的经验，但是擦得很仔细，连他的眼窝都照顾到了。李宣凛愈发尴尬，挣扎着说："我自己来吧。"

无奈人家根本不理会，嘴里说着"醉了就快睡"，擦完脸，顺便把他的手也擦了。

李判的手，指节细而长，若是用来握笔，大约连普通的羊毫都会身价倍增。如今用来握剑，秀骨之下又暗藏无尽的力量，多让人惊讶，原来优秀的人，不管哪一行都能做到极致啊。

明妆这人很奇怪，认识一个人，最先留意的不是脸，而是手。犹记得当年他初入官衙，那纤纤十指像女孩子一样，长了这么多年，上过战场杀过敌，到如今还是保养得很好，算得上天生丽质吧！

大概是看得贪婪，躺着的人微微缩了下手，缩进了被褥里。啧，看看又不会看坏，明妆一面腹诽，一面上前给他掖了掖被子，隐约听见他嘟囔了句："那个李霁深……有什么好！"

他很少质疑一个人，更何况那人还是王侯，所以在他眼里，是真的不看好仪王。明妆何尝不知道呢，他这样聪明的人，当然看得出仪王娶她的用意。自己是有些自私，既想借他之势嫁进帝王家，又不想让他再去掰扯爹爹的旧案，毕竟他是爹爹的旧部，一场胜仗让他名震天下，木秀于林，风必摧之，弥光不在官家面前谗言坑害他，已经是万幸了。

反正他会回陕州的，她心想，到时候一切自己想办法，虽有些顾前不顾后，但了不得就玉石俱焚吧，总之不要去商谈那些太深入的东西，过于沉重，心就飞不起来了。于是明妆又堆出笑脸，坐在脚踏上说："我不是孩子啦，好与不好，我自己会权衡的。倒是你呀，住在这跨院里，实在太委屈了，我明日就把祖母接到东园，将西边腾出来给你。"

他说："不，你和易老夫人合不来，不能住在一起。我不要紧，男人家哪里都住得，战场上幕天席地也照样过夜。"

其实更多的，是不愿意易老夫人日日看着她。那老婆子心狠嘴毒，处处挑刺，万一自己和她走得近些，到了那位祖母嘴里难免不堪，届时要避嫌，多年的交情就断了，他不愿意彼此变成陌路人。

明妆当然不知道他的想法，听他不赞同，也就作罢。她转头看看外面，见午盏还没来，搓手嘟囔道："二陈汤煎起来怎么这么慢？都说有用，别不是能喝的时候酒劲已经过了吧！"她等得百无聊赖，又来问他，"李判，近来有没有人给你做媒？我们还住在这园子里，不会给你添麻烦吧？我想着，实在不行先在外头赁一处房产，继续给你找合适的宅邸，等我找见了，再把园子换回来，这样好不好？"

他闭了闭灼热的眼睛，说："没人给我做媒，你也不必麻烦，只管安心住着吧，我觉得这样就很好。"

很好，是他的真心话，其实不单她追忆往昔，他也眷恋往日的种种。彼时，大将军和大娘子都在，那个官衙很有家的感觉，比洪桥子大街更让人觉得温暖。现在大将军夫妇过世了，好些东西抓挃不住，只剩下眼前的人……纵然将来要拱手把她送出去，但这短暂的相聚，也能让人心生欢喜。

"小娘子……"他迟迟唤了她一声。

明妆应了，探过身问："怎么了？渴了吗？"

他摇头，心里有好多话，但不知从何说起，最后只能迸出一句肺腑之言："你一定要好好的，不要让自己受委屈。"

明妆愣住了，鼻子有些发酸，恍惚觉得爹爹要是活着，一定也是一样的心情，希望她一切顺利，希望她的婚姻里没有算计。

明妆略平复一下心绪，说："你放心，我不会受委屈的。我同你说句真心话吧，爹娘走后，我很怕身边的人和我渐行渐远，很怕你娶亲在先，有了新妇就不再理我了。所以我要先定亲，先把自己嫁出去，这样就不会孤单了。"

他听完这话，脸上的神情忽地肃穆起来，凝眉看了她半晌，忽然又泄气地笑了，一手盖住眼睛道："你怎么知道我不怕孤单……"

可是武将身在军营，身边有数不清的禁卫和兵卒，哪里会孤单？明妆好像从未想过这个问题，她以为只有自己会时不时感到彷徨，原来李判也会吗？

"要不然我去托外祖母吧，还有干娘，让她们替你找个好姑娘。过两日芝圆就要与高安郡王成婚了，到时候有好多贵女出席呢，你自己留神看着，看中了哪个，咱们再想办法。"

她自觉出了个好主意，可惜他好像并不领情。隔窗朦胧的灯光照亮他的下半张脸，丰盈的嘴唇轻启，吐出来的话却没有温度："不要。"

不要？明妆眨了眨眼，心道刚才还说自己也怕孤单，真要给他找个伴，他又不答应了。喝高了的人就是前言不搭后语，虽然看似清醒，实则脑子混乱。明妆也不与他多言，抬眼看见午盏的身影从窗外走过，很快端了盖盅送到榻前，道："小娘子，二陈汤来了。"

明妆扭头看看榻上的人，他没有动静，也不说话，该不是睡着了吧？睡觉就是最好的醒酒良方，这二陈汤怕是多余了。

明妆指指桌上，示意午盏把盅放下，两人蹑手蹑脚地从屋里退了出来，回头看见煎雪嘀咕着从廊子那头过来，到了近前还在抱怨："这屋里连个放盆的架子都没有，李判平时不用洗脸啊？"

他屋里没有女使，一应都是小厮安排，想必是遗漏了。明妆说："不要紧，明日你们过来瞧瞧，重新把这里收拾一遍。找个花瓶，在南窗底下养上花，再换一套好看的被褥，要牡丹海棠满池娇的，这样一装点，屋子里就不会冷冰冰的了。"

活着须得有意境，要活得花团锦簇，每天才能高高兴兴。明妆安排完，又转头吩咐七斗："我这就回去了，你听着里头的动静，万一公爷有什么事，就打发人来东边找我。"

七斗应了声是，把人送到月洞门，看她们挑着灯笼走进园子深处，这才退回跨院。

第二日，春光明媚，明妆一觉睡到辰时，起床洗漱，刚绾好发，就听婆子进来回话，说汤家小娘子来了。

话音才落，就听外面芝圆的嗓音到了廊上，明快地唤道："般般，你这阵子怎么不露面？我在家等你好几日，你都不来看我！"

明妆顾不上插簪子，忙出门迎人，欢天喜地地牵着她的手引进房里，回身打发午盏："派个人过去看看，李判酒醒了没有。"

芝圆见她这样吩咐，才想起有这么回事："我听说你把易园卖了，果真吗？"

明妆拉她在榻上坐下，让人上了甜甜的饮子，牵着袖子替她揿上，无奈道："你先前说我没去看你，实在是家里杂事一大堆，走也走不开。祖母为了阖家搬进这里，把宜男桥巷的老宅翻修了，一家子鸡飞狗跳闹了好几日，我脑子都快炸开了。后来想了个办法，干脆把园子卖给李判，这样他们就住不下去了，如今只剩祖母一个，家里安静多了。"

芝圆这才明白过来："我说呢，好好的，做什么要卖园子？"提起明妆那个祖母，实在是令人头疼，她不由得撑着脑门嗟叹，"也是奇了，世上怎么会有易家老太太这样的人，儿子不在了，孙女就不是骨肉了？"

午盏因陪在小娘子身边，和芝圆相熟，说话没有那么多的忌讳，便把昨日老太太推了仪王求亲的事也和芝圆说了。

芝圆听得拍案而起："这老婆子疯魔了不成，她是好日子过久了，要给自己找不自在？"

明妆不大愿意谈论那位祖母，指了指盘里的蜜酥裹食让芝圆尝尝，又问："你的婚礼筹备得怎么样了？家中事多，我也没能过去帮忙，你可不要怪我。"

"哪里。"芝圆道，"女使婆子一大堆，也没什么要我操心的，就是喜服改了好几回，改得我很不耐烦。"

这些都是小事，明妆由衷地替她高兴："你要成婚了，一定很欢喜吧？"

芝圆说："欢喜啊，最要紧的一桩，是应宝玥不会再纠缠四哥了，我心里的大石头就落下了。可怜五哥，听说已经过了礼，九月就要成婚了。想想也真是晦气得很，将来咱们做了妯娌，中间还要夹个她，到时候大眼瞪小眼，必定十分尴尬。"说着又神秘一笑，偏头看看一旁的女使，摆手让她们退远一些，自己挪到明妆身边并肩坐定，凑在她耳边说，"我阿娘昨日让我看了避火图，哎呀，鬼打架一般，很有意思呢。"

正说着，赵嬷嬷进来叫了声小娘子，压声道："老宅的大郎主去西园面见老太太了。"

芝圆立刻昂起脑袋，问："来干什么？又要使坏？"

明妆道："八成是听说了昨天的事，来和老太太掰扯的吧。后园伙房边有个夹院，离松椿院很近，派个人过去探一探，看大伯父说了些什么。"

芝圆对听墙脚这种事，从来不假他人之手，道："自己过去听，才有身临其境之感。我今日得闲，陪你一起去，真是便宜你了！"说着咧嘴一笑，拽着还没换下软鞋的明妆跑出了门。

第三十九章

"母亲,你可是老糊涂了?"

耳朵刚挨上夹院墙上的花窗,就听见松椿院里传来易云川高亢的嗓音。

芝圆和明妆交换了下眼色,继续仔细探听,听见易老夫人不可思议地反问:"大哥儿,你说什么?说我老糊涂了?好啊……真是好!我为你们这些子孙百般筹谋,结果就换来一声老糊涂,这是老天爷垂怜我了!"

可是她所谓的筹谋,并没有问过所有人的意思。易云川道:"母亲为子孙周全,我心里很感激,但万事有度,过了这个度就是害人害己,母亲不知道吗?就说搬进易园这件事,母亲打定的主意,儿子做不了主,搬来就搬来了,结果怎么样?逼得般般把园子卖给庆国公,母亲的一场算计还不是打了水漂,有什么用!"

易老夫人被他说得恼恨,高声道:"我哪里知道那丫头还有这样的算计,千怪万怪都怪那个庆国公多管闲事,若是没有他,就不会旁生枝节。"

易云川也是服了老母亲的雄辩,泄气道:"好,那些都不说了,我只问母亲一句,禁中托了宰相娘子来给般般说合亲事,你为什么要从中阻挠?昨日我不得闲，没能赶过来，今日去台院办事，正好遇见宰相，那韩相公说话阴阳怪气，直说你家老太太巾帼不让须眉，我就知道要坏事。神天菩萨，真是我易家要败了吗，怎么能出这样的怪事？母亲，你以前明明是个聪明人，怎么如今糊涂成这样？你可知道这回的祸闯大了，不光是你，就连我们这些人，都免不了要受牵连。"

他说得痛心疾首，易老夫人被数落一顿，心里虽然有了些惧意，但嘴上仍是不服软，冷哼道："不过是拒了一门婚事，他李家难道还怕讨不着儿媳妇，非要娶般般那丫头不成？上京那么多的贵女，什么郡主、县主多得是，哪个不能配仪王？"

易云川摇头叹气，耷拉着脑袋道："真真是给脸不要脸，若是那些郡主、县主随意能填上，仪王做甚要拖到二十五才议亲！母亲，你到如今还不知道怕，待禁中一道懿旨下来，你就知道什么是灭顶之灾了。"说到愤恨处，他三两步迈到门前，朝着外面的苍穹狠狠指点，"官家和圣人，那是天！你以为他们是宜男桥巷的左邻右舍，得罪就得罪了吗？我们一家子，除了三郎有出息，剩下我和二郎都是庸庸碌碌之辈，好不容易一步一磕头地谋了个六品的差事，屁股还没坐热就要被踢下去了，老太太，你可真是个旺子孙的好老太太！"

易老夫人简直被儿子的怒火吓呆了，她在家向来说一不二，子孙也没有敢忤逆她的，这回被长子捶胸顿足一通责备，加上昨日受了袁老夫人的气，两下一夹攻，顿时气得哭起来，指着易云川道："我养的好儿子，如今翅膀硬了，竟来指责他老娘，早知如此……"

"早知如此，当初就该把我溺死在恭桶里，我也少受些折磨，不必如此担惊受怕。"也许当真是对母亲绝望透了，明妆听见大伯父斩钉截铁地说，"分家，二郎夫妇舍不得母亲，就让他们留在老宅侍奉母亲吧。我们这房出去单过，从今往后，母亲爱如何作耗，都是母亲自己的事，再不和我相干。"

易老夫人气得嗓门都变了："分家？我还没死，你分的什么家？"

然后便是乒乒乓乓打砸的声响，听得明妆气恼不已："他们怎么在别人家砸东西？那是我的家私啊！"

芝圆耸了耸肩："已经是庆国公的家私了，回头让他们照价赔偿吧。"

想来接下来也没什么好听的了，无非就是窝里斗，一嘴毛，芝圆拽了明妆一下，说："走吧。"

两人仍旧原路返回东园，芝圆说："你且等着吧，过会儿你祖母就要来找你说情了。"一家子鸡零狗碎的破事，不提也罢，还是自己的事更要紧，于是她一再提醒明妆，"再有五日我就要出阁了，到了那日你一定要来送我，千万千万。"

明妆说："放心，我一定亲自给你递纳扇。"

芝圆这才满意，拍了拍她的手，道："说定了，到了那日你要早早地来，看我梳妆打扮。"

明妆一迭声地说好，两人又说笑一阵，芝圆方起身回去了。

明妆返回门内，转头问午盏："李判怎么样了？"

午盏道："一早就出门去了，想是酒已经醒了吧。今日是双日，官家不视朝，李判却还要忙公务，实在辛苦得很啊。"

做京官不容易，明妆记得当初爹爹说过，宁愿在安西吃沙子，也不要在上京吃细粮，现在看来果真有些道理。

不过人不在，正好可以重新整理一下屋子，于是她支使一帮女使将屋里那些硬朗的东西换了，换上她觉得好看的物件，再挂上画，插上花，搬了好些漂亮的盆栽装点院子。开春了，上年的帘子有些老旧，也换上簇新的金丝竹帘，这样高低错落半卷起来，小小的跨院，立刻焕发出别致的美感。

明妆很满意，李判回来一定会喜欢。她高兴地转了两圈，点了橘春和新冬两个女使，留在跨院伺候洒扫和茶水，待一切安排妥当，回到东园，刚坐下不多久就听见女使通传，说老太太过来了。

明妆心里觉得很不耐烦，因此也没有好脸色，易老夫人进门时，她有意吩咐烹霜让锦娘准备几个好菜色，中晌要和两位妾母一起用饭，然后勉强对老太太挤出个笑脸："祖母来了？快请坐吧。"

易老夫人这回是有备而来，因被长子责备了一顿，还沉浸在悲伤中不能自拔，红着两眼往圈椅里一坐，低头只管擦泪。她本想等着明妆询问的，不想那丫头视若无睹，她没办法，只好开门见山道："般般，先前你大伯父来了，怨怪了我一通，

279

说我不该阻了你的姻缘。我自己细想了一回，昨日确实是糊涂了，一时意气用事，把宰相娘子和你外祖母都得罪了，现在后悔得紧，却不知应当怎么办。要不然……你替我向她们二位赔个不是吧，好歹将这件事按下去，就当不曾发生过，免得闹到圣人面前，引得禁中震怒。"

明妆笑起来，说："祖母，宰相娘子来议亲，是昨日上半晌的事，这已经过了一昼夜，她只怕早就向圣人复命了，现在让我去替您赔罪，来不及了吧？"

易老夫人怔道："那可怎么办？"

明妆道："祖母不是说了，女家不答应亲事是人之常情吗？想必官家和圣人也不是那样不讲道理的，这事不成就不成了，祖母不必放在心上。"

易老夫人知道她有意推诿，捶着自己的膝头道："禁中相准的亲事，哪能说不成就不成了？"

明妆奇异地反问："既然祖母没有十拿九稳，那为什么偏要阻挠？"

易老夫人被她一句话回敬得呆住了，混沌的脑子忽然转过弯来，这样一想，自己果真是枉做小人了，这下子愈发要抽帕子抹泪，越想越后悔，终于大声呜咽起来。

柏嬷嬷在一旁敲边鼓，试图来说情："小娘子看在祖孙一场的分上，原谅老太太这一回吧。老太太上了年纪，去年病过一场，行事说话偶尔会犯糊涂，家里人都知道的。说句公道话，其实我瞧家中那些哥儿姐儿，没有一个及小娘子有孝心，纵使老太太有时候偏私些，小娘子也不与老太太计较，照旧将祖母奉养在身边。既如此，这回何不也担待了？禁中说不上话，就去求求仪王殿下，你们二位之间想必是好商量的，不瞧别人的面子，就瞧着你爹爹的面子吧。一家子至亲，一荣俱荣，一损俱损，万一老太太受了训诫，传出去不大好听，于小娘子也没什么益处，小娘子说呢？"

可惜座上的明妆不为所动，笑道："柏嬷嬷，我生平最恨你这样的和事佬，嬷嬷有这份公正的心，可曾在祖母面前替我说过话？如今祖母犯了错，嬷嬷拿有孝心来压制我，至多让我后悔自己的这份孝敬是彻头彻尾地错了。其实外面的人将老宅和易园分得很清楚，嬷嬷大可不必担心带坏我的名声。我爹爹生前曾教导我,做错事要自己担责,难道祖母这么大的年纪了,连这个道理都不明白?"

她这番话丝毫不留情面,柏嬷嬷顿时耷眉耷眼,不敢吭声。易老夫人却倒打一耙:"真是瞎了眼,我一直以为你是个知礼的孩子,现如今攀上高枝,底气壮起来,就这样为难你嫡亲的祖母?"

明妆道:"不是我为难祖母,是我无能为力,帮不了祖母。祖母得罪了不该得罪的人,就算仪王殿下愿意说情,也未必有用。不过祖母不要担心,万一圣人觉得女家不答应,这门婚事就此作罢,那祖母得偿所愿之余,又不会伤筋动骨,岂不是一举两得?"

易老夫人的诧异完全堆在脸上,痛哭流涕道:"我好好来和你商议,你就这样讥讽我?你爹爹那样重情重义,怎么生出你这个孽障!"

老太太的路数,无非一哭二闹,明妆早已经摸透了,也不生气,淡然道:"祖母院里的午饭,厨房应当送过去了,祖母快回去吃饭吧,凉了就不好吃了。"说完转头问午盏,"花厅里都安排好没有?"

午盏道:"是,两位小娘已经在等着娘子了。"

明妆听罢站起身,正要过去,忽然又想起什么,偏头问易老夫人:"要不然……祖母和我们一块儿吃?"

快别提这茬了,那两个小妇和她结了梁子,要是一起吃饭,只怕最后又要打起来。易老夫人牢骚满腹,拉着脸没好气道:"气都气饱了,哪里吃得下,不吃!"

既然如此,明妆就不勉强了,挽着画帛福了福,退出厅房往东边花厅去了。

气定神闲的女孩慢悠悠走远,易老夫人欲哭无泪,咬着后槽牙道:"这死丫头,一副坏心肠,八成随了她母亲。"

柏嬷嬷无可奈何,灰心道:"老太太,回去吧,明娘子实在不肯相帮,咱们再想别的办法。"

易老夫人绝望道:"还有什么办法?咱们认得的那几个人,哪个不巴结宰相娘子!"

早知今日,何必当初呢?柏嬷嬷想了半晌,实在走投无路,对易老夫人道:"要不去求求庆国公吧!郎主好歹曾提携过他,他就是瞧着郎主,也不能对老太太置之不理。"

"快别说了。"易老夫人鄙弃地瞥了柏嬷嬷一眼,"亏你想出这样的好主意,拿自己的热脸去贴人家的冷屁股。上回他是怎么维护般般的,你都忘了?如今我阻挠般般的婚事,他恨我都来不及,还让我去触那个霉头,不去不去!"

主仆俩一边商议,一边过了月洞门,兰小娘挨在花厅边看了半晌,见人走远,方回身坐下,摇头道:"老宅有这么一位老太太,真是家门不幸。我前日逛瓦市,遇见娘家一位舅母,她原先在宜男桥巷帮过六年工,据她所说,咱们郎主不是老太太带大的,在陈留姨母家长到九岁才回来,不多久便入了武学,后来就在军中厮混,也不常回家。反正老太太在郎主身上不曾尽过什么心,却白得了个诰命,众人都在背后说老太太运气好。"

惠小娘听了,恍然大悟道:"难怪她不疼郎主,原来不是她带大的,郎主也鲜少提起小时候的事,想必对这位母亲无话可说吧。不过还是要念一声阿弥陀佛,幸好不是她带大的,否则这歹竹哪能养出好笋来?可见世上的事都是有定例的呀,郎主不成才,大娘子不能嫁给他,老太太不作妖,李判也不能住进园子里来。"

这是哪儿到哪儿?明妆原本正忙于尝新菜,见她们眼风来去如箭矢,奇道:"怎么了?这关李判什么事?"

惠小娘忙道:"没事没事……今日的鲫鱼真好吃,就是刺多些,小娘子只能尝一小口,不许多吃。"说完挑了鱼肚上的肉给她,但是鲫鱼的肚子,不像其他的鱼肉厚,薄薄一层哪里够塞牙缝?

明妆的筷子试探着,往鱼背上伸去,可惜中途被兰小娘拦下了:"祖宗,吃别的成吗?回头又卡住了,喝一肚子醋倒没什么,万一让李判知道,可要招他笑话的。"

明妆眼前浮起自己吊着嗓子咳嗽,李判站在一旁爱莫能助的情景,顿时盘中的鱼都不鲜美了,筷子拐了个弯,夹了块白燠肉填进嘴里,对兰小娘说:"小娘,我要吃烧栗子,不加花椒,加桂花糖那种。"

兰小娘最拿手的就是做各色小食,一听她想吃,立刻便道:"好,这就让人去集市上买毛栗,只是没有刚入冬时的鲜甜,不过加上炼蜜,也是一样的。"

"多做一些，给李判留一份。"

如今家里多了一个人，一潭死水也起了微澜。兰小娘冲惠小娘扬了扬眉："你瞧，样样都惦记着李判，还拿他当刚入府的少年郎呢，人家今年都二十五了，吃什么烧栗子啊？"

惠小娘含蓄一笑："小娘子，李判住进家里，你很高兴吧？"

她们意有所指，明妆知道她们和外祖母的想法一样，也不用她们敲边鼓，自己抢先一步截断话头道："知道了，我要是嫁不成仪王，就嫁给李判。"

谁知话音才落，就听花厅外的女使唤了声公爷，明妆心头一跳，暗道没有这么巧吧？谁知一回头，果真见李判从天而降般站在帘外，吓得她舌根一麻，赶紧站了起来。

"李判，你回来了……"她强颜欢笑，"可用饭了？我让人给你准备。"

李宣凛脸上淡淡的，还是一贯守礼的样子，应道："用过了，小娘子不必张罗。"复又拱手作揖，"昨夜麻烦小娘子了，今日特意赶早回来，向小娘子致谢。"

明妆连忙摆手："不麻烦，举手之劳罢了。不过你屋里看上去过于清冷，我今日让人重新布置了一下，你回去看看，看喜不喜欢。"

他道一声好，又向两位小娘颔首致意，转身返回跨院。

明妆看人出了月洞门，这才跌坐回去，难堪地抹了把脸道："险些羞死我！小娘怎么不给我提个醒，哪怕咳嗽一声也好啊。"

惠小娘和兰小娘很无辜："咱们没朝外看，不知道李判是什么时候来的。"

明妆这回是没有心思吃饭了，捧着脸开始自欺欺人："我刚才嗓门不高，说不定他没听见……对，肯定没听见，所以看上去和平时没什么不一样。"

惠小娘和兰小娘交换了下眼色，一个孩子，扬言嫁不了仪王就嫁他，作为有阅历的男人来说，即便心里震动，也不会像少年人一样满脸通红，手足无措。

兰小娘说："快吃饭，吃完我去准备烧栗子，小娘子有了借口过去瞧他，再探一探他有没有听见。"

于是明妆胡乱扒了两口，吃罢跟着兰小娘去了厨房，看她准备好熟栗子，将白蜜和桂花糖放进砂锅里熬煮，煮成厚厚的糖稀，然后把剥好的栗子加进去翻滚，取出来时，糖稀变成硬壳，那烧栗子就个个晶亮，放在食盒里十分赏心悦目。

兰小娘盖上盒盖，递到明妆手里："我就帮你到这儿了，小娘子要是担心，干脆自己同李判说破了，不过是和我们的玩笑话，请他不要放在心上。"

明妆点头不迭，心里其实有点愧疚，人家处处帮她，她却开这样的玩笑，亵渎了他的一片仁义。她紧紧扣着手里的梅红匣，一步一蹭地走进跨院，远远见橘春和新冬站在廊上，发现了她，忙上来纳福请安。

明妆纳罕道："你们不在屋里伺候，怎么上外头来了？"

新冬为难地朝上房望了一眼，道："公爷不要我们伺候，让我们回东园。可我们是听了小娘子的令来的，不敢随意回去，小娘子瞧，我们究竟该怎么办呀？"

明妆也觉得有点难办，想了想，让她们且在这里等着，自己进去与李判商量。

她迈进门槛，就见他在书案后坐着，换了一身便服，很有家常的味道。大约是察觉她进来了，抬眼一顾，眸中光华万千，转眼又沉寂下来，化成湖畔融融的春波。

第四十章

"那两个女使,是我院里的一等女使,平时办事很利落,人也干净周正,所以派她们过来好侍奉茶水穿戴。"明妆言笑晏晏,把手里的匣子放在他面前,"李判,留下她们吧,小厮不及女使细心周到,等你习惯了她们伺候,就不会觉得不自在了。"

他还是不答应:"我这里进进出出全是武将,有女使在,很不方便。"

明妆说:"没关系,人多的时候让她们退下,回东园也可以,不会打搅你的。你瞧,像昨日你多喝了两杯,有女使在,就能妥帖安顿你,短了什么,也会上我那里去要,不会到了紧要关头缺这少那的,弄得处处不便利。"

见她实在坚持,他也没有办法,只得颔首道:"那就让她们在外间伺候吧,近身的事,有七斗就行了。"

李判还真是个洁身自好、不近女色的人啊,如今当上国公的,哪个院子里没有十个八个女使,只有他,支使着一个半大的小厮,日子过得干巴巴。

反正他答应留下那两个女使就好,明妆揭开梅红匣的盖子往前推了推,道:

"兰小娘刚做的烧栗子,你尝尝吧,可好吃了。"

他低头一看,那是姑娘家爱吃的珑缠茶果,糖太多,并不合他的意,但她满怀希冀地望着他,他也不好推辞,便搁笔净手,捏了一个放进嘴里。一阵香甜从舌尖弥漫开,果真如他想的一样甜,她笑着追问好吃吗,他唯有领情,说甚是好吃。

"还有我给你布置的屋子。"明妆邀功似的领着他看,"这帘子,这被褥,都是我命人新筹备的,很花了点心思,你可喜欢啊?"

李宣凛有些说不出话,帘子是落花流水纹的,被褥是满池娇的,最为致命的是被褥还是水红色,他头一眼看见这内寝时,还以为误入了姑娘的闺房,就算第二眼再看,也依旧觉得十分为难。他抬了抬手指,困难地指向那床被褥,说:"男人的床铺,其实用不着这么香软。"

明妆却不以为意:"在军中不能高床软枕,逗留上京的这段时间可以过得好一些。这跨院久不住人,屋子里有生冷气息,我让人点了浓梅香,熏上两日,就会好许多了。"说着扭头又问他,"晚间熏被褥,你喜欢什么香?我们家有香药铺子,但凡你说得上来的,铺子里都有,让人过去取就是。"

李宣凛在这方面有些刻板,只说:"不用了,武将活得没那么精细,走出去满身香气,不像话。"

明妆纳罕地看了他一眼:"我爹爹也是武将啊,每晚安置前,我阿娘都要让人熏被褥,爹爹就从来不曾嫌弃过。"

明妆的母亲是个温软的妇人,即便跟随丈夫去了陕州,也照样过得十分精致。照她的话说,女孩子要善待自己,那些小情调、小美好,是对活着最大的敬意。你可以过得贫寒,但不可以潦草,所以明妆也学着精致,煎茶要用惠山泉,再不济也得是天台竹沥水。至于晚间就寝之前熏被褥,其实满上京的贵女都是这么做的,只是李判家没有姐妹,他也不注重那些细节,没人仔细照料他,他就觉得那些小闲情都是女孩子闺房里的无用功。

可是在李宣凛看来,大将军被褥里熏香,那是因为娶了亲。娶亲之后妇唱夫随是顺理成章的,自己现在这样,虽说有了爵位,也离开了洪桥子老宅,但终究缺了点什么，不能与大将军相提并论。不过这番心血还是要领情的，他郑重向明妆拱了拱手，道："我搬到这里来，让小娘子忙前忙后，实在过意不去。那个被褥……已经置办得很好了，就用不着熏香了。"

明妆却说："不行，焚香点茶，挂画插花，这是上京最时兴的东西，你要是觉得不耐烦，我替你张罗。选一款合适的香，不要太甜腻的，不要太辛辣的……青栀好不好？香味既高洁又凛冽，用在你身上，香如其人，一定很相称。"

不知她是有意恭维，还是肺腑之言，这话像清风过境，在平静的湖面上掠起绵绵涟漪。他抿唇笑了笑，道："我就当小娘子在夸我吧。"

可见明妆的马屁功底还算过得去，她将手背在身后，微微拧动着身子，考虑火候差不多了，是时候澄清一下刚才的小误会了。她觑他一眼，见他的目光还在室内新鲜的布置上流连，便轻轻唤了声李判，问："先前你来花厅时，我正和两位小娘闲谈，你……听到我说什么了吗？"

他明白过来，就是那句不嫁仪王就嫁李判让她提心吊胆了半日吧。说实话，他当时乍一听，确实心头震动，但震动过后也不过一笑了之，怎么能把孩子的玩笑话当真呢？他受大将军临终托孤，答应过要像兄长对待妹妹一样看顾她，有的话她只是脱口而出，从未深思熟虑，他如果和她较真……有多少话经得住仔细推敲？推敲之后，还能自在相处吗？因此，他答道："没有，我一来，小娘子不就看见我了吗？我并未听见你与两位小娘说了什么。"

明妆吊在嗓子眼的心终于落回肚子里，暗道还好，还好他没有听见，那种糊涂话，他听见了怕是要吓出病来。

其实明妆对李判的感情很复杂，以前遇见麻烦时，想托他解决，总是献媚地唤一声李判哥哥，但在她心里，他比哥哥更有威严，即便他从来没有高声对她说过话，但当他站在面前，就会给她无形的压迫感，她既依赖他，又畏惧他，既想亲近他，又小心翼翼地害怕得罪他。刚才那句无心之言要是被他听去，他一定觉得她不够矜重，也许心里还会低看她。一想到这个，明妆简直是五雷轰顶，越想越悔青了肠子，不知要准备多少掏心窝子的话，才能弥补这句戏言。

她的心事都写在脸上，正兀自庆幸时，却察觉到他专注的目光，听到他带着一点揶揄的味道问:"小娘子和两位小娘谈论了什么?难道是在谈论我?"

"不不不……"明妆慌忙摆手,"就是……就是说起爹爹小时候的经历,还有……让兰小娘给我做烧栗子。"

这个话题千万不能继续,说多了容易露馅,明妆话锋一转,提起五日之后芝圆和高安郡王的婚宴,殷勤地问他:"你是去郡王府赴宴,还是去枢密使府上?"

上京达官贵人之间的联姻,通常宾客是要两边随礼的,然后家中兵分两路,两边吃席。但因为李宣凛没有成婚,拆分不出另一个人来两头周全,只能择一家赴宴。明妆想着,他是李家宗亲,大约是要去郡王府的,却不想他沉吟了下,说:"去枢密使府,我与汤枢使有军务上的往来,郡王府那头,自有我父亲和嫡母出席,我就不必过去了。"

明妆听了大喜:"我也要赴汤家的宴,正好可以一块儿去。"

他见她高兴,心里自然开阔,顺势应道:"那可真是巧了。"

巧吗?其实有些巧合可以人为促成,他知道她要赴汤家的宴,婚宴上人多嘴杂,不知又会遇上什么样的事,虽说不能时刻看顾她,但若她有需要,自己可以随叫随到。剖析一下内心,也许他是有些照拂过头了,但眼下他没有私事,替大将军守护好殷殷和易园,就是他全部的责任。殷殷年轻,很多事想不透彻,一味急进蛮干,譬如与仪王的婚事,自己眼下不便说什么,只好暂且含糊着,谨记大将军遗言,不让她受苦,不让她受委屈就行了。至于姻缘,现在论断还太早,将来他自然会替她物色一门好亲事,让她无忧无虑过一辈子,到了那时,自己就可以功成身退了。

他转头望她,状似无意地问:"仪王殿下当日赴哪家的宴,可曾和你商量过?"

明妆摇了摇头:"我好几日不曾见过他了,宰相娘子登门提亲碰了一鼻子灰,他那头也没有任何说法。"

李宣凛"嗯"了一声,说:"想是职上事忙吧。"一面说,一面又留意她的神情,温声道,"关于仪王殿下在朝中和在官家面前的处境地位,小娘子了解多少?"

明妆道:"据说在朝中的口碑很好,他是办事皇子,诸如盐务、水务,包括上年道州兵谏,都是他一力平息的,连豫章郡王声望都不如他,因此官家才赐了王爵,他是诸皇子中爵位最高的……"说着语速渐减,迟疑地瞅了瞅他,"难道不是吗？"

李宣凛神色如常,缓声道:"仪王这些年的声望确实经营得很好,不过父子君臣不像民间,官家对他多少还存着几分考量,我希望小娘子也一样。和他的亲事,接下来还会再议,我若让你别答应,想来你也不会听我的,但我有一句忠告,请小娘子务必记在心上。"

他的话在明妆心里向来有分量,见他语气肃穆,她连忙定定神,道:"是,李判有什么话只管说,我会谨记的。"

有些话难以开口,但不得不提,他微微握了握袖下的拳,硬着头皮道:"望小娘子恪守礼法,在成婚之前不要与仪王过于亲近,你能做到吗？"

明妆呆怔后,瞬间红了脸,饶是如此,她也没有扭捏之态,那双眼睛愈发明亮,坚定应道:"好,我答应你,绝不越雷池半步。"

他舒了口气,忽然提出这样的要求,实在有点不合时宜,他知道她很局促,自己也觉得有些尴尬,怎么缓解这种尴尬呢,他只好勉强又指了指内寝,说:"这个摆设……看久了居然觉得很不错。"

明妆得意扬扬道:"那当然,我可是花了好大的工夫来布置的,就是前厅那个屏风不太合我的意,等过两日去瓦市上重新挑一个换上就更好了。"说着她从内寝退出来,廊外的春光暖暖地洒进门槛,她站在菱形的光带里,临走又问了一句,"我这两日要做新衣裳,要不要也给你做两套？"

李宣凛说:"不必,前日已经上成衣铺定做了几身,剩下的去老宅取来就是。"

明妆听了点了点头,这才撩裙迈出门槛,带着贴身的女使往月洞门去了。

他一直目送她,春日融融,万物生发,柳条抽出嫩芽,迁徙的燕子又飞了回来,在园子上方悠闲地盘旋。年轻的姑娘,裙角与春风共舞,纤细的背影是淡淡的一袭水色,分花拂柳前行,转眼融进热闹明媚的画卷里。

可惜他已经很久没有作画了,手脚生疏,笔头也不甚活络,否则可以将这美好画下来,多年之后再看,也是一段精致的回忆。

李宣凛收回视线,轻叹了口气,现在的一切平静从容都是他想要的,只是不知道为什么，心里总有细细的一线拖拽着他全部的注意力，比当初攻下邺国还要令人身心俱疲，书案上展开的陕州奏报也有些看不下去，脑子里空空的，开始怀疑她一来，是不是把他的步调打乱了。

正心神不宁时，七斗进来回话，说："殿前司指挥使打发人来送帖子，晚间邀公子到潘楼赴宴，有两个人要向公子举荐。"

若问他的心，肯定是今天哪里都不想去，也不想费力应酬，然而控鹤司和殿前司颇有渊源，于公于私，他都必须赏这个脸，只好打起精神应了，又吩咐七斗去老宅，把那些来不及带走的东西都取来。

七斗领命出去承办，见张太美在门外闲晃，忙招呼道："公子吩咐，上洪桥子院里运东西。"

张太美高呼一声"得嘞"，正要过去赶车，七斗拦在前头叮嘱了一句："大娘子知道了，八成又要夹枪带棒地数落，你莫和她说什么，只管把东西运来就是。"

张太美"喊"了一声，道："还用你来教？我们做下人的不管主家那些恩怨，和我说，断乎说不上。"然后摇晃马鞭敲了敲车辕，往御街方向去了。

从界身南巷到洪桥子大街，要横穿整个内城，须得走上一段时间。出了宜秋门，要是两眼顶用，老远就能看见李家老宅，说是李家老宅，如今可要称作开国子府了，虽说门庭还是那样，但规格上去了好几等，如今那些女使婆子出门，脸上都比往常光鲜。

马车停到门前，门里的小厮追出来赶人："去去去，当这里是杂街瓦市，什么车都往这里停靠……"忽然见张太美探出脑袋，"哎哟"了一声，奇道，"我还以为是谁，大水冲了龙王庙了。"

张太美从车上蹦下来，讥嘲道："了不得，真真是鸡犬升天了。"

小厮"嘿嘿"笑了两声，道："都是主母吩咐的，我们只管办事就对了。"说完顿了顿，又问，"怎的，回来有事？"

张太美拿眼一瞥他，道："张老爷办事，还得知会你？"说着一振袖，大步迈进门槛。

里面候命的婆子早就通传了唐大娘子，张太美还没下抄手游廊，就见唐大娘子站在桂花树下，斜着眼等他来回禀。张太美暗呼一声倒霉，只得拐下廊子，堆着笑脸到唐大娘子面前叉手行礼。

"有钱置宅院，没钱置家什？"唐大娘子蹙眉道，"又派你回来往外运东西？李家纵使有金山银山，只怕也要被你们搬空了。"

这话就是无处寻衅，逮住机会也要刁难刁难，言语上诋毁两句也痛快。

张太美心道这老李家就是个空壳子，说得有万贯家财能供人搬运似的。他心里这样想，嘴上却不敢这么说，赔着笑脸道："公子让小人回来收拾衣裳细软，以便换洗，并不是要搬别的东西。"

唐大娘子哼了一声，道："还是个御封的公爷，办事荒唐成这样，我都替他臊得慌！那易园如今换了匾额没有？什么时候换成庆国公府，我们也好过去住上两日，受用受用。"

张太美唯唯诺诺道："大娘子，小人只是奉命办事，您若有什么吩咐，派人给公子传话，比责问小人管用。"

见这小厮拿话堵她的嘴，唐大娘子又重重哼了一声，阴阳怪气道："我哪敢呢，他如今官威大得很，我这个做嫡母的是管不了他了。"见张太美闭着嘴歪着脑袋，就知道多说无益，和一个下人，有什么好啰唆的，"去吧去吧。"

唐大娘子不耐烦地打发了他，转身回到上房，心里万般不舒坦，便让女使找来李宣凛的生母姚小娘。

姚小娘闺名姚存意，娘家也是读书人家，不过家道中落，父亲到死只是个秀才，家中兄弟姐妹又多，不得已把她送进李家做了妾室。二十多年谨小慎微地活着，已经磨光了她的棱角，即便现在她的儿子给她挣了个容城郡君的名号，但她在家的地位也依旧没有任何提高。

进了上房，她低眉顺眼地上来行礼："大娘子唤我，不知有什么吩咐？"

唐大娘子偏头指了指一旁的圈椅，说："坐吧，叫你来，是为了说说你那好儿子。"

姚氏听了也没有什么特别的表示，只是依言在圈椅里坐下，例行公事般问："可是二郎有哪里做得不对，惹得大娘子生气了？"

这话听得耳朵都要起茧子了，唐大娘子却依旧要应她，长吁短叹道："自打他从陕州回来，做的那些事，没有一件让我称意的。郎主昨日还对我发火，勒令他娶亲之前不许在外建府，他倒好，不声不响把易园买了下来，全然不顾他父亲的脸面。我还劝郎主，买了就买了，生米都煮成熟饭了，还有什么话说？可那园子要是改成国公府，倒还说得过去，结果你瞧，到了今日匾额都没换，里面照旧住着密云郡公一家老小……哎，我就不明白了，二郎买这园子到底是为什么？别不是上赶着入赘，给人家做上门女婿去了？"

姚氏吓了一跳："大娘子快别这么说，我料他是顾念易公的恩情，格外照顾易家小娘子，哪里有入赘的意思！咱们家如今只他一个，全家都指着他呢，他要是胡来，那……那……"

那什么？这啊那的，三棍子打不出个闷屁，唐大娘子对这姚氏算是无话可说了，从她脸上调开视线，嘴里嘀咕着："不遵父母之命，也不奉养父母，官家赏了那些钱，咱们一个子儿都不曾见着，怕是全填了易家的窟窿。那宅子购置了好几日，你几时听他说请咱们过去了？我看他就是个倒插门，你就不必为他说好话了。"

姚氏束手无策道："那大娘子说怎么办？他虽是我肚子里生出来的，但毕竟记在大娘子名下，还是要大娘子做主才好。"

唐大娘子冷笑连连："他眼里有我这嫡母，我岂不烧了高香了！那日刚买下易园，回来就说易园是恩师老宅，里头还供奉着恩师的灵位，外人不宜惊扰。咱们都是外人，只那易小娘子是内人……啧啧，可不是要成内人了吗？"

姚氏听了，竟琢磨起了那位易小娘子，不知是个什么模样，性情好不好。

唐大娘子见她走神，就知道别想从她嘴里听到一句像样的话，还得自己发话，冷声道："明日抽个空，去界身南巷一趟，咱们自家的产业，还不兴咱们自己去瞧瞧？"

姚氏听了连连说好，园子不园子的另说，最要紧的是去见那易小娘子一面。二郎不声不响，心里最有成算，眼光也高得很，既然如此顾念易家，想必那易小娘子一定非同凡响。

第四十一章

第二日，唐大娘子早早起身，将李度送到大门外。李度身上担着个可有可无的小差事，每天还是要例行上值，临走之前再三叮嘱唐大娘子："把这事给我细细分辨清楚，要是遇上那个小畜生，问问他眼里可还有爹娘，知不知道什么是孝道。"

唐大娘子不耐烦地应了两声，夫妻这么多年，还不知道他？他就是个没用的炮仗，砰的一声蹦到半空中，声势浩大，却不顶什么用。炸过了，以悲怆的姿势砸在地上，被清扫大街的闲汉扫进簸箕里，倒进灰堆，着实英雄气短。所以大多时候，唐大娘子对他还是以安抚为主，先把他送去上值要紧，等他走远了，转身返回门内，后巷的马车已经准备好了，略微收拾收拾，就带着姚氏出发了。

"今日是单日，官家视朝，二郎应当不在。"姚氏看了唐大娘子一眼，"大娘子可是要去和易小娘子理论？"

唐大娘子拉着脸，半响才道："我与她理论什么？不过是去瞧瞧自家的产业，料她不会作梗。"

清早的内城,比外城要繁华得多,满大街热气蒸腾,从街道上走过,简直像在云雾中穿行。界身南巷旁边的那条街,叫作热闹街,那是街如其名,商铺一家挨着一家,全是经营早市的,什么煎白肠、灌肺、炒肺,还有各色粥类、蒸饼、汤饼,一路行来,车舆里装满了世俗的香气。

易园因离这小吃街很近,早上小娘子若是要换口味,临时也会到热闹街上采买。今日恰好她吵着要吃笋泼肉面和糍糕,午盏便赶早出来,让店家送进府里,一回头,正看见一驾马车从身后经过,车辕的灯笼上写着管城开国子府,午盏愣了片刻,一下想起来那是洪桥子大街李家的马车,连忙往店家的钱盒里扔了十文,匆匆拐进小巷,赶回了易园。

明妆刚起身不久,换好衣裳盘坐在圈椅里,正等着小吃店送吃食进来,却听见外面脚步急促,探身一看,是午盏提着裙子跑进来。

"我的早饭呢?"明妆望眼欲穿。

午盏说:"小娘子快别管早饭了,李家来人了。"

明妆迟疑道:"哪个李家?"实在是姓李的太多,李宣凛姓李,李霁深也姓李。

午盏跑得气喘吁吁:"李判家,洪桥子大街的李家。我看见他家马车经过热闹街,想是往咱们府上来了,小娘子快预备预备,万一那位大娘子登门,咱们也好应付。"

明妆直起腰,忙下地穿上鞋,还没来得及说话,婆子就进来通禀,说开国子府上两位夫人来了,请小娘子赏脸一见。

明妆回身问午盏:"两位夫人?难道李判的小娘也来了?"

午盏想了想,说:"八成是的,官家不是封赏了李判的嫡母和生母吗?如今家里可不就是两位夫人,小娘也不能称小娘了。"

这么一想,那可得审慎起来,唐大娘子不重要,但李判的母亲不能等闲视之,于是明妆吩咐将人请进花厅,又让女使去西园把老太太也请来,待一切安排妥当,方带着赵嬷嬷去了花厅。

刚明妆进门坐定,就见婆子引了几个人进来,前面的唐大娘子她见过,一张鹅蛋脸,鼻子生得微翘,一副心高气傲的面相。后面的妇人,穿着麝香褐的褙子，鬓发沉沉，低头而行，看不真切五官，但从那姿势步态就能看出来，她在唐大娘子手底下活得很艰难。

明妆起身迎到门上，客套地福了福："给大娘子见礼了。"又向她身后的人一福，"这位可是公爷的小娘？我是密云郡公之女，娘子叫我明妆吧！"

姚氏"哎"了一声，自然要去好好打量眼前这位姑娘，一看之下，惊叹于她的好相貌，竟比自己想象中还要美上三分，好出身，再加上温和知礼、进退有度，一眼就撞进心坎里，就算拿出婆母挑剔儿媳的劲，也实在挑不出什么不满之处。

明妆这才看清李判生母的长相，都说儿子随娘，李判的眉目和她有几分相像，不过女子更温婉一些，也更随和一些。自己与她打招呼，她含着笑，欠身回了一礼，并不显得卑微，只是有些拘谨，跟在唐大娘子身边落了座。

唐大娘子看明妆对姚氏热络，心里有些不满，人家到底是李二的亲娘，相比之下，她这个嫡母就只有靠边站了，不过没关系，今日又不是认亲戚来的，她们热络她们的，自己转头四下打量一圈，笑道："当初袁大娘子在时，我曾登门拜访过一回，那时候就感慨于园子的精美，不想兜兜转转三年之后，竟成了自家的产业，说起来真是有缘。"

她字字句句以主家自居，明妆淡然笑了笑，应道："可不是嘛，我们与公爷交好多年，既要卖房子，自然要先考虑公爷。"

一口一个公爷，意思也明明白白，这是李二郎的产业，和她们这些人都无关。唐大娘子一哂，只作没听明白，起身道："我四处看看，小娘子不介意吧？"

明妆说："当然，大娘子只管看吧，若是要人引领，我点个婆子来伺候大娘子。"

唐大娘子的视线带着几分倨傲，从她脸上调开，道："这是东园？我听说还有个西园……"

一旁的女使道："是，西边的园子与东园略有不同，大娘子要是想看，我领大娘子过去。"

唐大娘子没有应声，闲庭信步地从花厅踱出去，其实并未走远，不过在园中转了一圈。姚氏没跟着一块儿去，有了时间细细欣赏面前这位姑娘的美，看了半晌，不由得感叹："小娘子生得真好看。"难怪给二郎说亲事，他哪个都不要，其中的缘故终于被她找到了。

明妆经人一夸，显得有些不好意思，赧然道："娘子抬爱了。"说完接过女使呈上来的茶盏，放到姚氏手边，和声道，"这是我珍藏的银丝冰芽，很是不错，请娘子尝尝。"

姚氏越看她越欢喜，这样举止得体的姑娘，若是能娶回家，那真是三生有幸，只是有些话她不敢贸然问，只能含蓄地说："二郎买下易园，我们阖家都不知道，他也没有同我商议，我想着他办事最靠得住，既然这样决定，一定有他的道理。小娘子，他一向在军中，军中铁血，人也没有什么趣致，若有不周之处，还请小娘子担待他。"

这才是一位正常的母亲该说的话，果真生母和嫡母的立场，立刻就分明起来。明妆忙道："娘子别这么说，是我一直受李判照顾，我爹爹走后，我与阿娘回到上京，顾不上给我爹爹照看坟茔，是他每逢生死祭都去祭拜。再者，这回我遇上难题，也是他帮我解了燃眉之急，我心里很感激他，不知道该怎么报答他才好。"

既报答不尽，那以身相许好了。姚氏心里是这么想的，反正园子都买下了，两家合一家也不错，只可惜自己是做妾的，二郎的婚事不由自己做主，大娘子说起什么入赘、上门女婿，气得咬牙切齿，她看在眼里，只好闭嘴。

"这都是他应当尽的心，他有今日，多亏郡公爷提携，这点小事，哪里敢居功？"姚氏代儿子自谦了一番，忽然回过神来，"小娘子管他叫什么？李胖？他……不胖呀……"

明妆笑起来："不是李胖，是李判。他早年在我爹爹手下任节度判官，我习惯这么叫他，后来就改不过来了，请娘子不要见笑。"

姚氏长长地"哦"了一声，掩唇笑道："原来是这么回事，我还以为他在陕州时发过福呢……"再想闲谈，见唐大娘子进来，忙端端坐正，不敢说话。

明妆看后竟有些唏嘘，暗道妾室不易，即便是生了个得意的儿子，自己在家也还是得意不起来，照旧要被正室压一头。

唐大娘子也实在是个厉害角色，看过一圈回到座上，笑着问明妆："我听说府上老夫人也在园子里住着，问了女使，才知道她住西园。这东园西园都有人住着,那我们二郎,住在哪里呀?"

明妆直言道:"住跨院。"

唐大娘子闻言,脸上露出不解的笑,看了姚氏一眼,道:"这园子不是被二郎买下了吗?如何家主竟要住跨院,真是闻所未闻啊。"

明妆知道她此来必定要挑刺,便好言道:"跨院离前门最近,公爷早出晚归,想是担心惊动园里的人,所以我说要腾出西园来,他也没有答应。"

唐大娘子却不认同:"话不是这样说,要是为了便于忙公务,直接住在衙门就是,做什么非要置办一处宅子?好好的家主,弄得像小厮一样,竟住到跨院去了……我一向知道小娘子是个稳当人,但这件事是小娘子疏忽了。他大而化之,小娘子不能由他,毕竟真金白银掏出来,既做了买卖,就要有个做买卖的样子,是不是?"

姚氏听唐大娘子说话不留情面,怕明妆下不来台,忙出言解围:"大娘子,二郎的脾气你是知道的,说一不二,在家也是一样。他既说要住在跨院,总有他的道理……"然而后面的话被唐大娘子一个眼风扫来,呜咽进喉咙里,再瞥瞥易小娘子,自己也爱莫能助了。

明妆倒不怵这位大娘子,虚应道:"等公爷回来,我再同他商议商议,把大娘子的意思告诉他,无论如何一定把他请进园子里住。"

听说要告知李宣凛,唐大娘子又有点不自在,但这些且不去计较,调转话风又道:"其实我的意思是,你们男未婚女未嫁,住在一个园子里,难免要招人背后议论。我知道小娘子心思单纯,并不像别人说得那样,你们又是自小认识,彼此间兄妹一样,但……总是各自大了,瓜田李下的,男人家倒是无所谓,万一连累小娘子的名声,那就不好了。"

明妆颔首:"大娘子说得是。"

唐大娘子见她认同,轻挪了挪身子道:"那小娘子何不搬出园子呢?拿卖园子的钱再赁一处私宅,或是买一座小一些的,自己也住得自在。"

明妆道:"我现在就住得很自在,毕竟这园子我住了三年,就算去外面找,也未必有这里舒心。再者,我卖园子时少收了公爷八十贯,用作赁金,就是为了能够继续住在这里,若是现在搬出去,赁金怎么好意思要回呢……"说完眼波一转,又望向唐大娘子,恳切地打起商量来,"我细细思量,大娘子说得确实在理,园子卖了,继续住在这里,弄得大娘子要登门也不方便。要不这样,这八十贯钱请大娘子垫付给我,大娘子和公爷是一家人,必不会在意这一星半点,只要赁金退还,我即刻带上一家老小离开,大娘子看这样好不好?"

难题终于踢到唐大娘子面前,唐大娘子眨了一下眼睛,问:"当初买园子,还有这约定?"

"是啊。"明妆道,"因我爹娘的灵位供奉在园子里,一时不便挪出去,这才和公爷商定暂且住在这里。"

可是唐大娘子自觉与二郎全无半点钱财来往,八十贯可不是小数目,先前他攻破邺国,朝廷赏银巨万,他连一文都不曾孝敬家里,凭什么现在要自己拿出这八十贯钱?这园子又不姓唐!于是唐大娘子开始搪塞:"小娘子真是说笑了,园子卖给谁,银钱结算自然是与谁交涉,我胡乱垫付这笔钱,二郎知道了也未必谢我……"

结果话没说完,花厅外就有人接了口:"未必谢你,必是不赞同你这样做,心里既然知道,又何必来做这黑脸呢?"

如果说先前的交锋下藏着暗流,那么现在投进一块石头,水花是彻底溅出来了。

唐大娘子板起脸朝外看,一个穿着菘蓝褙子的老妇由女使搀扶着缓缓登上台阶,进门来,先是一笑,对唐大娘子道:"这是开国子府官眷不是?听说新近敕封了诰命,还未向大娘子道喜呢。以前咱们两家不熟悉,往后且有打交道的时候,大娘子人情留一线,将来也好走动。"

这话说的,完全就是老资历的前辈对后来者居高临下的教诲。唐大娘子听得很不是滋味,也绝不纵着这老太婆的性子,站起身寥寥欠了欠,皮笑肉不笑道:"原来这位就是易家老夫人啊!二郎买下易园时,我就听说易小娘子带着一位祖母,当时还纳闷呢,郡公爷兄弟三人,老夫人怎么沦落到要投靠孙女的境地了?别人同我说,我是一万个不相信,结果今日登门,才发现竟是真的……哎呀,老夫人莫不是与小娘子感情太深，还是家里遇上了什么难处，否则怎么不去依靠儿子，倒来投奔孙女？"

这就是破落户，没门庭，自己混得糊家雀一样，还要装模作样充老太君的款，别惹人笑话了！不过上京的贵妇们，在撕破脸之前尚存三分体面，不到万不得已，绝不当面恶语相向。当然小刀割肉是少不了的，讥嘲几句，耻笑几句，既住在人家家里，那就只好受着了。

可惜易老夫人不是个能受闲气的，当即回敬过去："孙女也是我易家的骨肉，我与孙女住在一起，自然是孙女要我照应，否则还不便继续在这园子里住着呢。倒是大娘子，早前听说庆公爷打了胜仗，我很为大娘子高兴，毕竟养了个好儿子，振兴了贵府门庭。可后来又听说，大娘子自己的儿子早夭，庆公爷原来不是大娘子所出，所以官家封赏诰命还带上了公爷的生母……贵府如今一下出了两位诰命，可着满上京去问也没有第二家了，何等的风光！"

这么一说，唐大娘子险些气歪了鼻子。她心里最不平的，就是朝廷的那道恩旨，进封嫡母诰命是应当的，做什么还要带上那个妾室？如今正室不像正室，妾室不像妾室，将来皇后要是办起什么庆典，自己岂不是还要带上姚氏？真真是花开并蒂，被人捂嘴笑上个三年五载也是该的。

这不，头一个来戳肺管子的就是易老太太，刀光剑影，互不相让。唐大娘子虽气不过，但还是提醒自己要稳住，吵架最忌方寸大乱，遂平复心绪，凉笑道："老夫人过奖了，我们家向来和睦，姐儿俩一同获封诰命，是朝廷赏赐的荣耀，别人想要还没这个造化呢，都是我家二郎军功卓著的缘故。像老夫人，一辈子不曾出头，后来获封也是因为郡公，如今郡公不在了，老夫人老来丧子，我们得知后，心里也分外为老夫人惋惜。"

易老夫人的脸霎地一抽，褪尽笑意，道："武将出生入死，谁能说得尽自己的寿元？大娘子不必替我惋惜，庆公爷也是戍边大将，有些话说得过了，将来是要打嘴的。"

这就是咒到李宣凛身上去了，姚氏的脸上也不是颜色起来，说："老夫人口下要留德，我家二郎不曾得罪老夫人，老夫人这样说，却是让小娘子夹在中间为难了。"

这话倒提醒了易老夫人，蹙眉责怪起明妆来："般般，不是祖母说你，你瞧你办的什么事！好好的要卖园子，弄得这些乱七八糟的人登门上户来充家主，你因小失大，有什么意思？"

唐大娘子听得大为不悦："老夫人，什么叫乱七八糟的人？我们是有名有姓的，怎么就成了乱七八糟的人？"

易老夫人淡笑两声，道："照理说，园子卖给了庆公爷，但咱们也花赁金把园子租下来了，既租了下来，就与外人无干，也没有主家随意出入的道理。再者说，大娘子这次来，公爷知道吗？公爷准大娘子赶人收屋子了吗？"

这下问到根上了，唐大娘子这次来是趁着李宣凛不在，自作主张的一次造访，她虽仗着自己是嫡母，但母子之间并不亲厚，要是李宣凛不讲情面起来，就算是嫡母也不放在眼里。

反正看情形是要铩羽而归了，唐大娘子心里虽不服气，却也无可奈何，只得就坡下驴，对明妆说了两句转圜的话："我也没有要赶小娘子的意思，我们两家一向有渊源，不至于这么不讲情面。只是有些人打量自己是长辈，却做着为老不尊的事，吃定了可怜的小娘子，真叫人瞧不上。小娘子且住着吧，咱们自有这个肚量，不过我还有一句话要劝小娘子，家丑不可外扬，什么族中伯父长辈没死绝，奉养祖母不是分内事云云，千万不要往外说，毕竟老夫人是你长辈，没有树，哪来的果，小娘子说是不是这个道理？"

唐大娘子挑拨离间一番，终于带着姚氏离开了。明妆呆怔后，不由得苦笑，这唐大娘子真不是省油的灯，设下陷阱给紧张的祖孙关系又添了一把柴，从外面攻不破，就等着她们自相残杀。

结果火头确实旺了，明妆冷不防招来一巴掌，就见易老夫人跳脚大骂："你竟咒你伯父们死绝？你这命硬的孽障，克死了爹娘又要来克族亲，今日我非狠狠教训你，治治你这张口无遮拦的破嘴不可！"

第四十二章

　　这一巴掌打得人眼冒金星，脸颊火辣辣得痛起来，连带着耳朵里也嗡嗡作响，明妆一时蒙了，只看见老太太嘴唇开合，表情不善。

　　赵嬷嬷见状，顿时火冒三丈，推了易老夫人一个趔趄，高声道："老太太怎么如此不讲理？大清早的，你打我们小娘子做什么？小娘子哪里不孝敬你了，好吃好喝供着你，结果听人一挑唆，你就这样对我们小娘子，老太太的良心被狗吃了不成！"

　　柏嬷嬷也没想到易老夫人会是这样的反应，虽说老太太对明娘子积怨已久，但也不能逮住一个机会就发作，单凭别人的一句话，怎么看都没有动手的道理，弄得她在旁边站着，竟有些无从劝起。

　　赵嬷嬷的不恭顺，惹得易老夫人勃然大怒："你竟敢推我，反了天了！"

　　赵嬷嬷道："老夫人自己身不正，就不要指望别人敬重你。我是袁家的陪房，吃的是小娘子的月例，和老太太没有半点牵扯。老太太要是在这里撒泼，那可要小心些，推你是看在故去郎主的面子上，若是不看郎主情面，今日就把你按在地上暴捶一顿，才能杀了我的痒，解了我的恨！"说罢她回身抱住明妆，上下仔细察看，"小娘子怎么样？她打你，你做什么不躲开呀？白挨一下，值个什么！"

明妆受了委屈，眼泪在眼眶里打转，呜咽着说："嬷嬷，我爹爹都不曾打过我。"

"知道知道……"赵嬷嬷心疼地安抚她，"只当是遇见煞星了，谁让她是你的长辈。"说完又回头狠狠咒骂起来，"坏事做得多了，总有一日要遭报应的。老太太年纪不小了，仔细将来阎王殿中算账，看你怎么对得起仙游的郎主和大娘子。"

易老夫人逞一时之快，脑子没跟上手，其实打过之后也有些后悔，但转念一想，明妆是孙辈，孙辈忤逆长辈，让她长点教训是应该的，若不是她有意闹出这样的局面，何至于让自己如此尴尬，要听那不三不四的唐大娘子的闲话？既然人是她招来的，数落自然也应该由她吃，自己这满肚子的火，不朝她发，朝谁发？赵嬷嬷这个没眼色的婆子竟还叫嚣起来，这是在易园，要换了在老宅，非把这老婆子绑起来，痛打二十板子不可。

"你还有脸提你爹爹？"易老夫人喝道，"他们要是知道你想尽办法捉弄长辈，便是做鬼也不会放过你。"

明妆心里愤懑，推开赵嬷嬷道："祖母把话说清楚，我几时捉弄长辈了？纵使把园子卖了，也没让祖母露宿街头，祖母还有什么不满？"

易老夫人哼笑着："卖园子，你且看看你做的是不是人事吧，你爹娘费心建起来的房产就这么被你卖了，你这不肖子孙，还好意思拿这个来说？"

明妆气涌如山，憋了半天，道："这就要问问祖母了，要不是祖母，我何至于卖这个园子！我痛失爹娘，祖母不可怜我就罢了，还在我心上捅刀子。祖母这么不顾念我，那日后遇上什么事，我是绝不会过问祖母的，祖母可不要怪我。"

"阿弥陀佛，说得比唱得好听。"易老夫人鄙弃道，"我前两日找你说情，你帮我半分了吗？这会儿拿话来堵我的嘴，倒闹得全是我的不是，你小小年纪这么深的算计，难道都是你母亲教的吗？"

说着说着，又牵扯到明妆的母亲身上，明妆愈发恼火，操起一个杯盏砸在地上："不许你诋毁我阿娘！"

哐的一声，精瓷碎了满地，易老夫人吓了一跳，还没来得及骂，明妆就哭着跑出去了。

周围的女使婆子，那眼神恨不得活吃了她似的，易老夫人却像只斗胜的公鸡，昂着脑袋说："这丫头，真是越来越没有规矩，竟朝我发起火来！"

一旁的柏嬷嬷无可奈何，叹息着说："老太太，咱们回西边去吧。看这时辰，庆公爷恐怕就要回来了，回头两下里碰上，又要闹个没脸。"

说起庆国公，易老夫人见识过他上回的手段，也知道这人不好惹，但嘴上仍不服软："难道我还怕他？"虽然这么说着，行动倒并未拖延，转身往西边去了。

明妆回到自己卧房，气得扑倒在床上狠哭了一通，不是因为挨了祖母一巴掌，而是那句克死爹娘的话让她陷入深深的自责。

商妈妈和赵嬷嬷轮番上来规劝，说："小娘子别恼了，那老太太做事愈发出格，想是脑子不中用了，兴许再过两年连人都不认得了，小娘子何必同她一般见识？"

午盏搬了食盒进来，小声说："娘子，你要的笋泼肉面和糍糕都送来了，快别生气了，下来用些吧。"

明妆揪住被褥，把脸埋在枕头里，丧气地说："不吃，撤下去吧，你们也都出去。"

大家无奈地对望两眼，这样时候什么话她都听不进去，她想一个人待着，那就随她吧。

众人从内寝退出来，站在檐下连连叹气，赵嬷嬷很懊恼，气道："我真后悔，只推了那老虔婆一下，应该即刻回上一嘴巴子，打掉她几颗牙才好。"

商妈妈摇头道："当真这样，她又有脏水泼到小娘子身上了。"

午盏回头看看内寝，实在束手无策，便道："我去门上候着吧，等李判回来，让他过来瞧瞧小娘子。"

商妈妈和赵嬷嬷忙点头，说："快去快去。"

午盏得了令，赶到前院大门，张太美已经在门上候着了，见了她，笑着说："午盏姑娘，你也来等我们公子？可是先前我们大娘子口出狂言，得罪小娘子了？唉，她就是那样的人，平日专横惯了，还是劝小娘子两句，别将她的话放在心上。"

午盏点了点头，又问："今日府上小娘也来了，看小娘的样子，似乎很惧怕唐大娘子。"

"那是啊，我们公子远赴陕州之后，大娘子怨怪他自作主张，愈发为难姚小娘。姚小娘原本脾气就好，郎主又不帮衬她，这些年被唐大娘子骑在头上，就算身上有了诰封，在大娘子面前也还是抬不起头来，谁让她的头衔不及大娘子呢？"

这也是没办法的事，毕竟嫡庶摆在面前，就连官家都不能坏了规矩。

正闲谈着，张太美遥遥朝巷口看了一眼，蹦起来说："公子回来了。"

午盏忙追下台阶，看着一队人马从热闹街过来。李判见她在，大概心里有了几分预感，顺手将鞭子扔给张太美，下马问午盏："是小娘子让你等我下值的？"

午盏脸上一片愁云惨雾，将人引进门，道："李判去瞧瞧我们小娘子吧，先前贵府上两位夫人来了，老太太与大娘子打了一回嘴仗，大娘子临走说了两句挑唆的话，老太太迁怒小娘子，打了小娘子一巴掌。"

李宣凛起先神色肃穆，听到最后一句时，猛地回头看了午盏一眼："什么？"

午盏带着哭腔说："老太太打了我们小娘子。小娘子哪里受过这样的慢待，在房里大哭一场，把我们都赶出来了。我们没办法，只能请李判过去劝劝，别让她继续哭了，再哭坏了眼睛。"

午盏的话才说完，就见前面的人脚步越来越快，终于跑动起来，很快便进了内院。

商妈妈还在廊子上站着，见人进来，赶紧上前相迎。商妈妈不便说话，朝里间指了指，他穿过垂挂的竹帘看过去，只看见一双脚探在床沿外，倒是听不见哭声，只有微微的抽泣，饶是如此，也知道她这回气大发了。

他放轻脚步，上前唤了声小娘子，说："遇上不高兴的事就告诉我，我替小娘子出气。"

明妆囔着鼻子说："没有，你走吧，我难过一会儿就会好的。"

说得越云淡风轻，问题越严重。他只好挨到脚踏前，温声道："你起来，让我看看脸上的伤怎么样。"

明妆说："没什么要紧，已经不疼了。"

这不是不疼就能翻篇的，但她还执拗着，要哄她起来不容易，对付孩子的执拗，就是必须比她更执拗，他又道："让我看一眼，就看一眼，只要脸上没有留下伤，我立刻就走。"

明妆推脱不得，只得撑身坐起来，委屈地回头，把挨打的左脸递到他面前："看吧，没什么要紧。"

她鬓发散乱，哭得眼睛都肿了起来，这狼狈模样是他从未见过的。她的皮肤生来细嫩，一点重力都施加不得，她所谓不疼，只是痛感消失而已，留下的痕迹却没有那么容易消除，他看见五根指印根根分明，时间长了，像雪慢慢融化，向周边延伸，那半边脸颊被辛辣的红色占据，变得有些触目惊心。

他心里的火气噌地高涨，愤然道："我找她去！"

明妆忙把人拽住："你要是去找她，难免落一句大男人欺负老婆子，说出来不好听。"

可是这恨要如何才能发泄出来呢，难道哑巴亏吃了就吃了吗？他铁青着脸道："下半晌我往你两位伯父供职的衙门去一趟，让上头给他们施加些压力，他们自然会接老太太回去的。小娘子也不要挽留了，让她走了干净，免得给自己找气受。"

明妆犹豫道："禁中还没有消息，再过两日吧……"想起祖母那两句锥心的话，她又耿耿于怀起来，仰头问李宣凛，"李判，你说我的命是不是很硬？是不是我与爹娘八字不合，才克死他们的？"

见她大滴的眼泪源源流下来，好像永远流不完似的，他心头一阵钝痛，追问："这话是谁说的？是老太太，还是我嫡母？"

明妆扁着嘴，低下了头，一旁的午盏接口道："是老太太。唐大娘子诬赖小娘子，说咱们小娘子在外编排易家，老太太就借题发挥，打了我们小娘子。"

他弄清前因后果，这笔账且记下，以后有的是时间慢慢清算，眼下最要紧的是她，于是他放软语气道："大将军过世，是因受了构陷，大娘子痛失大将军，伤情过甚方病故，一切都是有原委的，小娘子并没有错。什么命硬刑克，都是胡扯，为什么要听信？我以为三年的磨砺，已经让小娘子看透冷暖了，明明不在乎那个人，却要在乎她说的话，这是什么道理？"

明妆犯糊涂的时候就是需要这样的当头棒喝，这回终于止住哭，抹泪坐直身子道："是我失态了，一下子钻进死胡同里出不来，实在丢脸。"

她刚哭过，鼻尖红红的，赧然一笑，有一股孩子般的天真味道，转头唤烹霜："打水来，我要洗脸。"然后慢吞吞起身，慢吞吞敛了敛衣裙，走上两步又回头问他，"李判今日怎么这么早就回来了？官衙里不忙吗？"

这个问题问出了李宣凛的心病，近来不知怎么懈怠起来，上朝也好，当值也好，都有些心不在焉，勉强忙完手上的事务，就急着想早些回家。也许是担心她会遇见那些麻烦事吧，两家都是一团乱麻，很要费些心力应付。自己在外，官场上刀光剑影见惯了，倒也不觉得累人，但想起内宅里动辄恶语相向，甚至出手伤人，就觉得如今的女子不易，尤其明妆这样没有父母护着的，愈发举步维艰，只是这点想法不便说出来，他含糊道："控鹤司筹建得差不多了，前阵子忙得厉害，眼下松散些，可以早点回来。"

明妆"嗯"了一声，在妆台前坐定，打眼一看镜中人，大吃一惊，又觉得大铜镜看不真切，忙举起小小的手把镜，就着天光打量自己的脸，然后呜的一声悲怆哀鸣："我的眼睛……怎么肿成这样了？"

小女孩的注意力就是和旁人不一样，脸上的指痕不去管，要紧的还是眼睛。大家失笑，赵嬷嬷赶紧张罗道："不要紧，这就让人敲块冰来，小娘子敷一敷就会好些的。"

众人伺候她净脸，仔细搽上芙蓉膏，明妆又摸了摸左边脸颊，颧骨上还红着，便蘸了铅粉，探着身子对镜细细地拍打。

天色正好，午后的日光穿过帘子，从月洞窗口照进来，满室柔和温暖。年轻的姑娘身姿轻盈，脖颈纤纤，梳妆时探出曼妙的曲线，比外面的春光还要动人。

不知是不是天气的缘故，身上的公服穿不住，隐约感觉领口往上一阵阵燥热，蔓延到下巴。他知道自己不该再在这里了，便不声不响地退出来，退到外面的长廊上，正准备返回跨院，忽然听见有人哭号着叫小娘子，脚步顿地，咚咚有声，一路跑进院内，是易老夫人身边的柏嬷嬷。

李宣凛蹙眉挡在面前，惊慌失措的柏嬷嬷想进上房，看见这座大山，不由得止住步子，但号啕依旧不止，向上不住拱手："公爷，了不得了，出大事了！禁中忽然来了几个黄门，直闯入西园颁了圣人的口谕，说是要褫夺老太太的封诰，这可怎么办……怎么办呀！"

她捶胸顿足时，门上的婆子方进来回禀，见柏嬷嬷先来了，便缄口退到一旁瞧热闹去了。

外面喧哗，里间的明妆也听见了，放下手里的粉扑子，起身到廊上询问："禁中的人还在吗？"

柏嬷嬷说："在，正勒令老太太交出诰敕和衣冠呢。"说罢愁眉苦脸地对明妆道，"小娘子，老太太糊涂，小娘子怨怪她是应当的。但眼下火烧眉毛，一切恩怨暂且放一放，先迈过这个坎再说吧。"

李宣凛转眸看向明妆，她神色淡淡的，想了想，道："那就过去瞧瞧吧。"

柏嬷嬷忙应了，将一行人引到西园，易老夫人带来的女使婆子站了满院，正交头接耳嘀咕里头的进展，易老夫人则哭倒在门前，捶地道："圣人是国母，何等贤德，怎么能听信小人之言……这不是要了我的命吗？"

可惜这样的撒泼没有任何作用，黄门低垂着眉眼道："老夫人，事已至此，就不要怨天尤人了。圣人的口谕，没有人敢违抗，老夫人还是快些把东西交出来，我等也好回去复命。"

易老夫人仍是拼死不从，仓皇道："请中贵人替我在圣人面前美言几句，往后圣人的意思，我无不遵从……"

黄门露出一个何必当初的笑，弯腰道："老夫人，圣人主意已定，哪容旁人置喙！小人们是领命办事的，上头怎么吩咐，我们就怎么做，若老夫人实在不从，那我们可要动手翻找了，届时还请老夫人不要见怪。"

"不……不成！我自己面见圣人去……"易老夫人一骨碌爬起来，"我这就入禁中，当面向圣人陈情。"

黄门伸手拦住她的去路，咂嘴道："老夫人，封诰都褫夺了，你如今就是个平民百姓，禁中岂是想入就入，圣人又岂是想见就能见的？"

条条路断，易老夫人一筹莫展，瞥见院门有人出现，立刻抓住救命稻草般直唤般般、庆公爷，说："快……快替我斡旋斡旋。般般，好孩子，若是祖母的封诰被朝廷收回了，对你也没有什么好处，咱们是一损俱损的呀！"

在场的黄门见了李宣凛，立刻叉手作揖："庆公爷安康。"

李宣凛回了一礼，和煦道："今日劳烦中贵人跑这一趟了。"

小黄门很客气，笑道："咱们冒冒失失来府上，实在是失礼，但因是奉命行事，还请公爷见谅。"

李宣凛笑了笑："不妨事，中贵人公事公办，都是应当的。"他见易老夫人还扒着明妆不放，便蹙眉将两人隔开，复对易老夫人道，"凡内外命妇封诰都由圣人做主，只要圣人决定，可以不必呈禀官家。老夫人现在哭也没用，吏部已经将你除名，就算不归还诰敕，圣人的懿旨照样执行，老夫人倒不如坦然领命，也好保全体面。"

易老夫人呆住了，实在不敢相信，自己不过让宰相夫人下不来一回台，竟然会引发这样严重的后果。她欲哭无泪，惨然地望向明妆："般般，总还有办法的，你去求求仪王殿下，我到底是你祖母啊！"

明妆沉默不语，隔了好一会儿才慢慢笑起来："祖母，你的事孙女再也不管了，不久前刚说过，祖母怎么转头就忘了？"

第四十三章

　　最甜美的长相,最温柔的嗓音,说出来的话却如此无情,着实让人意外。易老夫人呆住了,怔怔地望向她,几个前来办事的黄门避嫌不得,忙垂下眼睛。

　　明妆深深地吸了口气,所有的隐忍和委屈,到这一刻终于得到释放。正是因为有禁中黄门在,所以越是要将这位老太太的所作所为抖搂出来,她掖着手道:"这种话,原不该我这嫡亲的孙女说,可是祖母的所作所为,实在令我寒心。昨日因,今日果,祖母在谋算我的家产与前程时、伸手打我时,没有想过会有今天吗?我的脸上到现在还留着祖母的指印呢,若圣人问起,请中贵人禀报实情,祖母实在与我不睦,我们祖孙之间连半点情义也无,所以祖母的诰封是否褫夺,和我没有半分关系。"

　　易老夫人没想到她会在外人面前揭自己的短,气愤道:"现在是什么时候,你做什么要说这些!"

　　"是不该说这些。"明妆转身对黄门道,"祖母若是不愿交出文书,不敢劳烦中贵人,还是我们家自己翻找,请中贵人稍待。"

话刚说完,便给身边的人使个眼色,身后的女使婆子一拥而入,在易老夫人的箱笼里翻找起来。诰敕和凤冠霞帔,那是易老夫人最宝贵的东西,从老宅搬出来,必定会随身携带。至于留在易园侍奉她的那些人,树倒猢狲散,如今老太太连命妇的头衔都被夺了,还有谁敢来插手,强出这个头?易老夫人拦了这个,拦不住那个,眼睁睁看着两个婆子从她的箱子里将东西搜出来,送到黄门面前。

小黄门示意随行的中黄门接过来,含笑向明妆欠了欠腰:"多谢小娘子。老夫人不肯拿出那两件要紧的东西,小人们交不了差事,连带着也牵累小娘子,现在这样最好,两下里都少了些麻烦。另,圣人命小人带话给小娘子,老夫人被褫夺诰命,名声极不好听,过两日宰相娘子还要来议亲,小娘子要快些将老夫人送走,别留在园中,耽误了小娘子的好姻缘。"

明妆道一声是,李宣凛招来赵灯原,将黄门送出府邸。

易老夫人气得几乎晕死过去,瘫在柏嬷嬷怀里朝明妆指点:"你真是好狠的心啊!"

明妆回身看了她一眼,漠然道:"祖母大概听说过,前朝和本朝有好些拒了天家婚事的,祖母就以为自己也能这样做,殊不知拒也要有拒的底气,爹爹不在了,军功化作尘土,凭着两位伯父五六品的官职,祖母怎么敢?如今可好,婚事照议,祖母的封赏却收回了,这是祖母求仁得仁,怨不得谁。刚才圣人令黄门传的话,祖母也听见了,我这就命人通知两位伯父,不拘哪里,先将祖母接走,祖母不能再留在易园了。"

若说追悔莫及,确实有,但更大的恨在于看清了一个真相,易老夫人道:"你把你伯父们都撵出去,唯独留下我,是早就设下套,等着我往里头钻,是吗?"

明妆装出一脸无辜的表情,说:"那日伯父们出去,是祖母偏要留下的,禁中派遣宰相娘子来提亲,也是祖母自己回绝的,怎么能说是我给祖母设套呢?"

易老夫人被她说得语塞,再想反驳,却又无力,转而痛哭起明妆死去的父亲,撕心裂肺地说:"三郎,你泉下有知看看吧,你这一心疼爱的女儿,就是这样算计我,算计你亲娘的!"

闻讯赶来看热闹的两位小娘一脸嗤笑,兰小娘说:"老太太还哭郎主呢?要是换了我,可不敢自揭其短。"

惠小娘拉着调门感慨着:"易家这回真是光宗耀祖了,向来只听说朝廷封赏诰命,从来没听说过褫夺诰命的,老太太是开了本朝的先河,怕是要记进史册,流芳千古呢!"

易老夫人听她们调侃,又羞又愤,掩面痛哭,再多的后悔到现在也无济于事,只是伤心到了紧要关头身边没有自己人,眼睁睁看着诰命的头衔被收回去,却无人肯为她求情。

常平司衙门距离界身南巷不远,易园派出去的人过去报信,不到两盏茶的工夫,易云海就十万火急地从门口跑了进来,还没到跟前,手脚就开始乱哆嗦,垂着袖子,怪声说:"母亲,你究竟做了什么,惹下这样的祸端,连诰命都被褫夺了,你……你……"

易老夫人哭号得嗓子都要哑了,只管摇头,什么话都说不出来。

易云海慌不择路,只得去问明妆:"祖母究竟是哪里触犯了禁中,怎么闹得现在这般田地?"

明妆不说话,兰小娘好心地提点了一句:"喏,还不是那日宰相娘子来说合亲事,老太太一口就回绝了。人家宰相娘子是奉了圣人之命登门的,老太太这回是既得罪了宰相娘子,更得罪了圣人,圣人要夺她的封号,还不是一句话的事吗?"

易云海目瞪口呆,不可思议地望向易老夫人:"母亲,你糊涂了吗?"

因兄弟两人搬出易园之后各自找了住处,好几日不曾走动,出了这样的事也没有互通有无,当初他虽听说了些皮毛,但觉得这件事尚不至于那么严重,现在看来,老太太得罪宰相娘子是得罪得厉害了,但凡她拐个弯,善于周旋些,也不至于招来这样惨痛的教训。眼下怎么办?一切好像都无济于事,他感受到灭顶的灾难,惨然地喃喃:"这一褫夺不要紧,我们家在上京,是再也抬不起头来了。"

易云海臊眉耷眼,乌云罩顶,险些哭出来,抹了一把脸,垂首低语:"丢人……真是丢人!这是造了什么孽,我常担心元丰那小子闯祸,没承想如今闯下塌天大祸的,竟是母亲你啊!"

旁听半晌的李宣凛到这时才唤了声易提勾,道:"既然上京待不下去,不如换个地方过日子吧。"

易云海愈发绝望："能换到哪里去？职务、家私都在上京，我若是孤身一人，两手空空，必定二话不说，连夜离开上京。"

李宣凛沉吟道："这样，二位的职务，我想办法替你们调转。提勾在常平司，运判在转运司，各衙都有外放的职务，最近的官衙在封丘，阖家搬到那里就是了。"

易云海又开始左右为难，按说文官大多愿意留京，毕竟京官比起外放的官员，不知体面多少倍，外面的人削尖了脑袋都想进来，里面的人哪有自求调职的道理？他们两兄弟摸爬滚打多年，终于站稳脚跟，连着还给下面的子侄谋了小差事，这一搬，举家都要动荡，另起炉灶不是一桩小事，哪是说搬就能搬的。

这么一想，更应该大哭了，易云海苦着脸对李宣凛道："公爷不知道，我们三代都在上京，早就扎根在这里了。家中的亲朋好友都在上京，连易家列祖列宗的坟茔和祠堂都在上京，搬到封丘去，又谈何容易啊？"

李宣凛看了易老夫人一眼，道："难处摆在这里，若是不怕耻笑，硬着头皮撑上一年半载，风头过了，兴许就能好了。"

可是这风头一年半载真能过去吗？家里四个孩子还要说亲，但凡有人提起，头一桩就会想到家中老太君被褫夺诰命，这种名声不要人性命，却是奇耻大辱，是一生的污点，往后易家子孙的前程如何，真是想都不敢想。

"神天菩萨，这可怎么好……"易云海已经完全没了主张，看看明妆，又看看失魂落魄的易老夫人，不明白祖孙俩又不是前世的仇人，为什么要这样斗法？老太太倚老卖老的策略，这回是完全失败了，最后还是明妆胜出，往后易家要翻身，恐怕只有沾一沾这个不甚亲厚的侄女的光了。

正无计可施时，明妆倒是开口道："离开上京，原本是最好的办法，但二伯父既然觉得诸多不便，那就只剩最后一条路了。"

这时候有主意就是好的，易云海连连应承："你说，给易家满门指条明路，我和大伯父都会谢你的。"

明妆道："易家是从均州发迹的，到如今鄡乡还有祖上留下的老宅呢。早前我爹爹在时，祖母不还带着全家回去祭过祖吗？既然那里一应都是现成的，就把祖母送回郧乡吧，既让祖母远离是非，也保全了易家上下的体面，好让上京人人知道，易家没有袒护老太太，个个都不赞同她违逆圣人，得罪吕大娘子，算是表明易家的立场。"

"什么？"易老夫人大叫，"你这是要流放你祖母？你这瞎了心的东西……"

然而这个主意点亮了易云海的眼睛，他是十分赞同的。老太太的意见，现在一点都不重要，原先是有诰命的老封君，在家像神佛一样供着，而今弄成泥菩萨，易家上下个个都巴不得将她远远送走，眼不见为净，所以他完全没有理会老太太，拊掌说："对，我怎么忘了这茬！郧乡的老屋前几年修过，就算有个破损漏雨的，重新换上几片瓦也能住人。"

明妆颔首道："我不过是给二伯父提个醒，祖母若继续留在上京，凭她的脾气，不知后面还会闯出什么祸来，三哥和四哥日后都要议亲的，家里若有这样一位老太太，只怕没人愿意把女儿嫁进来，倒不如送到老家去，派几个人好好伺候着，远离上京这些是是非非，祖母也好安享晚年。"

易云海忙不迭答应道："对，就这么办。只不过……你那姑母素来爱挑眼，只怕到时候又有话说。"

明妆道："姑母的婆母上年病故，家里如今是她自己当家，倘若姑母舍不得把祖母送到郧乡，那就接到自己家里去奉养，两位伯父不要拦着就是了。"

是啊，这世上总有那些慷他人之慨的人，永远挑肥拣瘦，站着说话不腰疼，老太太教导出来的女儿就是这样，总是要针扎到自己身上才知道疼，一旦扬言把老太太送到她家去，她必定立刻闭嘴。易云海右拳砸左掌，一咬牙："既商定了，那今日就安排起来，送老太太去均州。"

话才说完，易老夫人蹒跚几步上前，哭着说："二郎，我含辛茹苦把你们哥几个养大，如今见我失了势，你们就要把我送走，你们还有没有良心？"

易云海气得跺脚："母亲，你就为子孙想想吧，难道要全家一辈子抬不起头，你才高兴吗？"

易老夫人大势已去，除了号啕大哭，没有别的办法，终于被易云海接走，因老宅还在修缮，怕是连短暂的落脚之处都没有。临出门时，易老夫人回望明妆一眼，到底没有留下半句话，无奈又不甘地离开了易园。

"这回家里终于太平了。"兰小娘笑着说，"绕了这么大的弯子，最后落得这样的结果，想想也很无趣啊。"

送走的人哭哭啼啼，园子里的人却喜气洋洋，惠小娘道："今晚该好好庆祝一番，上潘楼点上一桌菜，咱们一家人畅快喝两杯。"说完又笑着邀请李宣凛，"李判一块儿来吧。"

李宣凛婉拒道："今晚还有公干，就不凑这个热闹了。"言罢对明妆道，"老宅这头的事解决了，小娘子也不会有什么后顾之忧了。易园在我名下，恐怕多有不便，小娘子要是觉得时机成熟，我随时可以将园子归还于你，反正只要去一趟官衙，不费什么周章。"

明妆起先还与众人一起说笑，听见他这样说，笑意便从唇角褪尽，迟迟道："把园子还我，李判是不是又要搬出去了？"

他慢慢点头道："小娘子要定亲了，我得顾全小娘子的名声。"

人生走到一个阶段，就会迎来不情不愿的分离，明妆的好心情一下子不见了踪影，看看兰小娘，又看看惠小娘，说："李判又要走了……"

大家都有些遗憾，但家中没有了像样的长辈坐镇，说起来终归不那么理直气壮。

"要不然……再过两日？"明妆同他打商量，"过两日就是芝圆成亲的日子，等过了那一日再改房契，好吗？今日祖母刚被褫夺诰封，我即刻就把易园赎回来，别人难免要疑心我处心积虑。"

其实说到底，还是因为她舍不得自己离开。李宣凛知道她的心思，也有些感慨，自己竟这样被她依赖着。既然她央求，他也不便拒绝，于是道："好，那就再过两日，等小娘子的亲事说定了，我再搬出去。"

明妆这才高兴，欢欢喜喜地又来缠道："晚间还是在家用暮食吧。有什么公干，白天办完就是了，晚上还要接着忙，官家又不给你两份俸禄，你说是吗？"

好像一切要求到了她嘴里，都能变得合情合理，这回他没有再推辞，思忖道："那我尽快忙完手上的事，晚上早些回来。"

他们这样的谈话，各自大约觉得没什么，但引得边上的人有些彷徨。惠小娘和兰小娘交换了一下眼色，一切尽在不言中，李判对小娘子的有求必应，实在令人费解。其实趁着小娘子还未定亲，郎子的人选未必不能改变，照说两人知根知底，又是从小认识，要是能结亲，那小娘子的一辈子就有依靠了。可感情的事，好像又说不准，仅王身份尊贵，李判要是因此忌惮，不敢得罪，那她们这些人再看好，也是白搭。

　　反正且不想那么多，惠小娘吩咐女使："把西园重新打扫一遍，若是剩下什么没来得及收走的，拿到外头扔了就是。"

　　兰小娘张罗着置办席面，偏头对办事的仆妇道："潘楼新出了春日宴，按着咱们家的人口，让铛头配好菜色送来。还有活糖沙馅诸色春茧，小娘子爱吃的，别漏了。"

　　众人都忙起来，各有各的差事，李宣凛同明妆交代一声，趁着天色还早，先去控鹤司巡营，例行完公事，回来应当正可以赶上暮食。

　　从易园出来，隔了几条街就是控鹤司衙门。春日风光正好，轻车简从一路往南，刚穿过税务街，将要到衙司门口时，看见路边停着一辆马车，车旁站着的小厮像是洪桥子大街的人。那小厮看见他，叫了一声公子，忙向车内传话。

　　车上的帘子很快打了起来，车内的妇人踩着脚踏下地，站定后扬袖喊二郎，又回身接了个食盒，带着婆子快步走过来，笑道："你这阵子都不曾回家，我做了你爱吃的金铤裹蒸，特地给你送来。"

　　母亲的拳拳爱子之心不能辜负，虽然他早就不爱吃这个了，但还是接过来，和声说："多谢阿娘。我在外吃得很好，你不用担心我。"

　　姚氏道："虽整日宴饮，但到底没有家里吃得滋润，这裹蒸我做了好些，回头带回去，也让易娘子尝一尝。"说罢一顿，觑了觑他的神情道，"我今日与大娘子一起去了易园。"

　　李宣凛说："知道，大娘子又说了很多不合时宜的话吧？"

　　姚氏"哎呀"一声，道："理她做什么，她这人就是这样。"

　　看似宽宏大量，不与之计较，其实是长期妥协，早没了反抗的习惯。她这样随口一应，姿态放得很高，不过是为了维护仅剩的一点尊严罢了。

姚氏此来，是另有一件事要和他商议，做母亲的挂上知儿莫若母的微笑，轻声道："我见过易小娘子了，真是好标致的姑娘啊，人长得好，谈吐又得体，进退又有度，真是打着灯笼也难找。大娘子说的那些话，实在失礼得很，可我看易小娘子也不生气，照旧好言好语地对她，我真有些担心，怕易小娘子受委屈呢。二郎，你同阿娘说说，这阵子这么多登门说亲的，你为什么一个也瞧不上？是不是因为易小娘子？若是……"她眨了眨眼睛，十分实在地说，"早前她是郡公之女，我们怕是高攀不上，如今你有了出息，易小娘子又孤苦伶仃，要不然……想法子向她提亲吧！"

他母亲一向胆小，这回能坚定地表达自己的意愿，倒令他很吃惊。

"阿娘不怕大娘子作梗？她一心说合唐家的族亲，娶了易小娘子，怕是不能如她的意，到时候又要吵闹，那怎么办？"

姚氏显然怔了一下，到最后还是那句"不要理她"。

"最要紧的，就是你喜欢。夫妻是要过一辈子的，总得看着顺心，才能长长久久恩爱。"姚氏搓了搓手，笑道，"那易小娘子的脾气真是好，稳稳当当，和风细雨，一看就是大家闺秀，和寻常女孩子不一样。我可算知道你为什么个个瞧不上了，见过江海，如何将就细流呀？若是这样，不如早些定下来吧，免得错过了。"

李宣凛有些好笑，难得见母亲这样认真地计较一件事，还特地从洪桥子大街跑来。他收起玩笑的心，实心实意道："大将军是武将，我也是武将，武将一辈子生死沉浮，不要再让人家提心吊胆了。"

姚氏却不明白他为什么会有这样的顾虑："朝中多少武将，难道个个都不成婚了吗？"

他沉默不语，唇角微微撇了一下，隔了好久才道："她就要与仪王定亲了，阿娘别再提这件事了。"

姚氏愣住了，终于灰心道："既然这样，你还与人家纠缠什么？我看你别住易园了，搬回外城老宅才妥当。就算有心思，也要趁早断个干净，踏踏实实另起炉灶吧。"

第四十四章

李宣凛无可奈何，在他母亲眼里，他是存着私心的，她根本不懂大将军临终托孤，对他来说是怎样重任如山，重得就如立志攻破邺国一样，不过母亲担忧，他总要尽力安抚，于是温言道："阿娘，我是受大将军所托，对易小娘子行看顾之责，并未有其他纠缠。城外老宅，我也不打算回去，和爹爹说不到一起，免得见面就争吵，伤了和气。"

姚氏自然知道父子之间的矛盾由来已久，听完愁着眉，目光依旧在他脸上盘桓："你早前去陕州，一去几年不回来，如今好不容易留京一段时日，又不愿意着家，母子之间想说上两句话，都难得很。"

李宣凛见她郁塞，便挑了两句好听的来宽解，笑着说："阿娘再忍耐一段时日，等我娶了亲，就把阿娘接来同住。"

姚氏晦涩地瞥了他一眼，说："我是你爹爹房里的人，你爹爹还在，我怎么能投奔儿子去呢？原本我觉得易小娘子挺好，易园也挺好，只要你能舒心，我偶尔过去看看你们，就已经很欢喜了，结果白高兴一场，易小娘子竟要嫁给仪王……"

她越说越沮丧，怨怼地嘀咕起来，"早知这样，何必心急忙慌地做了点心送来！"

李宣凛失笑："与易小娘子不成，阿娘连点心都不给我吃了？"

姚氏道："是啊，新妇都不知道要的人，还吃什么点心！"说着气咻咻地登上马车，朝婆子喊了声回去，真就头也不回地走了。

她一生好性情，唯一的一点小脾气，只对自己的儿子发一发。李宣凛目送马车走远，脸上的笑意慢慢褪尽，转手将食盒交给七斗："给小娘子送去。"

七斗接过来，迟疑地问："公子不尝尝？"

他说："不必了，先送回去，我晚间再吃。"

七斗应了声是，弓腰将人送到台阶前，方去斜对面的马厩牵了一匹马，赶回界身南巷。

衙司后的校场上，新挑出来的班直正在操练，这些人不久之后就要进入东宫，随殿前司一起护卫整个皇城的安全。有时候更新换代是大势所趋，殿前司虽然拱卫禁中多年，但新组建的控鹤司是专为保护储君之用，官家下令要专精，因此控鹤司逐渐开始与殿前司分庭抗礼，朝野上下暗中巴结新贵，也是心照不宣的。

又有人送食盒进来，摇着尾巴道："公爷，这是方宅园子新出的春盘，我家连帅命小人送来，给公爷消消闲。"

不用打开就知道，里面装的必定不是春盘。李宣凛道："请替我带话给连帅，多谢连帅一片美意，我近来宴饮甚多，胃口也不好，这春盘就请连帅自用吧。"说着负手走开，缓步在校场上转了一圈，方回到衙门里。

人在长案后坐下来，脑子却不得休息，想起母亲刚才的那番话，不知怎么，心头涌起无数的不得已，究竟是什么不得已，他也说不上来，不过自己所言，句句属实，武将的脑袋别在裤腰上，家中有过武将的，必定不喜欢再来一个，若是让他拿出给般般择婿的标准，武将是第一个要被排除的。

所以说，上了年纪的人就是爱胡思乱想，儿子的婚事自己做不得主，看见一个不错的姑娘，就希望能尽快定下来，总比那些沾亲带故的人从天而降好，只是可惜一片热忱用错了地方，最后失望而归，临走连头都没回……他笑过之后，开始自省，自己的婚事是不是应当慎重考虑一下了？一直悬着也不是办法，总要给家里一个交代。

李宣凛朝外看看,日影西斜,下半晌过起来尤其快,好像没忙多久,暮色就降下来,蔓延过半边穹顶。展开的公文来不及看,留待明日再说吧,他探手归拢,站起身正准备回去,忽然听见外面传来说话的动静,那声音听得很清楚,如刀尖薄雪,是仪王无疑。

仪王还是那样轻快的语调,笑着和同行的人说:"这两日我忙得很,想来拜访你们上将军,一直不得空。"话音未落,到了门上,看见李宣凛,远远拱手道,"俞白兄,今日冒昧,要来叨扰你了。"

陪同在旁的赵灯原向内引了引,道:"殿下请。"

李宣凛眼里荒寒,脸上却浮起笑意,还礼道:"殿下哪里话,有事只管吩咐,何来叨扰一说。"

仪王迈进门槛,摆了摆手,道:"城外拱卫的上四军这几日休整,官家命我协理,我忙那事忙得焦头烂额,今日刚回内城,想起有件事还未办妥,就先急着来找你了。"

他擅做戏,自己当然要奉陪,便吩咐衙役奉茶,殷勤引他落座。

两人在茶桌旁对坐,仪王转头四下打量,这控鹤司衙门建得很气派,正堂高深,没有兵戈之气,两旁列满书架,连脚下的木地板都打磨得能照出人影来。

"到底是要拱卫鹤禁的,官家很为控鹤司费心啊。"仪王笑道,"早前这里是冬藏库,没想到重新装点一下,变得这样堂皇。"

"仓房本来就开阔,略加改动就能用。"衙役送来茶水,李宣凛接过来亲自奉上,又道,"衙门里都是粗人,用的茶叶也不讲究,还请殿下见谅。"

"若是要吃好茶,我就邀你去梁园了,也不到你衙门里来。"仪王含笑抿了一口,搁下建盏后道,"说真的,你等建控鹤司,上京好些有交情的都来托我,要将子侄送进班直中历练。我也知道控鹤司严明,不是什么人都能进的,能推的我都推了,但有一人,实在是不好拒绝,所以今日厚着脸皮,来向你讨个人情。"

李宣凛抬了抬眼:"殿下与我还客气什么,控鹤司两万余人,填进一两个并不是难事。"

仪王颔首笑道:"那我就不与你客气了,宣和殿大学士的夫人有个侄子,之前在捧日军任都尉,这几年仕途并不顺畅,得知禁中在筹建控鹤司,因此想换个衙门任职。都说树挪死,人挪活,既有上佳的机会,也不想平白错过。宣和殿大学士曾是我在资善堂的老师,老师有托,我不能不从,所以只好来求你,不论什么职务,给他安排一个,让我在老师面前交代得过去就成了。"

李宣凛听罢思忖了下,道:"眼下正好有个空缺,四直都虞侯定下三个,还有一员我正在几人之中考量,暂且没有特别中意的人选。既然殿下有托,那这个空缺必是要留给殿下的,明日只管让人到衙门来寻我,趁着组建之初,尚且好安排,若是到了大局稳固的时候,再有变动就难堵悠悠众口了。"

仪王闻言很惊喜,忙向他拱手:"多谢多谢,我受人之托,原本觉得很难向你张口,你这样公正的人,这回瞧着我的面子徇私,实在让我感激不尽。"

李宣凛抬了抬手:"殿下不要这样说,我奉命筹建控鹤司,本就是为禁中分忧,禁中与殿下又是什么关系,我在殿下面前拿腔拿调,岂不惹殿下笑话吗?"

他绝对是个知情识趣的人。仪王的眉眼间露出赞许之色,无关痛痒的公事谈完,就该讨论一下正事了:"我这两日要向般般提亲,你都知道了吧?上回圣人托了宰相夫人登门说合,易老夫人百般阻挠,今日圣人下令褫夺她的诰封,接下来这门亲事议起来,应当没有什么阻碍了。"

李宣凛说:"是,先前我恰巧回易园,正遇上黄门办事,易家老夫人已经被送往均州了。我也同小娘子商议了一回,易园转让,本就是为了应对易家老宅的人,如今这个麻烦解决了,我择日就将产业归还小娘子。"

仪王缓缓点头:"世人常说人心不古,那是因为没有遇上俞白。你对郡公的情义,对般般的情义,我深深记在心里,多谢你在我离京的这段时间,替我看顾般般,没有让老宅那帮人欺负她。"

李宣凛笑了笑:"我曾答应过郡公,要护小娘子周全,现在殿下既向小娘子求亲,那我就可以功成身退了。"

仪王却并未应承,顿了一会儿才道:"她将你视作兄长,常在我面前李判长李判短,我知道,这世上她只信得过你一个人,就算是我,也未必能取代你在她心中的地位。说句实在话,我十分怜惜她,她年纪尚小,痛失父母,族亲又百般算计,外家虽然疼爱她,但毕竟隔了一层,好些事也不由袁家定夺。她至亲至近的人只有你,其实你比我更清楚,她究竟有多依赖你。所以俞白,万万莫要辜负她的信任,也不要辜负郡公的重托,更不必因为她将要出阁嫁做人妇,就不再看顾她。上京的贵妇圈子,本就是个捧高踩低的圈子,她单单有我还不够,更需要一个坚实的娘家靠山,至少让她不要身后空空,累了乏了的时候,还有人能供她依靠。"

他说得很煽情,背后的野心也昭然若揭,并不忌讳让他听出深意,甚至就是有意给他暗示,希望他能自行体会。

李宣凛眼眸微转,立时心领神会:"殿下放心,我承郡公的情,小娘子是我一生的责任。我是信得过殿下的,殿下身份尊贵,有文韬武略,既垂爱她,就一定不会让她受任何委屈。我只求小娘子好,待小娘子诚挚的郎子,就是我李宣凛的恩人。只要殿下爱重她,给她应得的富贵尊荣,他日我为殿下效犬马之劳,愿一生为殿下镇守边关,保我社稷万年永固。"

这番话实实在在说进了仪王的心坎里,他筹谋的一切,如预想中一样顺利进行着,和聪明人做买卖,果然省力气。

"你我是一心的。"仪王温和道,"我们有共同的目标,般般少时的痛苦,用将来受用不尽的荣华富贵来弥补,她会过得比寻常女子好千万倍,请俞白兄放心。"

李宣凛的眉宇到这时才慢慢舒展,轻吁了口气道:"郡公夫妇泉下有知,应当也会为小娘子欢喜的,毕竟上京内外,没有人比殿下更尊贵。她是个简单的人,心思也单纯,只有殿下铁腕,能护她长久周全。"

"放心。"仪王拢在袖下的手终于松开,没有了磋商时洞察微毫的沉重,又是一副云淡风轻的模样,转头朝外望了一眼,笑道,"来了半日,天都要黑了。耽误公爷下值,真是不好意思,那我这就告辞了。"

李宣凛也站起身:"我送殿下。"

两人缓步走到官衙大门前,仰头看,晚霞铺了半边天幕,一棱一棱,像鱼鳞、像火焰。

仪王回身，又叮嘱了一遍："我托付的那人，就劳烦俞白兄了。"

李宣凛道一声好，趋步将仪王送上他的四驾车辇，马车跑起来，沿长街往南，很快淹没进往来的人潮里。

赵灯原看了上将军一眼，道："这仪王手伸得够长的，已经开始往控鹤司安排心腹了。"

李宣凛凉笑道："控鹤司掌鹤禁，他怎么能不上心？就连城外的上四军，他都已经插手了。"

赵灯原在军中多年，对兵事自然看得透彻，迟疑道："一位皇子，与上京内外兵力过多勾缠，似乎不太好吧？"

李宣凛从熙攘的人群处调开视线，道："这就要看官家怎么安排了。"他转身唤人牵来自己的马，时候差不多了，该回家吃饭了。

回到易园时，华灯初上，两个家仆拿着长长的杆子将灯笼顶上屋檐，不经意一转身，忙上前来迎接，弓腰道："公爷回来了。"

李宣凛"嗯"了一声，举步迈进门槛，先回跨院换公服，两个女使已经在门前候着了。

橘春手里捧着准备好的衣裳，弯腰道："公爷，小娘子先前打发人来过，说等公爷回来通传一声，东边花厅里的席面摆好了，请公爷直去。"

李宣凛道一声好，随手接过托盘进入内室，橘春要跟进去伺候，险些被迎面关上的门撞了鼻子。

新冬和她面面相觑，压声道："公爷是当真不待见我们，不要我们伺候。"

橘春讪笑道："我听说有人近了女色就头晕，想是公爷在军中待久了，所见全是男人，所以不习惯女使伺候。"

"那怎么办，将来不娶夫人了？若是光对着夫人不晕，那夫人一个人伺候，岂不要忙坏了？"

两个女使在外面悄悄嘀咕，嗓音压得很低，还是传进了他的耳朵。他无奈地牵了下唇角，自己将公服脱下，又换上罩衣，隐约闻见一股青栀的香气丝丝缕缕荡漾开，品鉴一下，这味道好像确实十分适合自己。

他振振衣袖，扭好领扣，收拾妥当，出门往花厅走去，远远就看见低垂的竹帘下罗裙往来，四角悬挂的花灯从暗夜中突围，那花厅是立体的，伴着刚起的一点薄雾，像瓦市说书人营造的一隅山海阁，渺渺茫茫间，鲜亮清晰。

　　烹霜刚巧端着茶盘出来，看见他，便向内回禀："公爷回来了。"

　　不一会儿，那个翩翩身影便出现在门上，她穿得单薄，有种轻俏的美感，脸上挂着明快的笑，扬起袖子朝他招了招："李判，就等你了。"

　　李宣凛心里的凝重，在看见她时忽然就放下了，还有什么重要的呢，周全好眼下就够了。

　　他举步过去，被她引入花厅，里头很热闹，惠小娘接过女使从食盒中端出来的点心盘子，精细地摆上桌面，招呼道："李判快坐，这就开席了。"

　　赵嬷嬷拖出杌子，道："快快，李判坐呀。"

　　他忽然伤感起来，犹记得当初在陕州，盛夏时分在院子里露天用暮食，也曾是这样一番热闹的景象。倏忽多年，物是人非，大将军夫妇不在了，般般也长大了。

　　明妆见他有些出神，往他杯里倒了一点雪花娘，洒脱地举杯相邀："李判尝尝这酒，淡得很，适合我们这种酒量不好的人。"

　　他这才回过神，依言端起杯盏敬她，也敬桌上所有人。大家畅饮后，兰小娘说："往后天下太平，只要小娘子能顺顺利利出阁，余下就没有什么好挂心的了。"

　　明妆没有将所谓的婚事放在心上，所以也不觉得羞赧，转头对李宣凛道："你差人送回来的裹蒸真好吃，糯得很呢，七斗说是你母亲亲手做的？"

　　李宣凛不好说裹蒸只是打开话匣子的引子，后头的话太荒唐，现在想来都觉得好笑，只道："我母亲常爱做些小点心，拿来赠送友邻。"

　　可惜姚夫人过得并不容易，在座的两位小娘都觉得对方应该还不如自己，毕竟无用的夫主阳寿未尽，还要继续拖累下去。但别人的家事不可说，商妈妈忙转开话题道："明日宰相娘子大约又要来了⋯⋯易家老太太送去了郏乡，小娘子的婚事，如今是否该由袁家做主了？那要不要去知会袁老夫人一声，免得宰相娘子枯等。"

赵嬷嬷笑起来:"叫老太太过来候着大媒,那咱们也太上赶着了。况且宰相娘子最是知礼,上回是她预先派人通传老太太的,这回想来也一样。"

兰小娘一面给明妆夹菜,一面道:"易家那些长辈族亲,不会又来充人形吧?"

这点倒是不必担心,惠小娘说:"有了易老太太这个前车之鉴,借他们几个胆,他们也不敢胡来。"

大家心里都释然了,商妈妈站起身挨个儿斟酒,笑着说:"且不谈那个了,这雪花娘适口,来,李判多喝两杯。"

然后就是说说笑笑,闲谈一些趣事,明妆一心琢磨后日怎么给芝圆随礼,惠小娘道:"钗环首饰、胭脂水粉,还有香药团扇,都行。汤娘子老爱捣鼓些稀奇古怪的东西,小娘子就算送上一罐柏子油,她也会喜欢的。"

那倒是,芝圆对贵重的东西不甚在意,但毕竟是大婚,送得太寒酸了不像话。明妆扭头问李宣凛:"李判送什么?"

李宣凛愣了一下,道:"我与她爹爹是同僚,同僚随礼,送钱就行了吧!"

明妆失笑:"是呢,我竟糊涂了。铺子里新近收了一段上好的奇楠,烧起来整条街都能闻见,回头给她送去。"当然礼簿上不能少了一笔,该随的礼金一文也不能少。

一顿饭吃得家常,零碎话说了不少,因只有李宣凛一个男人,其实夹在里头很不自在,好不容易吃完,两位小娘要去做她们的晚课,拜完观音拜三清,一时也不能耽搁。剩下女使嬷嬷们忙着收拾,明妆看看天上的月亮,问:"今晚月色很好,我送你回去?"

李宣凛闻言,顺着她的视线望了一眼,初六的月亮是上弦月,细细一线挂在天顶,这……也算好月色?

不过纳罕归纳罕,盛情不能拒绝,他让到一旁,朝外比了比手。

第四十五章

　　春日的晚间，起了一点雾，雾气不算厚重，悬浮在草底花间。一路走过，裙带袍角牵扯起风，那雾气便随风流转，在灯笼的映照下，春水般汤汤向前奔涌。

　　女孩子用的琉璃灯，只有两个拳头大小，挑在雕花的杆子上，尤其显得精美。灯笼下沿的圈口，有光洒在她的裙裾，紫磨金上火焰纹，一簇簇地蔓延，看久了让人头晕。

　　走了好一程，她都没有说话，穿过月洞门时脚步越走越缓，终于仰头看了他一眼："李判，你看易园晚上的景致，是不是也很好？"

　　他听了四下环顾，经过一冬的萧条，终于等来春暖花开，园子又焕发出生机。远处的亭台灯火阑珊，木柞游廊上十步便有一个小小的灯阁子，要说景致，这园子可以说是十分精美了。

　　可是说罢月色，说园中景致，今晚她好像有些异样。他垂眼看她，见她两眼空空望着前方，似乎不大高兴，他迟疑地问："小娘子送我回去，可是有什么话要对我说？"

明妆说:"没有,就是忽然觉得感慨,时间过起来真快。等出了阁,我就不能住在易园了,必须搬到夫家去,是吗?"

按理来说,的确是这样,毕竟仪王是凤子龙孙,没有跟着妻子住在娘家的道理。他说:"小娘子可以留着易园,若是想家了,隔三岔五回来住上一晚。这园子里奉养着两位小娘,她们自会替你守好门庭的。"

她慢慢点头,然后笑了笑:"今晚喝了点酒,不知怎么多愁善感起来。"

走下长廊,踏上小径,他沉吟好久,方问她:"你惧怕定亲吗?"

明妆顿住步子,回头看他,醍醐灌顶般猛然顿悟:"这么说来,好像是的。"

是害怕定亲,还是害怕与仪王定亲?她不是说过喜欢仪王吗?也许是心里还有顾虑,毕竟嫁给那样的王侯,风光背后暗藏无数的不确定……其实她做什么要喜欢仪王?喜欢他口蜜腹剑、两面三刀吗?也许是仪王那样能言善道的人确实善于蛊惑,年轻姑娘经不住诱哄,就芳心暗许了。

他叹了口气,晚间有雾,遇上热气便化作云,在眼前弥漫消散。

"今日仪王到衙门来找我,说了好些话,字里行间全是对你的恋慕与不舍。"他缓步踱着,淡声道,"上京王侯将相遍地,要找见一个真心人很不容易,既然他喜欢你,那么这门亲事暂且定下,也未为不可。"

他说暂时定下,倒让明妆疑惑起来,难道定过亲,将来还会有变故吗?不过自己定了亲,能让他觉得放心也是一桩好事,她知道爹爹临终时的嘱托,那对他来说未必不是一种负担,待自己许了人家,也许他就能解脱了。

可他的话欲说还休,让她看不透彻,她想问个明白,又不知从何说起,犹豫半晌,只好沉默下来。

他见她不说话,心头又忽然沉甸甸的,自己也赞同这门婚事,想来更能坚定她的心念吧。

"我上回说的话,相信小娘子不会忘记,即便是定了亲,也要再三权衡那人的人品。据我所知,仪王房里有三个侍娘,将来你们成婚,转眼便是三个妾室。妻妾之争古来就有,你初来乍到,身份再尊贵,也要寸步留心,大婚之前走动也要小心。再者,他这些年没有定亲,是因为与宜春郡公的夫人有过一段情。往事不可追,少年时的情愫会残留心中一辈子,我先与小娘子交代一声,你自己心里要有底,千万不要被人蒙骗。"

明妆倒不觉得意外:"他家里有侍娘,我已经知道了,还曾见过其中的一个,看上去很守礼的样子,将来也不怕不能相处。至于宜春郡公的夫人,倒是头一回听说,好好的,怎么另嫁他人了?"

她探听起那些秘辛来,一副兴致勃勃的样子,仿佛仪王的种种和她不相干似的。李宣凛知道她孩子气,将打探来的内情都告知了她:"宜春郡公的夫人是桂国公嫡女,一直养在太后身边。当初太后是有这个意思,想把两人凑成一对,可惜青梅竹马敌不过一见钟情,后来桂国公府与宜春郡公府结亲,仪王情路受挫,消沉了好几年,直到现在才有成家的打算。"

明妆听他说完,啧啧道:"这仪王也真是倒霉得很,原定的人选居然出宫就遇见了合适的人,早知如此,倒不如在禁中就定下亲事,他八成悔得肠子都青了。"说到这儿,忽然意识到自己好像太过置身事外了,忙斜眼瞥了瞥他,果然见他不解地望着自己,于是即刻调转话风,诚挚地说,"我觉得自己一定是仪王的救赎,只有我,才能将他从那段不堪的往事里拉出来。李判,你说我长得好不好看?你见过宜春郡公夫人吗?我与她,到底哪个好看?"

这个问题的答案,在他看来是毫无疑问的,但为了显得深思熟虑,他很配合地打量她两眼。

小灯笼摇晃,被她高高提起来,提在胸前,她伸长脖子摆出高贵的姿态,十分端庄地请他仔细端详。

沉沉的眼睫、嫣红的嘴唇、浓密的鬓发,还有纤长的脖颈,无一处可挑剔。不过小径四周很黑,只有灯笼的上圈口投出一束光,由下至上辉煌着,鼻子成了最高的山,光线越不过山顶,将鼻孔照得明亮,但眉心陷入阴影,黑黢黢的,看上去甚是可怖。

他忙移开视线:"你!你更好看!"

明妆骄傲地挺了挺胸,说:"果然。我长得更好看,就能救他于水深火热。所以李判放心吧,定亲之前他就算对宜春郡夫人有旧情,定亲之后我也会把他拽回来的。"

李宣凛忽然觉得看不透这小姑娘了:"小娘子一点都不介意?"

明妆怔了一下,发现太过轻描淡写也不合常理,又换了副惆怅的表情,牵拉着眉眼道:"介意多少是有些介意的,谁不希望郎子心里只有自己。但如今他向我求亲,我总要相信他有几分真心,若是不相信,满腹芥蒂,那又何必答应呢?这件事就可以不议了。"

她的胸襟让他感到灰心,年轻的姑娘不知其中利害,只要自己认准了,就义无反顾地投身进去,他就算想拉也拉不住。

"有些内情,你可能不知道,桂国公手握西京二十万大军。"他曼声道,"与皇子结亲,朝中风向就要变,所以有些人不愿意这门亲事能成。桂国公是聪明人,聪明人绝不会让自己置身风口浪尖,所以才有了宜春夫人的一见钟情。"

明妆听了,心头不由得惊跳,他这是在有意提点自己,昨日的西京军,今日的陕州军,对仪王来说换汤不换药。话既然说到这里,有些紧要之处还需重申一遍,她顿住步子,道:"李判,我曾和你说过的,爹爹已经不在了,陕州军如今是你麾下,只要你不愿意,谁也不能借你的势。"

李宣凛的神情却专注起来:"有小娘子在,我就不可能不愿意。"

这样的回答让她陡然两难。她曾想过,半年时间过起来很快,只要他回到陕州,仪王就算想借势,跨越几千里也难得很。而自己只要与仪王结亲,哄得他为自己铲除弥光,他日仪王就算把她蒸了煮了,她都不在意,反正仇已经报完了。现在看来,自己的想法或许太简单、太幼稚,但实在别无他法,她连心里的念头都不敢告诉任何人,只有自己摸黑往前冲。这件事里,李判是局外人,不要把他牵扯进来,他要脱身很简单,回到陕州,与她断绝往来就行了,反正由始至终都是仪王提议为她报仇,自己从来不曾要求过他。

初二那日,她说得很清楚,自己是孤女,身后没有倚仗,她可以为他操持家业,甚至提供钱财上的支援,唯独没答应他动用陕州军,所以他就算不甘,但那点龌龊心思也说不出口。

可是眼下局势有变,李判的意思很明白,不会中途撒手,其实自己也没想到,他这次回来，两人之间非但不见疏远，反倒比以前更亲厚了，于是她没有了初二那日的坦然，若是因此牵连李判，那么这个计划就应当立刻停止。

"你可是认为我不该与仪王定亲？"她望着他道，"如果你是这个意思，只要你一句话，我就拒了宰相娘子的提亲。"

他凝眉道："我的话，你果然会听？"

明妆说："是，我心里也明白，仪王之所以垂青我，未必不是看重陕州军。我原想借此当上仪王妃，先将正室夫人的位置坐稳再说，但若是因为我，让全军被仪王牵制，那就得不偿失了。所以只要你同我说，我就不嫁了，祖母有诰命可让皇后褫夺，我什么都没有，只要我自己不愿意，禁中总不能抢亲吧？"

这番肺腑之言，唤起了他满心的柔软，孩子不糊涂，孰轻孰重，她分辨得很清楚。

"那么你对仪王的感情呢？你不想嫁给喜欢的人吗？"

明妆顿时讪讪的，为了给自己不切实际的报仇念头找到一个合理的借口，她除了说喜欢仪王，还能怎么样？

"我……我喜欢他，他在乎的是你，道不同……"她支支吾吾，低头抠起挑杆上的祥云雕花。

李宣凛泄气道："什么叫在乎我！"

明妆道："他今日去找你，说的那些话不都是给你听的吗？从外埠回来后，他只来过易园一回，其实我心里也有些不欢喜，他好像不太关心我。"

少女心思单纯，不满全写在脸上。他看在眼里，料想她说的应当都是真话，总算两者相较，她还是选择保全他，这让他很欣慰。

接下来应该怎么办？明妆抬起眼，巴巴地觑着他："那我明日称病，不见宰相娘子了，她是聪明人，自然一下就明白我的意思了。"

李宣凛却摇头道："是你的好姻缘，不要错过。"

明妆愈发不解了，明明他的每个字眼都充斥着对仪王的不喜，那她想拒婚，他为什么又来劝她呢？

李宣凛自然有自己的计划，只是眼下不便告诉她，甚至需要她的配合。仪王想通过她来拉拢陕州军,他又何尝不在盘算顺势而为,让仪王更信任他?所以还得将亲事推进下去,于是他正色道:"官家的身体日渐衰弱,命我组建控鹤司,说明已经有了册立东宫的想法。万一仪王能够从诸兄弟中脱颖而出,那么小娘子日后的前途不可限量。你不想立于山巅,俯瞰众生吗?"

明妆摇了摇头,她确实从来没有想过当上皇后,她与仪王的一切始于交易,交易下的婚姻,有什么将来可谈?但很快她又点点头,无论如何,通过仪王能够得着弥光,也许还能为爹爹昭雪。世上最可怕的,就是疑罪从无,没有切切实实的定罪,却要背负一辈子的骂名,世人怀疑的目光和背后的指点,比杀头流放更令人难受。

李宣凛勉强笑了笑:"那就定下吧,定亲不是成亲,小娘子还有时间来细细考量这个人。只是记住一点,我与你说过的,婚前恪守礼法,与仪王寻常来往。哪一日后悔了,觉得仪王配不上自己了,同我说,我想尽办法也会为你退了这门亲的。"

若是爹爹在,也不过如此吧!她心里百转千回,抿着唇低低"嗯"了一声,犹觉不放心:"那……那你和陕州军……"

李宣凛说:"放心,他暂且只是想造声势,陕州军远在千里之外,就算我想调动,也不是一朝一夕能做到的。他不过想拉拢我,拉拢就拉拢吧,只要他不生邪念,能够善待小娘子,也算是双赢的好事,对吗?"

小灯笼幽微的光,照亮他的眉眼,他说得很真挚,神情也十分坦荡。明妆犹豫片刻,又浮起笑:"多谢你,愿意成全我。我先前一直彷徨,就是担心这件事,害怕自己匆忙定亲,会连累得你骑虎难下。如今你既然都知道了,我心里的包袱也放下了,只要你不反对,那我就应下这门亲事。"

他沉默了一下,最后说好,目光如水般在她脸上流淌:"但要记住,不能过于倾情,情用得太多,就不珍贵了。"

她听后呆呆的,这样简单的一句叮嘱,也够她咀嚼半天了。

她费心琢磨的样子很可爱,那纠结的两条眉毛,极有小时候的风范。小时候……多么眷恋小时候,小时候没有许多心事,也没有许多的身不由己。等长大了，追名逐利，日日行走在悬崖边，就连这样单纯的闺阁姑娘也不能幸免。

明妆还是耿直的性子，摇着小灯笼，还有兴致来调侃他："刚才那两句话好有学问，李判要是不当大将军，可以进国子监教学生。不过你将来对待自己的夫人，也会是这样吗？怕不珍贵，就留着几分，那人家该多失望啊，一心依靠的丈夫对自己不甚用心……"她想来想去，得出一个结论，"你是害怕受伤害，所以小心翼翼？李判，难道你曾经求而不得吗？"

她的兴致盎然引发了他的尴尬，沉着的战将终于有些不自在了，匆促否认："哪里有什么求而不得！我这样劝告你，是因为还不能信任仪王，且女孩子的感情珍贵，更要自矜自重。至于我，日后若是娶亲，自然会真心待人家。我对她八分，她能还我六分，我就心满意足了。"

明妆摇头，没想到李判这么悲观："等你遇上十分喜欢的姑娘，就会发现今日的八分实在太少了。好不容易来人间一趟，怎么不尽兴……"

她嘴里说着，跨过月洞门，一时不防新做的襦裙绊住脚尖，身子往前，腿却还在原地，心里暗呼一声不妙，人就往前扑倒下去。

小时候，她总是摔跤，阿娘说她脑子里装了好多奇思妙想，所以头重脚轻。可是明妆知道不是这样的，她就是有点大意，有点稀里糊涂，这些年明明已经小心得多了，却还是一不留神，马失前蹄。

这么大的姑娘，摔一跤很丢脸的，不过还好，天色已晚，也没有外人。明妆摔得多了，摔出了经验，只要高高昂起脑袋，做好准备着陆，至多手掌蹭破点皮，不会伤到脸的。

一切准备就绪，结果千钧一发之际，像话本上描述的那样，她忽然落进一个臂弯里，那双手臂十分有力，一把将她托住。她手里的小灯笼骨碌碌滚出去，滚落在草底，蜡烛烧不破琉璃，很快熄灭，一切陷落进黑暗里。明妆只听见咚咚的心跳和急速的喘息，还有自己劫后余生的庆幸："好险……好险……"

这样与李判亲近，还是第一次呢。因离得很近，她能闻见他领口飘散出来的青栀香，被体温一晕染，变得那么醇厚温暖。没来由地，心跳骤急，像潮水一浪高过一浪，她忙站直身子，无措地垂着头："还好李判在，要不然今日可摔得不轻。"说罢装模作样地转开身,"咦,我的灯呢……"

　　李宣凛站在那里,女孩子轻盈的分量曾经短暂地停留在他的臂弯,他一直知道般般长大了,但好像从来没有一次像今日这样清晰地意识到。脑子发空,心头震荡……这些都不足以表达他现在的心境,仿佛一直悬着的那根弦被拨动了,嗡然作响,多日的困惑也逐渐变得明朗起来。

　　他不该再拿她当孩子了,她也不是甩着苇秆在院子里吹芦花的小姑娘,她到了谈婚论嫁的年纪,聪明、透彻、别致,甚至……香软,她有这个年纪的女孩全部的美好,所有人都发现了,只有他还蒙在鼓里。

　　她提着她的小灯笼过来,若无其事地说:"幸好没摔坏,你有火镰吗?把它点起来吧!"

　　男人腰上一般都配着蹀躞七事,取火很简单。她揭开琉璃罩子,他引燃火绒,灯笼很快重新亮起来,那一簇火光照着彼此,相视一眼,都有些讪讪。

　　所幸明妆是个爽朗的姑娘,她朝前指了指,说:"看,橘春她们来迎你了。"

　　李宣凛顺着指引看过去,果然见两个女使挑着灯笼过来,心里兵荒马乱,久久不能平息,便匆促道:"让她们送小娘子回去。我晚间有要事,过一会儿还要出门一趟,今晚不一定回得来,小娘子不用让人给我送晨食了。"

　　明妆"哦"了一声,嘟囔道:"这么晚还要出去吗?"但他既有公务要忙,自己也不便追问更多,只好点了点头,在新冬的陪同下,返回东园。

第四十六章

回到自己的小院,明妆洗漱过后预备上床,想起刚才那一搀扶,有些心神不宁,脸颊上热烘烘的,她探着脖子朝外喊:"把炭盆搬出去。"

闻讯进来的午盏纳罕不已:"房里早就不烧炭了,哪儿来的炭盆?小娘子怎么了,热吗?"

明妆摸了摸脸:"今夜怎么像入了夏似的,要惊蛰了?下雨打雷?"

午盏笑道:"外头都起雾了,走上一圈凉得很呢,并不觉得热。小娘子可是因为喝了酒,酒气上来了?"

明妆嘟囔着:"不是说这雪花娘就是甜酒酿嘛,怎么也有酒气!开上半扇窗,透透气,好吗?"

午盏说:"不成,更深露重的,寒气跑进来,可是要得病的。"说着从一旁的小柜子里抽出一把团扇,坐在床沿上摇了摇,"小娘子躺下,我给你扇扇。"

明妆依言躺进被窝里,两手探在外面,缭绫轻薄,碧山色的经纬下隐约透出一双藕臂,衬着花团锦簇的被褥,愈发白得动人。

她偏头告诉午盏："我刚才送李判回去，险些又摔了。"

午盏后怕不已："可不敢，过两日就是汤娘子大婚，明日宰相娘子八成也要来，小娘子别磕着碰着，回头不好见人。"

明妆说："不会，压根就没摔下来，被李判搀住了。"

午盏这才放心，咂嘴道："所以小娘子到哪儿都得有人跟着，先前我还说要送你回来洗漱呢，一眨眼人就不见了。"

"自己家里，你处处跟着做什么？"明妆望着帐顶，兀自长吁短叹，"李判身手果然矫健，到底是练家子，嘿！"

午盏为表忠勇，拍了拍胸脯："我要是在边上，一定也能拽住娘子。"

明妆没理她，心慌半日，终于找到了答案，笃定地说："我一定是长大了，被男子搀扶一下，心里就咚咚地跳……以前看见李判，从没有这样的感觉啊。"

要说午盏这人，到了紧要关头就是有点烂泥扶不上墙，她居然没顺着两位小娘的思路，自觉高深地得出了自己的结论："本来就是，小娘子情窦初开，今日要是换成仪王殿下搀扶，说不定心跳得更厉害，人还要酥倒半边呢！"

"是吗？"明妆被她这样一说，又觉得好像很合理，只是有些羞赧，捧着脸颊想，这样是不对的，对谁心跳都可以，唯独不能对李判。他像亲哥哥一样百般为她周全，自己要是想入非非，被他知道，恐怕吓得以后都不敢靠近她了。

唉，真是惆怅！她脑瓜子生疼，翻起被褥蒙上脸，睡着后，迷迷糊糊做了个梦，梦见李判冲她笑得温柔，她顿时心乱如麻，坐立难安。不知怎么，梦里好像正逢佛生日，李判递了一袋螺蛳给她，暗送秋波不止，说："喏，放生吧。"

她当时如遭雷击，心说乖乖，你也把我放生了吧。正想再和他细细交谈，旁边的人扔下一条好大的鲤鱼，鲤鱼入水，溅起半人高的浪，迎面朝她扑来，她倒吸一口凉气，瞬间把自己吓醒了，醒来后一阵慌张："讨厌！真讨厌！"

再闭上眼追入梦里，已经找不到李判了，有人在她耳边呢喃："那不是李判，是螺蛳精啊。"她心头怅惘不已，明明那么鲜活的人，怎么是螺蛳精呢？后来半梦半醒间思量，李判好像真的不是那样的人，只有精怪才那么魅惑。她记得他眼中荡漾的春光，记得他撩人的声音，甚至记得他递来的白净右手……什么都像李判，但那不是李判，李判应该庄重肃穆，哪里会是那个模样？

好失望，说不出的可惜，都怪那个放生鲤鱼的人，做什么弄来那么大一条鱼，害得她好梦中断。

早上醒来，明妆还蔫蔫的，商妈妈上来打起帐幔，见她一脸菜色，奇道："小娘子怎么了？夜里没睡好吗？"

她耷拉着脑袋："做梦了，不高兴。"

商妈妈以为她梦见了故去的郎主夫妇，很是心疼地揽了揽她："小娘子要打起精神来，今日宰相夫人登门，倘若看见小娘子无精打采，倒要怀疑亲事不合心意了。"说着替她理了理鬓角的发，叹息道，"可怜见的，可是又想念郎主和大娘子了？他们人虽不在，心神却一直瞧着小娘子呢，只要小娘子有个好归宿，他们九泉之下就能安心了。"

这话说得明妆有点羞愧，她昨晚没有梦见爹娘，只梦见螺蛳精变的李判，真是不孝。

明妆看看外面的天色，日上三竿了，扭头问商妈妈："李判昨晚回没回来？"

商妈妈说："没有，今日不用上朝，想是在衙门公干吧？不过说起李判，真是个知进退的人啊，见老太太被接走了，小娘子说话间就要定亲，自己识趣避嫌，是怕坏了小娘子的名声。"

明妆心里坦荡，嘀咕道："这有什么坏名声的？这么大的园子，又不是我与他两人独住，上下那么多双眼睛呢，怕什么？"

赵嬷嬷这时从门口进来，带来了吕大娘子的拜帖，笑着说："身再正，也堵不住悠悠众口，既能防，何必冒那个风险。"说完将拜帖递上来，"小娘子先梳妆，吕大娘子巳时前后来拜访。送拜帖的说了，已经打发人上麦秸巷传话了，邀了我们家老太太，还有罗大娘子来议事。"

明妆有些意外："大伯母？这事要问过她？"

赵嬷嬷道："吕大娘子是个周到人，这么做，好叫人挑不出错处。易家老太太被送走了，小娘子在上京的长辈以老宅大房为首，把罗大娘子邀来，不过是走个过场，道理上说得过去就罢了。再说那罗大娘子，早被家中老太太夺诰的事杀得没了脾气,这回除了来受教,没有说话的余地。"

明妆这才放心,实在是不愿意再和老宅的人过多纠缠,既然只是为了应付场面,那来了也就来了。

商妈妈拖她下地,她懒懒地站在软鞋上,举着双手,等商妈妈给她系裙带。商妈妈边说边笑:"这么大了,还要乳娘穿衣裳,过会儿说定亲事,转眼可就是王妃了,到时候你还这样?"

明妆厚着脸皮笑道:"妈妈不跟我一块儿过去吗?我让妈妈穿衣裳,也不碍着谁。"

那倒也是,闺阁中的姑娘受尽宠爱,就算二十岁还要乳娘穿衣裳,又怎么样?

这里说罢,午盏提着食盒从外面进来,欢欢喜喜地说:"巷口新开了一家糕饼铺子,早市上售卖丰糖糕和姜粥,队伍排得老长,都排到能太丞宅去了。我好不容易挤进去,替小娘子买了一份,快来尝尝好不好吃。"

关于热闹街上的小吃,明妆可算是已经吃遍了,每家都得尝一尝,才不辜负住得近的优势。

她跐鞋过去坐下,洗漱过后喝上一匙粥,再咬一口丰糖糕,一本正经地点评道:"糕不够甜,粥里的姜又放得太多,下回别买了。"

不过早饭总算草草打发,然后梳妆傅粉,打扮妥当,不一会儿听说外祖母来了,赶紧戴上耳坠子出来相迎,就是前后脚的工夫,罗大娘子也来了。罗氏因多番变故,见了明妆和袁老夫人满心的尴尬,又要装大方,笑着说:"一早接了消息,真是什么都顾不上了,马不停蹄赶了来,连衣裳都没来得及换。"

明妆听了,偏头吩咐煎雪:"去打两碗擂茶来。"然后含笑把人引进花厅,亲手奉上建盏,和煦道,"大伯母眼下住在芳林苑吧?从那里过来很有一段路,想是走得饿了,拿茶垫垫肚子吧。"

罗氏忙接过来,看看明妆,脸上又浮起心酸的表情:"老太太糊涂,把事情弄成这样,好在不曾耽误你的亲事,否则老太太的罪过就大了。"

一旁的袁老夫人接过话头:"正因圣人一心要结这门亲,才重重发落了你家老太太,倘若半道上撒手,你家老太太反倒安然无恙。"两句话说得罗氏愈发难堪,袁老夫人手里捧着兔毫盏,抿了一口,笑道,"这茶打得很好,是哪个女使的手艺?"

煎雪忙上前来,赧然福了福。

袁老夫人赞许道:"君臣佐使用得妙,谁也不抢谁的风头,做人也如打茶一样,先加什么,后加什么,纹丝不能乱。"

这话算是说给罗氏听的,罗大娘子手里的擂茶立刻不香了,顺手放在一旁的案几上。

这时,外面有婆子传话,说宰相娘子来了,女使忙将建盏收走,厅里的人也纷纷迎了出去。

吕大娘子老远就笑着过来,"哎呀"了一声,对袁老夫人道:"今日又麻烦老夫人一遭,实在对不住。"

袁老夫人携了吕大娘子入内,热络道:"大娘子说笑了,我谢大娘子都来不及,何谈麻烦?"

吕大娘子这时方看了罗氏一眼,问:"这位想是易家的长辈吧?"

宰相娘子,一品的夫人,对罗氏来说,是望断脖颈都够不着的人上人,听人家先来打招呼,很有些受宠若惊,忙欠身福了福:"不敢不敢,我是小娘子大伯父家的,娘家姓罗,给大娘子请安了。"

吕大娘子笑了笑:"都是为着小娘子和仪王殿下的亲事来,罗大娘子就不必拘礼了。先前不欢而散,怪可惜的,亲事没有说成,我入禁中还受了圣人好大一通数落呢。好在如今再议,今日在座的长辈都盼着小娘子好,想必有玉成之心。"说着又笑吟吟地望了罗氏一眼,"现在易家内宅由大娘子说了算,所以特意请大娘子来,也是为听一听大娘子的意思。"

罗氏一凛,心道前一个不答应的已经发配到鄜乡去了,自己有几个脑袋,也不敢触那个逆鳞,于是欠身道:"上回我们老太太属实糊涂,因我们没有住在一处,乍然听见她拒了禁中提亲,真真是吓得我肝都要碎了。这样天上地下难找的亲事,我实在是不明白她有什么道理挑剔,今日大娘子问我,我是没二话的,我这小侄女苦得很,能为她觅得一门好亲事,我们也对得起仙游的三郎和弟媳了。"

"正是呢。"吕大娘子见她识抬举,便没有拿重话来敲打她,只道,"禁中为皇子娶亲，是何等慎重的事，老太太不该拿圣人的一片真心来作消遣。我听说她人不在上京了？送到老家去了？"

罗氏讪讪道："是，不怕大娘子笑话，咱们也是没法子，只听说谁家封诰，没听说哪家夺诰的，咱们这位老太太，这回可算在上京露了脸了。她这一露脸不要紧，家中还有好几个孩子没有议亲……"说着依依看了明妆一眼，"也只有盼着我侄女不计前嫌，将来帮衬些，否则这婚事……"她边说边摇头，最后只剩沉沉叹息。

袁老夫人眼见她又要来牵扯明妆，忙丢了句顺风话："儿孙自有儿孙福，罗娘子且不要想那么多。"言罢不愿再给罗氏诉苦的机会，忙对吕大娘子道，"大娘子今日是为着孩子的婚事来，咱们接着商谈，不知禁中是什么打算？"

吕大娘子道："圣人还是那样的意思，让司天监看过吉日，下月初二大吉大利，正适合过礼。原本要是换了小门小户，没有那么多的礼数，略筹备上三五日就行，但仪王殿下不一样，他是先皇后嫡子，又是诸兄弟中爵位最高的，圣人承官家之命为殿下操办亲事，自然一应都要做到最好，所以置办起来要多花心思，做到万事没有遗漏，免得委屈了小娘子。"说完又一笑，"哎呀，小娘子真是好福气，我前两日还和家里人说呢，郡公爷和郡公夫人走得早，可怜小娘子孤零零一个。没想到如今遇上这样好的姻缘，有仪王殿下爱护着你，可算是柳暗花明，往后且等着享福吧。"

明妆腼腆地低头浅笑，袁老夫人也很欢喜："可不，咱们的孩子，好福气还在后头。"

罗氏听她们欢天喜地，想到自己家里那个宝贝疙瘩，愈发相形见绌，心直往下坠，又不好做在脸上，只好堆着假笑，跟着一块儿瞎高兴。

"凡过礼事宜，禁中自会安排人筹办，到了初二那日，我这个大媒少不得陪着跑一趟，到时候请老太太和运判夫妇一同在场见证，回了鱼箸、下了财礼，这门婚事就板上钉钉了。"

罗氏忙道："一定一定，初二日，我记下了，外子就算有公务，到时也要先放一边，到底什么都没这件事要紧，大娘子就放心吧。"

吕大娘子说好，转头对随行的仆妇抬了抬手指，仆妇双手呈上一个锦盒，打开盒子，里面是一支金钗，吕大娘子将它郑重交到明妆手上，说："仪王殿下心悦小娘子，给小娘子'插钗'，请小娘子收下。"

明妆上前，双手承接过来，又从女使手中的托盘里取了一方紫罗锦帕交给吕大娘子，表示姑娘应了婚事，给男方定情回礼。

议亲的流程算是走完了，吕大娘子笑道："真是一波三折，这回总算好了，老夫人也可把心放回肚子里了。"

袁老夫人甚是欣慰："多亏了大娘子斡旋，否则耽误了孩子们的好姻缘。"

几方又说上几句客气话，吕大娘子方起身告辞，说还要入禁中复命。众人将她送出门，回到花厅后，逃不过罗氏垂泪的环节。

袁老夫人虽看不上老宅那帮人的惺惺作态，但大好的日子，也不能太怠慢她，便道："事已至此，大娘子看开些吧。照我的意思，你家老太太不在上京才是好事，虽一时名声受损，但时候长了，慢慢会缓过来的。"

罗氏心道真是站着说话不腰疼，家里出了一个褫夺诰封的，连祖宗的脸都丢光了，他们这些小辈更是无颜见人。事既出了，没有办法，现在唯一的救星就在眼前，平时没有机会攀搭，趁着今日明妆心情好，无论如何她也不能错过，于是抽泣声更大："般般，你往后是前途无量了，可怜你那大姐姐，年纪最长，说定的亲事又不成了，往后不知该怎么办才好。"

明妆笑了笑："大伯母别急，将来自有合适的人来提亲的。"

罗氏见她敷衍，抽帕抹泪道："闹得这模样，等平息下来，怕不是要耽误到三十岁。"

袁老夫人知道她夹缠不清，般般不好回绝，只得自己来给外孙女解围，便又浮起笑脸，温言道："大娘子何不往前看看？等般般与仪王的亲事成了，无论如何，与贵府上的小娘子也是一家姐妹，不看僧面看佛面，还愁府上的哥儿姐儿不能婚配？"

罗氏没办法，反正是等不来一句准话，迟疑再三，嗟叹再三，只好快快去了。

送走罗氏，明妆才和袁老夫人坐下说体己话，袁老夫人爱怜地捋捋她的头发，感慨着:"我的般般就要定亲了,你阿娘要是还在,不知有多高兴。"

明妆见外祖母伤心,忙捏着帕子给她擦泪:"这是好事呀,外祖母别伤心。我想着阿娘和爹爹在一起,他们不会孤单的,在咱们看不见的地方,说不定他们正高兴着呢。"

袁老夫人扭曲着唇角,怅惘地点了点头:"那仪王殿下,这两日可来看过你?"

明妆觉得不大好回答,只说:"他公务忙得很,我不便打搅他。"

袁老夫人轻叹了口气:"不管多忙,感情还需经营,可不是定了亲就成的。"

明妆应了,袁老夫人又坐了一会儿,方起身打算返回麦秸巷。

明妆将外祖母送上马车,站在车前说:"城里来了个很有本事的大夫,替不少人治好了腿疾,不过性情乖张得很,难以请动,我正托人想办法,等有了眉目,就送外祖母过去瞧病。"

袁老夫人说:"好,难为你还想着我的腿疾。这些且不要忙,定亲到大婚就在转眼之间,自己要先筹备起来。我那里也让你舅母们好好准备,咱们是与王爵联姻,千万不能丢了面子,若是哪里疏忽了,你将来在妯娌面前抬不起头。"

老太太说着,倒真把自己说急了,再不能耽搁,催促着婆子快走,马车一溜烟地跑出了界身南巷。明妆长叹一口气,站在门前觉得空落落的,定亲并没有让她感觉快乐,甚至不及梦里的螺蛳精有意思。

她正要回身进门,忽然看见有个身影站在斜对面的桃花树下,微眯着长眼,锦衣华服,浑身散发着迷离之气。她站住脚,也如他一样望过去,两人隔路对望,场面有些奇异。

仪王最终喊话道:"未婚妻,今日宰相娘子来替我提亲了吗?"

明妆撇了下嘴:"还没过定呢,我不是你的未婚妻。"

仪王却得意地笑起来:"那是早晚的事。我已经想好了,初二那日白天过礼,晚上宴请亲朋好友。别人娶亲办一回宴席,我要办两回,不办两回,不能表达我的欢喜。"

《香奁琳琅》上·完